돌향

사랑, 그 설렘에 취하고 향기에 물들다.

향

사랑, 그 설렘에 취하고 향기에 물들다.

남편의 조건

contents

프롤로그   7

남편의 조건   23

에필로그   424

작가후기   430

프롤로그

 벽에 등을 기대고 선 은호는 그렁그렁 차오르는 눈물을 감추기 위해 두 눈을 꼭 감았다. 지난 닷새 동안을 밤낮으로 울고도 아직 흘릴 눈물이 남아 있다는 사실이 신기하게 느껴질 정도였다. 하지만 오늘 그녀에게는 울 자격이 없었다. 적어도 울어야 하는 그보다 더 슬프게 울 수는 없었다.
 "은호 양도 들어와요."
 서재의 문이 삐걱 열리더니 박 변호사가 얼굴을 내밀고 은호를 불렀다.
 "저요?"
 "그래요."
 "제가 왜?"
 "들을 자격이 있어서 그러는 거니까 빨리 들어와요."
 박 변호사가 문을 열어 두었지만 은호는 쉽게 발걸음이 떨어지지 않았다. 서재 안에 그가 있었다. 그녀의 가슴이 이토록 아픈데 그는 지금 얼마나 고통스러울까. 게다가 이렇게 중요한 순간에 그녀 자신이 서재 안으로 들어간 것을 그가 어떻게 받아들일지, 짧은 순간이었지만 머릿속이 너무나 혼란스러웠다.

"어서요."

은호는 마지못한 발걸음을 천천히 서재 안으로 옮겼다.

넓은 창을 통해 환한 햇살이 쏟아져 들어오고 있었지만 서재 안의 공기는 왠지 썰렁하다 못해 한기가 느껴졌다. 이렇듯 아주머니가 돌아가신 지 고작 닷새가 지났건만 그녀에게 너무 많은 변화가 있었다. 다시 주저앉으려는 마음을 가다듬으며 뻑뻑한 눈에 힘을 주자 눈 밑이 경련하듯 실룩거리기 시작했다.

"앉아요."

박 변호사가 손짓으로 그녀에게 앉을 것을 권했다.

"괜찮아요."

"앉아."

마호가니 나무로 만들어진 서재 책상의 의자가 핑그르르 돌았다. 은호의 동그란 눈이 더 휘둥그레졌다. 그다. 깊이를 알 수 없을 정도로 짙은 그의 눈동자가 그녀를 바라보고 있었다. 은호는 숨을 쉬기가 힘들어지기 시작하는 걸 느꼈다.

"앉아서 듣는 게 좋을 거야."

깎아 놓은 듯 잘생겼다는 표현 이상으로 그를 설명하기 적당한 다른 표현은 찾을 수 없을 것 같았다. 그는 그 정도로 잘생겼다. 주원이 의자에서 일어서 모델처럼 훌쩍 큰 키를 자랑하며 그녀의 앞으로 천천히 걸어왔다. 그를 처음 본 날부터 느낀 사실이지만 그의 시선은 참 거만하다. 정확히는 시선이 온기 없이 차가운 것이 도무지 속내를 알 수 없을 정도로 냉정하면서도 도도했다. 그 시선이 그녀를 이유 없이 긴장하게 만들었다.

"계속하시죠, 박 변호사님."

"네."

은호는 소파에 앉은 주원의 앞자리에 앉아 두 손을 다소곳이 무릎 위로 모았다.

"이 집은 채은호 양에게 남기셨습니다. 그리고 나머지 재산은 두 분이 내년 5월 이전에 결혼을 하시게 된다면 차주원 씨에게 모두 상속이 되겠지만, 만약 결혼을 하지 않는다면 복지단체를 통해 사회에 환원하시겠다고 하셨습니다."

은호는 머릿속이 백지처럼 새하얘지는 것 같았다. 이 집을, 이렇게 으리으리하게 큰 집을 피 한 방울 섞이지 않은 자신에게 남기셨다고? 은호는 지금 박 변호사가 한 말이 얼마나 어마어마한 말인지를 깨달은 순간 반사적으로 주원의 얼굴을 바라보았다. 하지만 그의 표정은 잔잔한 호수처럼 고요하기만 했다. 뭔가 잘못된 것이다. 그렇지 않다면 그녀가 지금 꿈을 꾸고 있는 것이 분명했다.

"유언장에 의거한 정확한 기한은 내년 5월 31일까지입니다."

주원을 처음 만난 것은 10년 전이었다. 10년 전 그날 은호는 아주머니를 따라 이 집에 처음으로 발을 들여놓았다.

왜소한 체격에 짧은 커트머리, 그리고 이미 봄이 시작되었음에도 두툼한 스웨터로 몸을 꽁꽁 감싸고 있는 커다란 눈망울의 열두 살 소녀가 바로 당시의 채은호 그녀였다.

아주머니와 은호를 태운 차는 고아원에서 출발한 뒤 한참을 달려 높은 벽으로 둘러싸여 있는 어느 으리으리한 집 앞에 멈춰 섰다. 먼저 차에서 내린 아주머니가 버튼을 누르자 새하얀 대문이 커다란 새의 날갯짓처럼 우아하게 안쪽으로 접혔다. 그 모습을 바라보는 은호의 눈은 보름달처럼 휘둥그레졌다. 하지만 벌써 놀라기엔 일렀다. 집 안으로 들어서자 잘 손질된 넓은 잔디와 키가 큰 나무가 담장 안쪽으로 빼곡히 줄지어 선 모습이 마치 그림처럼 펼쳐져 있었다. 그 넓고 정갈한 정원을 지나자 이번에는 달콤한 초콜릿색 벽돌로 지어진 예쁜 2층 집이 그녀의 시야에 들어왔다.

"여기란다."

"……."

은호는 아무 말도 할 수 없었다. 마치 동화 속에나 존재할 것 같았던 귀족의 집에 자신이 들어온 것 같은 기분이었다.

"앞으로 네가 지내게 될 집이야."

은호는 침을 꿀꺽 삼켰다. 이번에도 그리 오래 지내게 되지 못할지 모른다. 그래, 차라리 잠깐 지내게 될 곳이라고 마음 편하게 생각하자. 은호는 자신의 얼마 안 되는 짐 전부가 들어 있는 검은색 여행용 가방의 손잡이를 꼭 움켜쥐었다.

"들어가자."

"네."

은호는 아주머니의 손에 이끌려 건물 안으로 들어섰다.

현관을 들어서 중문을 지나자 반들거리는 나무가 무척 편안해 보이는 넓은 거실이 나왔다. 은호는 순간 여름방학 때면 엄마 손을 잡고 내려갔던 외할머니 집이 떠올랐다. 외할머니 집에도 이곳처럼 햇볕이 잘 드는 넓은 마루가 있었는데…….

그녀가 아홉 살 때 엄마의 외도로 부모님은 이혼을 하셨다. 성인이 된 후에야 고모를 통해 두 분이 법적인 부부가 아닌 동거인, 사실혼 관계였다는 사실을 알게 되었지만 그녀에게 달라지는 것은 없었다. 그녀가 돌아가고 싶은 시절의 모습에서 가장 먼저 사라진 사람은 엄마였다.

그 헤어짐의 이유가 정말 엄마의 외도였는지, 아빠의 의처증이었는지, 아니면 궁핍했던 경제적인 상황이나 아빠의 잦은 외박이 문제였던 것인지는 어린 그녀가 정확한 이유를 알 수 없었지만 그녀의 곁을 가장 먼저 떠난 사람은 엄마였다. 영영 이별하는 건 아니라고 금방 다시 만나게 될 거라는 말을 남기고 엄마는 작은 가방 하나를 들고 녹슨 초록 대문을 나갔다.

엄마가 집을 나가고 당시 별다른 직업도, 모아둔 돈도 없었던 아빠는 그리 오랜 시간 고민을 하지도 않고 어떤 기약도 없이 그녀를 큰고모 집에 맡긴 뒤 사라졌다. 3년간 행방불명이 된 아빠를 기다리며 세 명의 고모 집을 차례로 전전하다 결국 고모들의 합의로 그녀는 고아원에 맡겨졌다.

그리고 한 달 전 입양이 되었다. 아들만 두 명을 키운다는 평범해 보이는 아주머니가 너무 어리지 않은 여자아이를 원한다고 했다. 마치 버려졌던 강아지가 입양되듯 그녀는 어떤 선택권도 없이 그 집으로 보내졌다.

입양이 된 첫날부터 느낀 사실이지만 그녀를 입양한 집은 그리 부유하지도 그렇다고 화목하지도 않았다. 아저씨는 그날 저녁 늦게까지 술을 드시고 집으로 돌아오셨고, 그런 모습이 익숙한지 아주머니는 옆에 서 있는 그녀의 존재는 신경도 쓰지 않고 술에 취해 소파에서 잠이 든 아저씨에게 쉬지 않고 잔소리를 늘어놓았다.

그녀의 방은 집 안에서 가장 구석지고 서늘한 곳에 위치해 있었다. 가구도 작은 침대와 텅 빈 책상이 전부였다. 몇 년간 사용하지 않았던 것인지 먼지가 뽀얗게 쌓인 가구들이 마치 앞으로 이 집에서 지내게 될 그녀의 모습을 대변하고 있는 것 같았다. 그리고 정말 아주머니는 며칠이 지나도록 그녀에게 가족들을 어떻게 부르라는 설명조차 해주지 않았다. 매일 아침 일찍 그녀를 깨워 자신을 도와 청소와 설거지를 하라고 한 뒤, 방과 후에는 눈치껏 다른 가족들의 심부름을 하라고만 했다.

하지만 아주머니를 제외하고 다른 가족 중 그녀에게 말을 걸어주는 사람은 없었다. 아저씨는 매일 저녁 늦게 술에 취해 들어오셨고, 덩치 큰 두 아들은 그녀를 보면 피식피식 웃으며 지나칠 뿐 어떤 말도 건네지 않았다. 그녀는 입양이 되어 들어온 것이었지만 가족이 아닌 양어머니의 잔심부름이나 하는 아이로 여겨질 뿐이었다.

그렇게 고아원에서보다 더 끔찍한 한 달이 겨우겨우 지나갈 무렵 그녀에게 최악의 사건이 일어나고 말았다. 고등학생과 대학생이었던 양부모의 아들들이 호시탐탐 그녀가 잠이 든 틈을 타 욕보이려 했던 것이다. 뭔가 무겁고 기분 나쁘게 끈적거리는 느낌이 목덜미를 지나 쇄골 근처를 헤매고 있을 때 그녀는 눈을 떴다. 자신의 작은 몸을 으깰 듯 올라 타 있는 대학생 아들보다 방문을 등지고 서서 헤죽거리며 그녀를 바라보고 있던 고등학생 아들과 시선이 먼저 마주쳤다.

모든 상황이 소름 끼치게 무서웠지만 비명도 나오지 않았다. 은호는 아무 생각도 나지 않았다. 몇 분이 지나고 자신이 책상 위로 팔을 뻗어 스탠드로 큰 아들의 머리를 내려쳤다는 사실을 깨달았다. 곧바로 그들의 부모가 그녀의 방으로 뛰어왔고, 다음날 그녀의 파양이 결정됐다. 그것이 그녀의 짧은 입양 생활의 전부였다.

파양이 결정되고 대문 밖으로 내쫓긴 그녀는 자신을 다시 데리러 올 거라는 고아원의 차를 기다리며 서 있었다. 하늘이 미치도록 파랗고 높아 고개가 아픈 줄도 모르고 하늘을 쳐다보고 있을 때 그녀 앞에서 빵빵거리는 클랙슨 소리가 들려왔다. 은호는 고개를 내렸다. 하지만 그녀의 앞에 서 있던 차는 고아원의 낡은 봉고차가 아니라 반들반들 윤이 나는 검은색의 커다란 승용차였다. 그녀는 다시 하늘을 향해 고개를 들었다.

"꼬마야, 왜 여기에 서 있는 거니?"

마치 선녀의 날개옷처럼 하늘거리는 파란 블라우스에 긴 스커트를 입은 아주머니가 차에서 내려 그녀에게 다가왔다.

"……."

은호는 대답 대신 자신의 낡은 가방을 꼭 끌어안았다.

"이 집에 볼일이 있는 거니?"

그녀에게 좀 더 가까이 다가와 다정하게 묻는 아주머니에게서 엄마에게 나던 것과 비슷한 향긋한 화장품 냄새가 풍겨왔다.

"혹시 길을 잃은 거야?"

그때 아주머니의 뒤로 고아원의 낡은 봉고차가 다가와 덜커덩거리는 소리를 내며 섰다.

"야! 얼른 타."

"아는 사람이야?"

아주머니가 봉고차를 돌아본 뒤 은호에게 다시 물었다. 은호는 그곳으로 돌아가고 싶지 않았다. 한 달간의 짧은 입양 생활만큼이나 고아원의 생활은 그녀에게 두렵고 끔찍하게 기억되고 있었다. 게다가 엄마는 그녀가 고아원에 있다는 사실을 알고는 있을까? 고모들은 아빠가 돌아오면 그녀가 고아원에 있다는 사실을 알리기는 할까? 그러면 아빠는 그녀를 데리러 올까? 어떤 질문에도 확신을 가질 수 없었다. 누군가 자신을 찾아오길 기다리는 게 아니면, 이번처럼 또 이상한 집에 입양이 될 수도 있는 거라면 달아나고 싶었다.

"빨리 안 타고 뭐 해?"

"싫어요."

은호는 고개를 세차게 저었다.

"한 달 만에 파양이나 당한 주제에, 빨리 타지 못해!"

"싫어요."

"싫으면 네가 어쩔 건데?"

강제로라도 태우려는 듯 고아원 직원이 운전석에서 내려 그녀에게 다가왔다.

"무슨 일이죠?"

그녀의 상황을 지켜보며 곁에 서 있던 아주머니가 고아원 직원에게 물었다. 그녀에게 다정하게 물을 때와는 달리 차갑고 날카로운 목소리였다.

"상관하실 일이 아닌 것 같은데요."

아주머니의 옷차림을 찬찬히 훑어 내린 뒤 직원이 비꼬듯 말했다.

"혹시 이 집에서 파양 된 아이인가요?"

"그렇수다."

"그럼 다시 고아원으로 데리고 가는 건가요?"

"거 참 오지랖 한번 넓으시네. 바쁘니까 비키기나 해주쇼."

"아이가 고아원으로 돌아가길 원하지 않는 것 같은데요. 이 아이가 원한다면 제가 데려가고 싶군요."

직원의 눈을 피해 달아나려고 호시탐탐 기회를 노리고 있던 은호의 발목을 붙잡는 소리였다.

"그러려면 우선 고아원으로 가서 원장님과 이야기를 나눠야겠죠?"

"정말이슈?"

"앞장서시죠."

그리고 일주일 후 은호는 다시 고아원을 나서 아주머니의 집으로 보내졌다. 정확히는 아주머니가 그녀를 데리러 고아원으로 찾아왔다. 하지만 아주머니는 그녀를 입양하는 게 아니라고 했다. 그녀가 돌아가고 싶다면 언제든 원하는 곳으로 보내줄 것이지만 그런 곳이 없다면 성인이 될 때까지 돌봐줄 거라고 말했다. 그리고 만약 그녀가 아빠나 엄마를 찾길 원한다면 도와줄 수도 있다고 말했다. 아주머니의 뜻밖의 제안 때문이 아니라 처음 만났던 날 아주머니에게서 났던 화장품 냄새에 대한 환상 때문인지도 모르겠지만 은호는 아무런 거부감 없이 아주머니를 따라 다시 고아원을 나섰다.

"주원아."

그녀가 거실 창에 곱게 드리워진 새하얀 커튼이 바람결에 나풀거리는 모습을 한참 동안 물끄러미 바라보다 무척 매끄러워 보이는 천으로 싸인 커다란 소파에 감히 앉지 못하고 어정쩡한 자세로 서 있을 때 아주머니가 2층을 향해 누군가를 불렀다.

"주원아, 잠깐만 내려와 볼래?"

주원이라는 이름이 남자아이의 이름이라는 사실을 깨닫는 순간 은호는 다시 얼어붙었다. 아주머니는 지난번 그녀가 잠시 입양되었던 집의 사람들과 친척 관계라고 했다. 그렇다면 그 집의 아들들과 얼굴을 다시 보게 될지도 모를 거라는 생각에 내내 마음 한구석이 껄끄러웠다. 그런데 아주머니에게도 아들이 있는 거라면 차라리 다시 고아원으로 돌아가고 싶었다.

"주원이는 아줌마 아들이란다."

한순간에 몰려드는 여러 가지 생각으로 그녀의 눈동자가 이리저리

흔들리고 있을 때 아주머니가 차분한 목소리로 설명했다.

"미리 설명을 했어야 했는데 내가 경황이 없어서 하지 못했구나. 미안하다, 은호야."

아주머니의 사과에도 그녀의 심장은 미친 듯 쿵쾅거리고 있었다. 어쩌면 이 부잣집 아주머니도 지난번 아주머니와 크게 다르지 않을지 모른다. 그녀를 보살펴 준다는 건 고아원 원장을 속이기 위한 말이었을 뿐 지난번 같은 육체적 정신적 학대가 가해질지도 몰랐다.

"왜요?"

잠시 후 들려온 짧은 대답과 함께 2층에서 모습을 드러낸 사람은 홀쩍 큰 키에 얼핏 보기에도 무척 눈에 띄는 외모의 아주 잘생긴 남자였다. 열두 살의 어린 소녀 눈에 스무 살의 남자는 누군가의 아들이 아닌 완전히 독립된 한 명의 성인으로 보일 뿐이었다. 그런데 그는 단순한 어른이 아니었다. 무늬 없는 흰색 셔츠에 베이지색 바지를 입은 깔끔한 모습이었지만 도도한 듯 거만하게 내리깐 시선으로 그녀를 바라보며 천천히 계단을 내려오는 모습이 마치 중세시대의 왕족을 연상케 했다.

"엄마가 말했던 은호란다, 채은호. 그리고 은호야, 이쪽은 아줌마 아들 주원이야, 차주원."

아주머니의 따뜻한 손이 어깨를 감쌌지만 은호는 멍하니 주원을 바라보며 서 있었다. 그가 그녀의 앞으로 다가와 마주 서기 전까지 그녀의 시선은 그의 얼굴에 고정되어 있었다.

"안녕?"

먼저 입을 연 그의 목소리는 나직하고 부드러웠지만 얼른 고개를 숙인 은호는 그를 다시 바라보지 않았다. 자신의 키가 그의 어깨에도 미치지 못할 정도로 작기 때문만은 아니었다. 그녀는 고개를 숙이고 있던 상태에서 아주 살짝 더 숙여 보인 뒤 꼭 다물고 있던 아랫입술을 질끈 깨물었다.

"우리 어머니랑 잘 지내길 바란다."

잠시 그녀의 반응을 지켜보던 그의 입에서 의미가 모호한 말이 다시 이어지는 순간 은호는 반사적으로 뒤를 돌아보았다. 하지만 아주머니의 얼굴이 아닌 자신의 어깨를 움켜잡고도 미세하게 흔들리고 있는 손에 시선이 고정되었다.

"아줌마 아들은, 주원이는 아버지를 따라 다른 나라로 가서 살 거란다. 조금 있다가, 떠날 거야."

아주머니의 눈을 바라보지 않아도 목소리에 배인 슬픔이 그녀의 가슴으로 전해져 오는 것 같았다.

"은호라고 했나?"

주원이 잠시 그녀를 내려다 보다 다시 입을 열었다. 은호는 천천히 고개를 끄덕였다.

"남자아이니?"

은호는 고개를 흔들었다.

그녀의 머리 스타일이 짧은 커트인 것은 순전히 고모들의 선택이었다. 결벽증에 가깝게 성격이 깔끔했던 큰고모가 먼저 집 안에 긴 머리카락이 굴러다니는 것을 참을 수 없다며 그녀를 미용실로 데려가 허리까지 내려오던 긴 생머리를 잘랐다. 그리고 나머지 고모들도 여자아이들은 머리 손질에 필요 이상으로 시간이 많이 걸린다며 그녀의 커트 스타일을 마음에 들어 했다.

머리 스타일이 바뀐 뒤로 그녀는 학교에서 남자아이들이 아닌 여자아이들에게 둘러싸여 지내는 날이 더 많아졌다. 하지만 그것이 자신이 남자아이처럼 보이기 때문일 거라고는 생각해 보지 못했다. 은호는 자신에게 새로운 사실을 깨닫게 해준 것이 주원의 잘못이 아니라는 건 알았지만 자신도 모르게 숨을 씩씩거렸다.

"그럼 여자?"

다시 묻는 그의 목소리에 놀라움과 웃음기가 배어 있다는 사실을 느낄 수 있었다. 은호는 고개를 치켜들고 지금 그가 진심으로 묻고 있는 것인지 확인하고 싶었다. 하지만 그를 쳐다보지 않았다. 그를 바라보지 않아도, 가쁘게 숨을 씩씩거려도, 여전히 심장은 너무 세게 콩닥거리고 있었다.

"은호는 열두 살이고, 예쁜 소녀란다."

"……."

아주머니의 설명에 그는 아무 대답이 없었다. 은호가 고개를 들어 바라볼까 망설이던 순간 그가 천천히 입을 열었다.

"남자아이였다면 더 좋았을 텐데."

왜죠? 그 순간 은호는 묻고 싶었다. 그 후로도 그녀는 왜 그녀가 남자아이라면 더 좋았을 것이라고 했던 건지 사진 속의 그에게 묻고 또 물었다.

"다시 얼굴 보는 일 없을 테니 이제 작별 인사를 해야 하는 건가?"

그녀의 키에 맞춰 다리를 굽히며 그가 말했다.

"……."

은호는 아무 말 없이 조금 전의 질문을 계속 곱씹고 있었다. 그녀의 머릿속을 들여다보기라도 한 것처럼 그 순간 주원이 씩 미소를 지어 보였다. 도도한 귀족이, 아니, 잘생긴 악마가 그녀를 향해 웃고 있었다. 심장이 멎을 만큼 근사한 미소였다.

"잘 있어라, 채은호."

그와의 짧은 첫 만남은 그게 전부였다. 아주머니는 남편과 10여 년의 긴 별거 끝에 이혼을 했다고 했고, 외아들인 주원은 그의 아버지를 따라 영국에 가서 살 거라고 했다. 하지만 그 후로도 아주머니는 매일 아들과 통화를 하며 서재에 걸린 그의 사진을 닦았다. 그리고 은호도 아주머니의 사진첩과 서재에 걸린 사진을 통해 매일 그를 만나며 지냈다. 정말 신기한 것은 그의 사진을 바라볼 때면 아주머니에게 아들이 있다는 사실을 처음 알았을 때처럼, 아니, 그의 처음이자 마지막 미소를 봤을 때처럼 그녀의 심장이 미친 듯이 두근거린다는 사실이었다.

"그럼 두 사람 이야기 나누세요."
박 변호사가 자신의 가방을 주섬주섬 챙기더니 자리에서 일어섰다.
"저는 거실에서 기다리고 있겠습니다."
박 변호사가 문을 닫고 나가자 서재 안이 더 고요하고 서늘해지는 것 같았다. 은호는 고개도 들지 않고 무릎 위의 손가락만 만지작거리고 있었다.
"너도, 말도 안 되는 얘기라고 생각하고 있겠지?"
10년 전 그의 목소리가 젊은 남자의 씩씩하면서도 부드러운 저음이었다면 지금의 그는 매력적으로 나직하지만 약간은 건조하게 느껴지는 음색을 가지고 있었다. 그도 그녀만큼이나 울어서 목소리가 갈라져 버린 것인지도 모른다.
"……"
말이 되지 않는 얘기라는 그의 생각에는 그녀도 전적으로 동의했다. 하지만 아무런 대답도 할 수 없었다. 아주머니가 돌아가셨다는 사실도 믿기지 않았는데 유언장에 적힌 내용이 믿기지 않는 것은 당연한 일일 것이다. 게다가 다시는 현실에서 만나지 못할 것이라고 생각했던 사진 속 잘생긴 남자가 더 근사하고 남자다운 모습으로 지금 그녀를 빤히 바라보고 있었다.

"지금 대학생이지?"

"네."

"그럼 성인이니 혼자 지낼 수는 있겠지?"

"네?"

"난 내일 돌아갈 거야. 이제 이 집에 어머니는 안 계시지만 그래도 예전처럼 씩씩하게 잘 지내길 바란다."

주원이 자리에서 일어섰다.

"왜요?"

"뭐가?"

"아주머니 유언장 내용······. 그냥 이렇게 돌아가시면 어떻게 해요?"

은호는 눈을 동그랗게 뜨고 주원을 바라보았다. 잘못돼도 뭔가 한참 잘못된 이 상황 속에 그녀만 혼자 덩그러니 남겨두고 떠나겠다니······.

"그럼 뭘 어떻게 해야 하는 건데?"

그녀보다 지금의 상황에 더 황당해해야 할 그의 목소리에선 어떤 불만이나 의아함 같은 것도 느껴지지 않았다. 마치 자신과는 전혀 상관이 없는 일이라는 듯 차분하기까지 했다. 은호는 자꾸만 더 기분이 이상해지는 것 같았다. 하지만 너무 큰 충격과 슬픔에 잠겨 있을 그가 지금 이성적으로 생각을 정리하고 판단을 내리길 바라는 것은 무리일 수 있었다. 자신이라도 정신을 바짝 차려야겠다고 생각한 은호는 자리에서 일어서 주원의 눈을 마주 보았다.

"전 상관없어요."

"뭐가?"

"오빠가 하자는 대로 할게요."

그의 시선이 10년 전과 변함없는 길이를 유지하고 있는 그녀의 짧은 커트머리를 쓰다듬듯 동그랗게 흘러내려 그녀의 눈을 바라보았다. 은호는 문득 지금도 자신이 남자아이로 보이고 있을지가 궁금해졌다. 지금의 머리스타일과 옷차림이면 충분히 그렇게 보이고도 남을 것이겠지만 그의 눈빛만으로 생각을 추측하기란 불가능했다.

"뭘?"

방금 전의 일들을 그새 모두 잊은 듯 그의 목소리에선 어떤 감정도 느껴지지 않았다.

"결혼이요."

"결혼?"

"네."

"유산 때문에 너한테 프러포즈라도 하라고?"

비웃듯 그의 입술 끝이 살짝 말려 올라갔다.

"프러포즈를 하라는 건 아니에요. 하지만 전 오빠가 아주머니의 유산을 상속받는데 걸림돌이 되고 싶진 않아요."

다시 그녀의 심장이 콩닥거리기 시작했다.

"너 지금 몇 살이지?"

"스물두 살이요."

"그래서 스물두 살에 결혼이라도 하겠다고? 그것도 남의 인생 때문에?"

"유산뿐만 아니라 이 집, 이 집도 아주머니와 가족들에게는 정말 소중한 의미잖아요. 제가 갖게 되는 건 말도 안 되는 일이라고 생각해요."

"그건 어머니의 선택이야."

"하지만 제 선택은 다른걸요."

"그 선택은 1년 후, 10년 후, 그리고 더 이후의 네 모습에 대해서 진지하게 고민을 해본 다음에 해도 늦지 않을 거야."

주원도 박 변호사를 따라 방을 나갔다. 은호는 서재 안에 덩그러니 남아 지금의 상황을 곱씹고 또 곱씹어보기 시작했다.

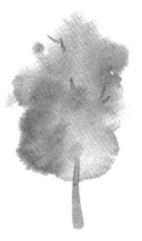

남편의 조건

[……서울시는 지난 1월 28일 UIA(국제건축가연맹)를 통해 국제아이디어 설계 공모를 냈고, 4월 15일 작품접수를 마감한 결과 내국인 337명과 세계 각국에서 408명이 참가 등록을 했다고 발표했습니다. 서울시는 박윤석 대한건축사무소 대표, 제임스 그렉 베를린 대학교 공대 학장, 조경 건축가 잭 스미스 등 12명으로 구성된 심사위원회를 통해 4월 20일부터 사흘간 총 45개국의 작품에 대한 엄정한 심사를 펼쳤습니다. 박윤석 심사위원은 '제출된 작품들이 대부분이 완성도와 디자인, 작품성 등 모든 면에서 상당한 실력을 갖춰 심사에 어려움을 겪었다'고 말했으며, 특히 이번 공모에 1등으로 당선된 차주…….]

Rrrrrrrrr…….

언제부터 켜져 있었던 것인지 쉬지 않고 떠들어대는 TV 소리에도 아랑곳하지 않고 깊은 생각에 빠져 있던 은호는 갑자기 울리는 전화벨 소리에 깜짝 놀라 그제야 자신이 소음 속에서도 멍하니 생각에 잠겨 있었다는 사실을 깨달았다. 손에 커피 잔이 들려 있었다는 사실도 잊고 일어서려다 얼른 테이블 위에 잔을 내려놓은 뒤 리모컨을 찾아 TV를 끄고 수화기를 집어 들었다.

"여보세요?"

[채은호 씬가요?]

"네. 그런데요?"

[경찰섭니다. 지난번에 접수하셨던 전화사기 피의자가 잡혔습니다. 서로 방문을 좀 해주셔야 할 것 같은데요.]

"아, 그래요?"

[오늘 시간이 괜찮으시면 방문해 주십시오.]

"알겠습니다."

은호는 힘없이 수화기를 제자리에 내려놓았다. 대한민국의 가장 평범하고 선량한 시민 중 한 사람인 자신에게 사기를 친 나쁜 사람이 잡혔다는 사실에 기쁘고 속이 후련해 환호라도 질러야 할 것 같은데 그녀는 이상하게 기운이 빠져 다시 소파에 털썩 주저앉고 말았다.

성인이 된 이후부터 본격적으로 부모님을 찾기 시작했다. 경찰서에 헤어진 가족 찾기 프로그램에 신청을 했고, 지역 신문에 간간이 광고를 싣고 있으며, 시간이 날 때마다 전단지를 만들어(부모님의 사진이 없어 모두 어릴 적 자신의 사진의 실었지만) 사람들에게 나누어 주고 있지만 기다리고 있는 엄마나 아빠에게 연락이 오기보다는 이런저런 방법으로 그녀만 상처를 입고 있었다.

최근에는 자신이 엄마라고 전화를 걸어온 한 중년 여성이 피치 못할 사정으로 전국을 떠돌다 현재는 제주도에 살고 있어서 여비를 붙여 주면 당장에라도 그녀를 만나러 오겠다고 했다. 여러 가지 정황과 그녀와 어릴 적 기억 몇 가지가 분명하게 일치해 힘들게 아르바이트로 모아둔 비상금을 여비보다 넉넉하게 부쳤다. 그런데 연락이 끊겼다. 그래서 알아보니 이미 수십 명의 피해자가 접수된 사기 사건이었다. 다시 전단지를 나눠줘야 하는 것인지, 아니면 엄마, 아빠가 그녀가 찾길 원하지 않고 있는 것으로 간주하고 마음을 접어야 하는 것인지 확신이 서지 않았다.

띵동, 띵동.

전화를 끊은 뒤 다시 생각에 빠져들려던 그녀를 이번에 현실로 끌어당긴 것은 초인종 소리였다.

아주머니가 돌아가시고 난 뒤 지난 1년간 우편물 등의 용건이 아니라면 이 집에 찾아오는 사람은 거의 없었다. 하지만 그녀는 아주머니가 살아 계실 때처럼 늘 집 안을 깨끗하게 청소했고, 자신의 전공을 살려 정원의 잔디와 나무를 손질하고 화단을 가꿨다. 그러기 위해서는 육체적으로나 경제적으로 많은 노력이 필요했지만 그녀는 그것이 아주머니에 대한 최소한의 예의라고 생각했다.

사실 법적으로는 이미 1년 전 그녀의 소유가 되었지만 은호는 이 집을 자신의 집이라도 생각하지 않았다. 아주머니의 아들과 남편에게 언젠가는 돌려주는 것이 맞다고 생각하고 있었다. 하지만 그전까지는 그녀가 이 집을 지켜갈 것이다. 그게 이 집에 머물고 있는 동안, 그리고 지난 10년간 자신을 돌봐주신 아주머니에 대한 작은 보답이자 인사 방법이라 여겼다.

며칠 전 아주머니의 첫 번째 기일에 맞춰 주원이 올 거라는 미리 연락을 받아 둔 터였기에 주원이 서 있을 것이라는 사실에 조금도 의심하지 않고 현관문을 연 은호는 그 자리에 얼어붙어 버렸다.

"여긴 어쩐 일이에요?"

"오랜만이지?"

11년 전 그녀의 짧은 입양 생활에 종지부를 찍게 만들었던 태웅이 그녀의 앞에 서 있었다. 아주머니가 살아 계실 때는 생신 때나 집안에 특별한 일이 있을 때면 아주머니가 그들 가족을 초대해 어쩔 수 없이 1년에 몇 번씩은 얼굴을 봐야 했다. 하지만 아주머니가 돌아가신 뒤로는 얼굴을 볼 일이 없는 사이였다. 아주머니가 돌아가신 이후 그녀에게 유일하게 다행으로 여겨졌던 사실이었는데, 오늘은 그마저도 바스러지고 있었다.

"무슨 일이냐고요?"

"나 누군지 몰라? 알면 좀 비켜."

그녀가 계속 현관 앞을 가로막은 채 서 있자 태웅이 집게손가락으로 그녀의 어깨를 톡톡 건드렸다. 주원이 들어오기 편하도록 대문을 열어 둔 것이 실수였다는 사실을 깨달았지만 후회해 봐야 때는 이미 늦은 상태였다.

"지금 이 집에 저밖에 없어요."

"알아."

그녀를 내려다보는 태웅의 눈동자가 '감히 네까짓 게 이 집의 주인 행세를 하려드는 것이냐'는 듯 기분 나쁘게 번들거렸다.

"그럼 저한테 할 얘기가 있어서 오신 거군요?"

이 집안 남자들이 대부분 그렇듯 훌쩍 큰 키에 씨름선수 같은 덩치의 태웅이었지만 은호는 기죽지 않고 허리를 꼿꼿이 세웠다.

"훗. 그럼 내가 뭐 하러 이 집에 왔겠어?"

"그럼 여기에서 하세요."

"뭐?"

"얘기를 들어야 할 사람이 저뿐이라면, 그냥 여기에서 하시라고요."

"빡빡하게 굴긴. 손님이 왔으면 차라도 한잔 대접하면서 얘기를 나누자고 해야 하는 거 아니야?"

태웅이 자신의 퉁퉁한 어깨로 그녀의 가냘픈 어깨를 밀어 버리고는 안으로 뚜벅뚜벅 걸어 들어갔다. 은호는 태웅에게로 빠르게 다가가 그의 팔을 잡았다.

"여기 제 집이에요."

"나도 알아."

자리에 선 태웅이 짜증스럽다는 듯 대꾸하고는 자신의 팔을 세게 털어 단번에 그녀의 손을 떼어냈다.

"지금 당장 나가지 않으면 경찰을 부르겠어요."

"무슨 명목으로? 돌아가신 큰어머니가 생각이 나서 큰어머니 집에 잠깐 들른 조카에게 무슨 죄명을 씌울 건데?"

태웅이 쌍꺼풀 없이 커다란 눈에 잔뜩 힘을 주고 그녀를 바라보았다. 순간적으로 11년 전 방문 앞에 서서 그녀를 바라보며 헤죽거렸던 모습과 겹쳐 보여 은호는 온몸에 소름이 돋는 것 같았다.

"방금 제 집이라고 말했던 것 같은데요."

"넌 예전이나 지금이나 변함없이 건방지고 뻔뻔스럽구나?"

"……."

"그동안 이 집에 공짜로 기생을 했던 것도 모자라 버젓이 살아 있는 아들과 남편, 거기다 조카들까지 죄다 무시하고 이런 집을 물려받은 걸 보면 보통 계집애가 아닌 건 분명하다만, 사실 나 예전부터 너무 궁금했는데 너 도대체 큰어머니한테 무슨 수작을 부렸기에 이렇게 큰 집을 피 한 방울 섞이지 않은 너한테 남겨주신 거냐? 혹시 박 변호사랑 짜고 그 유언장에 무슨 장난이라도 한 거 아냐?"

"……."

은호는 너무 어이가 없어 거칠게 들이마신 숨을 그대로 머금고 서 있었다.

"소문에 듣자 하니 박 변호사가 여자 다루는 솜씨가 아주 수준급이라던데. 옛날에는 완전 선머슴 같더니만 요즘에는 제법 계집애 같아진 게 혹시 박 변호사랑 무슨 일 있었던 거 아니야?"

태웅이 은호의 모습을 천천히 훑어 내렸다. 은호는 부르르 떨리는 주먹을 있는 힘껏 움켜쥐었다.

"이 집에서 당장 나가요!"

악다문 어금니 사이로 그녀가 나직하게 소리쳤다.

"그게 아니라면 큰어머니의 약점이라도 잡고 있었던 거야? 그래서 병들어 죽어가고 있는 노인네한테 그런 유언장을 쓰게 한 거냐고?"

"뭐 눈에는 뭐만 보인다더니, 아주머니 살아 계실 때 그쪽이 어떤 일을 벌였었는지 저도 모두 알고 있거든요?"

은호는 마음 같아서는 그의 팔을 물어뜯어서라도 쫓아내고 싶었지만 마음을 가다듬고 차분한 목소리로 말했다.

"뭘 안다는 거야?"

그의 얼굴이 그녀 가까이로 내려왔다. 은호는 자신도 모르게 움찔했다 마음을 가다듬고 다시 고개를 들었다.

"함부로 지껄이고 다니면 무고죄로 고소할 줄 알아."

"그쪽이 먼저 입 조심하면 저도 조용히 있죠."

은호는 지지 않고 눈에 힘을 준 채 자신의 몸집보다 족히 배 이상은 큼직한 태웅의 얼굴을 똑바로 바라보았다.

"정작 친아들인 주원이 형한테는 말도 안 되는 조건을 걸고 유산을 한 푼도 남기지 않으신 걸 보면 뭔가 아주 의심스러운데, 그 복지단체라는 것도 순전히 박 변호사에게 선정 권한을 일임하셨다면서?"

"그렇게 의심스러우시면 여기에서 이러지 말고 직접 경찰서에 가서 얘기를 하세요."

"주원이 형도 분명 의심을 하고 있을 거야. 참, 오늘 주원이 형 온다면서? 같이 경찰서에 가 보자고 해야겠는걸."

"그러시든지요."

태웅이 그녀를 향해 송곳니를 드러내며 히죽 웃어 보였다. 은호도 지지 않고 한쪽 입꼬리를 끌어올려 씩 웃어주었다.

"경찰서에는 왜?"

그때 반쯤 열려져 있던 현관문을 열고 주원이 모습을 드러냈다.

집 안으로 들어서는 주원을 본 순간 은호는 쿵하고 심장 위로 무언가 단단한 것이 떨어지는 것 같았다.

1년 만이었다. 그를 다시 만나는 건. 11년 동안 고작 세 번째 만나는 거였지만 그의 모습은 거의 달라진 게 없었다. 무척 피곤해 보였음에도 헉 하고 눈길이 갈 정도로 여전히 근사했다. 아니, 피곤함이 역력한 눈빛이 왠지 섹시해 보이기까지 하는 것 같았다. 그 순간 은호는 주원을 향해서만은 한없이 오글거리는 표현을 하고 있는 자신의 감정에 깜짝 놀라 흡, 숨을 멈췄다.

하지만 무호흡 상태에서 바라봐도 그려놓은 듯 윤곽이 뚜렷한 눈썹, 사내답게 시원한 콧날, 도도하지만 아름다운 입술, 그리고 상대의 생각을 꿰뚫어 보기라도 하듯 깊고 오묘하게 빛나는 까맣고 시원한 눈매가 매력적이라는 사실은 절대 부정할 수 없었다. 백마 탄 왕자님이 세상에 정말 존재했었다면 지금 그녀의 눈앞에 서 있는 주원과 같은 모습이었으리라.

"오셨어요?"

단지 인사를 건네는 것뿐이었는데도 은호의 목소리는 긴장으로 메

말라 있었다.

"잘 지냈지?"

그는 모습뿐 아니라 목소리도 여전했다. 부드러웠지만 전혀 다정하게 느껴지지 않는 것이……

"네."

"형?"

이미 거실 안으로 발을 들여놓았던 태웅도 눈이 휘둥그레져 주원을 돌아보았다.

"일찍 왔네요?"

"네가 여긴 어쩐 일이야?"

주원은 태웅을 발견하고도 그리 놀라거나 반가워하는 기색이 없었다. 오히려 무슨 이유로 태웅이 이곳에 있는 건지를 묻듯 은호를 바라보았다.

"큰어머니 기일도 얼마 안 남았고 해서 그냥 한번 들러 봤어요."

"어머니 기일인 게 네가 이 집에 찾아오는 것과 무슨 상관인데?"

"무슨 상관이긴요. 큰어머니 생각도 나고 해서 한번 들러봤는데 저 계집애가 저를 못 쫓아내서 안달이잖아요."

"여기 이제 채은호 집이야."

그녀의 이름을 발음하는 그의 목소리가 못된 꼬마를 호명하듯 지나치게 강조되어 있었다. 여전히 그녀가 여자라서 불만인 것인가? 하긴 충분히 그럴 수 있었다. 그녀가 여자였기 때문에 아주머니는 그에게 그녀와 결혼을 하면 유산을 물려주시겠다는 말도 안 되는 조건을 내거셨으니.

"형!"

"내가 쓰던 방은 그대로 있지?"

주원의 질문에 은호는 대답 대신 고개를 끄덕였다.

"올라가서 쉴게."

"네."

"형, 잠깐만요."

"피곤하다, 태웅아. 다음에 얘기하자."

주원은 여행용 가방을 들고 지난 30년간 자신의 방이었던, 하지만 이제는 은호의 것이 된 방을 향해 계단을 올라갔다.

유언장에 명시되어 있는 기한이 이제 한 달가량 남았지만 어머니의 것에 욕심은 없었다. 그는 어머니가 아버지와의 이혼에 합의를 하셨다는 사실을 알게 된 순간부터, 그리고 자신의 꿈을 위해 아버지와 함께 사는 게 좋겠다는 두 분의 결정을 받아들인 순간부터 어머니의 삶 이하 모든 것에서 반걸음 물러서야 한다는 사실을 본능적으로 알 수 있었다. 하지만 지금도 왜 어머니가 재산을 그에게 남기는 데 은호와의 결혼을 전제로 건 것인지는 의아하기만 했다.

지난 10년간 몸이 약한 어머니의 곁을 은호가 잘 지켰다는 사실을 그는 인정했다. 어머니의 편지에 동봉된 사진 속에는 웃고 있는 어머니의 곁에 항상 같은 표정의 은호가 있었다. 어쩌면 어머니의 그림자 같았던 그녀의 모습에 너무 익숙해져 버린 그였기에 오늘이 고작 세 번째 만남이라는 사실도 잊은 채 그녀와의 만남을 너무 당연하게 받아들이고 있는 것인지도 모른다.

그는 장례식이 모두 끝나고 영국으로 돌아가 그동안 어머니가 자신에게 보내셨던 편지를 정리하며 다시 읽어보다 은호가 정말 사랑스럽고 착한 아가씨로 잘 자라고 있다는 표현이 유난히 잦다는 사실을 발견할 수 있었다. 그건 무의식중에 튀어나온 표현이었을까? 아니면 어머니 나름의 의도된 강조의 표현이었을까? 그런 사소한 표현들로 그는 자신도 모르는 사이 어머니가 사랑스럽고 착한 은호와 함께 있어서 참 다행이라고 여기고 있었던 것인지도 모른다.

 그리고 그의 믿음이 틀리지 않았다는 사실을 증명이라도 하듯 은호는 이기적이었던 자신을 대신해 마지막까지 어머니의 곁을 지켜주었다. 사실 그녀라는 존재가 이 집에 있었기에 그는 지금껏 마음 편히 욕심냈던 모든 공부를 끝마치고 꿈을 펼칠 수 있었다. 그렇기에 어머니가 그녀에게 이 집을 물려주었다는 사실에 조금도 이의가 없었다. 아니, 어머니는 그녀에게 아무런 조건 없이 모든 재산을 물려주었어야 했다. 자격이 없는 그에게 물려주기 위한 억지 조건을 내거시는 오류를 범하기 전에.

 그의 방은 예전 모습 그대로였다. 어머니가 계실 때처럼 단정하게 묶여 있는 커튼이며 창으로 내려다보이는 잘 손질된 정원의 잔디와 나무들. 모든 것들이 마치 다시 1층으로 내려가면 어딘가에 어머니가 계실 것 같은 착각을 느끼게 했다. 주원은 창으로 다가가 활짝 문을 열어 젖혔다. 그러자 기다렸다는 듯 쏟아져 들어오는 햇살과 싱그러운 초록의 내음이 그의 해묵은 그리움을 단숨에 씻어주는 것 같았다.

 11년 전 처음 은호를 만났던 그날도 지금처럼 파릇파릇 돋아난 잔디가 막 정원을 뒤덮었을 무렵이었다.

 어릴 적부터 외할아버지는 아버지를 대신해 시간이 날 때마다 그를 데리고 본인이 직접 지은 건물이나 지방의 유명한 건축물, 그리고 박람회장을 구경하러 다녔다. 외할아버지와 아버지의 영향으로 그는 자연스럽게 언젠가는 아버지처럼 세계 곳곳에 멋진 건축물을 짓는 건축사가 되겠다는 꿈을 갖게 되었고, 어머니 역시 그의 꿈을 아낌없이 응원해 주었다. 하지만 막상 두 분의 이혼이 결정되고, 자신마저 꿈을 위해 어머니 곁을 떠나야 한다는 사실에 그날은 무척 무거운 마음으로 짐을 챙기고 있었다. 어머니가 이름을 부르는 소리에 죄를 지은 것처럼 뜨끔거렸던 가슴의 통증이 방금 전의 일이었던 것처럼 그는 지금도 고스란히 기억하고 있었다.

아래층으로 내려가는 발걸음이 무척이나 무거웠지만 그가 난간에 서서 아래층을 바라봤을 때 어머니 곁에는 왜소한 체격에 짧은 커트 머리, 그리고 계절에 어울리지 않게 두툼했던 검은 스웨터 차림의 작은 아이가 서 있었다.

이미 며칠 전 어머니로부터 그가 떠나고 나면 고아원에서 지내고 있던 아이를 데리고 와 함께 지내기로 했다는 얘기를 들어 둔 상태였다. 하지만 처음 본 외모로는 한눈에 아이의 성별을 분간하는 것이 힘들었다. 다만 겁에 질린 듯 동그랗고 새까만 눈동자를 깜빡이지도 않고 자신을 바라보던 모습은 참으로 인상적이었다.

티 하나 없이 하얗던 피부가 점점 붉게 상기되는 것이나 산딸기처럼 붉고 자그마한 입술을 앙다물고 있다 자신이 마주 서자 아랫입술을 질끈 깨무는 모습보다 계단을 내려가는 그를 따라 한 계단 한 계단 쿵쿵 굴러떨어지던 그 크고 새까만 눈동자가 당시 그 아이의 심정을 더 절실하게 표현하고 있는 것 같아 그는 묘하게 신경이 쓰였다. 그가 계단을 모두 내려가 아이 앞에 섰을 때, 사실 그 꼬마는 굳이 성별을 확인하는 것이 크게 의미가 없을 정도로 갸름한 얼굴에 작고 귀엽기만 했지만 그가 마주 섰을 때는 더 이상 그를 바라보지 않았다. 그때 그 꼬마가 소년이었다면 고개를 치켜들고 그의 눈을 마주봤었을까? 그 아이가 소년이었다면, 좀 더 씩씩하게 자신에게 인사를 건넸다면, 어머니를 잘 부탁한다고 말하고 싶었는데…….

어쩌면 그는 무의식중에 자신의 빈자리를 채우게 될 아이가 남자아이길 바랐던 것인지도 모른다. 아무래도 듬직한 체격의 남자아이가 어머니 곁에서 의지가 되어 준다면 자신이 곁에 없어도 조금은 안심할 수 있을 것 같았다. 그리고 어머니가 좋아하시는 정원을 돌보는 일에도 여자아이가 아닌 남자아이의 힘이 더 필요할 것이라고 생각을 했었다. 하지만 그건 그의 기우일 뿐이었다. 은호는 어머니에게 고작 의지할 수 있는 대상이나 힘들 보태줄 아이가 아니었다. 어머니에게 또 다른 의미의 가족이자 친구였다.

그 후 10년이 흐르고 두 번째 만남이었던 어머니의 장례식에서 봤던 은호의 모습은 10년 전 모습에서 크게 달라진 것이 없었다. 키가 많이 자란 것 같기는 했지만 여전한 길이의 짧은 커트 머리에 검은색의 셔츠와 검은색의 바지를 입은 호리호리한 모습이 마치 지나치게 예쁘게 생긴 사내아이 같기도 했다.

하지만 오늘 본 은호의 모습은 1년 전과 많이 달랐다. 그가 이제껏 보아왔던, 채은호의 트레이드마크와도 같았던 커트 머리가 귀를 살짝 덮는 단발이 되어 있었다. 그리고 몸에 달라붙는 청바지에 흰색 티셔츠를 입고 있는 모습이 그의 호기심을 불러일으킬 만큼 상큼하고 여성스럽게 보였다. 이제야 그때의 열두 살 꼬마가 소녀였다는 사실이 실감이 나는 것 같았다. 하지만 그는 여전히 눈에 보이는 스물세 살 아가씨의 모습보다 머릿속에 있는 열두 살 꼬마 은호에게 더 익숙했다.

똑! 똑! 그때 그의 방문에 노크 소리가 들려왔다.

"저 은혼데요."

"응."

문이 빼꼼 열리더니 은호가 고개를 내밀었다. 주원은 몸을 돌려 창문을 등지고 은호를 바라보았다.

"아직 식사 전이시죠?"

"기내식을 먹어서 별로 생각이 없는데."

"네."

그의 기우였을까? 은호의 목소리에 살짝 실망이 배어 있는 것 같았다.

"태웅이는?"

"돌아갔어요."

"그냥?"

"네."

은호가 수줍게 웃으며 대답했다. 처음 그와 마주섰을 때 두 뺨이 발갛게 달아 있던 꼬마 은호의 모습이 다시 생각났다.

"알았어."

"그럼 뜨거운 차라도 한잔 가져다 드릴까요?"

"그냥 쉴게."

"네."

은호의 얼굴이 뒤로 물러나더니 소리 없이 방문이 닫혔.

그의 시선이 은호가 닫고 나간 문에서 어머니의 손때로, 더는 어머니의 손때가 아닐 수도 있겠지만 반들반들 윤이 나는 책꽂이로 옮겨 갔다. 그가 초등학교에 막 입학했을 무렵 아버지가 손수 만들어 주었던 것이다. 그의 기억이 맞다면 그날 이후 아버지는 더 이상 이 집에 오지 않으셨다. 그때부터 이 넓은 집은 오롯이 그와 어머니의 차지였다.

하지만 어머니는 아버지가 계시지 않아도 언제나 그랬던 것처럼 손수 집의 안팎을 매일같이 쓸고 닦았다. 일하는 아주머니가 계셨지만 아버지와의 추억이 닿은 곳은 모두 어머니의 차지였다. 이 책꽂이 역시 어머니가 매일 정성껏 닦고 정리했던 것들 중 하나였다. 오래된

한옥의 기둥처럼 여전히 같은 자리에서 반들거리며 윤이 나는 정갈한 모습이 마치 어머니의 단아한 미소를 보는 것 같았다.

'어머니, 이제야 돌아왔어요……'

주원은 어머니의 손을 어루만지듯 책꽂이를 정성스레 어루만졌다.

그는 어릴 적부터 어머니의 사랑, 아버지의 일에 대한 열정을 자연스럽게 이해하고 받아들였던 것인지도 모른다. 아버지만을 해바라기 했던 어머니, 사랑해서 한 결혼은 아니었지만 어머니에 대한 의리를 지키려 했던 아버지……. 하지만 아버지는 끝내 어머니가 아닌 자신의 일과 야망을 선택하셨다. 그리고 공부를 모두 마친 후 그 역시 귀국할 수 있는 기회가 있었지만 어머니의 곁이 아닌 아버지와 같은 길을 선택하고 말았다. 큰 꿈을 품고 떠났던 그곳에서 성공을 거두지 못한 채 돌아오고 싶지 않았다. 이제야 어머니에게 보여 드릴 작은 결과 하나를 거머쥐었는데 어머니는 더 이상 이곳에 계시지 않았다. 그의 가슴이 다시 욱신거리는 것 같았다.

사실 어머니 기일에 맞춰 귀국을 한 것이긴 했지만 이번 귀국 중 그에게는 여러 가지 해야 할 일들이 있었다. 얼마 전 서울시에서 국제적으로 아이디어 설계 공모를 냈던 예술센터 건립에 그가 출품한 작품이 1등으로 선정이 되었기 때문이다. 지금까지는 아버지의 이름으로 등록이 된 대형 건축사사무소에서 일을 했지만 조만간 독립을 할 생각이었기에 이번 당선이 그에게는 특별한 계기이자 발판으로 여겨졌다. 아버지에게는 시상식 겸 해서 다녀오겠다고 했지만 그의 독립은 이제 불가피한 일이었다.

그가 지금껏 아버지가 이루어 놓은 그 어마어마한 명성을 그대로 물려받으려 하지는 않을 것이란 사실을 아버지도 짐작은 하고 계실 것이다. 다만 아버지의 그늘이 아닌 이곳 한국에서 다시 시작하려는 그의 계획에는 어떤 반응을 보이실지…….

은호는 거실로 내려와 소파에 앉았다. 아주머니를 생각하면 주원을 잠시라도 자신의 고향 집에 돌아온 것처럼 편안한 기분으로 지내게 해주고 싶은 마음이 굴뚝같았다. 하지만 그녀는 그에 대해 알고 있는 것이 너무 없었다. 심지어 그가 한국에 얼마 동안 머물 것이며, 있는 동안은 쭉 이 집에 머물지 다른 숙소를 정해 놓은 것인지조차 알지 못했다. 다시 들어가서 물어볼까 생각하고 있을 무렵 전화벨이 울렸다.
"여보세요?"
[은호야 나야.]
전화를 걸어온 사람은 그녀의 대학 친구에서 절친이 된 재승이었다.
[그 사기꾼은 잡았어?]
재승은 대뜸 얼마 전 그녀의 엄마를 사칭해 경비를 챙기고 연락을 끊었던 사건을 꺼내 물었다.
"응, 오늘 경찰서에서 연락 왔어."
[생각보다 금방 잡혔네? 다행이다. 하여튼 요즘 경찰들 엄청 바쁘겠어. 그렇게 질 나쁜 사람들이 세상에 넘쳐나니, 쯧쯧.]
"그러게."
[그러니까 내가 전단지에 너무 세세하게 적는 건 위험하다고 했잖아. 너를 보면 난 아직도 물가에 내놓은 어린아이를 보는 것 같다. 요즘 세상이 얼마나 험하고 무서운데……. 그런데 너 조금 전에 HBN 뉴스 봤어?]
"왜? 또 무슨 엄청난 사건이라도 일어났어?"

은호는 형식적인 목소리로 물었다.

[당연하지. 차주원 씨가 뉴스에도 나왔더라고.]

언젠가 그녀의 집에 놀러와 서재에 걸린 주원의 사진을 보고 그의 빛나는 외모에 감탄을 금치 못했던 재승은 그 뒤로도 간간이 주원의 소식을 묻곤 했었다. 그런데 단 한 번 본 사진으로 그의 모습을 이토록 또렷하게 기억하고 있다니, 은호는 새삼 재승의 놀라운 기억력에 감탄하고 있었다.

"완전 유명 인사네."

[그래, 나 너희 집에 놀러가서 사인이라도 받아 둬야 하는 거 아닌지 모르겠다. 그런데 내가 우리 과 친구들이랑 그 뉴스를 같이 봤는데, 건축이랑 전혀 상관도 없는 내 친구들도 다 차주원 씨를 알고 있더라고. 난 무슨 연예인인 줄 알았다니까.]

"정말?"

[당연하지. 그런데 그게 다야?]

"그럼 또 뭐가 더 있어야 하는데?"

재승은 지방에서 크게 화원을 하시는 아버지의 권유로 조경과에 입학을 해 한동안 은호와 함께 공부를 했었다. 하지만 1년을 채우지 못하고 주체할 수 없는 자신의 끼와 넘치는 상상력으로 다시 만화 예술로 학과를 옮겨 다니고 있는 상태였다. 전공은 달라졌지만 그래도 두 사람은 여전히 서로에게 특별한 친구였다.

[너, 엄마 찾아야 하잖아?]

"응."

[너도 전국 방송에 나가서 엄마에 대한 얘기를 하면 훨씬 많은 사람들의 머릿속에 각인이 됨과 동시에 부모님이 직접 보실 확률도 높아지지 않겠어? 그러니까 차주원 씨한테 부탁해 봐. 오늘처럼 전국

방송으로 나가는 인터뷰할 때 같이할 수 없겠냐고?]

"어떻게 일 때문에 인터뷰를 하는데 같이할 수 없냐고 물어보냐? 더구나 친하거나 특별한 사이도 아닌데."

[야, 이 바보야! 이미 아는 사이니 더 특별한 사이로야 차차 만들어 가면 되지.]

재승이 윽박지르듯 소리를 질렀다.

"어떻게?"

은호는 자신이 점점 재승의 꼬임에 빠져들고 있는 다는 사실도 깨닫지 못한 채 고개를 갸웃거리며 다시 묻고 있었다.

[너희 아줌마 유산은 너랑 결혼을 해야만 차주원 씨한테 가는 거라며? 어차피 밑져야 본전인데 그걸로 한번 말이라도 꺼내 보라고. 더구나 한국에 얼마나 머물지도 모르는데, 나 같으면 술 마시고라도 미친 척 한번 얘기해 보겠다.]

"하지만 어떻게?"

[네가 이 한 몸 희생해 유산을 받도록 결혼을 해줄 테니까 다음에 인터뷰할 때 약혼자나 뭐 좀 각별한 사이로 같이 인터뷰 정도는 할 수 있게 해달라고 해.]

"재승아, 그게······."

[세상에 돈 싫다는 사람은 없더라.]

"아니야, 그럴 거였다면 아마 작년에 내가 넌지시 의사를 물어봤을 때 고민하는 기색이라도 보였을 거야. 그 자리에서 말도 안 되는 소리라고 딱 잘라 말하고 일어났었다니까."

[정말?]

"그래. 그리고 그다음 날 바로 영국으로 떠나더라."

[오, 역시! 그만한 인물이 네 손에 쉽게 들어가기엔 본인 스스로도

아쉬움이 많이 남았겠지.]

"피."

[으이그, 맹추야! 그럼 너 같으면 게이 남자가 치마 입고 다니면서 자기한테 오빠라고 부른다고 아무리 유산이 절실해도 서류상으로라도 결혼을 하고 싶겠냐? 세상에 눈이 얼마나 많고, 또 차주원 씨는 예술과 실용성을 접목해 현실 세계에 실체를 토해내는 위대한 건축가신데. 기억이 안 나나 본데 작년에 넌 바가지를 엎어 놓은 것 같은 머리 스타일에 만날 우중충한 남방에다 세트처럼 여러 벌인지 한 벌인지 도무지 분간도 안 되는 청바지만 입고 다녔다고. 사실 나도 그땐 가끔 너랑 다니면 창피했었거든. 게다가 우리 동네 아줌마들이 그 아담하니 이쁘게 생긴 총각이 내 애인이냐고 물어보시면 정말 친구고 뭐고 인연을 딱 끊고 싶더라.]

"어, 그랬어? 정말 미안하다."

은호는 자신의 모습이 사람들 눈에 그렇게 볼썽사납게 보였다는 사실에 잠시 충격을 받았지만 언제 끝날지 모르는 재승의 말을 끊기 위해 서둘러 사과부터 했다.

[하여튼 내가 하고 싶은 말의 요점은 정말 엄마를 찾고 싶으면 마지막 방법이다 생각하고 돌아가기 전에 한번 물어나 보라고. 그리고 이거는 정말 빅 시크릿인데, 대한 신문사에 다니는 우리 사촌 언니가 매달 특집으로 다뤄지는 이달의 인물 란에 인터뷰할 사람이 차주원 씨로 최종 결정됐단다.]

"대한 신문 이달의 인물이면 매달 초쯤 신문 한 페이지 분량으로 사진이랑 기사가 나가는 그 특집 인터뷰 기사?"

[그래, 이 맹추야. 이달의 인물은 가족이나 친구 중 한 사람도 따로 박스 인터뷰 실리는 거 알고 있지?]

"그러니까 정말 주원 오빠로 결정이 됐다고?"

[그래, 인터뷰 요청도 벌써 수락한 걸로 알고 있어. 너야말로 정말 부모님을 꼭 찾고 싶은 건 맞는 거지?]

"그걸 말이라고 해?"

그녀가 기억하는 엄마는 말을 하지 않았다면 모를까, 거짓말을 하는 사람은 아니었다. 그런 엄마가 헤어지기 직전 그녀에게 금방 다시 만날 거라고 말했다. 어릴 때는 그 약속을 지키지 못하고 있는 엄마가 미울 때도 있었지만 성인이 되고 난 뒤에는 엄마에게 무슨 일이 생겼거나, 좋지 못한 사정으로 찾아오지 못하고 있는 것은 아닌지 서운함과 걱정이 순간순간 교차했다. 거기다 아주머니가 돌아가시고 난 뒤로는 만약 엄마에게도 무언가 그럴 수밖에 없는 사정이 생겨 버린 것이라면, 그녀가 우물거리는 사이에 엄마와 재회할 기회는 영영 사라져 버릴지도 모를 것이라는 생각이 불쑥불쑥 머릿속을 파고들어 그녀를 더욱 조급하게 만들고 있었다.

[그럼 내가 한 말 정말 진지하게 한번 생각해 봐. 그리고 너 아주머니가 그 집 너한테 남겨주신 것도 그렇고 너와 연관 지어서 유산 상속에 문제가 생긴 것도 계속 신경 쓰인다고 했었잖아. 이제 기한도 얼마 안 남았으니까 이래저래 마지막 방법이다 생각하고 꼭 얘기해라, 채은호.]

"그래, 생각해 볼게. 신경 써 줘서 고맙다."

은호는 자신이 무슨 말을 하고 있는지도 알지 못한 채 중얼거리듯 나직하게 대답했다.

[끊는다.]

은호는 멍한 기분으로 수화기를 내려놓았다. 재승의 조언이 정말 말이 되는 얘기이긴 한 것일까? 1년 전 자신이 결혼에 대한 이야기를 꺼냈을 때 주원의 반응은 싸늘하기만 했다. 당시에는 그가 너무 큰 충격에 경황이 없어서 그랬을 수도 있다고 생각했었다. 그런데 최근 그에 대한 인터뷰들을 접하다 보니 그에게는 그럴만한 이유가 있었다는 사실을 새롭게 알게 되었다.

그의 아버지인 건축사 차주석은 건축계에서는 국제적으로 영향력이 있는 인물인 데다 영국에서 손꼽히는 종합 건축사 사무소 대표로 있었다. 그가 처음 영국으로 건너갔던 것은 아버지의 뜻 때문이었던 것이다. 그리고 그의 아버지가 그를 무척 자랑스럽게 생각하고 적극적으로 후원하고 있다는 사실을 한 기자가 영국의 다른 기사를 빗대어 해 놓은 설명을 통해 그녀도 분명하게 느낄 수 있었다.

게다가 얼마 전 서울시에서 국제적으로 공모한 공모전에서 수백 대 일의 경쟁률을 뚫고 1등으로 당선이 됐을 정도로 이제 그도 유능한 건축사가 되어 있었다. 어쩌면 아주머니의 재산에 그가 별다른 관심을 보이지 않은 것은 크게 이상할 것이 없는 반응이었는지도 모른다. 오히려 그녀처럼 오갈 곳 없는 불쌍한 아이에게 집을 남겨 주는 것이 그의 양심에는 더 뿌듯한 결과였을지도 모른다. 이런 모든 상황을 알면서도 주원에게 다시 결혼 얘기를 꺼내는 자신의 모습을 상상해 보다가 은호는 짧게 몸서리를 치고 말았다.

터덜터덜 자신의 방으로 돌아온 은호는 달력을 집어 들었다. 봄이 시작되었나 싶었는데 이제 어버이날도 얼마 남지 않았다. 학창시절에는 매년 아주머니에게 자신이 온실에서 직접 기른 카네이션으로 꽃바구니를 만들어 드렸지만 이젠 그녀의 곁에는 아무도 남아 있지 않았다. 주원도 얼마나 이 집에 머물게 될지 모르겠지만 돌아가고 나면 이 큰 집에는 다시 그녀 혼자만 남게 되는 것이다.

아주머니가 돌아가시고 얼마 후 큰고모를 찾아가 아빠의 연락처를 아는지 물었지만 고모는 지금 고모부가 실업자 신세라 힘들다며 자신의 신세 한탄만 늘어놓았다. 생활고에 자신의 동생이 죽었는지 살아있는지에는 관심을 가질 여력조차 없다는 것이었다. 그러다 그녀가 지내고 있는 집 주인에 대한 이야기를 어디에서 들었는지 이 집 식구들에게 부탁해 자신들에게 무이자로 작은 가게라도 내어줄 수 없는지를 넌지시 물어봐 달라고 했다. 만약 이 집이 그녀에게 남겨졌다는 사실을 알게 된다면 언제든 찾아와 더 큰 부탁을 할지도 몰랐다.

결국 지금 더 용기를 내지 않는다면 앞으로 남은 그녀의 일생이 지금과 같은 외로움에 완전히 갇혀 버릴지도 모른다. 은호는 달력을 제자리에 내려놓고 벌떡 일어섰다. 재승의 말처럼 지금이 그녀에게는 물불을 가리지 않아야 하는 시점인 것이다.

똑! 똑!

주원의 방문에 씩씩하게 노크를 하기는 했지만 그녀의 가슴은 어느 때보다 요란하게 쿵쾅거리고 있었다.

"네."

잠시 후 안에서 주원의 목소리가 들려왔다.

"저 잠깐 들어가도 될까요?"

"들어와."

은호는 문을 열고 방 안으로 걸어 들어갔다.

"짐은 다 푸셨어요?"

책을 훑어보고 있는 중이었던 듯 책꽂이 앞에 서 있던 주원이 마침 책 한 권을 빼내 들었다.

"아직."

그의 말을 증명이라도 하듯 침대 옆에는 그의 커다란 여행용 가방이 단정하게 닫힌 채 세워져 있었다.

"혹시 제가 뭐 도와드리거나, 사소한 심부름이라도 해드릴 게 있으면 말씀해 주세요. 동생처럼 편하게 생각하시고……."

"없는데."

그가 테이블로 걸어가 긴 다리를 꼬고 앉았다. 단지 다리를 꼬고 앉을 뿐인데도 그의 모습은 마치 화보를 보고 있는 듯했다.

"저녁 식사는 집에서 하실 거죠? 어떤 음식 좋아하세요?"

"약속 있어서 나갈 거야."

그녀에게 시선도 주지 않은 채 천천히 페이지를 넘기며 그가 말했다.

"하긴 오랜만에 들어오신 거니까 바쁘시겠네요."

"할 말이 뭐야?"

"네?"

"할 말 있어서 들어온 거 아니야?"

은호는 그가 앉은 테이블 앞으로 걸어갔지만 의자에 앉지는 않았다. 얼마나 재미있는 책을 보고 있는 것인지 자신에게는 눈길도 주지 않고 있는 이 남자에게 정말 다시 결혼 얘기를 꺼내야 하는 것일까?

"앉아."

"네."

"용건이 뭐야?"

은호는 그의 맞은편에 놓인 철제 의자에 앉아 무릎 위로 두 손을 포갰다.

"한국에는 언제까지 계시는 건지 궁금해서요."

"……."

"계시는 동안은 이 집에 계시는 거죠?"

그가 드디어 책에서 시선을 떼고 고개를 들었다.

"혹시 저 때문에 신경 쓰시거나 불편해하실 필요는 전혀 없다고요.

계시는 동안은 그냥 편하게 머무세요."

그녀가 최대한 상냥하고 다소곳하게 이야기를 하는 동안 주원의 시선이 다시 책으로 내려앉았다. 그리고 계속 책을 읽기 시작하는 것인지 기다란 손가락으로 천천히 책장을 넘기기 시작했다. 은호는 그의 행동이 자신을 무시하는 것 같아 기분이 나빴지만 괜찮은 척 씩 웃어 보였다.

"아직 대학생이지?"

"휴학 중이에요."

"공부를 꽤 잘한다고 들었던 것 같은데."

"대학에 입학할 때 입학금은 아주머니가 내 주셨지만 그 뒤로는 쭉 장학금을 타며 다니기는 했어요. 그런데……."

은호는 천천히 입을 떼다 잠시 말을 멈췄다. 아주머니가 돌아가시고 난 뒤 그녀에게도 정말 많은 변화가 있었다. 물론 슬픔을 양으로 따진다면야 그가 감당해야 했던 슬픔에는 비할 바가 아니었겠지만 그녀에게도 아주머니와의 인연은 정말 특별한 것이었고, 함께했던 시간들은 다시 돌아가고 싶은 너무나 소중하고 행복한 순간들이었다.

"그동안은 쭉 장학금을 타서 학비 걱정 없이 학교를 다녔는데, 아주머니가 돌아가시고 이 집을 제게 남겨 주신 뒤로는 장학금을 타지 못했어요."

그녀는 최고의 조경사로 명성을 날릴 꿈으로 조경과에 입학한 것이 아니었다. 진심으로 조경일이 즐거웠고, 아직도 알아가는 과정일 뿐이지만 그 일에서 보람을 느꼈다. 물론 힘든 점도 많고 현장 시공 쪽으로는 주로 남자들이 독점하고 있는 분야이다 보니 취업을 생각하면 여러 가지 생각이 교차했다. 하지만 정원을 돌보고 가꾸면서 자신의 실력이 아닌 식물의 놀라운 생명력과 그들이 그녀에게 돌려주는 즐거움과 아름다움에 하루하루 놀라며 감탄하고 있었다. 지금은 경제적 여건과 부모님을 찾는 일 때문에 잠시 제자리걸음을 하고 있지만 언젠가는 조경사로서 자신의 일에 자부심을 가지고 열심히 일을 할 것이라는 생각에는 변함이 없었다.

"왜냐하면 이 집은 제가 혼자 관리하기에는 손길이 너무 많이 필요하고 또 관리비나 세금이 너무 많아서 제가 그걸 감당하기 위해선 아르바이트를 해야 하거든요. 그러자니 공부를 할 시간이 부족해서 장학금을 탈 수가 없었어요."

고개를 든 은호의 시선이 그녀를 똑바로 쳐다보고 있는 주원의 짙은 눈과 마주쳤다. 아무 말 없이 그녀의 눈을 마주 보고 있는 그의 눈빛은 아름답기도 하고 무언가를 꿰뚫어보는 듯 서늘한 구슬 같기도 했다.

"그래서 아주머니께는 죄송하지만, 이 집을 정리해야겠다고 생각했어요."

"정리하겠다고?"

그의 미간이 살짝 구겨졌다.

"네. 그래서 이 집을 누구에게 팔면 가장 좋을까 곰곰이 생각해 봤어요. 하지만 원래는 오빠가 물려받아야 하는 집이었는데 제가 제 생각만 하고 누군가에게 파는 건 옳지 않은 방법인 것 같아서요. 그래서 오빠에게 먼저 부탁을 드려보고 거절하시면 부동산에 내놓으려고요."

갑자기 이야기가 이상한 쪽으로 흐르기 시작하고 있었다. 은호는 그를 힐끔 쳐다보았다. 하지만 이미 꺼내 버린 이야기를 주워 담을 수는 없었다. 은호는 점점 빠르게 콩닥거리기 시작하는 심장을 진정시키기 위해 잠시 숨을 멈췄다.

"나한테 부탁을 한다고?"

"네."

"말해봐."

"저랑, 결혼해 주세요."

"뭐?"

그의 눈이 싸늘하게 가늘어졌다.

"나한테 집을 팔겠다는 게 아니라 결혼을 해달라고?"

"네."

가스 불 앞에 고개를 들이밀고 있는 것처럼 얼굴 전체가 화끈거렸지만 은호는 꿋꿋하게 대답했다.

"이 집을 파는 것과 내가 너와 결혼을 하는 게 무슨 상관인지 먼저 설명해 볼래?"

"전 공부를 계속해야 하고 다른 할 일도 너무 많은데 지금 이 집은 제게 집이 아니라 오히려 짐이에요. 아주머니가 이런 의도로 제게 이 집을 주신 건 아니라고 생각해요. 아주머니는 아마 아주머니가 살아 계실 때처럼 제가 이 집에 애정을 가지고 지켜 줄 거라고 믿으셨기 때문에 제게 남겨주셨을 거예요. 전 어차피 오갈 곳도 없는 처지니……."

그녀는 진심으로 아주머니와 함께 정원의 나무와 꽃을 돌보고 온실에 꽃을 심는 일이 즐겁고 행복했었다. 그런데 지금 그 일은 더 이상 즐거움이 아닌 일이 되어 버렸다. 그녀는 이렇게 큰 집을 가지고 주인답게 살 능력이 없었다. 이 집에 살고 있는 동안은 고작 정원 관리사에 청소부였고, 납입 고지서에 헐떡이는 빚쟁이였다. 이 집에 계속 혼자 살다가는 아마 평생 지금처럼 살아야 할지도 모른다. 아니, 어쩌면 주원과 이렇게 다시 마주 앉아 이야기를 할 수 있는 기회가

오기도 전에 더 최악의 상황이 벌어지게 될지도 몰랐다.

"그리고 얼마 전에 잡지책에서 인터뷰하신 걸 봤는데 아트센터 공모전에 당선되셔서 공사가 시작되면 얼마간 더 한국에 머물며 일을 하셔야 한다고 들었어요. 건물이 완공될 때까지만 저랑 결혼해서 손해를 보시지는 않는다고 생각해요. 아주머니의 나머지 유산을 받으실 수도 있고, 전 이 집을 돌려 드릴게요. 그리고 다시 영국으로 돌아가시게 되면, 그때 이혼을 하시겠다고 하시면 두말 않고 해드릴게요."

그녀의 말을 듣고 있는 그의 표정은 여전히 무심할 정도로 덤덤했다. 물론 동정이나 완전한 이해를 바라고 한 말은 아니지만 그녀가 진심을 다해 이야기를 한다면 그도 그녀의 고충을 조금은 헤아려 줄 줄 알았다.

그가 다시 책장을 한 장 더 넘겼다. 이번에는 그 행동이 무의식중에 나온 의미 없는 것이란 사실을 그의 굳은 표정이 잘 설명해 주었다. 그는 지금 무슨 생각을 하고 있는 것일까? 혹시 이 집에 전혀 애정이 없어 그녀가 이 집을 다른 사람에게 팔든 말든 전혀 관심이 없는 것은 아닐까? 하지만 이 집은 그의 아버지가 그녀의 어머니에게 결혼 선물로 지어준 집이라고 했다. 그래서 이렇게 큰 집에 그녀와 단둘이 살면서도 아주머니는 아픈 몸으로 매일 어루만지듯 닦지 않으셨던가. 그런 집이 그에게 전혀 의미 없는 곳일 리는 없었다.

"전에도 얘기했던 것 같은데, 날 위한 네 희생은 원하지 않는다고."

"알고 있어요. 그런데 죄송하지만 무조건 순수하고 희생적인 의도는 아니에요. 조금 전에 얘기했던 부탁이 한 가지 더 남아 있어요."

"뭔데?"

"뉴스에도 나오시고 여기저기에서 인터뷰하신 걸 봤어요. 다음 인터뷰 때 저도 함께할 수 있게 해주세요."

"인터뷰?"

"네."

"왜지?"

그의 눈이 가늘어졌다. 은호는 침을 꿀꺽 삼켰다.

"부모님을 찾고 싶어요. 아주머니가 살아 계실 때 여러 방법으로 함께 알아봐 주시기는 했지만, 여러 번 사기를 당하면서 제가 깨달은 결론은 두 분이 먼저 저를 알아보시고 찾으려 하기 전에는 달리 방법이 없다는 거였어요. 오빠가 인터뷰하시는데 제가 결혼상대자라고 얼굴을 알리면 그 모습을 보시고 부모님께서 연락을 주시지 않으실까요? 제가 오빠처럼 좋은 분을 만나서 간절하게 부모님을 찾고 있다는 사실을 아시게 된다면 아무리 힘든 상황에 있더라도 연락을 해주실 거라고 생각해요."

은호는 자신도 모르게 주먹을 꼭 움켜쥐고 있었다.

"전혀 다른 의도 없이, 부모님을 찾게 도와 달라는 게 부탁의 전부라고?"

"네."

은호는 망설임 없이 대답했다.

"그런 이유 때문에 결혼을 하자고 하다니……."

어이가 없다는 듯 그가 나직하게 웃음을 터뜨렸다.

"그 부분에 있어서라면, 내가 도움을 줄 수 있는 방법을 다시 생각해 보자."

그는 그리 오래 고민을 하지도 않고 말했다. 그리고 드디어 책을 덮었다.

"며칠 후에 신문사에서 인터뷰가 있어. 그때 데리고 가줄게."

"정말이에요?"

"그래. 그러니까 그만 네 방으로 돌아가."

"하지만 절 누구라고 소개하실 건데요?"

"어릴 때 입양된 동생이라고 하면 될 거야."

"절 아직도 어린아이로 보시는 모양이네요. 하지만 이 집도 돌려드리고 싶어요."

다시 그의 미간이 좁혀졌다.

"집은 다른 사람에게 팔라고 하실 건가요?"

잠시 생각에 잠긴 것 같더니 그의 얼굴이 불쑥 그녀에게로 다가왔다. 은호는 훅 숨을 들이마셨다. 심장이 미친 듯 쿵쾅거리기 시작했다.

"너 혹시 나 좋아하니?"

"네? 그게 무슨……."

"그게 아니라면 왜 이렇게 얼굴이 자꾸 빨개지는 건데?"

심장 소리가 그에게도 들릴 것만 같았다. 은호는 숨을 멈춘 채 조심스럽게 입가에 미소를 지었다.

"방이 좀 덥네요."

그녀의 대답에 그가 천천히 고개를 저었다. 그는 모든 면에서 너무 완벽하다. 게다가 어떤 표정을 짓고 어떤 행동을 하던 모두 근사하기까지 했다. 어떤 여자도 그와 단둘이 이 꽉 막힌 방 안에 마주 앉아 있다면, 그것도 그가 자신을 향해 고개를 숙여 온다면 멀쩡하게 얼굴을 들고 가만히 있을 수 없었을 것이다.

더구나 그녀는 변변한 연애 경험도 없는데다 어릴 적부터 아주머니에게 그에 대해 들었던 수많은 이야기들로 그를 심장 한가운데 살게 하고 있었는지도 모른다. 사람들은 흔히 어딘가에 기생하는 벌레 때문에 그곳이 좀 먹고 상품 가치를 잃는다고 말한다. 하지만 그녀의 심장에 살고 있는 그는 그녀를 외롭지 않게 해 주었다. 정원을 함께 산책해 주었고, 아주머니와의 추억을 떠올릴 때는 울지 않게 그녀를 감싸 주었다.

심지어 폭우가 쏟아지는 날에는 그녀가 잠들 때까지 곁에 있어 주기도 했다. 아주머니 없이, 아주머니의 손때로 가득한 이 집에서 그녀가 지난 1년을 혼자 지낼 수 있었던 것은 아마 그녀 안에, 그리고 이 집 안 구석구석에 그가 함께 살고 있었기 때문일 것이다. 그리고 어쩌면 그녀가 지금 그에게 결혼을 제안하는 진짜 이유도 그녀의 심장이 원하기 때문인지도 모른다.

"사실은 제가 안면 홍조가 좀 있어요."

"넌 지금까지 계속 한 자리에 얌전히 앉아 있었고, 외부와 완벽하게 차단된 이 방 안의 온도는 줄곧 일정한 상태야. 그런데도 네 볼이 자꾸 빨개진다는 건 감정의 변화가 원인인 것 같은데."

"그건 오빠가 자꾸 절 당황스럽게 하시니까, 지금도 갑자기 이렇게 가까이에서 쳐다보시니까 놀라서……."

그의 눈이 위험스럽게 가늘어졌다.

"그렇단 말이지?"

"네."

은호는 고개를 끄덕였다.

"그럼 이 집은 나한테 팔아. 하지만 넌 지낼 곳이 없을 테니, 이 집에서 지금처럼 정원과 온실을 관리하면서 지내는 걸로 하자. 일종의 숙식제공 아르바이트지."

"네?"

은호는 멍하니 주원의 얼굴을 바라보았다. 아주머니는 그의 사진을 볼 때면 입버릇처럼 말씀하셨다. 그가 외모가 좀 차갑고 말수가 적어서 처음 보는 사람들은 간혹 오해를 하기도 하지만 누구보다 따듯한 마음씨를 가진 사람이라고. 그녀도 그가 어떤 사람인지 잘 알고 있다고 자부했다. 그는 아주머니의 말씀처럼 그녀의 처지를 냉정하게 관망만 할 사람도, 부모님의 뜻을 아무렇지도 않게 무시할 사람도 아니었다. 그런 사실을 알면서도 잠깐 동안 자신에게 재승이 빙의 되었던 것인가? 주원은 이렇게 쉽게 해결할 수 있는 문제를 그녀는 인생을 걸어야 하는 문제로 만들어 버렸다니…….

"이제 모두 해결됐지?"

"네."

"안 나가고 뭐 해?"

그가 자리에서 일어섰다. 머리가 천장에 닿을 것처럼 그의 몸이 길게 보였다.

"정말 그러네요."

만족스럽게 웃어 보여야 하는데 갑자기 또 얼굴이 뜨거워지는 것 같았다. 정말 안면 홍조증이 있었던가?

"저녁엔 늦게 들어올지 모르니까 기다리지 말고 문단속 잘하고 자."

"네."

은호는 자리에서 일어서 주원의 방을 나왔다. 홀가분한 기분이 들어야 하는데 생각과는 달리 기분이 묘하게 찜찜했다. 자신이 주원 앞에서 모자란 아이처럼 행동을 했던 것이 마음에 걸려서 그런 것일까? 설마 그가 정말 그녀의 마음을 눈치챈 것은 아니겠지? 아, 모르겠다.

주원은 고교 동창인 재훈과 만나기로 약속한 시간에 맞춰 나갈 준비를 마치고 아래층으로 내려갔다. 깔끔하게 정리된 거실을 지나쳐 주방으로 들어섰을 때 식탁에 엎드려 무언가를 열심히 쓰고 있는 은호의 모습이 보였다. 잔뜩 웅크리고 있는 모습이 마치 뽀송뽀송한 하얀 털을 가진 새끼 고양이처럼 작고 여려 보였다.

"지금 나가시려고요?"

인기척을 느꼈는지 은호가 자리에서 벌떡 일어서며 노트를 덮었다.

"뭐 해?"

"가계부 쓰고 있었어요."

"가계부?"

"네."

그는 컵을 꺼내 정수기에서 물을 한가득 따라 들고 그녀의 앞으로 걸어갔다. 이제 봄의 시작인데 오늘은 유난히 날씨가 화창한 것 같았다. 아니, 한국의 봄은 원래 이랬던가? 식탁 가까이로 걸어간 그의 눈에 고개를 숙이고 있던 은호에게 가려져 잘 보이지 않았던 작은 화분이 보였다. 정원의 싱그러운 나무들과 예전처럼 손질이 잘된 잔디를 봤을 때도 묘한 기분이 들었는데, 식탁 위에 놓인 작은 화분 속에 앙증맞은 빨간 꽃봉오리를 보자 잠시 머리가 띵해지는 것 같았다.

어머니가 계시지 않은 집에 계속 어머니를 생각나게 하는 것들이 보였다. 어머니였다면 이 커다란 식탁에 어울릴 만한 좀 더 크고 화려한 꽃을 심었을지 모르겠지만 이 작은 화분만으로도 그의 가슴속에는 잔잔한 파동이 일고 있었다.

그는 영국으로 건너간 뒤에도 어머니가 생각 날 때면 집 근처의 공원을 산책하곤 했었다. 잔디 냄새, 나무 냄새, 흙냄새가 어머니의 향기처럼 그의 마음을 편안하게 해 주었다.

그러다 우연히 그곳에서 한 한국 여자를 만났다. 어머니처럼 여성스럽고 가녀린 외모에 꽃을 무척이나 사랑하는 여자였다. 그녀는 인테리어 디자인을 전공했지만 꽃이 좋아 플로리스트 공부를 더 하기 위해 유학 중이라고 했다. 그녀를 만나기 시작한 것은 어머니 혹은 한국에 대한 짙은 그리움 때문이었을지도 모른다.

하지만 그리 오래지 않아 그녀가 진심으로 꽃을 좋아하지 않는다는 것을 알 수 있었다. 그녀는 자신이 원하는 남자를 얻기 위해 꽃을 이용하려던 것뿐이었다. 그 뒤로 그는 오히려 꽃을 좋아하는 여자에게 거부감을 느끼게 되었는데, 은호는 눈으로 보지 않아도 진심으로 꽃과 식물을 좋아한다는 사실을 느낄 수 있었다.

"귀여운 꽃이네."

그는 손가락 끝으로 잎을 살짝 건드려 보았다. 조화처럼 색이 짙고 싱싱해 생화인지 확인해 보고 싶었던 것인지도 모른다.

"제가 접목시킨 꽃이에요. 정말 사랑스럽죠?"

그녀의 얼굴 가득 자랑스러움과 만족의 미소가 번졌다.

"조경과라고 했지?"

"네."

언젠가 어머니가 보내온 편지 속에 그녀의 학교 교정에서 함께 찍은 사진이 동봉되어 있었던 기억이 떠올랐다. 은호의 이런 모습을 보며 어머니도 그녀가 선택한 꿈을 자랑스럽게 생각하셨던 것이리라.

"열두 살이면 부모님뿐만 아니라 친척들도 대부분 기억할 수 있을 것 같은데. 그분들도 찾아보긴 한 거야?"

"전 부모님 손에서 버려진 게 아니에요. 고모 집에 잠시 맡겨졌던 거지. 그런데 큰고모가 형편이 너무 어려워져서 어쩔 수 없이 절 고아원에 맡기셨어요."

그녀의 표정에 의미심장한 빛이 감돌았다.

"사실 처음에 부모님을 찾기 시작했을 때는, 제가 버려진 게 아니라는 사실을 확인하고 싶은 마음이 컸어요. 하지만 지금은 아니에요. 그냥 제 부모님이기 때문에, 절 낳아주신 부모님이기 때문에 찾아야 한다고 생각해요. 누가 먼저 찾으려 한다는 건 중요하다고 생각되지 않아요. 우린 함께 있지 않아도 가족이고, 어쩌면 앞으로 함께할 시간이 그리 많지 않을지도 모르니까……."

그래, 시간……!

그도 그때 어머니와 함께할 수 있는 시간이 그렇게 적은 줄 알았더라면 성공을 잠시 미뤄뒀을 것이다. 어린 나이에 친부모와의 이별을 겪고 어머니의 임종을 곁에서 홀로 지켜본 그녀가 지금 무모할 정도의 절박한 선택으로 자신을 몰아붙이고 있는 이 상황을 어쩌면 그는 무조건 응원해 주어야 하는 것인지 모른다. 은호의 말처럼 함께 있지 않아도 가족이지만 함께 있으면 더 행복한 것인 가족일 테니까.

이케다 다이사쿠가 말했다. 가장 큰 불행을 맛본 사람이야말로 가장 행복해질 권리가 있다고. 어쩌면 가족과 헤어지는 아픔 이상의 더 큰 아픔도, 불행도, 두려움도 존재하지 않을지 모른다. 더구나 이 아이에게는 더 이상 헤어질 가족조차 존재하지 않았다. 그러니 은호는 이제 행복해질 권리를 가진 것이다. 만약 그 권리를 찾는데 도움이 필요하다면 그는 기꺼이 도울 의사가 있었다.

"그런데 아주머니 나머지 유산은 정말 그냥 복지 단체에 환원하실 거예요?"

잠시 생각에 잠겨 있는 그의 얼굴을 가만히 바라보던 은호가 다시 입을 열었다.

"어머니 뜻이 그렇다면."

"그 건물들은 모두 외할아버지께서 직접 지으신 건물들이라고 들었어요."

주원은 은호의 얼굴을 빤히 바라보았다. 작고 여려 보였지만 문득문득 심지가 깊은, 다른 사람의 마음을 헤아릴 줄 아는 아이라는 생각이 들었다.

"꼭 그렇게 의미 있는 유산을 통해서만 사회에 좋은 일을 할 수 있는 건 아니지 않나요? 요즘은 재능기부도 많이들 하던데……. 그리고 어쩌면 아주머니는 외할아버지가 지으신 그 건물을 오빠가 꼭 물려받기를 바라고 계실지도 몰라요."

"왜 그렇게 생각하는데?"

"그냥 제 생각이에요."

"가끔 내가 아니라 네가 우리 어머니의 딸로 태어났더라면 더 좋았을 것 같다는 생각이 든다."

"말도 안 돼요. 어떻게 그런 생각을 하실 수가 있으세요? 그리고 비웃으셔도 좋은데, 만약에 제가 오빠였다면 전 그 유산을 그냥 내버려 두진 않았을 것 같아요. 아주머니가 정말 오빠에게 주고 싶지 않으셨다면 아마 아무런 조건도 걸지 않고 그냥 사회에 환원하시겠다고 하셨을 거예요."

"그래서 서로 잘 알지도 못하는 아가씨와 결혼을 하라는 전제를 거셨다고?"

"그건……."

그녀의 눈은 분명 그의 생각이 틀렸다고 말하고 있었지만 은호는 말끝을 흐렸다. 지난 10년간 어머니와 함께 지내면서 어머니에게 어떤 일들이 있었고, 어머니가 어떤 생각으로 그런 전제를 거셨는지 그녀는 뭔가를 알고 있는 것인지도 모른다.

"그럼 네가 나였다면, 넌 이 결혼을 선뜻 받아들이기라도 했을 거란 말이야?"

조금 전과 달리 대답을 하지 못하는 그녀의 태도에 그는 피식 웃음이 났다.

"하지만 너나 내게 지금 필요한 게 배우자나 결혼은 아닌 것 같은데?"

그녀가 턱을 치켜들고 그의 눈을 마주 보았다. 초롱초롱 빛나는 동그란 눈이 마치 태어난 지 얼마 되지 않은 어린 동물의 그것을 들여다보고 있는 것처럼 맑고 깨끗해 보여 그는 잠시 그녀의 눈을 마주 보고 있었다. 그러다 슬쩍 그녀를 골려주고 싶은 마음이 들었다.

자신보다 나이도 훨씬 많은데다 잘 알지도 못하는 남자에게 무슨 배짱으로 자꾸 결혼 얘기를 꺼내는 것인지, 이미 여러 번 사기를 당했다 하면서도 또다시 세상에 얼마나 이상하고 위험한 사람들이 많은 것인지를 잊고 있는 것인지. 그는 얼굴에서 표정을 지우고 차갑게 그녀를 바라보았다.

"게다가 나에 대해서는 얼마나 알고 있지? 이름, 나이, 직업 말고?"

"……."

"이것 봐. 넌 단지 내가 어머니의 유산을 의미 없이 방치하는 것 같아 이러나 본데, 만약 내가 결혼 후 네게 육체관계를 요구한다면 어떻게 할래?"

"그건……."

은호의 숨결이 살짝 거칠어지는 것 같더니 양 볼이 순식간에 잘 익은 자두처럼 새빨갛게 달아올랐다. 저렇게 반응이 빨리 오기도 쉽지 않을 텐데……. 그녀가 식탁 위의 작은 꽃처럼 귀엽고 사랑스럽기는 했지만 눈에 띄는 미인이거나 또는 섹시한 여자들과는 확실히 거리가 있었다. 게다가 세상 물정까지 너무 모르는 순진한 아가씨였다.

"남녀 사이의 결혼생활이란 게 낮만 존재하는 건 아니야. 밤에는 어떤 일이 일어나는지 설마 모르는 건 아니겠지? 혹시 생각해 보지 않은 거야? 난 건장한 성인 남자야. 젊은 여자와 한 집에서 지내면서 그런 욕구가 전혀 생기지 않는다는 게 더 이상한 거 아닌가? 게다가 만약 내가 잠자리에서 좀 특별한 성향을 가진 사람이라면? 결혼 기간 동안 내 요구에 모두 맞춰 줄 수는 있는 거야? 그것도 아니라면 내 여자 친구를 집에 데려와서 함께 지내도 되는 건가?"

그의 질문에 그녀는 더 이상 대답하지 않았다.

"그뿐이 아니야. 네가 생각하는 것만큼 내가 부유하거나 유능하지 않을 수도 있어. 내가 유산을 받는 즉시 이혼을 요구하거나, 널 이 집에서 쫓아낼 수도 있다고. 그럼 어떻게 할래? 어디 갈 데는 있는 거야?"

은호는 그가 조금만 더 사납게 몰아붙인다면 굵은 눈물방울을 뚝뚝 흘릴 것처럼 눈동자까지 달아올라 있었다. 아직 자신의 감정 하나를 완전히 통제하지 못하는 어린아이가 결혼이라니.

"그리고 지난번에도 말했지만 이 집 말이야. 어머니가 네게 남겨주신 데는 다 그만한 이유가 있는 거야. 내 유산을 챙기기 전에 네 집을 먼저 챙겨야 하는 거 아니니?"

어머니는 자신처럼 이 집의 나무와 꽃들을 사랑해 줄 수 있는 사람은 그녀뿐이라는 사실을 잘 알고 있었던 것이리라. 이제는 그도 그녀가 이 집에서 오래도록 살아주길 바라고 있었다. 어머니를 그리워하는 자신을 위해서라도······.

"아까 한 말 얼마든지 번복 가능하니까 다시 잘 생각해 봐."

"······."

"나갔다 올게."

"다녀오세요."

집을 나선 주원은 재훈과 만나기로 약속된 장소로 가기 위해 택시를 잡았다.

"가장 먼저 차가 필요하겠군."

택시에 오르며 주원은 내일 당장 차를 알아봐야겠다는 생각을 했다. 하지만 이내 오랜만에 둘러보는 고향의 변화된 풍경에 조금 전 은호와 나누었던 이야기들까지 생각의 한 구석으로 접어 둔 채 날카로운 건축사의 눈으로 건물들을 관찰하기 시작했다.

그가 호텔의 바 안으로 들어섰을 때 재훈은 이미 도착해 자리를 잡고 있었다. 그와 함께 고등학교 시절부터 건축에 관심을 가졌던 재훈도 지금은 어엿한 건축사로 서울에서 자신의 이름을 내건 건축사사무실을 직접 운영하고 있었다.

재훈은 가끔 영국에 들를 때면 일정이 아무리 바빠도 잊지 않고 주원에게 들렀었기에 한국에서 두 사람의 재회는 실로 오랜만이었지만 분위기는 전혀 어색하지 않았다.

"축하한다."

체격 좋은 몸에 어울리지 않게 샤프한 검은 테 안경을 쓴 재훈이 자리에서 일어서 새삼스레 손을 내밀며 악수를 청했다.

"축하는, 너도 입상했잖아."

"삼등이 어디 일등 앞에서 그런 얘기를 꺼내는 게 가당키나 할까?"

"그래도 작업에 참여할 가능성은 있는 거잖아?"

"운이 아주 좋다면. 시공사 입찰도 있고 착공에 들어가려면 몇 달은 기다려야 할 테니 너무 초조하게 기다리진 않으려고. 넌 착공 전에 다시 들어갔다 나올 거지?"

"짐 챙기러 잠깐 다녀오기는 해야겠지만, 그냥 여기에 있기로 결정했어."

"아버지와는 상의한 거야?"

"아버지께 회사 그만두겠다는 얘기는 했어."

"허락하셔?"

"해볼 테면 한번 해봐라, 어디 네가 얼마나 버티나 보자, 이런 눈빛이시지 뭐."

재훈은 주원의 빈 잔에 다시 술을 따랐다.

"너희 사무실 근처에 건축사사무실 많지?"

"몇 군데 있지. 왜? 너 우리 사무실 근처에 사무실 내려고?"

"알아보려고."

"그냥 나랑 동업하는 건 어때?"

"아니. 처음부터 내 손으로 차근차근 시작하고 싶어."

"이거 긴장해야겠는데."

"그래, 긴장해야 할 거다."

"그럼 아트센터 일 전에 다른 일로 실력 발휘를 하겠네?"

"그런가."

재훈은 술잔을 입술로 가져가며 주원을 바라보았다.

주원은 학창시절부터 특별한 녀석이었다. 눈에 띄는 외모에 전교 1, 2등을 놓친 적이 없을 정도로 머리가 뛰어났지만 공부만 하는 샌님이 아니라 운동도 즐길 줄 아는 녀석이어서 주변에는 늘 친구들이 넘쳐 났다. 그때는 그도 그 수많은 친구들 중 하나였지만 고등학교 2학년 때 건축박람회장에서 우연히 마주친 뒤로 각별한 사이가 되었다.

하지만 주원은 자신의 아버지가 국제적으로 유명한 건축가인 차주석이라는 사실을 대학을 졸업할 때까지 털어놓지 않았다. 그런 사실을 전혀 언급하지 않은 상태에서 주원이 어머니를 혼자 두고 갑자기 영국에 있는 대학에 가겠다고 했을 때 그는 도무지 주원을 이해할 수 없었다. 외아들인 주원이 자신의 어머니를 얼마나 애틋하게 생각하는지 곁에서 줄곧 지켜봐 와 너무나 잘 알고 있었기 때문이다.

하지만 누구도 녀석의 고집을 꺾을 수는 없었다. 게다가 어찌 된 영문인지 녀석은 방학 때는 물론이고 졸업 후에도 한국에 들르는 일이 없었다. 녀석의 집안 형편이 궁핍하지 않다는 사실은 그의 집에 한번이라도 들러 본 친구였다면 누구나 알 수 있었다. 단지 녀석은 가끔 전화를 걸어와 통화가 끝날 무렵에 시간이 나면 자신의 어머니에게 한 번씩 들러 달라는 부탁을 마지막 인사처럼 남길 뿐이었다. 몸이 약한 어머니를 혼자 두고 타국에 있다는 사실이 주원에게는 응어리처럼 가슴속에 죄책감으로 남아 있었을 것이라는 사실을 그는 알 수 있었다. 주원은 그렇게 강한 듯 여린, 냉정한 듯 속 깊은 녀석이었다.

몇 달만의 만남이었기에 이런저런 이야기를 나누며 시간 가는 줄 모르고 술잔을 기울이던 사이 시간이 꽤 흘렀다. 슬슬 자리를 정리하고 일어서야겠다고 생각하고 있으려는 찰나 바의 문이 열렸고, 무심코 고개를 돌렸던 재훈의 시선이 그곳에 고정되었다.

"저게 누구야?"

주원도 재훈이 의미하는 곳을 바라보았다. 얇은 어깨끈의 빨간색 원피스 차림의 여인이 바 안을 노골적으로 둘러보며 걸어 들어오다 그들과 눈이 마주쳤다.

"주원 씨?"

주원이 예전에 영국에서 잠시 만났던 세라였다. 주원의 눈이 싸늘하게 가늘어졌다.

"재훈 씨와 함께였군요?"

"여기는 어쩐 일이야?"

주원이 자신의 앞으로 걸어온 세라에게 물었다.

"그렇게 차갑게 대할 건 없잖아요? 재훈 씨, 오랜만이네요."

"네, 오랜만이에요."

재훈도 마지못해 세라에게 인사를 건네기는 했지만 주원과 세라가 이미 헤어진 사이라는 사실을 알고 있었다. 게다가 세라에 대한 기억을 그다지 좋았다고 표현할 수 없었기에 얼굴에 좀처럼 반가운 표정을 지을 수도 없었다.

오히려 그 순간 그의 머릿속에 불쑥 주원의 어머니 집에서 본 적 있는 은호라는 아이의 얼굴이 떠올랐다. 작은 체구에 꽤 귀여운 얼굴을 하고 있었지만 가끔 주원의 집에 들러 마주칠 때마다 성별이 모호한 옷차림을 하고 있었다. 얼마 전 안 사실인데 그 아이가 주원의 어머니 곁에서 마지막 순간까지 병수발을 도맡아 했단다. 제 혈육도 이 핑계 저 핑계로 회피하거나 전문 간병인을 붙이는 모습이 흔한 세상이었다. 그런데 그 아이는 자신을 돌봐준 은혜에 보답이라도 하듯 묵묵히 그 짐을 마다하지 않았다. 그 이야기를 들은 후 다시 은호를 볼 일이 없었지만 아마 다시 만나게 된다면 예전과는 다르게 보일 것 같았다.

사실 그동안 주원이 일 때문에 바쁘기도 했지만 세라와 만나는 동안 사사건건 부딪혀서 그런지 헤어진 뒤로는 어떤 여자에게도 관심을 보이지 않았다. 그런데 고집불통 주원이 녀석에게는 은호 같은 조용하고 책임감이 강한 여자가 어울릴 걸 같다는 생각이 들었다. 아무리 조건과 외모가 뛰어나다지만 저렇게 일에만 매달리는 무뚝뚝한 사내를 어떤 여자가 끝까지 참아주고 좋아할 수 있을까? 세라처럼 그의 조건에 목을 매는 여자가 아닌 다음에야, 은호처럼 말로 표현하지 않아도 서로를 믿고 의지하며 지낼 수 있는 진중하고 속 깊은 여자라야만 가능한 일일 것이다. 재훈은 지금 자신의 생각을 주원이 알게 된다면 무슨 소리를 듣게 될까 싶어 피식 웃으며 머릿속의 생각을 지웠다.

"할아버지가 돌아가셨어요."

주원의 옆으로 다가와 의자를 빼내 앉는 그녀의 얼굴에서 슬픔의 그림자는 조금도 보이지 않았다.

"그런데 여긴 누굴 만나러 온 거야?"

"이 호텔에 묵고 있어요. 그냥 잠도 안 오고 해서 한잔하려고 내려왔어요."

"할아버지가 돌아가셨는데 장례식장이나 집에 있지 않고 호텔에 머문다고?"

"부모님들은 다 장례식장에 계시고, 전 아파트같이 갑갑한 곳은 체질에 맞질 않아서요."

"호텔도 마찬가진 거 같은데."

주원이 처음 공원에서 세라를 봤을 때 그녀는 한 떨기 백합 같은 이미지였다. 긴 생머리를 가지런히 풀어 내리고 무릎 길이의 단정한 살구색 원피스를 입고 있었으며 순백의 카라를 한 다발 안고 있었다. 그리고 무심코 그녀를 지나치려는 그에게 죄송하다며 길을 물었다. 나중에 안 사실이지만 그녀는 이미 그의 아버지와 그에 대한 정보를 대학에서 입수한 후 고의적으로 그곳에 나타났던 것이었다. 그 후로도 그의 관심을 사기 위해 수시로 그곳에 나타났고, 순진하게도 그런 우연을 필연이라 여겼던 주원은 그녀와 자연스럽게 가까워지면서 연인 사이로 발전을 했다.

하지만 첫 만남의 모든 것이 그의 관심을 사기 위해 세라가 고의적으로 연출한 모습이었다는 사실을 우연히 그녀의 친구를 통해 알게 되었다. 다행인지 그쯤 그는 일로 너무 바쁜 나날을 보내고 있었고 이미 그녀와의 관계도 자연스럽게 소홀해져 있었다. 그리고 마치 두 사람의 관계가 더는 이어질 수 없음을 의미하듯 그가 야근을 마치고 새벽에 귀가를 하던 어느 날 호텔에서 다른 남자와 나오고 있는 그녀의 모습을 보고야 말았다. 그날 오후 그가 세라에게 이별을 고했고 그들은 그렇게 원래 인연이 아니었던 듯 자연스럽게 헤어졌다.

이별 후에도 가슴이 아프거나 그녀가 그립지 않았던 것으로 보건데 그는 그녀를 진심으로 사랑하지 않았던 것이 분명했다. 세라 역시 그와 이별 후 곧바로 자신은 다른 남자를 만나고 있으며 너무 행복하다는 사실을 알려왔다. 하지만 그 남자의 집안이 그녀가 기대했던 것만큼 부유하지 않았던 것인지 그리 오래지 않아 이별을 하고 주원의 아버지를 찾아와 다시 시작을 하고 싶다는 마음을 털어놓고 돌아갔다는 얘기를 들었다.

"그보다 주원 씨 입상 축하해요."

"고마워."

누구도 귀담아듣고 있지 않는 형식적인 인사와 대답이었다.

"아버님께서 무척 자랑스러워하시겠어요."

아버지 앞에서 그녀의 가식은 여전한 것인지 한국으로 돌아오기 전 마지막 식사 자리에서 아버지는 그녀와 다시 시작하는 것이 어떻겠냐는 마음을 그에게 내비치셨다. 어처구니없게도 그의 곁에 세라가 함께 있다면 그가 흔들림 없이 영국에 정착할 수 있을 것이라고 믿고 계신 것 같았다. 자신이 아닌 그녀의 가식에 더 마음을 쓰고 있는 아버지의 태도가 떠올라 주원은 기분이 씁쓸해지는 것 같았다.

"한국에는 언제까지 있는 거예요?"

"왜?"

"돌아갈 때 같이 가면 좋잖아요."

"돌아갈 계획 없어."

"네? 회사는요?"

"아버지 회사에서 독립할 거야."

"공모전 상금이 어마어마하다고는 들었어요. 하지만 큰 회사를 세울 만큼은 아닐 것 같은데요. 게다가 어차피 아버님 걸 모두 물려받아야 하는데, 그렇게 커다란 회사를 두고 구멍가게 같은 사무실을 따로 열 필요는 없지 않겠어요? 나중엔 신경만 쓰일 거예요."

"날 걱정해 주는 거라면 고맙군."

"주원 씨도 그렇고 아버님도 표현을 하지 않아서 그렇지 서로가 서로에게 얼마나 각별한지 너무나 잘 알고 있어요. 그리고 아버님은 나이가 드실수록 주원 씨가 곁에 있어야 더 마음이 든든하시고 의지가 될 거예요. 그런 걸 다 아는데 어떻게 제가 모른 척할 수가 있겠어요?"

"주원이 한국에 계속 머물 거라는데요."

두 사람의 얘기를 잠자코 듣고 있던 재훈이 거들고 나섰다.

"정말이에요?"

세라가 화들짝 놀라며 주원을 향해 아예 몸을 돌려 앉았다.

"이곳에 정착할 거야."

"여기, 한국에 정착하겠다고요?"

"그래."

"왜 하필 한국이에요? 전 싫어요."

"그게 무슨 상관인데?"

"아버님은요? 상의도 하지 않고 한국에서 시작하겠다니, 아버님도 절대 허락하지 않으실 거예요."

"아버지 허락에 따라 움직일 나이는 진작 지난 것 같은데."

"어머님 몸이 많이 약하신 걸 알면서도 주원 씨를 영국으로 부르신 건 다 의도하시는 바가 있으셨기 때문에 그러셨던 거예요. 아시잖아요? 아버님 사업을 물려줄 사람은 주원 씨밖에 없고, 곁에서 직접 가르치고 끌어주고 싶어서 그러셨던 거란 거. 저도 이렇게 놀라고 있는데, 아버님이 허락하실 리가 없어요. 아니, 그런 행동 절대로 용납하지 않으실 거예요."

세라가 웨이터에게 얼음물을 부탁했다.

이미 과거의 형태가 기억나지도 않을 만큼 바스러져 버렸건만 세라는 자신들의 사이를 다시 붙일 수 있을 거라고 믿고 있는 것인가? 주원은 잔을 들어 남은 술을 단숨에 비워 버렸다.

"만약 한국 여자와 결혼이라도 해서 이곳에 정착을 하겠다고 한다면 또 얘기가 조금은 다를 수도 있겠지만요."

한동안 손부채로 바람을 일으키던 세라가 다시 입을 열었다.

"귀국하기 전날 아버님을 만나 뵀는데 아버님은 주원 씨가 빨리 결혼해 정착하길 바라고 계시더라고요. 그 말씀을 제게 하신 건 우리가 다시 시작하길 바라신다는 뜻 아니었겠어요? 만약 저와 결혼해서 한국에 정착을 하겠다고 한다면, 좀 더 안정적인 결혼 생활을 위해 내린 결정이라고 생각하셔서 우리를 이해해 주시지도 모르겠네요."

주원은 아버지가 진심으로 원하는 것이 그의 결혼인지, 세라인지, 세라의 배경인지 정확히 알 수 없었다. 아버지가 세라를 이토록 신임

하시기 시작한 것은 정확히 세라의 어머니가 어느 날 불쑥 영국에 다녀간 뒤부터였다. 하필 그날 주원은 출장 중이었기 때문에 일을 끝내고 돌아갔을 때 세림 조경 상무이자 사장의 아내라는 세라 어머니의 명함이 아버지를 통해 그의 손에 전해졌다.

아버지는 늘 영국이 좋다고 말씀을 하시면서도 한편으로는 언젠가는 한국으로 돌아가게 될지도 모른다는 사실을 염두에 두고 계신 것 같았다. 그래서 언제가 될지 모를, 영원히 찾아오지 않길 바라는 그날이 갑자기 찾아오게 되더라도 세림 조경처럼 건축과 밀접하면서도 탄탄한 회사가 그들을 뒷받침해 준다면 어떤 어려움도 문제없을 것이라 여기고 계신 것인지도 몰랐다.

하지만 그는 세림 조경의 뒷배 따위는 원하지 않았다. 아버지처럼 건축의 신으로 불리는 분이 왜 뒷배를 원하는 것인지도 모르겠지만 그는 아버지의 우려를 보란 듯이 잠재우기 위해서라도 한국에서 성공하고 싶었다. 이것이 그가 서울 아트센터 공모전에 작품을 출품하게 된 이유이기도 했다.

"그 얘기는 그만하지."

주원은 세라의 말을 잘랐다.

"그런데 주원아, 은호 씨 아직 그 집에 있지?"

재훈도 주원의 어머니가 자신의 집을 은호에게 남겼다는 사실을 알고 있었다. 게다가 어머니의 장례식 날 가장 먼저 도착해 은호를 도왔었기에 그 후 영국에서 다시 만났을 때 은호에 대해 안부를 묻기도 했었다.

"응."

"그럼 너 빨리 결혼해야 하는 거 아냐?"

재훈이 흘깃 세라의 표정을 살핀 뒤 물었다. 술에 얼큰하게 취한 상태이기 때문에 할 수 있는 농담일지도 모르겠지만 속사정을 전혀 알지 못하는 세라의 표정은 눈에 띄게 굳어지고 있었다.

"어차피 여기에서 정착할 거라며? 그럼 그냥 빨리 결혼해서 안정을 찾아. 은호 씨랑 결혼만 하면 네 독립에도 꽤 도움이 되잖아?"

"홋, 도움? 안 된다고 말할 수는 없겠지."

주원도 재훈의 말장난에 슬쩍 맞장구를 쳤다.

"어우, 강남 땅값이 얼만데. 도움 정도가 아니지. 이건 뭐, 거의 그녀가 네 회사를 세워 준다고 봐야지 않나?"

재훈이 능청스럽게 말을 보탰다.

"그게 무슨 얘기예요, 재훈 씨?"

두 사람이 주고받는 이야기에 귀를 쫑긋 세우고 듣고 있던 세라가 더 이상 참지 못하고 물었다.

"사실은 주원이 아버지가 결혼하실 때 어머니께 직접 지어 선물하셨던 집이, 지금은 어떤 착하고 예쁜 아가씨의 집이 되었는데요. 이 녀석 어머니가 살아생전에 그 아가씨랑 주원이를 못 엮어 줘서 그렇게 마음 아파하셨답니다. 그런데 지금이라도 주원이 녀석이 마음을 바꿔 그녀랑 결혼만 하면 이 녀석한테 엄청난 재산이 떨어지거든요."

"그 여자가 그렇게 부자예요?"

"모르긴 몰라도 그녀가 주원이에게 줄 수 있는 건물이 강남에만 몇 채는 될걸요. 건물이 몇 채인지 건물 안의 상가 개수를 세 보면 아마도 어마어마할 겁니다."

그 순간 거칠게 숨을 쉬느라 오르락내리락하는 세라의 커다란 가슴이 주원의 눈에 들어왔다.

"뭘 더 고민해. 은호 씨야 착하지, 귀엽지, 똑똑하지, 어리지. 거기다 부자잖아. 주원아, 그만한 여자 서울에서 다시 찾기 어렵다. 다른 놈이 낚아채 가기 전에 빨리 붙잡아. 그리고 방금 세라 씨가 그랬잖아. 네가 한국 여자랑 결혼만 한다면 아버지도 네 독립을 격려해 주실 것 같다고. 그런데 뭘 더 망설이는 거야?"

재훈의 오버스런 부추김을 주원은 피식 웃음으로 받아넘겼다.

"우린 그만 일어나자."

재훈이 양주를 연거푸 따라 마시고 있는 세라를 슬쩍 바라본 뒤 주원에게 말했다.

"그래."

"주원 씨."

자리에서 일어서는 주원을 세라가 불렀다.

"그 은호라는 여자, 저한테도 소개해 줄 수 있죠?"

지금 세라의 표정으로 예상컨대 그녀는 채은호라는 여자에 대해 알든, 그렇지 않든 그의 아버지에게 제 마음 내키는 대로 그녀에 대한 이야기를 늘어놓을 것이 분명했다. 하지만 그런 것까지 신경을 써야 할 정도로 그는 여유로운 상태가 아니었다. 단, 그녀로 인해서 은호가 상처를 받는 일은 생기지 않도록 약간의 신경은 써야겠지만······.

"왜 그래야 하지?"

"아버님께서도 당신이 얼마나 괜찮은 여자와 만남을 고려하고 있는지 아셔야 할 것 같아서요. 한국에서 독립을 하겠다는 계획도 그렇지만 전혀 예상치 못했던 여자와 갑자기 결혼을 하겠다고 하면 아버님이 얼마나 충격을, 아니, 배신감을 느끼시겠어요? 어쩌면 지금 주원 씨 자리를 그 태원이라는 사촌에게 넘겨주실지도 모르겠네요."

"그게 무슨 말이야?"

"태원 씨가 며칠 전 아버님 회사에서 근무하겠다고 찾아왔었다면서요? 아버님은 저한테 비밀이 없으시거든요."

세라가 만족스럽게 웃어 보였다.

"하지만 지금은 우리 아버지 걱정보다 당신 부모님 걱정을 먼저 해야 할 때인 것 같은데?"

주원의 충고에 세라의 얼굴에서 다시 미소가 사라졌다.

"그만 일어나자."

그가 재훈에게 말했다.

"그래."

주원은 세라를 남겨 두고 재훈과 함께 바를 나서 호텔의 현관 앞으로 나갔다. 재훈이 대리운전 기사를 불러 둔 상태였기에 두 사람은 시원한 저녁 바람에 몸을 맡긴 채 잠시 서 있었다.

"너 아버지 회사도 그렇고, 정말 어머니 재산까지 모두 포기할 거야?"

"아버지 회사는 내가 아버지 회사에 붙어 있고 없고의 문제가 아닐 거야. 너도 우리 아버지 알잖아. 결국엔 당신 아들이라도 실력으로 평가하실 거야."

"너희 아버지야 워낙 칼 같은 분이시니까. 하지만 어머니 재산은? 외할아버지가 혼자 외동딸 키우시면서 힘들게 지키셔서 어머니에게 남겨주신 소중한 건물들이라고 네가 직접 얘기했던 것 같은데?"

"하지만 너라면 그 조건을 받아들일 수 있었을 것 같아?"

재훈이 담배를 건넸지만 주원은 사양했다. 가끔 일이 풀리지 않을 때 피우긴 하지만 오랜만에 돌아온 고향의 정취를 담배 냄새와 함께 즐기고 싶진 않았다.

"그냥 서류상으로 잠깐만 결혼했다가 다시 이혼해. 물론 은호 씨가 이해를 해줘야겠지만."

"은호 힘들게 하고 싶지 않아. 그 아이는 지금 그대로가 더 행복할 거야."

"그럼 세라 씨는? 너에 대한 미련 아직도 못 버리고 있는 것 같던데."

"……"

주원은 대답 대신 나직하게 한숨을 내쉬었다. 그 한숨 속에 담긴 주원의 마음을 알기에 재훈이 재빨리 대화의 주제를 바꿨다.

"네가 은호 씨랑 결혼하지 않으면 너희 어머니 복지 단체에 전부 기부하시겠다고 하셨지? 그래서 그런지 태웅인가? 네 사촌 동생이 얼마 전에 복지 재단을 하나 만들었다고 나한테 명함을 한 장 놓고 가더라."

"복지 재단?"

"응. 재단 선정은 박 변호사님에게 일임하셨다고 했으니 벌써 태웅이가 로비 들어갔을 거다."

"……"

"너 그거 차태웅 그 버릇없는 놈만 좋은 일 시키는 건 줄 알아라. 어머님 생전에도 유언장을 바꿔치기 하려는 시도까지 했던 놈인데, 이제는 아주 대 놓고 손을 벌리고 있다."

"무슨 소리야?"

"유언장 얘기는 너도 알잖아, 명함은 내가 내일 보여줄게."

어머니의 병이 자신보다 작은아버지 가족에게 먼저 알려진 뒤 태웅은 문병을 온 것처럼 어머니께 찾아갔다고 했다. 그리고 어머니가 정원에서 잠시 산책을 하시고 있는 사이 도둑고양이처럼 어머니 방을 뒤져 자신이 미리 준비해 간 출력한 유언장에 어머니의 도장을 찍은 뒤 도장과 함께 보관하고 있었던 어머니의 진짜 유언장과 바꿔치기를 했다. 다행히 얼마 후 유언장을 확인하려던 어머니에게 발견이 되긴 했지만, 어머니는 죽음을 향해 다가가고 있는 자신을 기만하려 한 태웅에게 지울 수 없는 마음을 상처를 받았을 것이다. 그때 자신이 어머니와 함께였다면 감히 그런 일 따위는 일어나지 않았을 텐데…….

"박 변호사님 그 정도로 속물 아니야."

"나도 이런 말까지는 안 하려고 했는데, 그 박 변호사 얼마 전에 뇌물 국회의원 변호하는 대가로 외제차 받았다가 뉴스에도 나오고 그랬어. 그 건물 박 변호사 소임으로 넘어간다면 분명 헐값에라도 서둘러 팔아버릴 거야. 그럼 다른 용도로 개조되거나, 워낙 노른자위 땅이니 허물어질 수도 있다고. 너 정말 그래도 괜찮겠어?"

이미 많이 노후 된 건물이긴 했지만 다른 사람의 손에 넘어가면 허물어질 거란 생각은 해본 적이 없었다. 그 건물들은 할아버지의 인생이었고 자랑이었는데…….

"태웅이 녀석까지 합세 들어가면 그 건물 허물어지는 건 시간문제라고."

외할아버지는 그에게 특별한 사람이었다. 늘 몸이 약해 집과 병원에서 멀리 벗어나 본 적이 없던 어머니와 타국에 나가 있던 아버지를 대신해 그에게 세상을 보여주고, 실질적으로 꿈을 심어준 분이었다.

그리고 어머니에게 남겨진 건물들은 지어진 지 이미 2, 30년 이상 된 낡은 건물들이었지만 외할아버지에게는 자신의 분신과 다름없던 건물들이었다. 당신이 잘 거두지 못해 외동딸인 어머니가 몸이 약하다고 생각을 하셔서 항상 어머니에게 미안해하셨고, 아버지를 소개했던 자신의 행동을 적당히 취하신 날에는 농담처럼 후회하셨다. 그래서 평생 피땀으로 일군 건물들을 서울 시내에만도 여러 채 소유하셨지만 항상 절약하며 검소하게 살다 떠나셨다. 그건 모두 자신이 떠난 뒤 어머니에게 어려움이 닥칠까 염려하셨던 뜨거운 부정이었으리라. 그 건물들이 누군가의 눈먼 욕심에 사라지게 될 수도 있다니…….

"너 정말 한국에 정착할 거라면 유산 문제 먼저 해결해라."

재훈이 날카로운 시선으로 그를 돌아보았다. 이미 답은 나와 있었던 건지도 모른다.

※ ※ ※

오후에 경찰서에 갔다 온 은호는 잠을 자기 위해 침대에 누웠지만 식당에서 주원이 했던 말이 계속 머릿속을 맴돌아 도무지 잠을 잘 수가 없었다. 정말 주원이 이상한 남자면 어떻게 하나 싶기도 하고, 재승의 꾐에 넘어가 자신이 주원에게 이상한 아이로 찍혀 버린 것 같기도 해 내일은 주원의 얼굴을 어떻게 대해나 걱정스럽기만 했다.

어차피 쉽게 잠이 올 것 같지도 않았기에 은호는 자리에서 일어서 보라색의 롱 카디건을 집어 들었다. 아주머니가 그녀의 생일날 선물했던 것인데, 나중에 알고 보니 아주머니도 똑같은 디자인과 색깔의 카디건이 가지고 있었다.

카디건을 걸치고 정원으로 걸어 나가자 눈이 부실만큼 환한 보름 달이 정원을 예쁘게 비추고 있었다. 이런 날이면 유난히 아주머니 생각이 더 떠올랐다. 그녀는 은은하게 퍼지고 있는 호랑가시나무의 꽃향기를 맡으며 천천히 정원을 가로질러 아주머니가 유난히 정성으로 돌봤던 금송 곁으로 다가갔다.

"금송, 넌 그냥 나무가 아닌 것 같아. 가만히 서 있어도 이렇게 우아하고 기품이 넘치는 게 너무 잘생겼단 말이야. 이 집은 터가 좋은 건가?"

은호는 혼잣말처럼 중얼거리며 나무를 애정 어린 손길로 쓰다듬었다. 두껍고 투박한 나무의 껍질이었지만 그녀에게는 양털처럼 부드럽게 느껴졌다. 나중에 자식을 낳아 기른다면 지금 같은 심정일 것 같았다.

누군가 자신의 곁으로 다가오고 있다는 사실도 알지 못할 정도로 그녀가 혼자만의 생각에 깊이 빠져있을 무렵 누군가 등 뒤에서 어깨를 붙잡는가 싶더니 와락 끌어안았다.

"누, 누구세요?"

"……."

대답하지 않았지만 그가 주원이라는 사실을 본능적으로 알 수 있었다. 술에 많이 취한 듯 그가 숨을 내쉴 때마다 진한 양주의 냄새가 그녀의 폐부 깊숙이까지 밀려들어오는 것 같았다.

"저, 은호예요."

"……."

"이 카디건 때문에 아주머니로 착각하셨나 봐요."

중심을 잡지 못한 그의 몸이 그녀 쪽으로 슬며시 기울어졌지만 그녀를 끌어안은 팔은 점점 더 그녀의 몸을 죄어오고 있었다.

"제가 부축해 드릴게요."

"잠깐……."

"네?"

"잠깐만 이대로 있자."

은호는 잠시 망설이다 자신을 끌어안은 그의 손 위로 손을 포겠다. 어머니를 그리워하는 그의 마음을 어루만지듯, 부모님에 대한 자신의 지친 그리움을 감싸 안듯…….

"난 너한테 어떤 감정도 없어."

오랜 침묵에 그가 자신에게 기댄 채 잠이 든 것은 아닐까 하는 의심이 들려는 찰나 주원이 나직한 목소리로 입을 열었다.
　"그동안 몇 번이나 얼굴을 봤다고……. 감정이 생기는 게 더 우스운 일이겠지."
　그가 나직하게 내쉬는 한숨이 그녀의 목덜미를 달아오르게 만들었다.
　"알아요."
　"하지만 네가 필요해졌어."
　"……."
　"아내로……."
　그의 목소리가 그녀의 심장을 휘감았다. 이럴 땐 어떻게 해야 하는 거지? 술주정일지도 모르는 이 말에 어떤 반응을 보여야 하는 걸까?
　"갑자기 왜……?"
　얼마 후 그녀가 조심스럽게 물었지만 그땐 이미 그의 숨소리가 규칙적으로 그녀의 목덜미를 간질이기 시작하고 있을 때였다. 은호는 어머니에게 잠시 기대고 싶은 그의 지친 마음을 향해 손을 내밀어 주고 싶었다. 밖에서 무슨 일이 있었던 건지는 모르겠지만 아주머니의 유산이 그에게 아무런 의미 없는 존재가 아니었다는 사실이 이제야 증명이 된 셈이니.
　자신의 어깨 위에 걸쳐진 그의 몸 때문에 몸을 돌리는 것이 쉽지 않지만 조심스럽게 그의 몸을 받쳐 든 채 그녀는 몸을 돌렸다. 그리고 그의 등을 향해 팔을 둘렀다. 너무 넓고 듬직한 등이었지만 그녀는 어린아이를 다루듯 조심스럽게 등을 토닥여 주기 시작했다.
　"너 정말 나랑 결혼할 생각이 있는 거야?"
　잠든 줄 알았던 그가 갑자기 고개를 드는 바람에 은호는 그의 등을 감싸 안은 상태 그대로 얼어붙어 버렸다.

"1년 후, 10년 후에도 후회하지 않을 수 있을 것 같아?"

1년 전과 똑같은 질문에 은호는 자신도 모르게 움찔하고 말았다. 하지만 그의 눈빛이 지쳐 보였다. 무엇을 위해, 그리고 무엇에 의해 그의 마음은 이토록 혹사당하고 있는 것일까?

"잠든 거 아니었어요?"

"잠이 들고 싶어도, 내가 기대기엔 네가 너무 작은 것 같지 않니?"

"제가 작은 게 아니라 오빠가 큰 거 아니에요? 전 지금까지 작아서 불편하다고 생각해 본 적 한 번도 없다고요. 그리고 아주머니도 제가……."

그가 그녀를 내려다보고 있었다. 다정하지도, 차갑지도, 뜨겁지도 않은 뭔가 알듯 모를 듯 묘한 눈빛으로.

"혹시 밖에서 무슨 일 있었어요?"

그 순간 그의 오른손이 그녀의 뒤통수에 닿는가 싶더니 자신 쪽으로 머리를 끌어당기며 입술을 덮쳐 왔다. 그의 갑작스런 행동에 놀란 심장의 쿵쾅거림이 두 귀를 가득 메우고 있는 사이 그녀의 보드라운 입술에 자신의 입술을 문지르던 그가 그녀의 입술을 집어삼켰다. 입 안으로 파고든 그의 혀와 함께 뜨거운 타액이 그녀의 마른 입 안을 적셔 오자 씁쓸한 양주의 맛이 혀를 마비시킬 것 같았다. 은호는 입술을 떼어내기 위해 버둥거렸지만 그는 그녀를 놓아주지 않았다. 그의 혀가 천천히 입 안을 누비기 시작했다. 은호는 요란하게 들썩이는 자신의 심장 때문에 가슴이 터져 버릴 것 같았다. 그녀의 반응을 깨달았는지 그가 천천히 입술을 떼고 그녀의 눈을 내려다보았다.

"나랑 결혼할래?"

은호는 숨을 몰아쉬며 그의 품에서 벗어나 한걸음 뒤로 물러섰다.

지금 자신이 꿈을 꾸고 있는 것은 아닌지 의심스러웠다. 꿈이 아니라면 그와 자신 사이에 이런 일이 일어날 수는 없을 것 같았다.

"이제 입장이 바뀐 것 같다."

그의 목소리는 낮았지만 그녀의 심장은 여전히 미친 듯 쿵쾅거리고 있었다. 그렇다고 이성까지 마비된 상태는 아니었다.

"왜 갑자기 마음이 바뀌신 거예요?"

"네 말대로 어머니 유산이 아닌 능력으로 기부를 바꿔 보려고."

술 냄새가 진하게 풍겨오는 것과는 달리 그의 표정과 눈빛은 평소와 그리 다를 게 없어 보였다.

"갑자기 유산이 필요해지신 거예요?"

그렇지 않다는 걸 알면서 은호는 물었다. 그의 아버지 재산이 아직은 그의 것이 아니라지만 그 정도 명성과 부를 유지하고 있는 아버지가 외아들인 그를 경제적으로 빈곤하게 내버려 두지는 않았을 것이다. 그리고 그 스스로도 얼마나 능력 있는 건축사인지 그녀도 이미 잘 알고 있지 않은가.

"필요하다기보다는 지키고 싶어졌어. 외할아버지와 어머니에게 특별한 건물이었다면 적어도 다른 사람 손에 허물어지게 할 수는 없으니까."

주원이 금송 곁으로 다가가더니 바닥에 털썩 주저앉았다. 달빛과 금송의 그늘에 의해 적당히 음영이 드리워진 그의 얼굴이 마치 이 세상의 생명체가 아닌 것 같은 신비로운 분위기를 자아냈다.

"이 나무 예전에는 아주 작았었는데……."

"아주머니가 무척 예뻐하셨던 나무예요. 그날, 돌아가시던 날 아침에도 직접 물을 주셨어요."

"어머니와 내가 이 정원에 함께 심은 마지막 나무야."

그의 목소리에 녹아 있는 짙은 그리움에 은호는 이유 없이 목이 메여왔다. 지금도 그날 아침 아주머니의 모습이 눈앞에 생생한 것 같았다. 기침이 너무 심해 그녀가 주겠다고 말했지만 아주머니는 끝내 자신이 주겠다고 고집을 피우셨다. 그렇게 금송에 마지막 물을 주고는 방으로 들어가 침대에 누운 뒤 다시는 일어나지 못하셨다. 아주머니는 그날 아침 이 금송에 대고 주원에게 할 작별 인사를 대신 했던 것은 아니었을까? 생의 마지막 순간까지 그토록 그리워했던 그가 지금 이렇게 돌아와 아주머니의 품에 기대어 쉬고 있는데, 아주머니가 남긴 작별 인사가 지금 그에게도 느껴지고 있을까…….

"그랬군요."

은호는 코끝이 찡해와 고개를 들어 금송 잎 사이에 걸린 뽀얀 달을 바라보았다. 그가 지금 얼마나 취해 있는 상태인지 알 수 없었고, 결혼하자고 한 말 또한 농담은 아니었는지 의심스러웠지만 그의 청혼에는 자신이 생각하는 의미 이상의 무언가가 담겨져 있는 것이 분명했다.

"너도 앉지 그래?"

"술 많이 마신 것 같은데, 얘기는 내일 하고 오늘은 그만 들어가서 쉬시는 게 좋을 것 같아요."

은호는 울음을 삼키고 차분한 목소리로 말했다.

"많이 마신 것 같긴 한데, 취하진 않았어."

그가 긴 한숨을 내쉬었다.

"여기 앉아 바람을 쐬니까 기분이 한결 가벼워지는 것 같다. 어머니도 여기 앉아서 이렇게 쉬시는 걸 좋아하셨니?"

"아니요."

은호는 고개를 흔들었다. 아주머니는 금송을 만지는 것조차 조심스러워하셨다. 자신의 부주의로 나무가 상할까, 햇볕을 가릴까 그렇게 애틋한 눈길로 금송을 바라보셨던 아주머니의 마음을 은호는 이제야 조금 이해할 수 있을 것 같았다.

"아주머니는 그 금송에 기대앉았던 적 없으세요. 그냥 바라만 보셨어요. 매일."

잠시 침묵이 감돌았다. 은호는 카디건 자락을 매만지다 마침내 입을 열었다.

"그런데 조금 전에, 아무런 감정도 없다면서 왜 그러신 거예요?"

"조금 전에…… 키스?"

키스라는 단어를 내뱉은 사람은 주원이었지만 은호는 차마 그의 눈을 마주 보지 못하고 시선을 슬쩍 아래로 내리깔았다.

"너 생각만큼 순진하지는 않구나."

"네?"

"남자한테 왜 키스했냐고 묻는 여자 흔치 않거든."

그가 그녀를 바라보며 빙그레 미소를 지었다. 화를 내야 하는데 그의 감정만큼이나 지금 그녀의 감정도 복잡했다.

"차라리 다행이다. 나 순진한 아가씨 인생 망치는 일은 절대 하고 싶지 않았거든. 우리 아버지처럼은……."

그의 생각을 틀렸다. 그의 아버지는 적어도 결혼할 당시까지는 그의 어머니를 사랑하셨을 것이다. 그렇지 않다면 이렇게 멋진 집을 결혼 선물로 직접 지어 주시진 않았을 테니까. 하지만 그녀의 부모님도 그랬듯 감정은 변할 수 있는 거니까. 누구도 자신의 감정을 장담할 수 는 없는 거니까…….

"사실 지금 오빠가 한 말 어디부터 어디까지가 진담인지 잘 모르겠어요. 하지만 전 술 취한 사람 상대하는 거 좋아하지 않으니까 오늘은 그만 들어갈게요. 정말 마음이 바뀌신 거라면 내일 맑은 정신으로 다시 얘기하는 게 좋겠어요."

은호는 단호하게 돌아섰다. 그가 힘들 거란 건 알지만 그는 어린아이가 아니었다. 원래 이별은 아픈 거니까, 그에게도 혼자 감당해야 할 적당한 아픔은 필요할 것이다.

"잠깐만."

그가 자리에서 일어서 그녀의 팔을 잡았다.

"결혼하자는 말 진심이야."

"……."

"널 어머니로 착각해서 안았던 것도 아니고. 취하지 않았다고 했잖아."

"그럼 왜 그러신 거예요?"

"갑자기 머릿속이 복잡해졌어. 아니, 아버지, 어머니, 나와 너 모두를 위해서 어떤 선택을 해야 하는 건지 갑자기 혼란스러워졌어. 내가 어머니 유산 포기했던 이유는 처음부터 내게 주지 않으셔도 어머니 의사를 존중하겠다는 생각을 가지고 있었기 때문이야. 그게 너라면 더 깨끗하게 포기가 됐겠지. 꿈에라도 어머니가 너와 내가 결혼하길 바란다고 생각해 본 적 없었어. 나랑 엮이면 네가 많이 힘들어질 거야. 내게 아무런 감정도 없는 네게, 아니, 네게 아무런 감정도 없는 나 때문에 너한테 시련을 감당하게 하는 건 너무 비인간적인 일일 테니까."

"그래서 확인해 보고 싶으셨어요? 제가 정말 오빠한테 아무런 감정도 없는지?"

"아니, 나 자신을 확인해 보고 싶었어. 네 남자로 있는 동안은 내가 널 지켜줄 수 있을지."

은호는 지금 상황이 참 이상하게 느껴졌다. 그들은 아무도 사랑하지 않고, 아무도 원하지 않는데 계속 결혼에 대한 이야기를 하고 있었다. 마치 저 달빛이, 아니, 이 집에 남아 있는 아주머니의 향기가 그들에게 마법을 부리고 있는 것 같았다.

"사랑은 아니더라도 남편이라면 최소한 자신의 아내를 지켜줄 마음은 가져야 할 것 같아서."

"……"

그녀가 원하는 남편의 조건에 거창한 건 없었다. 그녀를 외롭게 혼자 두지 않는 남자, 그녀가 아프거나 힘들어할 때 함께 마음 아파해주는 남자, 그녀를 아내로서 자랑스럽게 여겨주는 남자. 그녀가 원하는 남편의 조건은 이게 전부였다. 하지만 그는 그녀를 외롭게 할지도 모른다. 그녀의 아픔에 관심은 보여도 함께 아파해 주지 않을지 모른다. 그녀를 아내로서 자랑스러워하지 않을지도 모른다. 그녀가 원하는 남편의 조건에 하나도 맞지 않는 남자, 그녀가 원하는 남편의 조건 따위에는 관심도 없는 남자, 하지만 그녀가 거절할 수 없는 남자. 은호는 눈을 감았다.

"선택은 이제 너한테 달렸어. 네가 거절한다면 나도 깨끗하게 포기할게."

어릴 적부터 청혼을 받는 순간만큼은 너무나 근사한 거라고, 눈물이 날만큼 황홀할 거라고 생각했었다. 그런데 지금 주원의 청혼은 그녀를 너무 당황스럽고 초라하게 만들었다.

"내일 얘기할게요."

"그런데……"

그가 막 발을 떼려는 그녀의 발목을 다시 잡았다.

"이거 한 가지는 분명하게 듣고 가. 나랑 결혼하면 많이 힘들 거야. 네가 그렇게 껄끄러워하는 태원이 형제와도 사촌이 되는 거고, 난 보통의 남편들이 아내에게 어떻게 하는지 보고 자란 게 별로 없어. 그래서 좋은 남편이 되겠다는 약속도 할 수 없어. 만약 네가 결혼에 대해 작은 환상이라도 가지고 있다면 거절하는 게 좋을 거야."

은호는 주원이 진짜 하고 싶은 말이 무엇인지 그 의도를 꿰뚫어 보듯 그의 눈을 응시했다. 부탁인지, 협박인지, 아니면 먼저 결혼 이야기를 꺼낸 그녀의 입에서 분명한 거절 의사가 나오길 바라는 것인지. 하지만 그의 깊은 눈은 그녀에게 아무것도 말해 주지 않았다. 그런데 그 순간 그의 얼굴 위로 온화하게 웃고 있는 아주머니의 얼굴이 겹쳐 보이는 것 같았다. 은호는 대답 대신 고개를 끄덕였다.

"늦었다, 그만 들어가서 자."

은호는 살짝 고개를 숙여 보이고는 돌아섰다. 달빛을 받으며 걸어가는 자신의 뒷모습을 보며 그가 제발 어머니를 떠올리지 않길 바라며……

"일어나셨어요?"

주방에 들어서는 주원에게 은호가 상냥한 목소리로 인사를 건넸다.

"식사하셔야죠?"

가스레인지 앞에서 부지런히 팔을 움직이던 그녀가 정수기 앞에서 컵에 물을 따르는 그의 옆을 재빨리 지나쳐 식탁으로 쪼르르 걸어갔다.

"황태 콩나물 해장국 괜찮으세요."

그녀의 말 대로 황태와 콩나물이 한데 어우러진 시원한 냄새가 코끝에 진동해왔다.

"식기 전에 얼른 앉으세요."

은호가 친절하게 식탁 의자까지 빼놓으며 그에게 앉기를 권했다. 영국에 사는 동안 누군가 챙겨주는 사람이 딱히 없었기 때문에 술을 마신 다음날은 으레 빈속으로 출근을 했었다. 이제 그런 습관에 길들여지다 못해 익숙해져 껄끄러운 입 안과 쓰린 속을 음식으로 풀어야 한다는 사실이 어색하게 느껴질 정도였다. 하지만 말갛게 웃는 얼굴로 그에게 앉기는 권하는 은호의 성의를 그냥 무시할 수 없어 그는 식탁으로 걸어가 자리에 앉았다.

"예전에 아주머니가 끓어주신 국을 한번 먹어본 적이 있기는 한데 제가 직접 끓여본 건 처음이라 입에 맞으실지 모르겠어요."

그다지 식욕이 돌지 않았지만 기대에 차서 자신을 바라보고 있는 은호의 시선을 느끼며 그는 숟가락을 들어 국의 국물을 한 수저 떠먹었다. 쩍쩍 갈라진 사막의 바닥 같았던 그의 목덜미를 시원하게 미끄러져 내려간 국물이 쓰린 속을 재빨리 진정시키는 것이 느껴졌다. 그의 입술 꼬리가 저절로 올라갔다.

"괜찮으세요?"

"응."

"다행이다."

"너도 같이 먹어."

"네."

은호는 그제야 자신의 국도 한 그릇 떠와 그의 앞자리에 앉았다.

"제가 요리를 잘하는 편은 아닌 것 같지만 그래도 생각나시는 음식이 있으시면 말씀해 주세요. 아주머니가 요리하실 때 옆에서 많이 거들어봐서 제 요리 레시피가 아주머니가 해주셨던 음식들과 약간씩은 비슷할 거예요."

은호는 말을 마치고 조용히 코끝을 찡긋거렸다. 혼자 말하고 혼자 감상에 젖고, 아직도 영락없는 소녀였다.

은호도 숟가락을 집어 들었지만 우려와는 달리 황태 콩나물 국 한 그릇을 뚝딱 비워내는 주원의 모습을 훔쳐보느라 자신은 밥만 계속 떠먹고 있다는 사실도 깨닫지 못하고 있었다.

예전에 아주머니에게 주원이 술에 잔뜩 취해 들어온 다음날 어떤 음식도 입에 대지 않더니 황태 콩나물국 한 그릇을 단숨에 비워냈다는 얘기를 들은 적이 있었다. 어젯밤 술에 취한 그의 모습을 봤을 때부터 황태 콩나물국이 계속 머릿속을 맴돌았다. 그래서 오늘 아침 평소보다 일찍 일어나 집 근처 슈퍼에 가서 황태와 콩나물을 사왔다. 그런데 정말 아주머니의 말씀처럼 밥에는 숟가락도 대지 않은 채 그가 국 한 그릇을 다 비워냈다. 부모는 자식 입에 밥 들어가는 모습만큼 보기 좋은 모습이 없다더니 은호는 자신이 아주머니를 대신해 그의 쓰라림을 다독여 준 것 같아 마음이 뿌듯하면서도 괜스레 눈시울이 젖어 들었다.

"더 드릴까요?"

은호가 얼른 숟가락을 내려놓으며 물었다.

"괜찮아."

"네."

그녀는 다시 숟가락을 집어 들었다. 여전히 자신의 입 안에서 맴돌고 있는 음식의 맛은 전혀 느낄 수 없었다. 하지만 두 개의 숟가락이 만들어내는 달그락 소리가 그녀의 가슴 한구석을 따뜻하게 해 주었다. 누군가와 함께 살고 함께 밥을 먹는다는 게 이런 기분이었구나.

"잘 먹었다. 먼저 일어날게."

"저기, 오빠."

"응?"

"어젯밤에……."

"어젯밤에, 뭐?"

"주무실 때 불편하신 데는 없었어요?"

이걸 물으려던 게 아니었다. 밖에서 무슨 일이 있었느냐고 물으려던 마음이 자신을 똑바로 바라보는 그의 눈빛에 슬그머니 몸을 움츠렸다. 낯설음이 서늘함이고 이별이 시림이라면, 좋아하는 건 따끈함이고 사랑은 뜨거움일지도 모른다. 그를 보는 내내 그녀의 마음 한 곳이 따끈했는데, 어느 순간부터인가 뜨끈거리기 시작하고 있었다. 은호는 그 뜨거움 때문에 모든 게 다 너무 조심스럽기만 했다.

"없었어."

그가 자리에서 일어섰다.

"그런데요."

그녀가 다시 입을 열자 그가 그녀의 얼굴을 바라보았다. 그가 바라보고 있다는 사실만으로도 그녀의 가슴은 또다시 콩닥거리기 시작했다.

"언제까지 한국에 계시는 거예요?"

"글쎄."

그는 정확하게 대답하지 않았다. 그렇다면 어젯밤 정원에서 그녀에게 했던 청혼은 술에 취해 했던 말인지도 모른다. 그는 취하지 않았다고 말했었지만, 술에 취한 사람들도 모두 그렇게 말하니까. 그래서 그는 지금 그 사실을 기억조차 하지 못하고 있는 것인지도 모른다. 어제 돌아갈지도 모르면서 그녀에게 청혼을 했다는 건 정말 이치에 맞지 않는 행동이니까. 은호는 이마를 찌푸리며 슬며시 숟가락을 내려놓았다.

"어젯밤에 내가 했던 말, 대답은 언제쯤 들을 수 있는 거야?"

"네?"

은호의 눈이 동그래졌다.

"어젯밤에 했던 말이라니……?"

"결혼 말이야."

뭐야? 술 취해 했던 주정이 아니었잖아? 은호의 입가에 슬쩍 미소가 번지려다 그녀의 피나는 노력으로 지워졌다.

"조만간 영국에 한번 다녀오기는 할 것 같아. 짐을 제대로 챙겨오지 못했거든."

"아, 그럼 계속 한국에 계시는 거예요?"

"응."

그가 가볍게 고개를 끄덕였다. 은호는 자신의 표정으로 주원이 어느 정도 그녀의 대답을 짐작하고 있다는 사실을 알지 못했다. 그리고 그는 그녀가 자신의 청혼을 받아들이는 것이 반갑기만 하지는 않다는 것도 그녀는 알 리가 없었다.

"그리고 앞으로 이 집 관리에 들어가는 경비는 내가 전적으로 책임질 테니까, 넌 다음 학기에 복학하도록 해."

"제가 조경 관련해서 열리는 웬만한 공모전에는 모두 작품을 출품했는데요, 하나라도 수상하면 복학하려고 생각하고 있었어요."

"수상 못해도 다음 학기 등록금은 내가 내줄게. 그 뒤로는 예전처럼 장학금 타도록 해."

그의 목소리는 언제나처럼 차가웠다. 눈빛도 차갑다. 하지만 그의 마음이 차갑지 않다는 사실을 은호는 알고 있었다. 그는 이른 봄에 불어오는 바람처럼 살갗에 닿는 느낌은 차갑지만 따뜻한 햇볕 냄새를 품은 남자였다. 이 남자에게서도 언젠가 뜨거운 여름 냄새가 나는 날이 오겠지?

"아니요. 그러실 필요 없어요."

"부담스러우면 나중에 성공해서 갚아."

"정말 괜찮아요. 저도 이제 스물세 살인데 제 등록금 정도는 제가 스스로 책임질 수 있어요. 오빠도 한국에서 일 시작하시려면 신경 쓰실 일 많으실 텐데. 제 일은 제가 알아서 할게요."

"네가 빨리 복학하는 게 나 신경 쓰지 않게 하는 방법이야."

"네."

주원이 그녀의 얼굴을 가만히 바라보았다. 표정 없이 반듯했던 입가에 슬쩍 미소가 그려지자 그녀의 심장이 다시 콩닥거리기 시작했다. 그녀가 원하는 남편의 조건에 잘생기거나 섹시한 남자는 없었다. 그런데 은호는 자신도 모르게 침을 꼴딱 삼키고 있었다.

"그런데 오늘 저녁은 집에서 드실 거죠? 김치찌개하고 된장찌개 중에 어떤 게 더 좋으세요?"

"늦을 거야. 나 기다리지 말고 저녁 먹어."

"네?"

"그래도 대답은 빠른 시간 안에 하는 걸로."

그가 주방을 걸어 나갔다. 그녀의 심장은 아직도 콩닥거리고 있었다.

Rrrrrrrrrr…….

은호가 설거지를 하고 있을 때 거실에서 전화벨이 울렸다.

"여보세요?"

[은호 학생? 나 현주 엄마야.]

"안녕하세요?"

그녀가 지난달까지 아르바이트를 했던 꽃집의 사모님이었다. 며칠 전에는 그녀의 형편을 알고 먼저 전화를 걸어 그녀가 온실에서 키우고 있는 카네이션을 도매가로 전부 계약해 주겠다고까지 한 고마운 분이었다.

"그런데 무슨 일이세요?"

[다른 게 아니라 내가 부탁할 게 좀 있어서.]

"말씀하세요."

[사실은 오늘 아침에 현주 아빠가 꽃 정리를 하다가 손가락을 많이 다쳤지 뭐야. 인대까지 다쳐서 지금 수술 중이야. 그래서 우리가 오늘은 계속 병원에 있어야 할 것 같거든. 그런데 며칠 전에 꽃 배달 주문을 받아 둔 게 있는 데 그걸 깜빡했지 뭐야. 전화번호도 꽃집에 있고 해서 달리 부탁할 곳이 있어야지.]

"그래요? 그럼 제가 대신 배달 해 드릴게요."

다행히 오늘은 바쁜 일도 없었고, 아르바이트를 하는 동안 여러모로 그녀를 돌봐주셨던 아주머니였기에 은호는 선뜻 대답했다.

[그래 줄 수 있겠어? 그런데 배달 시간이 좀 많이 늦어.]

"괜찮아요."

[그럼 장미 100송이만 포장해다가 시내 허브 클럽으로 밤 11시까지 가져다줄 수 있을까?]

"밤 11시에 클럽으로요?"

[응, 거기에서 생일 파티를 한다는데, 그때 프러포즈를 할 계획이라고 하더라고. 그래서 그쪽으로 가져다 달라지 뭐야. 그런데 시간이 너무 늦지? 정말 괜찮겠어?]

"괜찮아요, 제가 예쁘게 포장해서 배달해 드릴 테니까 걱정 마시고 아주머니는 아저씨나 잘 보살펴 드리세요."

[고마워, 은호 학생. 돈은 꽃 받으면 그 자리에서 현금으로 준다고

했으니까 받으면 될 거야. 받은 돈으로 꼭 택시 타고 들어가고.]

전화를 끊은 은호는 주방 정리를 마친 뒤 거실과 복도를 청소했다. 뒷정리가 거의 끝나갈 무렵 주원이 깔끔한 블랙 슈트 차림으로 2층에서 걸어 내려왔다.

"지금 나가시는 거예요?"

"응."

창으로 쏟아져 들어오는 봄 햇살이 눈부신 듯 주원이 살짝 이마를 찌푸렸다.

"청소하는 거야?"

"네."

은호는 주원을 배웅하기 위해 그를 따라 현관 앞으로 걸어갔다.

"나갔다 올게."

주원이 현관문을 활짝 열자 봄 햇살을 듬뿍 받아 예쁘게 반짝이는 나뭇잎과 싱그러운 흙냄새가 은호의 코끝을 간질였다. 주원도 그녀와 같은 것을 보고 같은 냄새를 맡은 듯 가슴이 가볍게 들썩이는 것이 보였다.

현장에서 흙을 만지고 나무를 정리하는 남자들의 모습을 보며 그들이 사랑으로 그것들을 만진다는 느낌을 받은 적이 없었다. 그녀의 눈에는 그저 일을 하는 모습으로만 보였다. 그런데 나뭇잎을 바라보는 주원의 시선에서는 그들에게 느낄 수 없었던 애정이 엿보이는 것 같았다. 아주머니와 그는 많이 다른 듯 보이다가도 어느 순간 문뜩 꼭 닮은 것 같다는 생각이 들었다.

"새로 나온 잎이 참 예쁘죠?"

현관 바로 옆의 키 작은 나무에 작게 돋아 난 어린잎을 바라보며 은호가 말했다.

"그래."

그 순간 나뭇잎을 바라보는 주원의 시선에서 쓸쓸함을 발견한 건 은호의 착각이었을지도 모른다.

"다녀오세요."

집은 나서는 주원을 뒷모습을 바라보던 은호는 현관문이 닫히자마저 정리를 끝낸 뒤 이번에는 온실로 향했다.

그녀에게 꽃을 돌보고 만지는 일은 언제나 즐겁고 행복한 일이었다. 감촉도, 향기도, 꽃을 바라보는 기쁨도 어느 것 하나 즐겁지 않은 것이 없었다.

오후까지 온실에서 꽃을 돌보며 시간을 보낸 그녀는 해가 지고 땅거미가 내려앉기 시작할 무렵 집으로 들어가 대충 저녁을 해결했다. 그리고 주원이 볼 수 있도록 자신의 행방을 알리는 메모를 식탁 위에 남긴 뒤 꽃집으로 향했다.

정성스럽게 포장한 꽃다발을 가슴에 안고 그녀가 클럽 입구로 들어서려는 순간 무늬 없이 헐렁한 흰색 티셔츠에 청바지 차림의 그녀의 모습을 비웃듯 훑어 내린 직원 하나가 앞을 가로막고 섰다.

"아가씨, 잠깐."

"왜 그러세요?"

"정말 몰라서 묻는 건가?"

남자가 이번에는 노골적인 시선으로 은호의 옷차림을 천천히 훑어내렸다.

"전 이 꽃 배달 온 거예요. 이 클럽 단골손님인 것 같던데 이 꽃만 전해 드리고 금방 나올게요."

그녀가 직원과 실랑이를 벌이고 있는 사이에도 과감한 노출로 자신의 몸매를 뽐내는 여자들이 속속 클럽 안으로 들어가고 있었다.

"그럼 10분 안으로 안 나오면 끌어냅니다."

"네, 알았어요."

뿌연 연기와 뒤섞여 정신없이 번쩍이는 조명과 건물이 흔들릴 듯 요란하게 울리는 음악소리에 클럽 안으로 들어선 은호의 이마가 저절로 찌푸려졌다. 하지만 입구에서 낮게 으르렁거렸던 직원의 협박 때문에 마음은 조급했다. 누가 배달을 시킨 것인지 확인하기 위해 아무리 전화를 걸어도 상대는 전화를 받지 않았다. 이렇게 시끄러운 클럽 안에서 전화기만 뚫어져라 바라보고 있는 것이 아니라면 금방 전화가 왔다는 사실을 알아차리기는 힘들 것이었다. 게다가 클럽이라고는 친구들 생일에 한두 번 와본 것이 전부였지만 이곳처럼 사람이 많이 드나드는 클럽은 처음이었다.

"여보세요?"

11시가 넘은 시간 화장실 쪽으로 자리를 옮겨 건 전화를 드디어 상대방이 받았다.

[왜 이렇게 안 와요?]

"지금 클럽 안인데, 어디에 계신데요?"

[무대 중앙을 보고 섰을 때 왼쪽, 그러니까 출입문에서 무대를 똑바로 지나쳐 있는 테이블 중 가장 큰 테이블에 있어요. 빨리 뛰어오세요.]

소음에 뒤섞여 정확하진 않았지만 남자의 목소리가 그다지 기분이 좋은 상태는 아닌 것 같았다. 배달이 예약했던 시간보다 늦어져 프러포즈에 차질이 생겼으면 어쩌나 하는 마음에 은호는 서둘러 클럽 안으로 들어섰다.

다시 무대를 바라보자 건물뿐 아니라 그녀의 머릿속까지 흔들리는 것 같았다. 그때 방금 통화에서 설명을 들었던 것처럼 무대 왼쪽의

긴 테이블 앞에서 한 남자가 그녀를 향해 손을 흔들고 있는 것이 보였다. 은호는 테이블들을 돌아 뒤쪽으로 걸어갈 생각이었다. 하지만 남자는 그녀에게 무대 중앙을 가로질러 오라는 듯 무대를 향해 손가락을 까딱거리고 있었다. 은호는 난처한 시선으로 클럽 안을 쓱 둘러보았다. 지금 클럽 안으로 들어서고 있는 사람들과 주문을 받고, 음식을 나르는 웨이터들 때문에 테이블들을 돌아 꽃이 상하지 않게 가는 길이 그다지 만만해 보이지는 않았다. 차라리 갑자기 잔잔한 음악이 흘러나오며 무대가 한산해진 지금 빨리 무대 가운데를 지나쳐 가는 게 나을 것 같았다. 은호는 상대방을 향해 크게 고개를 끄덕였다.

쏴아.

그녀가 살짝 고개를 숙이고 서둘러 무대 한가운데를 막 지나치려는 순간 건물에 구멍이라도 뚫려 폭우가 새어 들어오고 있는 것처럼 천장 위에서 그녀의 머리 위로 물벼락이 내리쳤다. 물은 숨을 쉴 수 없을 정도로 차가웠다. 은호의 시선이 재빨리 가슴 앞으로 정성스럽게 감싸 안은 장미꽃에 꽂혔다. 그녀 딴에는 막는다고 막아 보았지만 갑자기 쏟아져 내린 물벼락에 장미를 싸고 있던 포장 안으로 물이 가득 들어차며 장미는 말 그대로 홍수에 잠긴 꽃처럼 형편없이 망가진 모습이었다. 은호는 장미를 주문한 남자를 향해 천천히 고개를 들었다. 그는 알듯 말듯 묘한 표정으로 그녀를 바라보고 있었다.

은호의 귀에는 더 이상 클럽 안에 흐르고 있는 음악 소리나 사람들의 웅성거림, 어느 것 하나 들리지 않았다. 그러는 사이 무대 위에서 춤을 추다 놀라 멈춰 선 사람들도 그녀의 모습을 잠시 지켜보다 하나 둘 자리로 돌아갔다. 은호는 지금 자신이 어떻게 해야 하는 것인지 알 수 없었다. 이 꽃이라도 저 남자에게 건네주어야 하는 것인지, 아니면 지금 당장 클럽 밖으로 뛰쳐나가야 하는 것인지, 아니면 마치 자신을 겨냥한 듯 물을 쏟은 직원에게 쫓아가 멱살이라도 잡아야 하는 것인지……

그런데 이상하다. 만약 사고로 물이 쏟아진 거라면 웨이터나 직원 중 누군가 무대를 수습하기 위해 서둘러 다가왔을 것이다. 하지만 모두 그녀의 다음 행동만 주시하고 있을 뿐 어떤 행동도 하지 않고 있었다.

그때 그녀의 전화벨이 울렸다. 휴대전화는 뒷주머니 깊숙이 찔러 넣은 덕에 젖지 않은 모양이었다. 은호는 젖은 손을 대충 청바지에 문지른 뒤 전화기를 꺼냈다.

"여보세요?"

그녀의 전화기에 뜬 전화번호는 장미를 주문한 남자의 번호였다.

[그 꽃 그냥 버리세요. 꽃값은 택시비까지 생각해서 계좌로 부쳐드릴 테니까, 핸드폰으로 계좌번호 보내시고요.]

전화가 끊겼다. 은호는 남자를 바라보았다. 그는 출입문으로 향하려는 듯 테이블 뒤로 유유히 걸어가고 있었다. 그제야 사람들로 북적거리고 있는 클럽 안에서 그가 앉아 있던 테이블에만 유일하게 사람이 없다는 사실이 그녀의 눈에 들어왔다. 그 순간 은호는 저 남자가 자신의 프러포즈 계획이 뜻대로 진행되지 않자 애꿎은 그녀에게 화풀이를 했다는 사실을 짐작할 수 있었다.

은호는 미친 듯이 남자를 향해 달려갔다. 그리고 그의 팔을 잡았다.

"당신, 뭐 하는 사람이에요?"

"나?"

"설마 이 물, 그쪽이 나한테 뿌리라고 한 거예요?"

그녀의 질문에 남자의 입가에 비틀린 미소가 번졌다. 그리고 번들거리는 눈빛으로 진공포장처럼 몸에 옷이 달라붙은 그녀의 모습을 훑어 내렸다. 은호는 기죽지 않고 더 당당하게 어깨를 폈다.

"꽃 배달이나 하기에는 아까운 몸매네."

그 순간 은호는 남자의 머리 위로 장미 꽃다발을 들어 올렸다. 그리고 포장지 안에 가득 고여 있던 물을 남자의 머리 위에 그대로 부어버렸다. 곧 멋스럽게 소매를 접어 올린 남자의 깨끗했던 양복이 초라하고 볼품없는 싸구려로 전락해 버렸다.

"뭐야?"

얼굴이 붉게 달아오른 남자가 당장 멱살이라도 잡으려는 듯 팔을 뻗었지만 은호는 재빨리 그의 팔을 막아냈다.

"아, 내가 꽃을 적정 수준 이하의 너무 싸구려 꽃으로 주문했더니 배달하는 애도 질이 이따위고, 꽃을 받아야 할 사람은 진작 수준 이하의 꽃 냄새에 일찌감치 멀리 도망을 가버렸나 보구나."

은호는 눈을 부릅떴다. 꽃을 심고 키워 본 사람만이 안다. 하루하루 물을 주고 햇볕과 온도로 온갖 정성을 기울여야 아주 조금씩 자라난 초록 생명이 어느 날 선물처럼 꽃봉오리를 피운다는 사실을. 그 기다림과 기대, 그리고 기쁨을 이 쓰레기 같은 남자는 죽을 때까지 알지 못할 것이다.

"전 그 여자 분이 왜 안 나타났는지 알 것 같네요."

은호의 말에 남자는 그녀의 손에서 꽃다발을 빼앗아 바닥으로 던졌다. 그리고 자신의 발로 그것을 밟아 뒤꿈치로 비비기 시작했다. 그의 행동에 진작부터 그들 주변으로 몰려들었던 사람들의 웅성거림이 일순간 찬물을 끼얹은 듯 조용해졌다. 음악 소리는 여전히 요란했지만 신기하게도 바로 옆에 선 사람의 숨소리는 그녀의 귓가에 들리는 거 같았다. 아무래도 갑자기 요란한 음악 소리에 노출된 그녀의 귀에 잠시 이상이 생긴 것 같았다.

"당신은 이 꽃들에게 사과를 해야 돼. 당신처럼 쓰레기 같은 남자가 주문만 하지 않았어도 아주 멋진 남자의 손에서 아주 예쁜 여자의 손으로, 사랑의 맹세로 전해졌을 테니까."

"사랑의 맹세 같은 소리 하고 있네. 아, 꽃값 받기 싫은 모양이지? 하긴 지금 너는 꽃값이 아니라 나한테 세탁 비를 물어줘야 돼."

"세탁 비? 지금 당장 경찰서로 가보죠. 누가 누구한테 피해 보상을 해야 하는 건지?"

은호도 지지 않고 소리치고 있는 순간 남자가 다시 그녀를 향해 팔을 뻗었다. 예상치 못했던 그의 행동에 은호가 곧바로 대처하지 못하고 있는 순간 다행히 그녀의 옆에 서 있던 키가 큰 남자가 그의 손목을 붙잡았다.

"당신 옷 세탁 비는 내가 지불하지. 그런데 이 여자 옷 수선비는 당신이 지불해야 할 것 같은데."

그녀의 착각인지 모르겠지만 옆에서 들려오는 목소리가 마치 주원의 목소리 같았다. 은호는 너무 놀라 그대로 얼어붙었다.

하지만 그가 지금 이 시간에 이곳에 있을 리는 없었다. 게다가 이렇게 시끄러운 곳에서, 지금 이 몰골을 하고 있는데 주원의 목소리가 들리는 것은 그녀에게 절대 반가운 일이 아니었다. 그럼에도 지금 쿵쾅거리고 있는 것이 음악의 진동으로 흔들리고 있는 바닥인지 자신의 심장소리인지 알 수 없었다. 은호는 침을 꿀꺽 삼키고 천천히 고개를 움직였다. 깔끔하게 블랙 슈트를 입은 훤칠한 키의 주원이 바로 옆에 서 있었다. 주변에서 그를 바라보고 있는 여자들의 무수한 시선도 그녀의 눈에 보였다. 하지만 그의 서늘한 시선은 장미꽃을 주문한 남자에게 향해 있었다. 그 눈빛이 너무 차갑고 냉정해 은호는 자신이 알고 있는 주원이 아닌 것만 같았다.

"뭐야?"

"너무 자연스럽게 소화를 하고 있어 눈치채지 못 했나 본데 이 여자가 입고 있는 이 옷, 영국에서 만들어 유럽 쪽에서만 팔리고 있는 명품이야. 당신의 중저가 양복으로는 이 숍의 티셔츠 하나도 살 수 없을 정도로 고가의 옷들만 파는 곳이지."

남자가 가늘게 뜬 눈으로 최고급 호텔의 와인바 같은 곳에나 앉아 있어야 어울릴 것 같은 주원의 옷차림을 꼼꼼히 뜯어보다 당황한 표정으로 다시 그녀의 옷을 바라보았다.

"그게 뭐?"

주원의 시선도 그녀의 옷을 향해 천천해 내려가기 시작했다. 그런데 조금 부드러워진 것 같았던 눈빛이 다시 얼음처럼 차갑게 변하고 있었다. 은호는 분명하게 설명할 수 없는 그 미묘한 변화에 가슴이 터질 것 같았다.

"그리고 당신이 무슨 상관인데, 왜 남의 일에 끼어들고 난리야?"

주원은 은호 옆으로 바짝 걸어가 손으로 어깨를 감쌌다. 그가 손으로 감싼 것은 젖어 있는 은호의 어깨였지만 진짜 감싸고 싶은 것은 흐릿하니 젖어 들고 있는 그녀의 새까만 눈동자인지도 모른다. 11년 전 그 꼬마의 눈동자라고 생각하고 싶어도 그녀의 모습은 지금 당장 무대 위로 뛰어 올라가 열정적으로 몸을 흔들어도 전혀 어색할 것 같지 않은 도발적이면서도 청순한 모습이었다.

그는 그제야 클럽 안의 남자들이 은호를 힐끔거린 것이 소란스러운 상황 때문이 아니라 몸에 빈틈없이 달라붙은 옷 때문에 적당하게 볼륨감 있는 가슴과 군살 없이 늘씬한 그녀의 허리 라인이 옷을 입지 않은 것보다 더 아찔하게 보이고 있기 때문이라는 사실을 깨달았다.

게다가 젖어 있는 머리와 얼굴, 동그랗게 큰 눈은 어느 청순한 모델 못지않게 사랑스러웠다. 이 여자는 더 이상 그가 알고 있던 채은호가 아니었다. 어쩌면 어머니와 함께 정원의 꽃과 나무를 손질하는 모습이 가장 잘 어울릴 것이라 여겼던 순진한 아가씨 채은호는 이제 그의 추억 속에만 존재하는 것인지도 모른다.

"이 여자."

주원은 자신의 재킷을 벗어 은호의 어깨를 감쌌다. 옷이 젖을까 염려하는 듯 은호가 어깨를 움츠렸지만 그는 두 손으로 은호의 양 어깨를 꼭 움켜잡았다.

"이 여자 내 약혼년데."

"무슨 일이십니까?"

그때 두 명의 웨이터를 동반한 중년의 남자가 다급하게 주원에게 다가와 물었다.

"제 약혼녀가 아주 불쾌한 상황을 겪고 있는 것 같군요."

"약혼녀시라고요?"

주원의 대답에 남자가 주변을 쓱 둘러보더니 뭔가를 짐작한 듯 웨이터들에게 눈짓을 보냈다. 그러자 웨이터들이 당황한 낯빛으로 장미를 주문한 남자의 양팔을 포박했다. 남자가 포박에서 벗어나려는 듯 거칠게 몸을 비틀며 욕설을 퍼부었지만 두 명의 장정을 이겨내기엔 무리였는지 결국 출입구 쪽으로 질질 끌려 나갔다.

"제가 애들 관리를 잘 못하고 있는 것 같습니다."

"사장님, 저희는 어떤 분인 줄 모르고, 그 남자 손님이 자기가 춤을 추겠다고 미리 물을 부탁해 놓은 상태라 여자 분에게 대신 뿌려 달라고 했을 때 별생각 없이……. 정말 죄송합니다."

웨이터 중 한 사람이 재빨리 상황 설명을 한 뒤 사장과 주원을 향해 깊게 고개를 숙였다. 그러자 사과를 받아주겠냐는 눈빛으로 사장이 주원을 바라보았다.

"오늘 미팅은 다음으로 미뤄야 할 것 같습니다."

"저희 회장님께서 귀국 전부터 얼마나 기다리셨는데, 그리고 바로 도착하신다고 하셨습니다."

"지금 제 약혼녀 모습이 보이지 않으십니까?"

"아, 정말 죄송합니다. 그럼 우선 저희 VIP룸으로 모시겠습니다."

"됐습니다."

"그럼 저희 차로 모시겠습니다."

사장이 입구 쪽의 직원을 향해 재빨리 손짓을 했다.

"오늘 사고에 대해서는 다시 한 번 진심으로 사과를 드리겠습니다. 그리고 저희 쪽 실수에 대해서도 어떻게든 보상을 해 드리겠습니다. 그러니 내일 중으로 꼭 다시 연락을 주십시오."

"연락은 드리겠습니다."

"감사합니다. 잘 모셔다 드려."

"네."

그들이 클럽 밖으로 나왔을 때 사장이 지시를 해 둔 차가 입구에서 그들을 기다리고 있었다.

"일 때문에 오셨던 거예요?"

"응."

"그런데 저 때문에, 그냥 가시는 거예요? 전 괜찮은데……."

"너 때문 아니니까 신경 쓰지 마."

주원은 은호와 함께 사장이 준비해 둔 차에 올랐다. 그의 재킷을 꼭 움켜쥐고 그의 옆자리에 앉은 은호는 아무 말이 없었다.

클럽 회장이 호텔을 지을 계획이라며 영국에 있는 아버지 회사로 먼저 연락을 해왔다. 아버지는 한국에서는 일을 하지 않을 거라며 거절했지만 회장은 어떻게 알아낸 것인지 사람을 시켜 어제 입국장에서부터 그를 기다리고 있었다. 사무실을 내면 당장 일거리가 급하기 때문에 잠시 마음이 흔들렸던 것은 사실이었다. 하지만 아버지에게 먼저 일을 의뢰했던 사람이라는 사실뿐 아니라 의뢰인이 조직과 클럽의 우두머리라는 사실에 그다지 내키지 않았던 그는 이미 마음의 결정을 내린 상태였다.

"아까 그 꽃은 뭐였어?"

오래였는지 잠깐이었는지도 알 수 없을 정도로 어색한 침묵이 흐른 뒤 주원이 먼저 입을 열었다.

"주문받은 꽃 배달한 거였어요."

"꽃집에서 아르바이트하는 거야?"

"아니에요. 아르바이트는 지난달에 그만뒀어요. 오늘은 꽃집 사장님한테 갑자기 사정이 생기셔서 부탁을 하신 거예요."

"지금 시간이 몇 신데 고작 남의 부탁 때문에 그런 곳엘 가?"

갑자기 솟구치는 화에 자신도 모르게 거칠게 입을 열었지만 은호의 잘못이 아니라는 걸 알았다. 하지만 꾹 누르고 있었을 뿐 클럽 안에서부터 느껴졌던 뭔가 정확하게 설명하기 힘든 감정은 여전한 상태였다.

"그렇게 힘들게 아르바이트를 해가며 유지해야 했을 정도로 너한테 부담스러운 집이었다면 진작 팔지 그랬니?"

"오늘 같은 일은 정말 처음 있는 일이었어요. 그리고 팔다니요?"

줄곧 앞만 바라보고 있던 그녀의 시선이 획 그에게로 돌아섰다. 그도 고개를 돌려 그녀의 얼굴을 똑바로 바라보았다. 은호의 눈동자 안에 여러 가지 생각들이 뒤엉켜 있는 것이 너무나 분명하게 보였다.

은호는 어머니의 설명에서 조금도 벗어남이 없는 아이었다. 밝고 착하고 예뻤다. 그리고 어머니도 알고 계셨는지 모르겠지만 어머니의 집을 팔 만한 배짱도, 욕심도 없는 것 같았다. 이 작은 체구로 그 버거운 집을 지탱하느라 그동안 얼마나 힘이 들었을까?

"그때 제가 했던 말은, 실수였어요. 파는 건 정말 한 번도 생각해 보지 않았어요."

은호는 고개를 세차게 흔들고 있었다. 그 순간 아직 젖어 있는 머리와 창백한 피부, 앵두 물을 들인 것처럼 빨간 입술이 그에게 만져 보고 싶은 충동을 일으켰다. 착한 아이고, 함께 있어도 불편하지 않을 거라고 생각했다. 동생처럼 보살펴 주고 싶었고, 시간이 흐르는 것처럼 자연스럽게 감정에 변화가 생긴다면 인정할 마음도 있었다. 어쩌면 아버지처럼 사느니 평생 혼자여도 나쁘지 않을 것이라고 생각하고 있었기 때문인지도 모른다. 그런데 지금은 모든 게 너무 갑작스러웠다.

"그 집이 어떤 집인데……."

'너한텐 어떤 집인데?'

주원은 소리 내지 않고 물었다.

"저한테 그 집은 아주머니예요. 저를 돌봐 주셨고, 제게 꿈과 행복을 선물해 주셨고, 저를 키워주신 아주머니요. 지금도 그 집 곳곳에 아주머니가 살아 계신 것 같다고요. 그런데 어떻게……. 오빠가 아니라면, 그 어느 누구에게도 양보할 수 없어요."

주원은 나비 날개처럼 위로 휘어져 꿈을 꾸듯 천천히 펄럭이고 있는 은호의 속눈썹을 가만히 바라보았다. 날갯짓이 빨라지는가 싶더니 그녀의 뺨 위로 투명한 구슬이 또르르 굴러떨어졌다. 나비가 눈물도 참 많다. 오랜 기다림과 고통을 혼자 묵묵히 참아냈으니 설움도 많은 것일까? 작은 일에도 슬퍼하거나 기쁨에 눈물을 흘렸던 어머니의 온화한 얼굴이 은호의 얼굴 위로 겹쳐 보이는 것 같았다.

'어머니, 당신 대신 제 곁에, 그 집에 이 아이를 남기신 건가요? 하지만 제가 이 아이를 보며 느끼는 감정들은 어머니에 대한 그리움인가요, 아니면 온전히 이 아이에 대한 감정인가요…….'

차에서 먼저 내린 사람은 은호였지만 대문을 연 손은 주원의 것이었다. 그는 문을 잡고 은호가 먼저 들어가길 기다리며 서 있었지만 그녀는 그에게서 한걸음쯤 떨어진 자리에서 몸을 바짝 웅크린 채 서 있을 뿐이었다. 갑자기 그녀와 자신이 낯선 사이가 된 것 같은 기분이 들었다.

"……."

그가 먼저 들어가지 않으면 밤새 이 상태로 있을 작정인 것인지 은호는 애꿎은 아랫입술만 질끈 깨문 채 그림처럼 서 있었다.

"들어가자."

"……."

그의 재촉에 은호가 조심스럽게 집 안으로 발을 들여놓았다. 그 순간 그의 시야에 대문 옆에 붙어 있는 문패가 들어왔다.

윤미란……. 어머니 이름이었다. 왜 아직까지 어머니의 이름이 새겨진 문패가 달려 있는 것인지 물으려던 그의 머릿속에 조금 전 은호의 말이 떠올랐다. 주원은 갑자기 목덜미가 뜨거워지는 것 같았다. 그녀에게 어머니는 그런 존재였던 것이다. 그리고 어머니 또한 이 아이를 이 집에 남기면 당신의 추억이 그에게 고스란히 전해질 것이라는 걸 짐작하셨던 것인지도 모른다. 당신의 자취를, 그리고 이 아이의 따뜻한 마음을 이렇게라도 그에게 남기고 싶었던 것이리라. 정말 은호와 함께라면 어머니에 대한 죄책감과 그리움이 소중한 기억과 추억으로 다시 가슴에 새겨질 수도 있지 않을까? 뭔지 모를 복잡하고도 묵직한 기운이 그의 가슴 한가운데서 꿈틀거리는 것 같았다.

은호는 얼른 집 안으로 들어섰지만 주원이 들어오길 기다리며 잠시 제자리에 서 있었다. 그녀를 따라 집 안으로 들어선 주원이 대문을 닫자 다시 사방이 쥐 죽은 듯 고요해졌고 집 안에는 더욱 짙은 어둠이 내려앉는 것 같았다. 두 사람 다 여전히 아무 말도 하지 않았다. 그녀의 심장 소리만이 빈 무대 위의 독백처럼 의미심장하게 쿵쾅거리고 있었다.

은호는 얼른 현관 앞으로 뛰어가 정원의 불을 켜고 싶었다. 하지만 어두운 정원에 익숙하지 않을 주원을 내버려 두고 혼자만 서둘러 걸을 수는 없었다. 평소 같았으면 쏜살같이 뛰어들어 갔을 길을 그녀는 걸음을 쪼개 주원의 반걸음쯤 뒤에서 걸었다. 그런데 어느 순간부터인가 주원의 걸음 폭이 좁아지기 시작하는 것 같더니 이내 그녀와 보폭이 비슷해졌다. 주원이 말없이 자신을 배려하고 있다는 사실에 은호는 묘한 기분이 들었다. 묘하게 간질거리는 달큰한 기분, 그리고 어슴푸레하게 쏟아지는 달빛과 곁에 선 주원의 은은한 향기가 그녀를 취하게 한 듯 답답한 어둠마저도 꿈결처럼 감미롭게 느껴지기 시작했다.

"어!"

항상 그 자리에 돌이 있다는 사실을 너무나 잘 알고 피해 다녔던 그녀였다. 모두 주원 때문이었다. 그가 자신과 보폭을 맞춰 걷지만 않았다면, 그의 향기에 자신이 이성을 놓지만 않았다면 절대 자신의 발로 그 단단한 돌을 걷어차지는 않았을 것이다.

"으……."

발가락에 잔뜩 힘을 주고 이를 악물었지만 그래도 신음이 새어나갔다.

"괜찮아?"

저절로 굽혀진 그녀의 등 위로 주원의 걱정스러운 목소리가 내려앉았다.

"아… 네."

은호는 천천히 허리를 폈다. 그때까지도 주원은 그녀의 곁에 서 있었다.

"걸을 수 있겠어?"

그의 손이 자신의 어깨를 부축하려는 듯 다가오자 은호는 재빨리 어깨를 으쓱거렸다.

"당연하죠."

씩씩하게 발걸음을 떼기 시작했지만 발이 너무 아팠다. 이도 다시 악물렸다. 이를 세게 무니 이도 아프고 발가락도 아팠다. 그래도 그녀는 현관 앞까지 쉬지 않고 걸었다. 아파도 그의 시선이 닿지 않는 곳에서 마음 편히 아프고 싶었다.

"먼저 들어가세요. 저는 정원에 불 좀 켜놓고 들어갈게요."

현관 앞에 서서 은호가 말했다.

"내가 할게."

"얼마 전에 스위치 위치를 옮겼어요."

"그래?"

다시 정적이 감돌았다.

"먼저 들어가세요."

"그래."

주원이 짧게 대답했다. 하지만 그의 시선은 그의 커다란 재킷에 감추어진 그녀의 젖은 옷을 응시하고 있는 듯했다.

"아, 나도 빨리 불 켜 놓고 들어가야겠다."

은호는 재빨리 현관 옆 기둥을 돌아 벽면 쪽으로 몸을 움직였다. 몸을 숨긴 그녀는 숨죽여 심호흡을 했다. 어서 그가 집 안으로 들어갔으면 하는 마음뿐이었다. 그녀의 기분을 알 리 없는 주원이 집 안으로 들어간 것은 그로부터 얼마간이 더 지난 뒤였다.

"하……."

서둘러 불을 켜고 다시 현관 앞으로 걸어갔을 때 그녀의 눈에 들어온 것은 문을 열어 놓고 그 앞에 서 있는 주원의 모습이었다. 그녀의 걸음이 다시 돌처럼 굳었다.

"아직 안 들어 가셨네요?"

"……."

"왜……?"

그는 말이 없었다.

"저 먼저 들어갈게요."

"내가 많이 불편하니?"

은호는 머리를 흔들었다.

"그럼 내가 편해?"

은호의 머리가 조금 전보다 느리게 흔들렸다.

"편하지도 불편하지도 않다. 다행인 건가?"

다시 어색한 침묵이 감돌았다.

"문패, 왜 떼지 않았어?"

"저한테 그럴 자격이 있다고 생각하지 않았어요."

"자격?"

"아주머니 이름에 제가 함부로 손을 댄다는 것이……."

"문패일 뿐이야. 어머니 이름이 적힌 문패를 뗀다고 이 집에서 어머니와 함께했던 추억이 사라져 버리는 건 아니잖아?"

"사실은, 오빠가 서운할 거라고 생각했어요."

"……."

"제 마음대로 아주머니 문패를 뗀다면, 오빠가 집으로 돌아왔을 때 서운한 마음이 들지도 모를 거라는 생각이 들었어요. 처음부터 줄곧 아주머니를 위한 집이었고, 오빠에게도 이곳은 어머니의 집이잖아요. 그리고 전 한 번도 이 집을 제 집이라고 생각해 본 적 없었는걸요."

"……."

"이제 오빠가 해 주시면 되겠네요."

은호는 씩 웃었다. 웃고 있었지만 마음 한 곳이 찌르르 요동쳤다.

"내일 떼자."

은호는 주원의 얼굴을 바라보았다. 그의 표정은 언제나처럼 고요하고 차분했다.

"우선은 떼자."

그가 혼잣말처럼 나직하게 다시 중얼거렸다.

"감기 걸리겠다. 그만 들어가서 옷 갈아입어."

"오빠?"

"……."

"전……."

"이제 추억은 이곳에 넣어 둬도 괜찮아."

그가 쫙 편 손바닥을 자신의 가슴 위에 얹었다. 은호는 그의 손에서 좀처럼 눈을 뗄 수가 없었다.

"그만 들어가자."

"서두르지 않아도 괜찮아요."

"아니, 시간을 너무 끌었어."

"……."
"나 때문에 너까지 너무 오래 갇혀 있었던 거야."
그의 시선이 느리게 정원을 훑었다. 은호의 시선도 소리 없이 그 뒤를 따랐다.
"우리 그만 벗어나자. 같이……."
그의 나직한 목소리가 그녀의 가슴 속 깊은 곳을 향해 파고들었다.

[은호야, 나 지금 너희 집 앞이야. 들어가도 돼?]
협탁 위에서 몸을 부르르 떠는 핸드폰을 들어 올렸을 때 그녀의 눈에 들어온 글자였다.
"이 아침부터 무슨 일이야?"
은호는 평상시처럼 잠옷 차림으로 거실로 나가려다 주원이 떠올라 서둘러 흰색 면 티에 카키색 바지로 옷을 갈아입었다.
"들어와."
현관문을 열어주자 문 앞에 서 있던 재승이 큼직한 꽃다발을 불쑥 내밀었다.
"웬 꽃이야?"
"처음 인사하는 자린데 빈 손으로 올 수가 있어야지."
은호는 재승이 건넨 꽃다발을 받아 들었지만 어젯밤의 일이 생각나 저절로 이마가 찌푸려졌다.
"누구한테 무슨 인사를 해? 게다가 지금 정원에 널린 게 꽃인데 이걸 돈 주고 샀단 말이야? 차라리 먹을 수 있는 걸로 사오지 그랬어. 그렇지 않아도 요즘 생활비가 빠듯해서 풀만 먹고 살고 있는데."
은호가 투덜거리는 사이 슬며시 고개를 들어 올린 재승의 얼굴은 평소보다 공들여 화장한 티가 역력한 모습이었다. 와인색으로 염색한 머리 또한 평소처럼 둘둘 말아 헐렁하게 정수리 위에 얹지 않고 공들여 웨이브를 준 채 어깨 위로 늘어뜨리고 있었다. 게다가 평소에는 동방에서 작업할 때 불편하다며 절대 입지 않던 원피스를, 그것도 연한 핑크색의 하늘하늘한 원피스를 입은 재승은 그야말로 화사한 봄 처녀 같은 모습이었다.

"나 어때?"

"예쁘네."

"이 옷 며칠 전에 백화점 구경 갔다가 50% 세일해서 산 거야. 나 완전 사랑스럽지?"

"설마 우리 집에 오려고 이렇게 입고 온 건 아니지?"

그녀는 꽃과 친구를 번갈아 바라보다 여전히 뚜한 표정으로 물었다.

"오늘이 차주원 씨랑 실제로는 처음 만나는 자리잖아. 사람은 첫인상이 중요한 거거든. 그런데 내가 전화로 한 얘긴 해봤어?"

재승이 옷차림에 어울리는 애교 넘치는 눈웃음을 지어 보이며 물었다.

"응? 아니, 아직."

은호는 고개를 저었다. 그제와 어젯밤 있었던 일을 재승에게 사실대로 말했다가는 지금 당장 그녀의 손목을 끌고 주원의 방으로 갈 게 분명했다.

"그런데 차주원 씨는 지금 어디 있어?"

재승이 목을 길게 빼고 주방과 서재 쪽을 두리번거렸다.

"아직 방에 있나 봐."

은호는 힐끗 2층을 바라본 뒤 말했다.

"그렇구나, 그런데 넌 지금 이 옷차림이 뭐니?"

"이게 왜?"

"얘 좀 봐, 내가 그렇게 얘기를 해도 한 귀로 흘려 버리니, 이리 와."

"왜?"

"나랑 옷 좀 바꿔 입어야겠다."

"글쎄 왜?"

"너 설마 이런 누더기, 아니, 선머슴 같은 차림으로 청혼을 하겠다는 거야? 내가 말했잖아. 아무리 세상이 달라졌다고는 하지만 그래도……."

"누가 온 거야?"

그때 2층에서 주원의 목소리가 들려왔다.

"어머, 안녕하세요?"

재승은 은호의 팔을 놓고 주원 앞으로 냉큼 걸어가 사르르 녹아내리는 목소리로 인사는 건넸다.

"저 은호 친군데요, 윤재승이라고 합니다."

"그래요? 반가워요."

깔끔한 흰색 셔츠에 검은 바지차림의 주원은 바로 외출을 하려는 듯 손에 재킷을 들고 있었다. 거리에 넘쳐날 정도로 평범한 옷차림이었지만 그의 우월한 외모는 조금도 가려지지 않고 있었다.

"지난번에 인터뷰하신 거 TV에서 봤어요."

재승의 눈빛은 평소 은호가 알던 세상에 대한 냉정한 잣대와 판타지 세상을 왕복하던 윤재승의 것이 아니었다. 사자 앞의 한 마리 순한 양처럼 두 눈 가득 주원에 대한 찬양으로 초롱초롱 빛나고 있었다.

"그래요?"

"화면발인 줄 알았는데, 실제로 뵈니까 화면보다 실물이 훨씬 더 멋지신 것 같아요."

"재승 양도 참 미인이시네요. 부모님께서 이름에 특별한 의미를 담아 주셨나 봐요."

'얼씨구······.'

"제 외모가 이름이랑 좀 안 어울리긴 하죠? 우리 은호는 이름이랑 외모가 정확하게 일치해서 사람들이 가끔 남자로 오해를 하기도 하는데, 저 같은 경우엔 사람들이 이름을 들으면 깜짝 놀라더라고요, 호호호."

재승의 간드러지는 웃음에 주원도 따듯한 미소로 화답을 했다.

"그런데 어디 나가시려던 길이었나 봐요?"

"네, 일이 있어서. 은호랑 재미있게 놀다 가세요."

"네, 다음에 또 뵐게요."

재승은 주원이 현관을 나서는 모습을 끝까지 지켜본 다음 은호의 팔을 붙잡고 그녀를 방으로 끌어당겼다.

"우와, 사진으로 봤을 때는 귀티 나게 잘생겼다 정도였는데, 실제로 보니까 심장이 다 떨린다."

"떨려서 그렇게 웃음이 간드러졌구나?"

"에이 왜 그래?"

재승이 고양이처럼 은호의 팔에 자신의 볼을 비볐다.

"그런데 언니가 그러는데 인터뷰 일정 모레에서 내일 오후로 당겨질 것 같다던데, 언제 얘기할 거야?"

"내가 알아서 할게."

"몸 쓰는 일은 누가 안 시켜도 그렇게 잘하면서 넌 왜 이렇게 말주변이 없니?"

재승은 못마땅한 표정으로 은호를 바라보며 입술을 삐죽거렸다.

"그래도 그런 얘기는 상황을 봐서 해야지."

"그럼 이따가 꼭 해."

주원의 어머니가 살아 계실 때까지만 해도 재승은 시간이 나거나 근처를 지나칠 때면 특별한 이유가 없어도 편하게 이 집에 놀러 왔었다. 아주머니 역시 은호의 친구 중 유일하게 이 집에 놀러오는 그녀를 반갑게 맞아 주셨다. 그런데 아주머니가 돌아가신 뒤로는 은호의 바빠진 아르바이트 스케줄 때문에 언제 한번 들러보나 틈만 노리다 오늘에야 겨우 들른 길이었다.

재승은 자신의 집처럼 편하게 거실로 나와 테이블 아래 놓여 있는 빈 꽃병에 물을 담은 뒤 자신이 가져온 꽃을 꽂았다. 아주머니가 살아 계실 때는 항상 거실 꽃병에 싱싱한 꽃들이 꽂혀 있었다. 대부분 정원에서 꺾어온 꽃이나 그 계절에 흔한 꽃이었지만 그 덕분에 집 안에는 언제나 은은한 꽃향기가 가득했다. 하지만 이제 은호는 더 이상 거실에 꽃을 놓지 않았다. 자신을 반갑게 맞아주던 아주머니의 목소리가 더 이상 들려오지 않는 것도 적응이 되지 않았는데, 마치 사는 사람마저 바뀐 것처럼 분위기까지 삭막해진 집 안의 분위기가 재승은 마음에 들지 않았다.

그래도 부지런한 은호 덕분에 정원의 꽃들은 항상 싱싱하게 반짝이고 있었다. 은호는 얼마 전까지만 해도 낮에는 시내의 꽃집에서, 저녁부터 새벽까지는 집 근처의 호프집에서 아르바이트를 하느라 눈코 뜰 새 없이 바쁜 나날을 보냈다. 그런 와중에도 정원을 돌보는 일에는 자신의 몸을 아끼지 않았다. 그렇게 열심히 살아가는 아인데, 그간 몇 차례의 사기로 틈틈이 모아둔 돈을 모두 날리더니 최근에는 마음을 비우듯 온실의 꽃을 돌보는 일에만 열중을 하고 있었다.

큰 화원이 아니라 정원 한곳에 반 지하 식으로 만들어진 작은 온실이었지만 기르는 사람의 정성 덕분인지 은호의 온실에서 자란 꽃들은 모두 줄기가 곧고 꽃이 풍성했다. 사실 휴학 중인 지금은 온실에 기르고 있는 모종들이 상하지 않고 잘 자라 좋은 가격에 넘길 수만 있다면 힘들게 아르바이트를 하는 것보다 은호에게 나을 수도 있었다. 좋아하는 일을 하며 보람도 느낄 수 있고, 경제적으로 도움까지 되니 그녀에게는 이보다 좋은 일이 없을 것이었다. 그리고 재승이 보기에도 지금 은호에게는 돈보다 다른 게 더 필요해 보였다. 자신이 의지할 누군가를 만나는…….

다시 은호의 방으로 돌아온 재승의 눈에 달랑 스킨, 로션만 놓여 있는 은호의 휑한 화장대가 보였다.

"넌 화장도 안 해?"

"귀찮아."

"난 스무 살이 넘은 여자가 화장을 안 하고 거리를 활보하는 건 범죄라고 생각했는데."

"그 정도가 범죄면 세상에 범죄자가 너무 많아지는 게 아닐까?"

재승은 자신의 농담에 너무 진지하게 대꾸하는 은호를 무시하고 반 이상 남은 로션을 뒤집어 유통기간을 확인했다. 제조 년 월이 2년 전이었다. 그렇다면 지난 2년간 겨우 로션 반통을 사용했단 말인가? 그녀는 곁눈질로 은호를 힐끗 쳐다보았다. 하얗고 화사한 피부에 어울리지 않게 무늬 없는 흰색 면 티에 카키색 바지를 입고 있는 은호의 모습에 재승의 얼굴이 저절로 찌푸려졌다.

재승은 대전의 큰 화원 집 딸로 태어나 고생이라고는 전혀 모르고 자랐다. 위로 언니가 둘 있지만 나이 차이가 많이 나 부모님은 물론이고 언니들에게도 귀여움을 독차지하고 자랐다. 그 덕에 이제껏 물질적이든 정신적이든 그녀에게 부족함이란 없었다. 그런 그녀가 부모에게 사랑받지 못하고 자란, 아니, 부모와 떨어져 자란 아이를 실제 만나 본 것은 은호가 처음이었다. 그래서 그런지 그녀는 은호를 보면 그동안 자신이 누렸던 것들을 너무 당연하게 받아들였다는 생각에 항상 미안하고 안쓰러운 마음이 들었다. 할 수만 있다면 이제라도 자신의 것을 조금이라도 나누고 싶었다. 자신처럼 은호 역시 다시는 돌아오지 않을 너무 예쁜 나이를 보내고 있었고, 조금만 꾸민다면 누구보다 사랑스러운 아가씨가 될 거라는 걸 잘 알고 있었기 때문이다. 그때 그녀의 시선을 느꼈는지 침대 끝에 걸터앉아 양말을 신던 은호가 그녀를 빤히 바라보았다.

"왜?"

"너 생일 얼마 안 남았지? 내가 화장품 사줄까?"

"됐어."

"그럼 뭐 필요한 거 없어?"

"너 자선 사업가 아니잖아. 그냥 영원히 내 베프로만 있어 주면 돼."

"어우, 닭살."

재승은 어깨를 움츠리고 손으로 자신의 팔을 빠르게 문질렀다. 하지만 그런 친구의 반응은 관심 밖인지 은호는 침대 위에 놓여 있던 작은 수첩을 집어 들고 무언가를 열심히 적기 시작했다.

"뭘 그렇게 열심히 적어?"

"아무것도 아니야."

은호는 씩 웃으며 얼른 수첩을 덮었다.

"뭔데?"

"사실 온실 카네이션 전부 도매로 계약했거든."

"우와, 전에 알바했던 그 꽃집이랑?"

"응."

"잘됐다. 그런데 돈은 꽃을 넘겨야 받을 수 있는 거잖아?"

"그렇지."

"그럼 당장 수중에 들어올 돈도 아니네. 그럼 은호야, 오늘 아르바이트 있는데 같이 가 볼래?"

"어딘데?"

"건축 비엔날레 행사장. 거기 인공 폭포 근처 잔디가 지난번 비 때문에 군데군데 쓸려 내려갔나 보더라고. 그래서 주최 측에서 아르바이트를 급하게 구한대."

"그러게 잔디를 정성껏 꼭꼭 밟아 주지 않고 대충 얹어 두기만 하니 봄비에도 힘없이 쓸려 내려가지."

아르바이트 자리가 생겼는데도 은호의 말투에는 못마땅함이 역력했다.

"갈 거지?"

사실 작년에도 똑같은 아르바이트에 참여를 했었다. 건축과 조경은 떼려야 뗄 수 없는 사이라는 생각에 그녀는 언제부터인가 이맘때면 건축 비엔날레 행사장 근처를 기웃거리기 시작했다. 그녀 때문에 재승까지 덩달아 끌려갔던 적이 있긴 했지만, 그래 봐야 그녀들이 참여할 수 있는 일이라고는 화초 나르는 일이나 화단 정리, 혹은 잔디 심는 아르바이트가 전부였다. 작년에는 햇볕이 너무 따갑다고 재승의 투덜거려 다시는 함께 가자하지 않겠다고 약속까지 했었는데, 은호는 조금 의외였다. 그래도 이렇게 화창한 봄날에 가장 친한 친구와 함께 아르바이트를 할 수 있다는 게 얼마나 행복한 일인가.

"당연하지. 근데 너는?"

"나도 갈 거야."

"설마 그 차림으로?"

은호가 재승의 화사한 원피스를 바라보며 물었다.

"아니, 네 옷 좀 빌려 입자."

"그래."

은호는 옷장에서 검은색 티셔츠와 청바지 하나를 꺼내 재승에게 건넸다.

"검은색 옷은 햇볕 받으면 진짜 뜨거운데. 너 일부러 이 옷 준 거지?"

건네받은 옷을 자신의 몸에 대어 보던 재승이 투덜거렸다.

"아니야. 싫으면 다른 옷 줘?"

"됐어. 그래도 검은 색 옷은 좀 날씬해 보이기는 하니까."

"너 지금도 충분히 날씬해. 이따 뜨겁다고 우는 소리 하지 말고 그냥 다른 색 옷 줄게."

"됐다니까."

한 시간 후 은호는 행사장 탈의실 안에서 재승을 살벌하게 노려보고 있었다.

"너 설마 나한테 이 옷을 입으라는 거야?"

"이 옷이 어때서?"

은호는 새빨간 원피스에 흰 재킷, 그리고 빨간 리본이 달린 챙이 넓은 흰색 모자를 바라보며 거친 숨을 씩씩거리고 있었다.

"이 옷이 어떠냐고? 물론 옷에 문제가 있는 건 아니지. 단지 내가 입기에 어울리지 않는다는 게 문제겠지."

"그건 네 편견이야. 사실 누가 봐도 네 나이의 젊고 생기 넘치는 아가씨한테는 잔디 입히는 아르바이트가 아니라 이런 도우미 아르바이트가 더 잘 어울린다고."

그들이 도착했을 때 잔디 심는 아르바이트 인력은 모두 충당이 된 상태였다. 그냥 돌아서려는 찰나 행사장의 매니저가 급하게 그들을 불러 세웠다. 그리고 행사장 입구를 안내할 도우미가 두 명 필요하다고 말했다. 은호는 생각할 것도 없이 고개를 저었지만 재승의 생각은 달랐다.

"아무리 그래도, 이런 옷은 키도 크고 날씬하고 예쁜 언니들이 입어야지. 난 키도 크지 않고, 예쁘지도 않아. 사람들이 웬 청년이 여자 옷을 입고 있다고 생각할지도 몰라."

"은호야, 넌 전혀 남자 같지 않아. 게다가 네가 매일 운동화만 신고 다니니까 키가 더 작아 보이지, 평균 키라고."

재승이 당장 탈의실을 뛰쳐나갈 듯 흥분하고 있는 은호의 어깨를 움켜잡았다.

"불과 한 시간 전만 해도 바로 네가 내가 남자 같다고 말해줬던 것 같은데."

"그건 네가 너무 꾸미지 않기 때문에 놀려 주려고 그랬던 거지. 그러니까 우선 입어 보고 그다음에 다시 얘기하자. 그리고 매니저도 그랬잖아. 잔디 입히는 아르바이트보다 도우미 알바비가 더 훨씬 더 많다고."

은호는 잠시 망설였다. 요즘 가뜩이나 주머니가 얇았는데 어젯밤 클럽에서 꽃값을 받지 못해 그녀가 돈까지 물어줘야 하는 상황이었다. 사정 이야기를 모두 한다면 아주머니이야 당연히 괜찮다고 하시겠지만 아저씨가 다쳐 경황이 없는 상황에 그녀의 일로 공연히 미안한 마음을 갖게 하고 싶지는 않았다. 여러모로 지금 그녀에게 망설임은 사치였다.

"알았어. 그 대신에 어울리지 않으면 솔직하게 말해 줘야 해."

은호는 탈의실 안으로 들어갔다. 바지를 벗어서 옷걸이에 걸어 두고 얇은 어깨 끈으로 되어 있는 원피스를 향해 손을 뻗었다. 다행히 원피스는 생각만큼 크지 않았다. 이렇게 큰 행사장 도우미들을 볼 때면 멋진 각선미를 가진 사람만 할 수 있는 일이라고 생각했었는데, 그녀의 몸에 이 옷이 작거나 크지 않다는 사실이 신기하게 느껴졌다. 익숙하지 않은 옷감의 감촉과 치마가 너무 짧아 쉽게 적응이 되지 않았지만 은호는 원피스 위로 흰색 재킷을 걸쳐 입은 뒤 모자를 집어 들고 탈의실 밖으로 나왔다.

"와, 잘 어울리는데? 여기 구두도."

그녀를 보고 나직하게 휘파람을 불던 재승이 힐을 건넸다.

"농담하지 마."

"웬 농담? 하여튼 이쪽으로 와봐. 오늘 같은 날 이렇게 얼굴에 아무것도 안 바르고 자외선 아래 몇 시간씩 서 있으면 기미가 온통 네 얼굴을 점령하게 될 거야. 더구나 넌 피부도 약하잖아."

재승은 은호의 의견도 묻지 않고 자신이 바르고 있던 B. B 크림을 그녀의 얼굴에도 문질렀다. 재승이 갑작스럽게 달려들어 당황하긴 했지만 은호는 가만히 서 있었다. 사실 언제부턴가 자신도 재승처럼 머리를 길러 보면 어떨까 고민했던 것이 여자가 되고 싶었던 것인지도 모른다. 은호의 입술 위에 붉은색 립글로스까지 얇게 펴 발라준 재승은 자신의 입술을 닿을 듯 말듯 가져다 대고 뽀뽀하는 시늉까지 해 보인 다음 만족스럽게 그녀를 바라보았다.

"와, 예쁘다. 내가 알던 채은호 맞아?"

"정말 이상하지 않아?"

은호는 여전히 의심스러웠다.

"전혀! 넌 피부도 하얗고 눈도 동그래서 조금만 꾸며도 이렇게 귀엽고 사랑스러운 아가씨가 되는데 왜 이렇게 꾸미질 않는 거야?"

은호는 재승의 말을 귀담아듣지 않고 조금 전 재승이 건넨 굽이 높은 힐에 발을 집어넣었다. 그리고 조심조심 거울을 향해 다가가 자신의 모습을 비춰보려는 순간 탈의실 문이 벌컥 열리고 매니저가 급하게 안으로 뛰어들어 왔다.

"준비 다 됐으면 얼른 나와요."

"네."

재승은 은호의 팔을 붙잡고 매니저를 따라 걷기 시작했다.

"천천히 좀 가자."

은호는 난생처음 신어보는 힐이 여간 불편한 것이 아니었다. 그런데 그런 그녀에 비해 재승은 묘기를 부리듯 사뿐사뿐 뛰기까지 하고 있었다.

"원래 있던 사람들이 오늘 갑자기 일이 생겨서 못나온 거니까, 오늘만 자리를 매워주면 될 거예요. 윤재승 씨는 도우미 경험이 있다니까 중국관 앞에 서 있으세요. 중국관은 규모가 커서 다른 도우미가 한 명 더 있어요. 그리고 채은호 씨는 핀란드 바빌리온 앞에 서 있으면 될 거예요. 핀란드 쪽은 인기관이 아니라서 관람하는 사람도 많지 않으니까 우선 팸플릿을 보고 중요한 사항만 기억해 두고, 혹시 손님이 모르는 걸 물어보면 전시장 안쪽 다른 관에 도우미들이 있으니까 가서 물어보고 대답해 드리도록 하세요."

"네."

그 밖에 꼭 알아 두어야 할 주의 사항에 대한 이야기를 모두 전해들은 은호는 재승과 헤어져 핀란드 파빌리온 앞에 서 있었다. 뜨거운 햇살을 막아줄 챙이 넓은 모자가 있어 한 장소에 계속 서 있는 게 그리 고되게 느껴지지는 않았지만 정말 파빌리온을 관람하는 사람의 수는 적었다.

"이봐요."

은호가 팸플릿에 적힌 핀란드 파빌리온의 특징 부분을 다시 읽고 있을 무렵 누군가 그녀를 불렀다.

"네?"

그녀를 부른 사람은 20대 중반쯤 됐을까, 캐주얼하지만 깔끔한 옷차림에 갈색의 체크무늬 백팩을 맨 젊은 남자였다.

"핀란드 파빌리온의 가장 큰 특징이 뭔가요?"

"팸플릿에 설명이 잘 나와 있으니까 한번 살펴보시고 천천히 관람하십시오."

은호는 싱긋 미소를 지어 보인 뒤 자신이 들고 있던 팸플릿을 상대에게 건넸다.

"팸플릿 말고 예쁜 도우미 아가씨가 직접 설명을 해주면 더 오래 기억에 남을 것 같아서 그래요."

호남형의 깔끔한 이목구비를 가진 남자가 장난스럽게 웃으며 말했다.

"그럼 간단하게 설명해 드리겠습니다. 핀란드 파빌리온의 대표적인 특징은 핀란드에서 자란 나무를 사용해 만들어진 친환경적 공간으로서, 특히 목재 재질이나 가공 면에서는 지구상에서 최고의 제품이라는 평가를 받고 있는 핀란드 산 홍송으로 지어졌습니다. 함수율이 12%이기 때문에 나무의 갈라짐이나 뒤틀림이 없고 침하 현상도 없으며……."

은호가 팸플릿에 적힌 내용을 떠올리며 찬찬히 읊조리고 있는 순간에도 남자의 시선은 그녀의 얼굴 안 이목구비를 구석구석 뜯어보고 있었다.

"친환경적 공간이라, 우리 도우미 아가씨도 인상이 참 깨끗해 보이는 게 핀란드 관에 딱 어울리는 것 같네요."

"칭찬이라면 감사합니다. 핀란드 파빌리온을 모두 둘러 보셨다면 다음으로는 근처의 중국관을 추천해 드리고 싶습니다."

중학교 시절 교복 치마를 입어본 뒤로 치마는 처음이었다. 거기다 낯선 남자가 이렇게 정면에서 뚫어지게 바라보며 말을 걸어오는 것도 그다지 자주 있는 일은 아니었기에 어색하고 쑥스러웠지만 은호는 아르바이트에 최선을 다하기 위해 꿋꿋하게 미소를 지어 보였다.

"몇 시까지 해요?"

"모든 전시관은 6시까지 관람하실 수 있습니다."

"아니, 아가씨 몇 시까지 근무하냐고요?"

"죄송합니다, 손님. 저는 이곳의 안내를 맡고 있을 뿐이니 손님들의 개인적인 질문에는 대답하지 않겠습니다."

"이름이 채은호? 아, 얼굴이랑 너무 안 어울린다."

"손님……."

억지로 다시 웃으려니 입가 근육이 뻣뻣하게 굳어 말을 듣지 않았다. 역시 그녀는 나긋나긋하게 웃는 천상 여자들이나 하는 아르바이트는 체질에 맞지 않는 모양이었다.

"사실은 내가 아는 사람 중에 아가씨랑 웃는 모습이 정말 많이 닮은 사람이 있는데……."

"손님!"

"나이는 어떻게 돼요?"

"손님 자꾸 이러시면……."

"은호 씨?"

그때 누군가 다시 그녀의 이름을 불렀다. 승준은 하던 말을 멈췄고, 은호는 소리가 나는 방향으로 고개를 돌렸다. 그곳에는 주원의 친구인 재훈이 서 있었다.

"정말 은호 씨 맞아요?"

은호와 눈이 마주친 재훈의 남자답고 갸름한 눈이 평소보다 훨씬 동그래졌다.

"안녕하세요?"

은호는 이토록 불편한 상황에 처하게 된 것에 절망하며 재훈에게 인사를 건넸다. 은호에게 계속 말을 건네던 젊은 남자는 자신들을 향해 다가오는 재훈을 경계하는 눈빛으로 바라보기 시작했다.

"아르바이트하는 거예요?"

"네."

"주원이도 알아요?"

주원이라는 이름에 은호는 반사적으로 재훈이 걸어온 뒤쪽을 바라보았다. 다행히 오늘 재훈의 일행은 주원이 아닌 것 같았다.

"모르실 걸요."

"그렇구나. 그런데 지금 주원이 저쪽에서 인터뷰하고 있는데."

"네?"

'맙소사……'

"인터뷰 끝나면 이쪽으로 올 거예요. 녀석이 개인적으로 홍송으로 지어진 핀란드 목조 주택에 관심이 많아서 말이죠."

"아, 그러시구나."

"그런데 지난번에 봤을 때랑 많이 달라진 것 같아 보이네요."

재훈이 씽긋 웃어 보였다. 따라 웃는 은호의 입술이 어색하게 굳다.

"하지만 잘 어울리네요."

"뭐가?"

재훈의 뒤로 그보다 다리가 더 긴 남자가 성큼성큼 걸어와 서는 것이 모자의 챙 아래로 보였다. 은호는 챙을 아래로 더 잡아당기고 싶었지만 차마 그럴 수가 없었다.

"글쎄 은호 씨가 여기에서 아르바이트를 하고 있지 뭐야?"

"은호? 채은호?"

"그래."

"어디?"

모자로 가려진 얼굴 아래에서 은호의 시선은 주원의 구두에 꽂혀 있었다. 고개를 들어야 하는데 석고상처럼 목이 말을 듣지 않았다.

"여기."

재훈의 손가락이 자신을 가리키는 것이 보였다. 은호는 그제야 천천히 고개를 들어 올렸다. 드디어 아득할 정도로 잘생긴 주원의 얼굴이 눈에 들어왔다. 그녀는 입가에 천천히 미소를 지었지만 그녀를 바라보는 주원의 눈은 믿을 수 없다는 듯 가늘어지고 있었다.

"채은호?"

그녀 이름의 마지막 글자를 발음하는 그의 목소리가 앞 글자에 비해 반음정도 높아진 것으로 보아 그도 지금 그녀만큼이나 놀라고 당황하고 있는 것이 분명했다.

"오늘 목적지가 여긴지 몰랐어요."

은호는 다시 어색하게 웃었다.

"혹시 서울 예술센터 공모전에서 1등한 차주원 건축사님이신가요?"

여전히 그들 곁에 서 있던 남자가 불쑥 끼어들어 물었다.

"저 완전 팬이에요. 부친이신 차주석 건축사님도 제가 정말 존경하는 분이시고요."

"누구시죠?"

"네, 저는 한강대학 건축과에 재학 중인 미래의 건축학도 최승준이라고 합니다. 정말 영광입니다."

"반가워요."

주원은 승준이 정중하게 내민 손을 잡고 악수를 나눴다.

"귀국하셨다는 소식을 듣고 직접 한번 만나 뵙고 싶어서 제 모든 인맥을 동원해서 묵고 계신 숙소를 알아봤는데 도무지 찾을 수가 없더라고요. 그런데 이렇게 우연히 만나게 되다니, 정말 너무 기뻐서 말이 나오질 않네요."

말이 나오지 않는다는 엄살과는 달리 승준은 지금 이 자리에 있는 누구보다 많은 말을 하고 있었다. 만약 그가 없었다면 이르게 피었다 지고 있는 꽃잎이 떨어지는 소리까지 들릴 정도로 나머지 세 사람은 숨죽이고 있었다.

"그런데 실례가 되지 않는다면 이 여자 분과는 어떤 관계이신지 여쭤 봐도 될까요?"

자신을 제외한 나머지 사람들의 분위기가 심상치 않음을 눈치챈 승준이 그제야 자신의 할 말을 멈추고 조심스레 물었다.

"두 사람은 그냥 어릴 때부터 부모님 때문에 알고 지낸 사이예요."

은호의 난처한 표정을 읽은 재훈이 재빨리 승준의 질문에 대답했다.

"그럼 제가 오늘 아르바이트 끝날 때까지 기다려도 상관없는 거죠, 은호 씨?"

승준의 입가에 다시 환한 미소가 걸렸다.

"채은호, 여기 최승준 씨가 묻잖아. 대답해 드려야지."

주원이 말했다. 덤덤한 말투였는데 그녀의 귀에는 은근한 협박으로 들렸다.

"네?"

은호의 표정이 몹시 혼란스러워 보였다. 이곳에서 아르바이트하는 모습을 자신에게 들켜서 불편한 것인지, 아니면 저 미끈하게 생긴 남학생이 마음에 들지만 자신 앞에서 대답을 하는 것이 내키지 않아 그러는 것인지는 알 수 없었다. 하지만 무엇보다 지금 그의 마음을 온통 사로잡은 것은 챙이 넓은 흰색 모자 아래 은호의 얼굴이 어제와는 또 다른 분위기로 그의 시선을 사로잡고 있다는 사실이었다.

"안 돼요."

거절하는 은호의 목소리는 단호했다. 주원의 시선이 다시 그녀가 입고 있는 빨간 원피스를 타고 흘러내리기 시작했다. 원피스의 빨간 옷감이 그녀의 깨끗한 피부를 더욱 화사하게 보이게 해 주었다. 저렇게 앳되고 사랑스런 모습을 하고 있으니 처음 본 남자가 이렇게 적극적으로 관심을 표현하는 것도 무리는 아닐 것이었다.

"왜죠? 오늘 거절하셔도 내일 또 와서 기다릴 겁니다."

승준의 이어지는 구애에 은호와 주원의 눈썹이 동시에 찌푸려졌다.

"저, 결혼할 사람 있어요."

"네?"

승준과 재훈의 시선이 동시에 은호에게 쏠렸다.

"은호 씨, 정말이에요?"

"아니, 몇 살인데 벌써 결혼을 해요? 그 상대가 그렇게 대단한 사람이에요?"

밤하늘의 달처럼 뽀얗고 화사하던 은호의 얼굴이 점점 달아오르고 있었다. 주원의 입술은 천천히 곡선을 그렸다.

"주원아, 너도 알고 있었던 거야?"

재훈이 절망스런 표정으로 물었지만 주원은 재훈과 승준의 존재를 무시한 채 은호를 바라보고 있었다. 뜻밖의 장소에서 듣게 된, 예상치 못했던 방식의 대답이었지만 그녀와 자신 모두 지금 이 순간을 조금은 오래 기억할 수 있기를 바랐다.

"채은호."

여전히 부끄러운 듯 양 볼이 빨갰지만 주원이 이름을 부르자 은호는 고개를 들어 그의 눈을 마주 보았다.

"신중하게 생각해 본 거지?"

주원이 확인하듯 묻자 은호의 입에서 나직한 한숨이 새어 나왔다.

"네."

"그럼 됐어."

"뭐가 돼?"

재훈이 더 이상은 궁금해 못 참겠다는 듯 주원과 은호를 번갈아 바라보았다.

"어차피 조만간 알게 될 거야."

"은호 씨, 저한테도 얘기해 주시면 안 될까요? 그 사람이 누군지?"

재훈이 주원을 흘겨본 후 은호에게 애원하듯 물었다.

"글쎄요."

이번에 입술에 곡선이 그려진 사람은 은호였다. 하지만 주원은 그런 은호가 싫지 않았다. 아직 어린 나이였고, 힘든 상황 속에서 자랐지만 저렇게 밝고 솔직한 모습의 은호가 대견스럽기까지 했다. 그럴수록 마음 한구석에 은호에게서 결혼에 대한 꿈과 행복을 빼앗아 간 것에 미안한 마음이 들었지만 은호가 상처받지 않도록 그도 최선을 다할 생각이었다. 적어도 그녀의 꿈은 다치지 않도록 그도 노력할 것이었다.

"네?"

"조만간 알게 되신다니, 저로서는 지금 어떤 대답을 해드려야 하는 건지 잘 모르겠네요."

은호가 난처한 시선으로 재훈을 바라보다 다시 주원을 향해 고개를 돌렸다.

"네?"

은호의 얼굴을 바라보던 재훈이 그녀의 시선을 따라 고개를 돌려 주원을 바라보았다. 그리고 그 순간 무언가를 눈치챈 것 같았다.

"지금 은호 씨가 한 말, 저만 이상하게 들은 건가요?"

눈치 빠른 재훈은 은호의 말에 숨은 뜻을 완전히 이해한 듯 승준에게 다가가 덥석 팔을 붙잡았다.

"글쎄요. 제가 듣기에도 뭔가 좀 이상한 것 같은데……."

승준도 덩달아 미간을 구겼다.

"차주원, 지금 분명하게 밝혀라. 은호 씨가 한 말이 무슨 뜻이었는지?"

"대한 신문 인터뷰 때 알리려고 그랬어. 그러니까 소란피우지 마."

"뭐야, 너 설마 정말……."

딴청을 피우듯 고개를 돌리던 주원이 승준과 눈이 마주치자 은호 옆으로 다가가 섰다.

"네 입으로 그랬잖아? 은호만 한 여자 없다고."

"그럼 나한테 한 말들은 뭐였어? 그냥 이대로가 행복할 거라면서?"

재훈은 지금의 상황이 퍽이나 혼란스러운 모양이었다. 어쩌면 세라와 헤어진 이후 줄곧 일에만 매달려 지냈던 주원이었기에 갑작스런 심경의 변화가 쉽게 받아들여지지가 않는 것은 당연한 일인지도 모른다.

"혹시 은호 씨가 결혼하자고 한 거예요?"

재훈은 눈도 깜빡이지 않고 은호를 바라보고 있었다.

"아니, 내가 청혼했어."

"뭐?"

"결혼 얘기는 우리 두 사람 문제고, 여긴 공공장소야. 그만 나가서 얘기하자."

더 이상 재훈을 내버려 둘 수 없다고 판단을 한 듯 주원이 냉정한 목소리로 얘기하고는 재훈의 팔을 붙잡았다.

"은호 씨, 주원이 녀석이 협박이라도 하던가요?"

"그만. 이따 보자."

파빌리온을 나기기 전 주원은 은호를 바라보고 말했다.

"네."

은호는 어색하게 웃으며 고개를 끄덕였다.

"6시에 끝나지?"

"네."

"정문에서 기다리고 있을게."

주원은 멍하니 은호를 바라보고 서 있는 승준을 날카로운 시선으로 한번 더 쏘아본 뒤 재훈의 팔을 잡고 바필리온을 빠져나왔다.

주원은 박람회장을 조금 더 둘러본 뒤 6시가 될 때까지 재훈과 바쁘게 돌아다니며 끊임없이 이어지는 잔소리와 질문 공세에 시달려야 했다. 그런데 이번에는 은호가 재승과 함께 걸어 나오는 모습이 보이자 저절로 한숨이 터져 나왔다.

"어머, 은호 기다리신 거예요?"

낮에 박람회장 안에서 있었던 일을 전혀 알지 못하는 것인지 재승이 반가운 표정으로 다가와 주원에게 물었다.

"네."

"오늘 박람회장에서 인터뷰하셨다는 얘기 들었어요. 영국관 앞에서 맞죠?"

"네."

주원은 재승을 향해 친절하게 미소를 지어 보였다. 활발하고 꾸밈없는 재승이 싫은 건 아니었다. 하지만 그는 말이 많은 여자에게는 익숙하지가 않았다.

"안녕하세요?"

기회를 노리던 재훈도 서둘러 재승에게 인사를 건넸다.

"우리도 구면이죠?"

"네?"

"주원이 어머님 장례식 때 봤던 것 같은데."

"아, 기억력이 정말 좋으시네요."

정말 기억이 난 것인지 애를 쓰다 그냥 순순히 인정을 한 것인지 재승의 입가에도 금세 환한 미소가 피어났다.

"그런데 하루 종일 서 있었더니 너무 배가 고프다. 그렇지 은호야?"

"응? 응, 뭐……."

"아, 벌써 시간이 그렇게 됐군요."

"그런데 제가 두 분께, 오빠라고 불러도 될까요?"

재승이 토끼처럼 동그란 눈을 애교스럽게 깜빡이며 주원과 재훈에게 물었다.

"당연히 괜찮죠."

재훈이 기다렸다는 듯 만족스러워하는 얼굴로 재승의 질문에 대답했다.

"주원아, 너도 배고프지?"

"응? 응."

오후 내내 이곳저곳 바쁘게 돌아다니느라 배가 고프다는 생각은 하지도 못하고 있었다. 그런데 생각해 보니 점심이라곤 재훈의 사무실에서 샌드위치를 조금 먹은 게 전부였다. 하지만 은호와 결혼을 해 한국에 정착하려면 무엇보다 빨리 안정된 사무실을 가져야 했다. 그래서 오늘 하루 그를 위해 시간을 내주겠다는 재훈과 함께 사무실과 출퇴근에 필요한 차를 계약한 다음, 입찰 참여 준비를 위해 재훈의 사무실에서 국가종합전자조달 사이트인 나라장터에도 가입을 해두었다. 정말 정신없는 하루를 보냈다는 사실이 그제야 실감이 나는 것 같았다.

"제가 서울 사람이 아니라, 저희 학교 근처 식당 말고는 아는 데가 없는데."

수줍은 듯, 하지만 넉살 좋은 눈빛으로 묻고 있는 재승을 바라보며 재훈도 함께 웃었다.

"어차피 이 근처에는 식당도 별로 없는 것 같고, 제 차를 타고 시내 쪽으로 나가며 살펴보죠."

"아, 그러면 되겠네요."

네 사람은 재훈의 차로 함께 이동했다. 재승이 삼겹살에 가볍게 반주를 곁들이면 봄 황사로 지친 몸에 많은 도움이 될 거라는 사실 무근의 제안을 하자 재훈은 두말 않고 재승의 의견을 받아들였다.

잠시 후 네 사람은 삼겹살집 테이블에 나란히 마주앉았다.

"제가 구울게요."

은호는 고기 접시가 나오자 당연하다는 듯 집게를 집어 들었다.

지금 주원의 눈에 보이는 은호는 오전과 똑같은 티셔츠에 바지를 입은, 거기에 희생과 노동이 몸에 밴 채은호 그대로였다. 하지만 어제 물세례로 흠뻑 젖은 은호의 모습을 본 이후 그녀를 보는 자신의 시선이나 느낌은 분명하게 달라져 있었다.

작년, 10년 만에 은호를 다시 봤을 때 한눈에 그녀를 알아볼 수 있었다. 물론 어머니가 보내셨던 사진을 통해 의도치 않게 그녀의 성장 과정을 지켜보기도 했지만 실제로 다시 봤을 때도 어릴 적의 느낌 그대로였다. 참 귀엽다, 그리고 예쁘게 생긴 남자아이 같다는 느낌뿐 다른 새로운 느낌은 없었다. 그때는 왜 이 아이가 여자로 보이지 않았던 것일까? 그의 생각 속 은호는 마치 어머니의 수호천사 같은 존재였다. 어머니가 있는 곳엔 늘 그녀도 함께였고, 그와 통화할 때조차 어머니 이야기의 절반가량은 은호와 함께했던 일에 관한 이야기였다. 은호가 자신의 빈자리를 완벽하게 채워주고 있다는 생각이 시시때때로 들었지만 그래서 오히려 마음이 편했다. 어쩌면 변덕스러운 여자아이 같지 않은 생김새에 남자아이 같이 듬직한 모습까지 기대했던 것인지도 모른다. 그리고 그는 자신이 보고 싶었던 그녀의 모습만을 기억하고 있었다.

이틀 전 다시 만났을 때만 해도 남자아이 같진 않아도 매력적인 여성이란 생각은 들지 않았다. 여전히 착하고 귀여운, 거기다 책임감까지 강한 고마운 동생일 뿐이었다. 그런데 어머니가 편지에 그토록 자주 사용하셨던 사랑스러운 아가씨란 은호의 이런 모습들까지 모두 포함되어 있는 표현이었겠지……

"제가 구울게요, 은호 씨."

"아니에요. 저 고기 정말 맛있게 잘 굽거든요. 그냥 드세요."

재훈이 집게를 달라고 했지만 은호는 그게 무슨 값나가는 물건이라도 되는 듯 두 손으로 꼭 움켜잡았다.

"저희는 아직 학생이고 오빠들은 돈 잘 버는 건축사들이니까 오빠들이 밥 사주시고, 대신 은호는 고기 굽고 저는 분위기 띄울게요."

수줍음 많은 곰처럼 집게를 꼭 움켜잡고 있는 은호 대신 재승이 밉지 않은 여우처럼 결론을 내렸다. 은호는 비엔날레에서 있었던 일을 쉬지 않고 재잘거리는 재승의 이야기에 한 번씩 빙그레 웃어주며 열심히 고기를 굽기 시작했다. 하지만 그런 은호를 바라보는 주원은 마음이 편치 않았다.

"이제 많이 구워졌으니까 너도 그만 굽고 먹어."

주원이 은호의 손에서 집게를 빼앗았다.

"그래, 은호야 너도 이제 먹어. 너 그동안 풀만 먹고 살았다면서?"

"아니야."

재승이 자신도 이야기를 하느라 제대로 먹지 않았음에도 은호의 접시 위에 먼저 고기를 올려 주었다.

"너도 많이 먹어."

은호가 제 접시 위의 고기를 다시 재승의 접시로 덜어냈다.

"전 다이어트를 좀 해야 할 것 같아요. 요즘 뱃살이 장난 아니게 늘어서……. 그러니까 이제부터 고기도 제가 굽고 얘기도 제가 합니다. 세 사람은 모두 식사에만 집중하세요."

재훈이 주원의 손에서 다시 집게를 빼앗았다. 그제 저녁 늦게까지 자신과 함께 술과 안주를 먹었던 재훈이 갑자기 다이어트를 고려 중이라는 발언을 하자 주원은 피식 새어 나오려는 웃음을 억지로 삼켰다. 하지만 모두를 배려하려는 마음을 알기에 주원은 묵묵히 고기를 굽기 시작하는 친구를 내버려 두었다.

"어머, 살 빼실 데 하나도 없어 보이시는 데요. 지금 딱 보기 좋으세요."

정말 전혀 그렇지 않다는 듯 긴 속눈썹을 인형처럼 나풀거리며 재승이 재훈에게 말했다. 재승은 자신의 어떤 모습에 남자들이 약해지는지를 잘 알고 있었다. 하지만 정말 그 모습에 서로 맞춘 듯이 넘어가는 남자들의 태도가 은호는 더 신기했다. 아마 그녀가 재승처럼 눈을 깜빡이며 귀여운 척 말한다면……. 은호는 슬쩍 주원의 표정을 살피다 이마를 찌푸렸다.

"고기를 천천히 굽고 우리 다 같이 건배 한번 해요."

재승이 세 사람의 앞에 놓인 잔에 소주를 따라주며 말했다.

"두 사람 어떤 마음으로 이렇게 힘든 결정을 내린 건지는 그 속사정까지는 내가 모르겠지만, 힘들거나 어려운 일 생기면 우리를 포함, 주변 사람들과 꼭 상의하고 싸우지 말고 잘살아요."

잔을 들어 올리며 재훈이 말하자 재승의 시선이 휙하고 은호에게로 날아와 꽂혔다. 그리고 지금 이게 무슨 소리냐고 크게 뜬 눈으로 물었다.

"재승 씨 몰랐구나. 주원이가 청혼했대요. 그리고 은호 씨가 오늘 받아들였어요."

"네?"

"아까 핀란드 파빌리온 앞에서, 증인도 한 사람 더 있었는데."

"정말? 정말이야 채은호?"

순식간에 환하게 표정이 밝아지는 재승은 당장에라도 일어서 덩실덩실 춤이라도 출 기세였다. 단지 아주머니의 유언과 필요에 의한, 주원의 마음 따윈 전혀 상관없는 결혼인데도 재승은 저렇게 기쁠까? 힘없이 웃고 있는 은호의 잔에 재승의 잔이 다가와 찰그랑 소리가 나게 부딪혔다.

"결혼식도 올리는 거예요? 언제, 어디에서요?"

"아직 구체적인 계획은 아무것도 얘기하지 않았어."

은호가 재빨리 재승을 말렸다.

"은호야, 화장실 가고 싶지 않아?"

"응? 별로."

"너도 금방 가고 싶어질 거야. 그러니까 그냥 지금 나랑 같이 갔다 오자."

"그래."

재승은 은호의 팔을 잡고 화장실로 이끌었다.

"청혼 언제 받은 거야?"

"그게……."

"그런데 아침에는 나한테 아무 말도 안 하고."

재승이 귀엽게 입술을 삐죽거렸다.

"쑥스러워서……."

그 순간 재승이 와락 은호를 끌어안았다.

"우리 은호 장하다."

한동안 재승의 손이 은호의 등을 토닥거렸다. 은호는 이럴 때면 재승이 꼭 언니같이 느껴졌다.

"그만해."

"이제부터 시작이야, 은호야."

"뭐가?"

"모든 게 다 시작이지. 결혼은 인생의 두 번째 시작이라잖아."

모든 상황을 너무 긍정적으로만 해석하고 있는 재승 때문에 은호는 소리 없이 웃고 말았다.

"너도 도움이 필요하고 차주원 씨도 네 도움이 필요해서, 두 사람 모두 필요에 의해서 하는 결혼이지만 나는 네가 이제 좀 행복했으면 좋겠어. 정말, 정말 아주 많이 행복했으면 좋겠어."

재승의 손이 다시 그녀의 등을 천천히 토닥거리기 시작했다.

"순서가 바뀌어서 결혼이 먼저가 됐지만 네가 그 사람 생각하고 좋아하는 마음 다치지 않고 그 사람도 조만간 널 좋아하고 소중하게 여겼으면 좋겠다. 그래도 차주원 씨처럼 멋지고 능력 있는 사람이라 얼마나 다행이고 기쁘니."

재승이 은호의 얼굴을 바라보며 싱긋 웃었다.

"네가 볼 때도, 내가 좋아하는 거 같지?"

"그걸 몰라서 묻는 거야? 네가 정말 좋아하지 않았다면 수백억, 수천억이 걸린 일이라 해도 결혼 같은 건 생각도 하지 않았을 거야. 넌 아주머니의 유언으로 네 마음을 확인한 것뿐이라고."

재승의 말에 은호는 천천히 고개를 끄덕였다.

"꼭 행복해야 해."

"고마워."

"그만 들어가자."

"어서 와서 앉아요."

자리로 돌아온 그들을 재훈이 반겼다. 재훈은 술이 약한 것인지 혼자 여러 잔의 술을 마신 것인지 얼굴뿐 아니라 목까지 벌겋게 달아 있었다. 반면 그와 마주 앉은 주원은 얼음조각처럼 차가운 얼굴색에 꼿꼿하게 펴고 앉은 등까지 도무지 술자리에 앉아 있는 사람의 모습으로는 보이지가 않았다. 앞으로 어떻게 저 대리석 같은 사람에게 다가가야 하는 것인지 은호는 괜스레 마음이 무거워지는 것 같았다.

"두 분 저희 없으니까 재미 없으셨죠?"
"당연하죠."

벙글 웃는 얼굴로 분위기를 맞춰주는 재훈과 달리 주원은 재승의 질문이 귀에 들리지도 않는 듯 표정에 변화가 없었다. 그런 주원의 표정을 눈여겨보던 재승이 그 순간 그녀들 쪽으로 걸어오고 있는 젊은 남자를 향해 은호를 슬쩍 밀쳤다.

"앗, 죄송합니다."

낯선 남자의 품에 안긴 것도 아니고 그렇다고 안은 것도 아닌 어정쩡하게 남자와 춤을 추듯 팔을 교차해 안은 포즈에서 재빨리 뒤로 물러서며 은호가 사과의 말을 건넸다.

"아니요, 괜찮습니다."

남자도 은호만큼 당황한 것 같았지만 은호의 얼굴을 바라본 순간 양 볼이 발그레 달아올랐다. 그리고 두 사람은 서로에게 길을 비켜주려는 듯 몸을 왼쪽, 오른쪽으로 번갈아 움직이기 시작했다. 하지만 그럴 때마다 묘하게 같은 방향으로 움직이고 있었다. 남자 역시 은호만큼이나 숫기 없고 연애 경험도 없는 듯 얼굴은 점점 더 짙게 달아오르고 있었다.

"괜찮아?"

두 사람이 어정쩡하게 마주 보고 서 있자 주원이 자리에서 벌떡 일어서 은호의 팔을 잡아 자신 쪽으로 끌어당겼다.

"넌 이제 술 마시지 마. 원래 여자들은 결혼 전에 다이어트 같은 거 하지 않나?"

은호를 향해 웃고 있던 남자가 주원의 말을 듣고는 재빨리 가던 길로 가 버렸다. 은호는 멍한 표정으로 주원을 바라보았다. 지금 주원의 입에서 결혼 얘기가 아무렇지도 않게 나온 것도 놀랄 일이었지만, 남자를 질투해 일부러 결혼 이야기를 꺼낸 것 같은 상황이 좀처럼 믿기지 않았기 때문이다.

"미안해, 은호야. 내가 좀 취했나 봐."

재승은 뭐가 그리 좋은지 환하게 웃고 있었고, 재훈은 그런 재승을 귀엽다는 표정으로 바라보고 있었고, 주원만 은호와 부딪혔던 남자를 싸늘한 시선으로 돌아보고 있었다.

"안쪽으로 들어가서 앉아."

주원이 자신의 안쪽 자리로 은호를 앉게 했다.

"어머 벌써 은호 챙기시는 거예요? 아이, 부러워라. 그런 의미에서 우리 건배 한번 더 해요."

재승이 눈치 빠르게 비어 있는 재훈의 잔을 다시 채워주며 말했다. 네 사람은 다함께 잔을 들어 올렸다.

"두 사람 결혼 정말 축하해요."

네 사람은 동시에 잔을 비웠다.

"그런데 저 부탁드릴 게 있는데요."

재승이 저녁 식사 중 처음으로 조심스럽고 차분한 목소리로 입을 열었다.

"말해요."

"어떤 이유 때문에 은호랑 결혼 결정하시게 된 건지 저도 대충 알아요. 그런데 우리 은호 정말 착한 애예요. 그건 아시죠?"

재승의 말에 주원이 가볍게 고개를 끄덕여 보였다.

"그래서 드리는 부탁인데, 은호 지금까지 너무 외롭게 지내왔으니까 어디 갈 때는 꼭 어디에 간다 말씀해 주세요. 그리고 아플 때는 혼자 두지 마시고, 나이는 아직 어리지만 아내로서 여자로서 존중해 주세요. 우리 은호 밥도 많이 안 먹고, 착하고, 일도 잘하니까 아마 실망스러운 아내는 아닐 거예요. 저는 은호가 더 이상 외롭고 상처받는 일이 없었으면 좋겠어요."

어느새 재승의 눈가가 촉촉하게 젖어 들고 있었다.

은호가 겉으로 보이는 밝고 씩씩한 성격과는 다르게 아픔이 많은 아이라는 사실을 처음 알았을 때도 그저 꽤 괜찮은 아이구나 라고만 생각했었다. 하지만 아픈 주원의 어머니를 끝까지 곁에서 간호하고 장례식을 치른 뒤 찾아온 극심한 몸살과 외로움에 너무나 힘겨워하는 모습을 그녀는 곁에서 모두 지켜보았다. 그리고 그때 알았다. 은호가 마음 깊은 곳까지 밝고 씩씩하기만 한 아이는 아니라는 사실을.

주원이 좋은 사람이라는 건 그간 아주머니를 보고 이야기를 들으며 알 수 있었지만 그는 은호의 마음은 알지 못했다. 그렇기 때문에 자신도 모르는 사이에 은호에게 상처를 줄 수도 있을 것이다. 재승은 자신에게 가장 소중한 친구가 되어버린 은호가 더 이상 아프거나 상처받지 않고 행복하길 진심으로 바랐다.

"왜 울고 그래?"

은호가 재승에게 냅킨을 건넸다.

"울기는, 원래 언니들은 동생 시집보낼 때 여러 가지 감정에 울컥해지고 하는 거야."

"그런 거야?"

네 사람은 화기애애한 분위기에서 만족스럽게 식사를 마친 뒤 자리에서 일어섰다.

"집이 어느 쪽이세요?"

재훈은 식사 내내, 그리고 밖으로 나와서도 재승을 챙기기에 여념이 없었다.

"전 은호네 집이랑 반대 방향이에요."

"그럼 제 차를 타고 가시면 되겠네요."

연락해 두었던 대리운전 기사가 도착하고 재승은 재훈의 차에 함께 타고 먼저 돌아갔다. 은호도 주원이 잡아둔 택시를 함께 타고 집으로 돌아왔다.

"올라가서 쉬세요."

대문을 들어설 때까지 아무 말 없이 그를 따라 걷기만 하던 은호가 거실로 들어서자 먼저 입을 열었다.

"그래, 너도 쉬어."

"잠깐만요."

2층 계단을 올라가려는 그를 그녀가 불러 세웠다.

"왜?"

"……."

은호는 무언가 말을 하려다 말고 살짝 시선을 아래로 내리깔았다.

"뭔데?"

"정말 우리 결혼하는 거 맞죠?"

다시 양 볼이 연한 복숭아 빛으로 물들기 시작하는 은호의 모습이 너무 사랑스러웠다. 주원은 자신도 모르게 미소를 지으려다 마음을 가다듬었다. 은호가 착하고 사랑스러운 아이이긴 했지만 이번 결혼은 그의 필요에 의해서 이루어진 것이다. 필요 이상 지금의 상황에 깊이 빠져들거나 은호에게 다른 부담을 안겨주고 싶진 않았다. 헤어질 때 누구도 상처받지 않도록.

"그래."

"아주머니가 기뻐하셨으면 좋겠어요."

은호의 말에 주원은 미안함과는 분명히 다른 묘한 허전함이 느껴졌다.

"넌?"

"네?"

"지금 네 심정은 어떠냐고?"

"저도 나쁘진 않아요."

은호가 씽긋 미소를 지어 보였다. 저 미소가 자꾸 신경이 쓰인다.

"오빠는요?"

속삭이듯 조심스럽게 묻는 은호의 표정을 그는 말없이 바라보았다.

"대답하기 싫으세요?"

"아니."

"그럼……."

"우리가 결혼하기로 한 이상 다른 남자에게 한눈파는 건 절대 안 돼."

"당연하죠."

그의 말을 들은 은호의 동그란 눈이 만족스러운 듯 초승달처럼 휘어졌다.

"저 제가 한 약속은 꼭 지키니까 걱정하지 마세요. 그럼 안녕히 주무세요."

그에게 꾸벅 고개를 숙여 보인 은호는 재빨리 자신의 방으로 사라졌다.

"와, 시원하지?"

샤워를 마친 주원이 책꽂이에서 자연 생태 공원에 관한 책 한 권을 빼 들고 막 테이블에 앉으려는 찰나 밖에서 은호의 목소리가 들려왔다.

주원은 창가로 걸어가 밖을 내다보았다. 환한 달빛 아래 은호가 긴 호스를 들고 잔디와 나무에 물을 주고 있는 모습이 보였다. 랜턴 불빛을 받으며 분수처럼 떨어지는 물방울이 보는 그의 가슴속까지 상쾌하게 만들어 주는 것 같았다.

"물을 꼭 그렇게 큰 소리로 말하면서 줘야 해?"

"네?"

주원의 목소리를 들은 은호가 그를 돌아보다 바닥에 늘어져 있던 호스를 밟고는 잡고 있던 호스를 놓쳐 버렸다. 은호의 손을 벗어난 호스는 공중에서 온몸을 비틀어대며 사방에 물줄기를 뿌려대기 시작했다.

"앗 차거."

짧은 순간이었지만 물에 흠뻑 젖어 버린 건 은호뿐만이 아니었다. 주원 역시 호스에서 뿜어내는 강한 물줄기에 순식간에 비 맞은 생쥐처럼 젖어 버렸다.

"어머, 어떡해."

재빨리 수도로 달려가 물을 끈 은호가 그의 모습을 발견하고는 선생님 앞에 불려온 학생처럼 쭈뼛거리며 섰다.

"미안해요."

"괜찮아."

주원이 젖은 머리카락을 손으로 털며 말했다.

"며칠 물을 못줬는데 오늘도 아르바이트 때문에 못주고, 내일은 납골당에 가봐야 하잖아요. 그래서 늦었지만 지금이라도 주려고 했던 건데."

"스프링클러 있잖아?"

"그건 잔디만 줄 수 있어서, 나무에는 직접 줘야 하거든요."

설명하는 은호의 얼굴을 바라보던 주원의 시선이 젖은 옷 때문에 또다시 몸의 실루엣이 분명하게 드러나 보이는 은호의 몸에 고정되었다. 어릴 적 작고 왜소했던 그녀의 체구를 너무 오랫동안 기억하고 있던 그였기에 지금 변화된 그녀의 체형에 좀처럼 적응이 되질 않는 모양이었다. 하지만 분명 그녀는 나이만 스물세 살이 된 것이 아니었다.

"감기 들겠다."

그가 자신이 입고 있던 카디건을 벗어 은호에게 건넸다. 이미 한쪽 어깨가 흠뻑 젖은 옷이었지만 그렇게라도 하지 않으면 자신이 은호를 계속 바라볼 수 없을 것 같았다.

"저 괜찮아요."

그의 화가 풀렸다는 사실만으로도 만족스러운 듯 방긋 웃는 얼굴로 거절하는 은호의 손에 주원은 억지로 카디건을 쥐어줬다.

"감기 걸리면 내일 납골당에는 안 데려갈 거야."

"네."

그의 커다란 카디건을 어깨 위에 걸치던 은호가 몸에 달라붙은 자신의 옷을 발견하고는 앞자락을 꼭 여며 쥐었다.

"이제 물은 다 준 거야?"

"아직이요. 대문 쪽 큰 나무들은 아직 못줬어요."

"내가 줄 테니까 넌 그만 들어가."

"괜찮아요. 오빠도 옷이 다 젖었어요. 더구나 지금은 어두워서 주던 사람이 주는 게 더 빠를 거예요."

미안한 시선으로 그의 옷을 바라보던 은호가 평소보다 더 씩씩한 목소리로 말했다.

"넌 무슨 여자애가 그러니?"

"네?"

140

"남자 앞에서는 연약한 척도 좀 하고 그래야 하는 거 아니야?"

"원래 조경 일이란 게 머리보다는 힘을 잘 쓰는 사람들에게 적합한 일이거든요. 더구나 지금은 저 때문에 오빠 옷까지 다 젖었는데……"

"어머니가 왜 널 좋아하셨는지 이제 알겠다."

"네? 왜요?"

진지하게 묻는 은호를 내버려 두고 바닥에 떨어져 있는 호스의 입구를 집어 든 주원은 대문을 향해 걸어가기 시작했다. 자신이 채은호가 어떤 아이인지 잠시 기억하지 못했다는 사실에 피식 웃음이 났다. 그가 길게 줄지어선 구상나무 앞에 섰을 때 다시 은호의 목소리가 들려왔다.

"지금 물 틀게요."

주원은 구상나무 잎을 향해 호스를 들어 올렸다. 하지만 물의 수압이 너무 셌던 것인지 아니면 자신이 방향을 잘못 잡은 것인지 물줄기가 나무보다 그에게 더 많이 떨어지는 것 같았다.

"지금 뭐 하는 거예요?"

은호가 손으로 얼굴을 막으며 그에게로 뛰어왔다.

"이게 화분 안에 있는 작은 꽃나문 줄 아세요? 물을 나뭇잎에 주는 사람이 어디 있어요?"

은호가 호스를 빼앗으려는 듯 그의 손을 붙잡았다.

"나무에 물 처음 줘보세요?"

"그만 들어가자. 원래 모든 식물은 자연의 섭리에 맞춰 자연스럽게 적응하며 살아가게 되어 있어. 몇 주 가물었다고 큰일 생기는 거 아니니까 그만하고 들어가자."

그는 호스를 바닥에 내려놓고 수도를 향해 걸어가기 시작했다.

"악!"

그가 몇 걸음 걷지 않았을 때 뒤에서 비명 소리가 들려왔다. 주원은 돌아섰다. 그가 한곳에 집중 뿌려댄 물 때문에 질퍽해진 진흙 위에 은호가 넘어져 있는 모습이 보였다.

"괜찮아?"

주원은 다시 은호에게로 돌아가 손을 내밀었다.

"화났어요?"

"내가 왜?"

"윽."

은호가 그의 손을 잡고 있는 힘껏 팔을 잡아당기고 있다는 사실이 느껴졌다. 항상 작은 체구의 꼬마라고 생각했었기에 만만하게 본 탓인지 그의 몸이 휘청거리다 균형을 잃고 넘어지고 말았다. 그런데 하필 그가 넘어진 곳이 은호의 몸 위였다.

"괜찮아?"

"네."

은호가 씩 웃으며 대답했다. 그의 눈은 재미있다는 듯, 하지만 조금은 난처하다는 듯 웃는 은호의 얼굴을 바라보고 있었지만 그의 몸은 은호의 말랑하고 볼륨 있는 몸을 느끼고 있었다. 그는 몸을 일으키기 위해 서둘러 바닥을 짚었다.

"잠깐만요."

그때 은호가 그의 행동을 저지했다. 그리고 그의 입술을 향해 손을 뻗어왔다.

"왜?"

"입술에 진흙이 묻었어요. 먹으면 안 되잖아요."

그녀의 손가락이 그의 입술에 닿았다. 그 순간 주원의 시선은 은호의 립글로스가 지워지지 않아 반짝이는, 살짝 벌어진 입술에 가 닿았다. 그 입술에 닿았던 촉감이 되살아나는 것 같았다. 그는 지체하지 않고 몸을 일으켜 세웠다.

"그만 일어나."

은호를 향해 다시 손을 내밀며 그가 말했다.

"밤공기가 차다. 그만 들어가자."

"네."

자신에게 뻗어온 은호의 작은 손을 잡아당겼다. 그런데 이번에는 그가 그녀의 체구를 생각하지 못하고 너무 힘껏 잡아당겨 버렸다.

"하……."

분명 주원의 따듯한 손을 잡고 몸을 일으켰는데, 다시 그녀의 얼굴 앞에 그가 있었다. 그가 내쉬는 숨결이 이마에 느껴진다. 은호는 자신도 모르게 침을 꿀꺽 삼켰다.

"괜찮지?"

도대체 괜찮냐는 질문만 몇 번째인지. 하지만 그녀는 지금 전혀 괜찮지가 않았다. 서재 안 사진 속 그를 바라보며 이야기를 건넬 때는 이미 이 세상 사람이 아닌 중세시대의 귀족과 이야기를 나누는 듯한 기분이었다. 그리고 그가 집으로 돌아온 뒤에는 아주머니의 아들로 대하기 위해 노력했다. 하지만 그가 그녀의 청혼을 받아들였다. 아니, 그가 그녀에게 청혼을 한 것인가? 누가 먼저 했는지는 중요하지 않다. 이제 그들은 부부가 될 것이고, 그는 그녀에게 남편이 되는 것이다. 남편……. 생각만으로도 가슴이 울렁거렸다. 상대가 주원이기 때문인지, 자신이 완전한 어른이 된다는 사실 때문인지 알 수 없었지만 지금은 그의 몸이 너무 가까이에 있어 바람까지 뜨겁게 느껴지는 것 같았다.

"정말 괜찮은 거야?"

"괜찮지 않으면요?"

그녀의 목소리는 낮게 가라앉아 있었다.

"어디가?"

그가 그녀의 몸을 살피기 위해 무릎을 굽혔다.

"아니에요, 사실은 괜찮아요."

그녀가 말했지만 그의 손이 그녀의 목덜미를 향해 다가오고 있었다.

"왜요?"

은호는 반사적으로 목을 뒤로 빼며 다가오는 그의 손목을 잡았다.

"그냥 있어."

목덜미에 닿은 그의 손이 그녀의 머리카락 속으로 파고들어 뒤통수를 지그시 움켜잡는 게 느껴졌다. 피부에 느껴지던 질척한 진흙의 느낌 같은 건 더 이상 느껴지지 않았다. 은호는 눈을 동그랗게 뜨고 주원을 바라보았다. 그의 얼굴이 천천히 다가왔다. 달빛에 반사된 그의 입술이 엷은 복숭아 색이라는 것을 처음 알게 되었다. 그 입술에서 정말 복숭아 맛이 날지 궁금했다. 그런데 다행인지 불행인지 그의 입술이 닿은 곳은 귀를 살짝 덮고 있는 그녀의 머리카락이었다.

"나한테 다른 원하는 게 있는 게 아니라면 다신 이런 장난치지 마."

그의 말을 듣는 동안 은호는 자신도 모르게 숨을 멈추고 있었다. 심장도 잠시 제 몸을 웅크리고 있는 것 같았다.

"네가 내 청혼을 받아들인 순간부터 넌 내게 더 이상 동생이 아니야."

다음 순간 그의 입술이 그녀의 이마를 가볍게 스쳤다. 어쩌면 바람이 장난을 친 것을 그녀가 착각한 것인지도 모르겠지만 그제야 그녀의 심장이 다시 뛰기 시작했다. 은호는 자신을 놓아주고 호스를 집어 든 채 집을 향해 걸어가는 주원의 모습을 멍하니 바라보았다.

다음날 오전 검은색 정장을 입은 주원과 검은색 바지에 검은색 재킷을 입은 은호는 말없이 납골당을 향해 걷고 있었다. 입구에서 그가 흰색 국화를 한 다발 사고 납골당 안으로 걸어 들어갈 때까지 두 사람은 매년 그랬던 것처럼 자연스럽게 서로의 보폭에 맞추어 걸음을 옮기고 있었다.
"저희 왔어요."
아주머니의 사진 앞에 섰을 때 그가 먼저 입을 열었다.
"그동안 잘 계셨죠?"
주원은 더 이상 말이 없었다. 은호도 아침부터 꽉 막힌 듯 답답하던 늑골 사이가 욱신거리기 시작해 아무 말도 할 수 없었다.
"시간이 참 빠르네요. 아직도 어머니가 계시지 않는다는 게 실감이 나지 않는데, 벌써 1년이 지났다니……."
은호는 아무 말도 하지 않고 분골함 앞에 놓인 아주머니의 사진을 바라보았다. 마치 주원과 함께 온 그녀의 모습을 만족스럽게 바라보고 계신 것 같았다.
"자."
그녀의 뺨 위로 눈물 한 줄기가 또르르 굴러떨어지는 걸 보고 주원이 손수건을 건넸다. 정작 손수건이 필요한 사람은 그일 텐데……. 은호는 주원이 건넨 손수건으로 눈가를 닦았다.
"저희 결혼할 거예요."
주원이 다시 입을 열었다. 그의 고백에 은호는 숨을 멈추고 진짜 아주머니의 표정을 살피듯 다시 사진을 바라보았다. 사진 속 아주머니는 언제나 그랬듯 입가에 인자한 미소를 머금고 있었다. 그 미소를 바라보니 더욱 눈물이 솟구치는 것 같았다.

"어머니한테 제일 먼저 알려 드리는 거예요."

"흐흑……."

"은호, 어머니가 점찍어 주고 가신 며느릿감이니까 저희 결혼 기쁘게 승낙하시는 걸로 알게요."

그 후 오랫동안 정적이 흘렀다. 그는 무슨 생각을 하고 있을까? 어머니와의 추억을 떠올리며 어머니를 그리워하고 있겠지? 14년 전 엄마를 마지막으로 본 그녀도 여전히 엄마를 떠올리면 함께했던 소중한 추억과 엄마의 따듯했던 손길에 이유 없이 가슴이 먹먹해지는데, 다시는 만날 수 없는 곳으로 어머니를 떠나보낸 그의 가슴은 오죽이나 미어질까. 은호는 안타까운 시선으로 주원을 바라보았다. 그녀보다 훨씬 어른이지만 누구나 엄마 앞에서는 어린 자식일 뿐이었다. 은호는 축 늘어져 있는 주원의 손을 살며시 잡았다.

"아버지도 오고 싶어 하셨어요."

잠시 맞잡은 그녀의 손에 시선을 두고 있던 주원이 담담한 목소리로 다시 입을 열었다. 하지만 그 안에 담긴 미칠 듯한 그리움을 알기에 은호는 말없이 그의 손을 잡은 손에 더 힘을 주었다. 지금 그에게는 커다란 위로가 아니라 그의 감정을 이해해 주는 것만으로도 충분한 위로가 될 것이라는 걸 잘 알았다.

"함께 왔다면 더 기쁘셨겠지만 오늘은 저희들이 온 걸로 만족을 하셔야겠네요."

하염없이 유리문을 문지르던 그의 손이 힘없이 미끄러졌다. 닿을 수 없는 곳을 향한 그 애절한 손길이 은호의 이를 악물게 했다. 자칫

방심하면 그녀가 소리 내 울음을 터뜨려 버릴 것 같았다.

"오빠……."

"괜찮아. 그만 가자."

자신을 바라보고 있는 시선을 느꼈는지 그가 고개를 돌려 그녀를 내려다보았다.

"벌써요?"

"오후에 인터뷰 있어."

차분한 목소리로 말했지만 발갛게 달아오른 그의 눈동자가 은호의 마음을 아프게 했다. 차라리 소리 내 울라고 말하고 싶었지만 그마저도 할 수 없는 그의 마음을 알기에 은호는 천천히 고개를 끄덕였다.

"네."

"너도 준비해야 돼."

두 사람은 납골당 건물을 나와 도로를 향해 천천히 걷기 시작했다. 음지에 늦게 핀 개나리꽃이 햇볕을 받아 금가루를 뿌려 놓은 것처럼 예쁘게 반짝거리고 있었다.

"대한 신문 인터뷰, 너도 기다리고 있던 거잖아."

"정말 같이 가도 되는 거예요?"

"동행이 있다고 미리 말해 뒀어."

그의 보폭에 맞춰 걸음을 걷던 은호가 갑자기 걸음을 멈추고 섰다.

"그럼, 저도 사진 찍는 거예요?"

"아마 그럴걸."

"그럼 옷차림에도 신경을 써야겠네요."

"신경 쓰여?"

"조금."

"자연스럽게 하고 찍으면 될 거야."

"치마 입는 게 좋을까요?"

은호가 걱정스럽게 물었다. 아무래도 주원의 사회적 지위와 체면을 생각한다면 옷차림에 신경을 쓰지 않을 수가 없었다.

"편할 대로 해."

"네."

"줘."

이번에는 주원이 갑자기 걸음을 멈추고 서 은호를 향해 손을 내밀었다. 하지만 은호는 자신에게 내민 주원의 손이 무얼 원하는 건지 알 수 없어 눈만 깜빡거렸다.

"뭘요?"

"손."

"네? 왜요?"

"어머니가 지금 우릴 배웅하고 계실지도 모르잖아."

주원의 농담에 은호는 소리 내 웃고 싶었지만 무언가가 울컥하며 목구멍을 달구는 것 같았다. 그러자 주원이 그녀의 손을 잡았다.

"우리 조금 전에 어머니 앞에서 결혼할 거라고 말했어, 이렇게 손잡고."

주원의 말에 은호는 피식 웃음이 났지만 자신의 손을 꼭 움켜잡아 준 주원의 따뜻한 손이 너무 좋았다. 감탄이 나올 만큼 잘생기고 거만한 척 말을 아끼던 주원도 좋았지만, 다정하고 평범한 주원의 모습도 너무 좋았다. 은호는 이렇게 함께 손을 잡고 따뜻한 햇살을 받으며 걷는 것만으로도 가슴이 벅찰 만큼 행복하다는 생각이 들었다. 이제 그녀에게도 믿고 의지할 수 있는 사람이 생긴 것이다. 그게 주원이라는 사실이 그녀에게는 지금 꿈을 꾸고 있는 것만 같았다.

그런데 납골당을 걸어 내려오던 은호의 머릿속에 불현듯 자신이 챙겨온 사진이 생각났다. 아주머니가 생전에 가장 아꼈던 주원의 고등학교 졸업식 사진이었다. 아주머니의 물건을 정리하다 발견한 뒤 이곳에 올 때 꼭 가져다 놔야겠다고 생각해 진작부터 챙겨 두었던 것인데 하마터면 다시 가지고 돌아갈 뻔한 것이다. 사진을 다시 보면 무척 기뻐하실 거란 생각에 은호는 슬며시 주원의 손을 놓았다.

"저 깜빡하고 잊고 온 게 있어요."

"응?"

"아주머니한테 잠깐 다시 갔다 올게요."

"그래."

은호는 다시 납골당 위로 뛰어올라 갔다.

"저 왔어요, 어머니."

은호가 아주머니의 분골함이 있는 곳의 모퉁이를 막 돌려는 순간 흐느끼듯 나직한 여자의 목소리가 들려왔다.

"오늘 그 사람이랑 같이 오고 싶었는데, 이렇게 저만 혼자 왔네요. 올해는 정말 함께 와서 인사드릴 수 있을 줄 알았는데."

모퉁이만 돌면 아주머니가 계신 곳이었지만 은호는 왠지 구슬프게 느껴지는 여자의 시간을 잠시 지켜주고 싶었다. 하지만 아래에서 기다리고 있을 주원의 얼굴이 떠올라 소리 나지 않게 조용히 모퉁이를 돌았다. 그 순간 긴 생머리를 곱게 풀어 내리고 순백의 원피스를 입은 마치 요정처럼 아름다운 여자의 모습이 보였다. 그런데 그 여자가 서 있는 곳은 다름 아닌 아주머니의 분골함 앞이었다. 은호는 자신의 눈을 의심했다.

"어머니가 반대하지만 않으셨어도, 저희 올해는 결혼해서 함께 왔을 거예요. 아시잖아요, 저 그 사람 때문에 한국에서의 모든 것들 다 포기하고 영국으로 건너갔던 거. 하지만 어머니가 반대를 하시니 결국 그 사람 마음도 돌아서 버리네요. 전 이제 어떻게 살아가라고, 저 주원 씨 없이는 살아갈 자신이 없어요. 아시잖아요, 저한테는 그 사람이 전부였다는 거. 제가 이 세상을 포기한다면, 그렇게라도 증명해 보인다면 주원 씨 제 마음을 알아줄까요? 제가 얼마나 사랑하는지, 흑흑흑……."

은호의 손에서 벗어난 주원의 사진이 공중에서 뱅글뱅글 돌다 대리석 바닥 위로 떨어졌다. 마치 그녀의 심장이 떨어진 것 같았다.

고요한 납골당 안에 메아리처럼 울린 작은 소리에 여자가 고개를 들어 은호를 바라보았다. 은호는 무슨 이유에선지 모르겠지만 여자의 눈을 피하지 않았다. 지금 상황을 어떻게 해석하고 받아들여야 하는 것인지 금방 생각이 정리되진 않았지만 지금 당장 그 어떤 것도 마음대로 추측하고 싶지 않았다. 만약 저 여자가 말한 주원이 그녀가 알고 있는 주원일지라도, 그래서 누군가 상처를 받게 된다 하더라도 지금 미리부터 아파하고 싶지도 않았다. 고작 이 정도 일로 주저앉아 울기엔 그녀의 지난 삶이 너무 거칠었고, 타인의 감정 때문에 휘둘릴 만큼 약하지도 않았다. 하지만 가슴 안에서 무언가 꿈틀거리는 것은 자신의 힘으로 어찌할 수가 없었다.

은호는 자신을 향해 걸어오는 여자에게서 눈을 떼지 않았다. 고운 얼굴이었지만 자신을 쳐다보는 여자의 눈길에는 거만한 자신감 이상의 묘한 거부감이 넘쳐 나고 있었다. 은호를 바라보며 천천히 다가온 여자는 어깨를 슬쩍 부딪치고 지나갔다. 그 짧은 순간 은호는 여자의 눈에 눈물 자국이 없다는 사실을 확인했다.

주원은 은호가 내려오기를 기다리며 서 있었다. 어머니를 보며 우는 그녀의 모습에 진짜 가족처럼 느껴졌던 감정의 여운이 아직도 가슴 한가운데 뜨거운 덩어리로 남아 있었다. 어머니 곁을 떠난 뒤로 줄곧 아버지와 함께 지냈다고는 하지만 지금껏 그에게 외로움과 그리움은 그림자 같은 존재였다. 그런데 이제 그가 바라보고 싶은 곳에, 돌아가야 할 곳에 은호가 있다. 꼬마 채은호, 착한 채은호, 예쁜 채은호, 그의 아내 채은호······.

그가 그토록 돌아가길 희망했던 집에서, 그리고 어머니와의 추억이 가득한 집에서 이제 은호와 함께 새롭게 출발할 것이라는 생각을 하자 편안함 이상의 묘한 설렘이 그의 가슴을 간질이는 것 같았다. 은호는 말로 하지 않아도 그의 가슴에 맺힌 응어리를 너무나 자연스럽게 이해해 주는 아이였다. 게다가 그의 눈에 더 이상 은호는 아이가 아닌 여자로, 그것도 아주 사랑스러운 아가씨로 보이고 있었다.

'채은호······.'

머릿속으로 이름을 중얼거리자 어젯밤 달빛아래 반짝거렸던 은호의 입술이 다시 생각났다.

"어머, 주원 씨."

주원은 자신을 부르는 목소리에 소리가 나는 방향을 향해 고개를 들었다. 반갑지 않은 여자의 모습이 보였다.

"여긴 무슨 일이야?"

햇살에 반짝이는 세라의 하얀 원피스가 지난 시절 역겨운 기억을 다시 떠오르게 만들어 주원은 자신도 모르게 인상을 찌푸리고 말았다. 이런 감정의 표현조차 저 여자에게는 사치라고 생각했건만.

"저희 할아버지, 여기에 모시기로 했어요."

"그래? 그럼 볼일 다 본 거라면 그만 돌아가지."

"너무 쌀쌀 맞은 거 아니에요?"

세라가 그를 향해 싱긋 웃어 보였다. 한때는 참 고운 미소라고 생각했었는데 지금 보니 웃고 있지 않은 그녀의 눈이 먼저 보였다.

"지금 우리 사이는 이 정도가 딱 적당한 것 같은데."
"어머, 너무해요."
"앞으론 개인적으로 나한테 아는 척하는 일 없었으면 좋겠군."
주원은 세라를 지나쳐 납골당 건물을 향해 걷기 시작했다.
"잠깐만요."
주원은 걸음을 멈췄지만 돌아서지 않았다.
"결혼하기로 했다면서요?"
그는 못마땅한 시선으로 천천히 세라를 돌아보았다.
"재훈 씨, 우연히 만났어요."
"알았다면 앞으로 나한테 관심 꺼야 하는 이유도 이제 알았겠지?"
"그래서 어머니한테 얘기했어요."
서둘러 꺼낸 세라의 말에 주원의 미간은 더욱 깊게 구겨지고 있었다.
"주원 씨 사무실 내주시겠대요. 그러니까 그 결혼 다시 생각해 주세요."
"설마 내가 돈 때문에 결혼을 결정한 거라고 생각하고 있는 거야?"
"그럼 이유가 뭔데요?"
이해되지 않는다는 표정으로 세라가 그의 곁으로 다시 걸어왔다.
"임세라, 당신이 죽어도 가질 수 없는 걸 그 아이는 이미 가지고 있거든."
"그게 뭔데요?"
"당신은 죽어도 가질 수 없는 거니까 알 필요도 없지 않겠어?"
"그런다고 내가 포기할 것 같아요? 우리 그렇게 쉽게 헤어질 수 있는 사이 아니잖아요? 나 아무리 생각해 봐도 당신 포기 못하겠어요. 아니, 안 할 거예요. 설사 당신이 결혼한다 해도!"

"이런 모습이 더 추하고 역겨울 거라는 생각은 못해본 모양이지? 난 이미 우리 관계 모두 정리했어. 당신이 내 주변을 얼쩡거리는 것도 싫다고. 특히 앞으로 은호와 관련해서 당신의 이름이 거론되는 날이 온다면 가만두지 않을 거야."

그의 말을 듣는 세라의 숨결이 가빠졌다.

"설마 그 여잘 정말 좋아하는 거예요?"

주원은 세라의 눈을 가만히 응시했다. 시기와 질투, 분노가 어지럽게 뒤엉켜 있는 탁한 눈동자였다. 이런 아이와 은호를 비교해야 하는 상황에 짜증이 밀려왔다. 이제 분명해졌다. 자신이 은호를 선택한 이유.

"아니, 그 이상이야."

주원이 조용히 말했다.

"어떻게, 어떻게 제게 그런 말을 그렇게 쉽게 할 수가 있어요?"

세라가 거칠게 고개를 저었다.

"저한테는 한 번도 속마음 표현했던 적 없었잖아요?"

"당신한텐 내 마음 줬던 적도 없으니까."

주원은 가볍게 어깨를 으쓱해 보이고는 다시 몸을 돌려 납골당을 향해 걸음을 옮겼다. 그가 납골당 안까지 뛰어올라 갔을 때야 계단을 내려오고 있는 은호의 모습이 보였다. 생글생글 잘도 웃던 방금 전까지의 얼굴과 달리 무언가 어두운 그림자가 드리워진 듯 보였다.

"채은호!"

"네?"

그제야 땅만 보고 걷던 은호가 걸음을 멈추고 고개를 들어 그를 바라보았다.

"왜 그래?"

"네? 뭐가요?"

"왜 올라갔던 거야?"

"오빠 사진 놓고 왔어요. 아주머니가 제일 아꼈던 사진이거든요."

"그런데 표정이 왜 그래?"

"제 표정이 왜요?"

은호가 다시 씩 미소를 지었다. 하지만 웃고 있는 입술과는 달리 눈에는 여전히 희미한 그림자가 남아 있었다.

"가자."

그가 다시 손을 내밀었다. 은호가 조심스럽게 그의 손 위에 자신의 손을 올려놓았다.

"난 박 변호사님 사무실에 들렀다 들어갈 거니까 먼저 들어가서 준비하고 있어."

"박 변호사님한테는 왜요?"

"그새 잊은 거야? 우리 결혼, 당연히 박 변호사님이 알아야 유언장 문제가 마무리되지."

"아……."

"두 시간 정도면 충분할 것 같으니까 준비하고 기다리고 있어."

"그런데 오빠, 혹시 전에 사랑했거나 결혼을 약속했던 사람 있었어요?"

납골당을 빠져나오고 난 뒤 은호가 처음으로 입을 열어 꺼낸 말이었다.

"뭐라고?"

그는 걸음을 멈추고 그녀를 바라보았다.

"영국에 오래 계셨잖아요. 당연히 연애도 하셨을 테고……."

묻고 있는 그녀의 표정이 다시 어두워져 있었다.

"갑자기 왜 그런 걸 묻는데?"

"그냥 궁금해서요."

"그런 사람 없었어. 왜 갑자기 그런 게 궁금해졌는지 모르겠지만 앞으로도 내 입에서 먼저 나온 말 아니면 쓸데없는 일에 신경 쓰거나 괜한 걱정하지 마."

"네."

대답과 달리 은호의 표정은 전혀 은호답지 않았다.

"채은호."

"네?"

다시 멍하니 무언가를 생각하던 은호가 천천히 고개를 들어 그의 눈을 바라보았다. 저 작은 머릿속이 지금 무슨 생각으로 가득 찬 것일까?

"갑자기 왜 그래?"

"네? 제가 뭐요?"

"네 표정이 아무것도 아닌 게 아닌데. 납골당 안에서 무슨 일 있었던 거야?"

"아뇨. 그런 거 없어요."

자신과 손을 맞잡고 걷고 있는 동안에도 혼자만의 생각에 빠져 있던 그녀의 표정은 아무 일 없었다고 말하고 있는 지금도 여전히 심상치 않아 보였다.

"그런데 우리, 만약 두 사람 중에 누군가 정말 사랑하는 사람이 생기면 꼭 말해주기로 해요. 사람의 감정은 시시때때로 변하는 거고, 전 저 때문에 누군가 절망 속에서 살아가는 건 원하지 않거든요."

그를 향해 웃는 그녀의 미소가 아파 보인다.

"채은호, 그런 건 맺고 끊는 게 정확한 게 아니야."

그가 은호의 어깨를 붙잡았다.

"그리고 난 적어도 내가 책임져야 할 사람이 있는데 다른 사람한테 한눈파는 짓 같은 건 안 해."

"의도적이 아닌 어쩔 수 없는 상황 속에서 자신도 모르게……."

"절대 그럴 리 없어. 어떤 상황 속에서도."

그때 갑자기 불어온 바람이 은호의 머리카락을 흔드는 것이 보였다. 이 아이의 머릿속을 흔든 것은 무엇일까?

"그리고 너도 그랬으면 좋겠어."

"걱정 마세요."

그제야 은호의 눈이 웃음으로 반짝였다.

"전, 벌써 오빠가 좋아졌는걸요."

다시 살포시 내리까는 풍성한 속눈썹과 연한 분홍빛으로 달아오르는 은호의 볼이 그의 심장을 살그머니 간질였다. 그는 눈으로 은호의 정수리를 천천히 쓰다듬었다. 이 작은 꼬마가 요즘 그를 여러 번 당황스럽게 만들고 있었다.

"저 이제 오빠한테 여자죠?"

앙다문 입술과 대조적으로 동그랗게 뜬 눈이 그를 똑바로 응시하고 있었다.

"뭐?"

"어제 그러셨잖아요. 이제 동생 아니라고……."

주원은 눈을 가늘게 떴다.

"동생이랑 결혼하는 남자도 있나?"

"저 정말 잘할게요."

"뭘?"

"뭐든지요. 오빠가 저 때문에 창피하거나 신경 쓰지 않게요."

"왜 그런 소리를 해?"

"그리고 후회하지도 않으시게 잘할게요."

"넌 지금 이대로도 충분해."

햇살에 은호의 뺨이 반짝인다. 은호의 입술이 반짝인다. 그리고 그를 바라보고 있는 눈이 반짝였다.

시내로 들어와 주원과 헤어진 뒤 혼자 집으로 돌아온 은호는 망설일 것도 없이 곧장 재승에게 전화를 걸었다.

"재승아, 나 좀 도와주면 안 될까?"

[무슨 일 있어?]

전화를 받은 재승이 재빨리 물었다.

"나 오늘 오빠 인터뷰에 같이 가기로 했거든. 그런데 인터뷰에 평소처럼 하고 갈 순 없잖아. 미안해, 재승아."

[미안하긴, 내가 20분 내로 그쪽으로 갈게. 끊어!]

재승이 그녀의 집에 도착한 것은 정말 정확히 20분 후였다. 트레이닝 복 차림에 자신의 덩치만큼 커다란 가방을 들고 현관을 들어서는 재승의 이마 위로 굵은 땀방울이 빗줄기처럼 흘러내리고 있었다.

"웬 땀을 이렇게 흘려? 뛰어온 거야? 괜찮아?"

은호는 주방으로 가 차가운 물 한 컵을 가져다 재승에게 건넸다.

"하숙집에서 너희 집까지 거리가 얼만데, 택시 타고 와서 또 죽어라 뛰어온 거야. 이 가방을 들고, 헉헉······."

은호에게 컵을 건네받은 재승은 단숨에 컵을 비웠다.

"그런데, 어디 계셔?"

재승이 2층 쪽을 향해 목을 길게 뺐다.

"변호사 사무실에 갔어. 한 시간 30분쯤 후에 올 거야."

"그래? 옷은 이 정도면 되겠지?"

은호를 방 안으로 끌고 들어간 재승이 자신이 가져온 커다란 가방 안에서 코사지로 포인트를 준 단아한 살구색 원피스 정장을 꺼내 들었다.

"너무 어려 보이는 것도 꼭 좋은 건 아닌 것 같아서, 내가 지난번에 빌려 온 우리 언니 옷 가져온 거야."

"모델일 하시는 작은 언니?"

"그래."

은호는 자신을 위해 커다란 가방 안에서 메이크업 도구와 미용실에서나 사용할 것 같은 미용도구들을 꺼내 놓고 있는 재승의 모습을 말없이 바라보았다.

"네가 원하는 스타일을 먼저 얘기해 봐."

"그런데 너 이런 거 다 사용할 줄은 알고 있는 거야?"

"이 정도는 우리 나이의 보통 여자애들은 다 가지고 있는 거야."

재승이 마음에 들지 않는다는 듯 투덜거리며 다시 이마 위의 땀을 닦아 냈다.

"빨리 얘기해. 어떤 스타일을 원하는지? 귀여운 여자? 지적인 여자? 아니면 섹시한 여자?"

혼자 무슨 음흉한 상상을 하고 있는 것인지 말을 마친 재승이 실실 웃음을 흘렸다.

"재승아."

"빨리 얘기해."

"그냥 나, 여자처럼만 보이게 해줘."

"푸하하하, 뭐? 그게 무슨 소리야? 너 설마 남자였어?"

재승이 눈을 게슴츠레하게 뜨고 은호의 몸을 훑어 내렸다.

"농담 아니야, 정말 여자로 보이고 싶어."

"누구한테? 차주원 씨한테?"

은호는 크게 고개를 끄덕였다.

"얘가 갑자기 왜 그래? 차주원 씨가 네가 남자로 보인대? 그럼 뭐야? 설마 게이였던 거야? 푸하하하하."

"나 정말, 많이 좋아하는 거 같아."

재미있다는 듯 배를 움켜쥐고 깔깔대는 재승을 향해 은호가 나직하게 말했다.

"너 원래 많이 좋아했어. 사진만 보고도 좋아서 침을 질질 흘려 놓고서는."

"내가 언제?"

"그럼 아니야? 그 분야로 반 전문가인 내가 볼 때 네가 지금 느끼고 있는 그 감정은 사람들이 전문 용어로 사랑이라 부르는 감정이다. 알겠냐? 요 꼬맹아."

재승이 삐딱하게 팔짱을 끼고 천천히 고개를 흔들었다.

"내가, 사랑한다고?"

"사실 어제만 해도 반신반의 했었는데, 오늘 보니까 확실하네."

사랑이라는 단어에 은호는 숨이 막힐 것 같았다. 그가 필요에 의해 요구한 결혼인데 이런 상황에서 자신의 감정이 가당키나 한 것인지. 그에게 들키지 않고 잘 감당해 나갈 수는 있을지…….

"하지만……."

"원래 사랑은 그런 거야. 나 들어가요, 하고 노크하고 찾아오는 사랑은 없어."

"그래도……."

"사랑이라고 특별히 더 힘들 게 있겠어? 가슴이 말을 듣지 않는 건 좋아하는 거나 매한가지지. 근데 너 이건 분명하게 알아야 한다. 원래 더 사랑하는 사람이 약자야. 더구나 차주원 씨 같은 케이스는 더 위험하지. 인물 우월해, 본인 능력 있어, 집안 빵빵해. 뭐 하나 빠지는 게 없잖아? 그럼 결국 주변에 기웃거리는 여자들이 있을 테고, 곧 네가 시기와 암투의 대상이 될 수도 있을 거란 말이야."

"어떻게 그렇게 잘 알아?"

"원래 아침 드라마 보면 죄다 그렇더라고, 잘난 남자 주변에 얼쩡거리는 한심한 여자들, 쯧쯧."

가볍게 혀를 차던 재승이 어깨를 으쓱거렸다.

"윤재승, 나 지금 진지해."

"나도 진지해. 하여튼 당사자 입에서 파혼이니 그런 말 직접적으로 나오기 전까진 어떤 불여우에게도 흔들려선 안 돼. 알겠지? 결혼 후에는 더 말할 것도 없고. 드라마 보면 별것도 아닌 그런 여자들 말 한마디에 확인도 안 해 보고 울고불고 혼자 짐 쌌다 풀었다들 하는데 이건 무슨 70년대 영화 찍는 것도 아니고 식상해서 못 봐주겠다니까. 사랑은 싸워서 이기는 사람 거야. 강하고 현명하고 능력 있는 자가 살아남는 전쟁이라고."

재승이 의지를 불태우듯 불끈 움켜쥔 주먹을 은호 앞으로 내밀었다.

"그런 의미에서 우리 오늘 전신 리모델링에 한번 도전해 볼까?"

"응?"

재빨리 은호를 자리에서 일으켜 세운 재승은 먼저 자신이 가져온 원피스를 은호에게 가져다 댔다.

"아무래도 전체적인 분위기는 여성스러운 게 좋겠다. 암, 여자가 되는 것의 기본은 여성스러움이지."

그 뒤로 한 시간이 넘게 은호는 재승의 미용 실습용 마네킹이 된 것 같은 기분으로 한 자리에 앉아 있었다.

"대충 끝난 것 같은데."

"이제 움직여도 돼?"

"음, 생각보다 괜찮게 나왔네."

골동품을 감정하듯 재승이 눈을 가늘게 뜨고 은호의 주위를 천천히 돌았다.

"너무 과하지 않게 들어간 웨이브로 나이에 맞는 생기발랄하고 귀여운 이미지를 살렸고, 깨끗한 피부를 강조한 투명 메이크업으로는 지적이고 단아한 분위기를 살렸고, 네 평범한 몸매를 좀 더 글래머하게 보이도록 허리선에 특별히 포인트를 준 세련된 원피스로 여성스러움까지. 누구도 흉내 낼 수 없을 만큼 완벽하게 해냈다고 본다, 난. 나 아무래도 전공을 다시 바꿔야 하는 거 아닌지 모르겠다."

"정말 괜찮아?"

은호는 재승이 건네주는 동그란 거울을 건네받았다. 재승의 말처럼 고등학생처럼 심심해 보였던 단발머리가 약하게 준 웨이브로 예쁘게 구불거렸고, 원피스와 같은 색깔로 마무리된 쉐도우가 긴 속눈썹 위에서 수줍게 그녀를 바라보고 있었다. 헐렁한 티셔츠만 입었던 몸에선이 고운 원피스를 입은 자신의 모습을 바라보자니 마치 자신이 아닌 타인을 바라보고 있는 것 같은 묘한 기분까지 들었다.

"정말 나 맞지?"

"그래, 너도 내 솜씨가 놀랍지?"

"훗, 고마워."

"정말 고마우면 나도 친구 좀 소개시켜 주라고 그래."

재승이 가방 안에 주섬주섬 짐을 챙겨 넣으며 말했다.

"난 그만 가볼 테니까, 인터뷰 잘하고 와."

"벌써 가?"

"넌 내가 그렇게 눈치가 없는 앤 줄 아니?"

"……."

"인터뷰 끝나고, 분위기 있는 데서 데이트도 좀 하자고 그래."

재승이 바쁘게 움직이던 손을 잠시 멈추고 음흉한 미소를 지어 보였다.

"자동차 극장이나, 인적 드문 공원 같은 데서. 히히."

"윤재승."

"뭐야, 이제 와서 부끄러워하는 거야?"

"고마워."

"자꾸 그런 소리 하지 마. 나 솔직히 지금 조금 배 아프니까."

"그래도 고마워."

"나 간다."

재승은 가방을 번쩍 들어 어깨에 메고는 문을 향해 씩씩하게 걸어갔다.

"채은호, 다시 말하는데 사랑은 쟁취하는 거야. 그리고 지금 네 입술 남자라면 키스하고 싶을 만큼 예뻐."

"농담하지 마."

재승의 말에 은호는 볼이 뜨겁게 느껴졌다.

"농담 아니야, 난 오늘 안에 네가 '키스한다'에 만 원 걸고 간다."

재승은 은호가 붙잡을 틈도 없이 방을 나가 버렸다. 은호가 거울을 내려놓고 거실로 나갔을 땐 이미 신발까지 모두 신고 있는 상태였다.

"잘하고 와."

"응."

※ ※ ※

"절대 박 변호사님 서운하시지 않게 해드리겠습니다."

주원이 박 변호사 사무실 앞에 섰을 때 안에서 태웅의 목소리가 들려왔다. 문을 열려던 그의 손이 움직임을 멈추고 제자리로 내려왔다.

"그럼 단지 그 유산 때문에 복지 재단을 설립했다는 건가?"

"그럼 그 건물들을, 그런 노른자위 땅에 있는 건물들을 제 눈앞에서 날려 버리라는 겁니까? 솔직하게 말해서 제가 이렇게 나서는 게 박 변호사님 입장에서도 나쁘지만은 않지 않습니까?"

"그래, 규모는 어느 정도인데?"

"이제야 말이 통하시는군요. 역시 박 변호사님은 제 기대를 저버리지 않는 유일한 분이십니다."

"목소리 낮추게."

"에이, 여긴 우리 두 사람뿐입니다. 그리고 말이 재단이지, 그냥 사무실 하나 임대했습니다. 여직원 하나 두고 전화나 받게 하려고요."

"그럼 건물들은 바로 매각하려고?"

"제가 볼 때 내놓기만 하면 팔리는 건 시간문제라고 봅니다."

"글쎄, 아무리 위임을 하셨다고는 하지만 그래도 차주원 씨와 상의는 해 봐야 할 것 같은데."

"답답하시네. 제가 대표라는 얘기는 굳이 하실 필요 없는 거 아닙니까? 그리고 지금껏 그 건물들에 대해서 한번 물어보지도 않았던 걸 보고도 형 마음을 모르시겠습니까?"

"하지만 그 건물들 외할아버지가 직접 지은 건물이라는데 그렇게까지 관심이 없을까?"

"두고 보십시오. 주원이 형 조만간 영국으로 돌아갈 겁니다."

"그래도……."

"참 답답하시네. 그 허물어지기 일보 직전의 건물 몇 개보다 몇십 배, 몇백 배는 더 값어치 있는 회사가 조만간 형 게 될 텐데, 그걸 내버려 두고 미쳤다고 여기 주저앉아 있겠습니까?"

"그렇다면야……."

"그러게 큰어머니는 좋은 말로 얘기할 때 나한테 넘겨주셨으면 여러 사람 편하고 좋았을 것을, 일을 꼭 이렇게 복잡하게 만들어 놓고 가셔서는, 쯧쯧."

사무실 안에서 새어 나오는 이야기 소리에 주원은 자신도 모르게 주먹을 불끈 움켜쥐고 있었다. 생각 같아서는 당장 안으로 들어가 태웅의 멱살을 움켜잡고 싶었지만 주원은 조금 더 인내심을 가지고 기다렸다.

"그 돈을 잘 굴려서 수익의 일정 부분을 매달 박 변호사님께도 드리겠습니다. 잘 생각해 보시면 이만한 노후 보장도 없다는 걸 아실 겁니다."

"흠!"

"'사' 자 직업이 좋기는 하지만 편하게 돈 버는 방법을 두고 굳이 힘들게 고생하며 사실 필요는 없지 않겠습니까? 하하하."

똑! 똑!

힐끗 손목시계로 시간을 확인한 주원은 침착한 표정으로 문에 노크를 했다.

"주원이 형!"

그가 안으로 들어가자 태웅이 자리에서 벌떡 일어섰다.

"여긴 어쩐 일이에요?"

"그러는 넌 여기 어쩐 일이니?"

"전 지나가는 길에 그냥 인사나 드리려고 들렀어요. 형은요?"
"박 변호사님께 드릴 말씀이 있어서."
박 변호사도 자리에서 일어서 주원에게 다가왔다.
"이쪽으로 앉으시죠."
주원은 소파로 걸어갔다.
"연락도 없이 이렇게 갑자기, 무슨 중요하게 할 얘기라도 있어서 찾아온 겁니까?"
박 변호사도 그들 앞으로 걸어와 자리에 앉은 뒤 물었다.
"오늘이 어머니 기일인 건 알고 계시죠?"
"물론입니다."
박 변호사가 가늘게 뜬 눈으로 주원의 표정을 살폈다.
"지금 납골당에 다녀오는 길입니다."
"저도 조금 있다 다녀올 생각이었는데."
"박 변호사님 그럼 저랑 함께 가시죠."
책상 근처에 서서 분위기를 살피던 태웅이 잽싸게 끼어들었다.
"이제 어머니 유언장에 명시돼 있는 기간이 한 달 남았네요."
"그렇군요."
"시간이 참 빠른 것 같지 않습니까?"
주원은 박 변호사와 태웅의 표정을 번갈아 바라본 뒤 매끄러운 목소리로 물었다.
"지나고 나면 야속할 만큼 빨리 달아나 버린 게 시간이지요."
"맞는 말씀이십니다. 그러니까 그만큼 후회할 일은 하지 않고 살아야 하는 거겠죠?"
주원의 말에 박 변호사의 눈가에 주름이 깊게 접혔다.
"저 결혼하기로 했습니다."

"뭐라고요?"

주원의 말에 먼저 반응을 보인 사람은 앞자리에 앉은 박 변호사가 아니라 비명에 가까운 고음으로 물어온 태웅이었다.

"형, 지금 결혼한다고 한 거예요? 누구랑요?"

태웅이 그의 옆자리로 걸어와 앉았다.

"도대체 누구랑 하는 거예요?"

"은호."

"네? 정말, 진심이에요?"

"그럼 결혼을 장난으로도 하니?"

"하지만 귀국한 지 며칠이나 지났다고 형이 어떻게 은호랑, 아니, 지난 1년 동안 연락 한번 없이 지내다가 어떻게 이렇게 갑자기 결혼을 한다는 거예요?"

"우리가 연락을 하고 지냈는지 아닌지 네가 어떻게 알아?"

"그거야……."

주원은 싸늘한 시선으로 태웅을 바라보았다. 그의 시선에 태웅이 슬그머니 고개를 돌렸다.

"내가 청혼했어."

사무실 안에 잠시 팽팽한 긴장이 감돌았다.

"형은 은호가 어떤 앤 줄 아직 잘 모르시나 본데, 걔 형이 생각하는 것보다 더 대책 없는 애예요."

두 손을 부산스럽게 움직이며 태웅이 말했다.

"설마 모르고 있는 건 아니죠?"

"적어도 너보단 내가 그 애에 대해서 많이 안다고 보니까 넌 잠자코 있어."

"하지만 형이 뭐가 아쉬워서 채은호 같은 애랑."

"채은호 같은 애?"

"그렇잖아요, 형 좋다고 따라다니던 그 집안 좋고 똑똑하고 예쁜 누나들 다 팽개치고 순 선머슴 같은 애랑 결혼을 한다는 게 말이 되냐고요? 형 혹시 채은호한테 약점 잡힌 거 있어요?"

주원은 눈을 가늘게 뜨고 태웅을 바라보았다.

"은호 충분히 매력적이고 사랑스러운 여자야."

"매력적인 여자라니요? 형, 좀 이상해진 것 같아요."

"은호 네 형수 될 사람이야. 앞으로는 말이나 행동 모두 가려서 해."

"형!"

"박 변호사님은 그렇게 아시고 어머니 유산 문제 마무리 지어 주세요."

"흠, 그러죠."

※ ※ ※

재승이 나가고 난 문과 자신의 모습을 번갈아 바라보다 은호가 방으로 다시 들어가 립글로스가 번지지는 않았는지 확인을 하려고 하는 순간 현관문이 벌컥 열리고 주원이 안으로 들어왔다.

"현관문이 열려 있네? 누가 왔다 간 거야?"

"네?"

은호는 뒤를 돌아보았다. 현관 앞에는 여느 때처럼 정갈하고 숨이 막힐 듯 근사한 모습의 주원이 서 있었다. 지금도 계단을 내려오는 주원을 볼 때면 그녀의 심장은 어김없이 열두 살 꼬마로 돌아가는 것 같았다. 그런데 이제는 평지에 있는 그를 봐도 가슴이 요란하게 두근거리는 것이 점점 숨까지 가빠지는 것 같다.

"준비 다 됐어?"

"네."

주원이 그녀의 앞으로 천천히 걸어와 섰다.

"저 이상해요?"

은호는 조심스럽게 물었다.

"아니."

그의 시선이 자신의 모습을 천천히 훑어 내리는 것이 느껴졌다. 은호는 자신도 모르게 눈썹을 내리깔고 말았다. 좋아하는 남자 앞에 여자로 선다는 것이 이렇게 많은 용기가 필요한 일인 줄은 미처 몰랐었다.

"아주 예쁜데."

"……."

은호는 혀끝으로 마른 입술을 축였다.

"정말 내가 아는 채은호가 맞는 거야?"

"이상하죠?"

쿨 하게 웃어야 하는데 입꼬리가 얼어버린 듯 말을 듣지 않았다.

"아니, 하지만 은호가 맞는지 확인하려면 손을 좀 봐야 할 것 같은데."

은호는 주원이 어울리지 않는 자신의 옷차림을 놀리는 것 같아 울상이 되어 손을 내밀었다.

"채은호."

그가 자신을 손을 살며시 움켜잡는 순간 은호는 깊게 들이마셨던 숨을 차주 천천히 뱉어냈다. 심장이 터질 것 같았다. 그런데 주머니 안으로 넣었다 꺼낸 주원의 손에 벨벳으로 감싸인 작은 상자가 들려 있는 것이 아닌가.

"네 거야."

주원이 상자를 은호 앞으로 내밀었다.

"정식으로 청혼할게. 나랑 결혼해 줘."

은호는 엉겁결에 상자를 건네받았다. 하지만 다음에 어떤 행동을 해야 하는 것인지 알 수 없었다. 정말 행복하다는 표정으로 상자를 열어 봐야 하는 것인지, 감동받아 눈물이라도 흘려야 하는 것인지……. 연애 경험조차 없는 그녀에게 사랑을 시작한다는 건 너무 어려운 일이었다.

"오빠."

아무 말 없이 그녀를 내려다보고 있던 그가 천천히 고개를 끄덕였다. 그녀처럼 그도 지금과 같은 상황을 처음 경험하는 것일까? 만약 그렇다면 지금 이렇게 기쁘고 어지럽고 긴장되는 여러 가지 형용사들이 머리와 가슴에서 어지럽게 뛰놀고 있는 그녀의 상황을 그도 조금은 이해할 수 있을까? 은호는 떨리는 감정을 자제시키며 겨우겨우 입가에 미소를 지어 보였다.

"여자들은 대부분 결혼 전에 멋진 프러포즈를 기대한다던데."

"……."

"멋진 프러포즈가 아니라서 미안하다."

"아니에요. 우린 그런 걸 기대할 만한 사이도 아니잖아요?"

"그럼 우리는 어떤 사인데?"

그가 진지하게 물었다.

"우린……."

"우리가 남들과 다르다고 생각하지 말자. 너 나 좋아한다고 했잖아? 나도 너와 함께 있는 게 싫지 않아."

그가 앞으로 몸을 살짝 구부렸다. 무표정한 얼굴과는 달리 그의 눈동자 안에서 무언가 반짝이는 게 보였다.

"너랑 같이 있는 게 좋다고."

은호는 말없이 그를 바라보았다. 단순히 좋아한다는 말이었다. 처음 본 귀여운 강아지를 좋아할 수도 있고, 회사 동료나 친구의 가족을 좋아할 수도 있었다. 그만큼 좋아한다는 감정은 흔한 것이었지만 은호는 주원의 말이 진실한 것인지 확인하고 싶었다. 그녀는 고개를 들어 주원의 눈을 바라보았다. 그녀를 내려다보고 그의 눈빛은 진지했다. 은호는 그제야 낯설고 간질거리는 느낌이 목덜미로 퍼져 나가는 것 같았다.

"내 주변 상황과 사람들, 그리고 갑작스런 우리 관계의 변화가 모두 좋았다고 표현하기 힘들다는 거 알아. 오히려 그런 상황들 때문에 네가 상처받거나 지금과는 다른 모습으로 변할까 걱정스럽기도 해. 하지만 예전처럼 적어도 이 집 안에선 네가 힘들지 않도록 나도 최선을 다할게."

그가 너무 따듯한 눈빛으로 그녀를 바라보고 있었다. 은호는 움켜쥐고 있던 상자의 표면을 엄지손가락으로 천천히 문질렀다. 벨벳의 느낌이 야릇하게 손가락을 간질였고 손바닥에선 땀이 나는 것 같았다. 하지만 여전히 상자를 똑바로 바라보거나 덤덤하게 열어볼 수는 없었다. 그런 그녀의 표정을 가만히 바라보던 주원이 느릿하게 미소를 짓자 그녀는 그제야 마음이 조금 더 편안해지는 것 같았다.

"저, 대답해야 하는 거예요?"

그녀의 질문에 그가 어깨를 으쓱해 보였다. 너무 솔직한 여자, 그에게 매력 없고 시시해 보일 수도 있겠지만 그에게 자신의 감정을 숨기고 싶지는 않았다. 그래야 만약, 정말 만약에 그가 다른 사랑을 찾게 되더라도 후회가 남지 않고, 그도 그녀의 감정을 배려해 최소한의 예의는 지켜줄 것이란 생각이 들었다.

"우리가 함께 이 집에 머물고 있는 동안에는 오빠도 힘들지 않고,

행복할 수 있도록 저도 최선을 다해 노력할게요."

"고맙다."

그가 씩 웃었다. 그 편안하고 매력적인 미소에서 더 이상 차가운 냉기는 느껴지지 않았다.

"얘기는 그만하고, 이제 열어 봐."

은호는 그제야 상자를 똑바로 바라보았다. 아직 열어보지도 않았는데 벌써 숨이 막히는 것 같았다. 그녀는 조심스럽게 상자의 뚜껑을 열었다. 링의 중앙에 예쁘게 반짝이는 투명한 알이 박힌 심플하면서도 우아한 디자인의 반지였다. 하지만 은호는 반지를 꺼낼 수가 없다. 손을 대면 꿈에서 깨듯 반지가 사라져 버릴 것만 같았다. 그런 그녀의 복잡한 심정을 눈치챘는지 주원이 그녀의 손에서 상자를 가져가 반지를 꺼낸 뒤 그녀의 왼쪽 손을 움켜잡았다.

"마음에 안 들어도 어쩔 수 없어. 네가 나를 고른 게 아닌 것처럼, 안타깝게도 이 반지 역시 네겐 선택권이 없는 것 같으니까."

그가 그녀의 손가락으로 천천히 반지를 밀어 넣기 시작했다. 창으로 쏟아져 들어오고 있는 햇볕을 받아 반짝이는 반지는 너무 예뻤지만 반지의 차가운 표면이 손가락의 피부를 기묘하게 자극하며 미끄러지자 은호는 숨을 멈췄다.

"딱 맞네. 다행이다."

주원은 그녀의 손을 놓지 않았다.

"예뻐요. 정말……."

은호는 자신의 손가락을 내려다보며 나직하게 중얼거렸다.

"채은호."

"네?"

은호는 주원을 바라보았다. 움직이지 않고 자신을 바라보고 있는 그의 표정이 그림 같았다. 은호는 자신도 모르게 입술 끝이 위로 올라가는 걸 느꼈다.

"네가 착한 아이라는 거 알아. 그런데 이젠 그만 착했으면 좋겠어."

"……."

"이 결혼도 전적으로 날 위한 거잖아? 앞으로는 날 위한 네 희생 받아들이지 않을 거야."

"아니에요."

은호는 고개를 흔들었다.

"이렇게라도 해야 제 마음이 편해지니까, 사실 제 마음 편하자고 오빠를 부추긴 걸 수도 있어요."

그는 한동안 말없이 그녀를 바라보고 있었다.

"내가 참 다행스럽게 생각하고 있는 게 뭔 줄 아니?"

"네?"

"네가 가지고 있는 여러 가지 장점이 있지만 그중에서 네가 참 솔직한 아이라는 점이야."

은호는 주원의 눈을 가만히 바라보았다. 주원이 알듯 모를 듯 묘한 표정으로 그녀를 바라보았다.

"내가 제일 싫어하는 사람이 거짓말하는 사람이야. 거짓말은 결국엔 관계를 망가뜨리거든. 그런데 넌 참 솔직해."

"오빠한테 거짓말할 이유가 없으니까요. 그런데 저한테 착하다는 얘기는 하지 않으셨으면 좋겠어요. 오빠한테 착하다는 소리를 들을 만큼 제가 착한지도 잘 모르겠지만, 오빠가 그렇게 생각하고 있으면 앞으로도 계속 착한 아이처럼 행동해야 할 것 같거든요. 그런데 저 오빠한테 착한 아이가 아니라, 함께 있으면 기분 좋은 사람, 계속 함께 있고 싶은 사람이었으면 좋겠어요. 어린아이가 아니라 수평의 관계로요."

주원이 은호의 머리를 쓰다듬으려는 듯 손을 들어 올렸다 그녀의 뺨을 감쌌다.

"네가 더 이상 아이가 아니라는 건 알고 있어."

은호는 눈을 깜빡였다.

"누구도 지금 네 모습을 보고 아이로 여기진 않을 거야. 이렇게 예쁜 아가씨를……."

그림처럼 예쁜 그의 입술이 길게 휘어지는 것 같더니 그의 고개가 그녀에게로 천천히 기울어지기 시작했다. 은호는 그가 고개를 숙이고 있는 건지, 세상이 기울어지고 있는 건지 알 수 없었다. 그의 얼굴은 너무 눈부셨고 그녀는 긴장으로 머리가 어지러웠다.

그녀가 살며시 눈을 감는 순간 그의 입술이 그녀의 입술 위로 내려앉았다. 깃털처럼 부드럽게 햇살처럼 따듯하게, 그리고 크림처럼 달콤하게……. 그의 입술은 아주 오랫동안 그녀의 입술에 자잘한 키스를 남겼다. 하지만 은호는 점점 숨이 가빠지는 것을 느꼈다. 그녀가 자신도 모르게 입술을 약간 벌리고 숨을 들이마시려는 순간, 그가 그녀의 아랫입술을 자신의 입 안으로 빨아들였다.

그리고 주원이 자신을 더욱 세게 끌어안는 것이 느껴졌다. 입술 사이를 비집고 그의 혀가 입 안으로 미끄러져 들어오자 긴장으로 말라 있던 입 안으로 그의 풍부한 타액이 함께 밀려들어 왔다. 은호는 더할 수 없을 만큼 야릇한 기분을 느끼며 발가락에 힘을 주었다.

이 상황이 언제까지고 계속되었으면 하는 마음이 들었지만 한편으로는 그를 향한 자신의 욕망이 점점 자라는 것을 아직은 감당할 자신이 없었다. 그들의 관계가 언제까지 계속될지에 어떤 확신도 가질 수 없었고, 아직 그를 어디까지 받아들일 건지에 대해서도 진지하게 생각해 본 적이 없었다. 은호는 태엽이 풀린 인형처럼 모든 움직임을 멈췄다. 그도 뭔가를 느꼈는지 그녀를 끌어안고 있던 손에서 천천히 힘이 빠져나갔다. 그리고 그의 입술이 그녀에게서 떨어졌다.

"채은호."

은호는 자신이 너무 열정적으로 그의 키스에 응한 것만 같아 그를 바라볼 수가 없었다.

"죄송해요. 전……."

"뭐가 죄송해?"

주원이 다시 그녀의 손을 잡았다.

"너무 서툴러서?"

그의 장난스런 목소리에 은호는 고개를 들어 그를 바라보았다.

"괜찮아. 나름대로 신선했으니까."

은호는 따지듯 대꾸하려고 입을 열었다 웃고 있는 그의 얼굴을 보고는 함께 웃고 말았다.

"우리 너무 깊게 생각하거나 어렵게 지내지 말자."

"……."

"이제 정말 결혼할 거고, 동성이 아닌 이상 처음 감정과 계속 같을 수는 없지 않겠어? 상대방의 감정이 부담스럽다면 솔직하게 이야기하면 되는 거고, 싫지 않다면 자연스럽게 받아들이자. 평범한 연인들처럼."

"평범한 연인들이요?"

"그래."

그의 얼굴에 느릿하게 미소가 번졌다. 은호는 고개를 끄덕였다. 그녀의 손을 잡고 있는 그의 손에 지그시 힘이 실리는 것이 느껴졌다.

정말 그와 평범한 연인들처럼 사랑하고 싶었다. 지금 잡은 손을 영원히 놓고 싶지 않았다.

"그런데 뭐 하나 물어봐도 돼요?"

"뭐?"

"어떻게 제 손가락 사이즈를 정확하게 아셨어요?"

"잡아 봤으니까."

"네?"

"납골당에서."

은호는 멍하니 주원의 얼굴을 바라보았다. 이 남자 혹시 바람둥이 아니야?

"너 지금 나 바람둥이라고 생각하고 있지?"

그의 입가에 피식 웃음이 번졌다.

"어떻게 아셨어요?"

"네 얼굴에 다 쓰여 있어."

그가 집게손가락으로 그녀의 이마를 톡톡 두 번 두드렸다. 은호는 미안함에 헤 하고 웃어 보였다.

"그런데 아주머니는 우리가 정말 이렇게 결혼할 거라고 예상하셨을까요?"

"글쎄."

"그런데 참 신기한 건 지금도 정원에 나가 있으면 아주머니 향기가 나는 것 같아요. 마치 정원 어딘가에 아주머니가 계신 것처럼. 아니다, 아주머니에게서 항상 나던 향기가 정원의 꽃향기여서 그런가?"

은호는 거실의 창의 통해 정원을 바라보았다. 그들이 바라보는 정원의 정면에 햇살을 가득 머금어 잎이 싱싱하게 반짝이는 금송이 서 있었다. 그 뒤로 보이는 죽단화의 노란 꽃송이가 오늘따라 더욱 싱그럽게 그들을 향해 미소 짓고 있는 것 같았다. 은호도 죽단화의 미소를 따라하듯 입술 가득 환한 미소를 지었다.

"분명한 건 너와 내가 지금도 이렇게 어머니에 대해 많은 걸 기억을 하고 있는 것처럼 어머니도 너와 나에 대해 아주 잘 아셨을 거란 거야."

그의 목소리를 들으며 아주머니를 떠올리는 것만으로도 은호는 갑자기 무언가 복잡하고도 뜨거운 감정이 가슴속에서 울컥하고 솟구치는 것 같았다. 아주머니는 그 지독한 병마와 싸우면서도 떠나는 순간까지 혼자 남겨질 그녀를 걱정해 주셨다. 그리고 이렇게 아주머니의 빈자리에 그를 대신 보내주셨다. 그래서 아주머니가 계시지 않은데도 그녀는 지금 행복했다. 아주머니에게 미안할 만큼 너무 행복했다. 이런 감정이 새삼 미안하고 감사해 눈가가 촉촉하게 젖어 들기 시작했다.

눈물을 참으려고 입술 안쪽을 살며시 깨무는 그녀의 뒤통수를 그가 천천히 쓰다듬는 것이 느껴졌다. 가족이 아닌 다른 누군가에게 안전하게 보호받고 자신을 의지할 수 있다는 사실은 여전히 낯설었지만 그래도 너무나 따듯하고 든든했다. 그 순간 그녀의 눈가에 고였던 눈물이 볼을 타고 주르르 흘러내렸다. 하지만 눈가와는 대조적으로 그녀의 입가에는 잔잔한 미소가 번지고 있었다. 사랑과 기쁨, 그리고 그리움이 공존하는 미소였다.

"그렇게 웃지 마."

그녀를 가만히 바라보고 있던 주원이 나직하게 말했다.

"네?"

"다른 사람 앞에서는 그렇게 웃지 말라고."

그가 다시 그녀의 뒤통수를 쓰다듬었다.

"착한 채은호도 걱정인데, 울보 채은호는 더 걱정된다."

은호는 주원의 얼굴을 바라보았다. 말로 표현할 수 없을 만큼 이제는 그가 좋았다. 정말 재승의 말처럼 그녀는 그를 많이 사랑하고 있었다.

"계속 울면 화장 번져."

그가 눈가를 문지르려 들어 올린 그녀의 손을 잡았다.

"우는 거 아니에요."

"내 앞에서만 울어. 다른 사람 앞에서는 울지 마."

그가 주머니에서 꺼낸 손수건으로 그녀의 눈가에 고인 눈물을 닦아주었다.

"아니, 더 이상은 네가 울 일이 없었으면 좋겠다. 행복해도 울지 마."

은호는 창가에 놓인 테이블에 앉아 신문사 주변의 정원수와 전망을 내려다보며 주원의 인터뷰가 끝나길 기다리고 있었다.

"차 한잔 더 드릴까요?"

처음 그녀를 테이블로 안내했던 여직원이 다시 다가와 물었다.

"괜찮아요."

"네."

싱긋 웃는 얼굴로 대답한 직원은 은호에게 무슨 말을 더 하고 싶은지 돌아가지 않고 옆에 계속 서 있었다.

"무슨 하실 말씀이라도 있으세요?"

"아니요."

직원이 다시 웃어 보였다.

"그런데 아직 학생이시라던데?"

"네."

자신의 프로필에 관해 주원이 신문사 측에 간단히 얘기를 해뒀다는 사실을 은호도 알고 있었다. 그런데 이 직원의 눈에는 주원처럼 근사하고 모든 걸 갖춘 남자가 눈에 띄는 미모의 멋진 커리어우먼이 아닌 자신처럼 평범한 학생과 결혼할 사이라는 게 그저 신기하기만 한 모양이었다. 하긴 충분히 신기해 보일 수 있는 일인지도 모른다. 게다가 10년이 넘게 타국에서 지내다 귀국 며칠 만에 약혼녀와 함께 인터뷰에 참여하겠다며 평범한 여대생을 데리고 왔으니. 자신이라도 확인해 보고 싶었으리라.

"어머, 그 반지는 건축사님한테 받으신 건가 봐요?"

직원의 눈이 부러움으로 반짝였다.

"네."

"너무 좋았겠다."

은호는 대답 대신 씩 웃어 보였다.

"그런데요, 사실은 비밀인데……. 제가 뭐 한 가지 말씀해 드릴게요."

은호는 직원을 바라보았다. 넘치는 관심이 다소 부담스러웠지만 딱히 다른 할 일이 없었기 때문에 직원의 말을 자르지는 않았다.

"사실은 다음 달 저희 이달의 인물 인터뷰하실 분이 차주석 건축사님으로 확정이 됐대요. 인물 기사가 실리기 시작한 이후 계속 저희가 보낸 요청을 거절하시다가 오늘 승낙 의사를 밝혀 오셨다던데, 아직 모르셨죠?"

사실 주원의 아버지가 다음 달 인터뷰 인물이라는 사실에 은호는 적지 않게 놀랐다. 하지만 침착한 표정으로 직원을 바라보고 물었다.

"그럼 귀국을 하셔서 인터뷰를 하시는 건가요?"

"아마 그렇다고 하셨다는 거 같죠."

여직원이 무언가를 생각하는 듯한 손으로 턱을 감싸고 고개를 갸웃 기울이다 다시 입을 열었다.

"뉴라인 건축 한국 지사 때문에 원래 방문 계획이 있었다는 소문도 있던데······."

"뉴라인 건축 한국 지사라고요?"

주원의 아버지인 차주석 건축사가 직접 설립해 대표로 있는 뉴라인 건축은 영국 내에서도 손에 꼽힐 정도로 규모나 업적이 대단한 종합 건축사 사무소였다. 영국뿐만 아니라 세계 여러 나라에 대규모 종합 연구 단지나 국제공항공사, 그리고 대사관과 공연예술센터 같은 국제적으로 유명한 큰 건축물들과 예술성 높은 건축물을 설계해 해외뿐만 아니라 국내에서도 높은 인지도를 가지고 있었다. 사실 은호가 차주석 건축사가 주원의 아버지라는 사실을 분명하게 알게 된 것은 그리 오래되지 않았다. 하지만 건축에 대해서 어깨 너머로 들은 게 전부인 그녀에게조차 차주석 건축사는 거의 신과 같은 존재였다. 그런데 그동안 지사에 대한 이야기는 전혀 들은 적이 없는 사실이었다.

"아, 그게 저희 쪽에서 슬쩍 물어본 건데, 아직 확정된 건 아무것도 없다고 대답하셨대요."

"네."

"그런데 한 집안에서 두 사람이 인터뷰를 하는 것도 처음 있는 일이지만 더 대단한 건 뭔 줄 아세요?"

직원이 은호를 향해 살짝 상체를 숙였다.

"글쎄 차주석 건축사님도 함께 인터뷰할 사람으로 예비 며느님을 추천하셨다지 뭐예요. 세상에 어쩜······."

예비 며느리? 은호는 처음에는 그 단어가 잘 이해가 되지 않았다. 주원의 아버지가 한 번도 본 적이 없는—장례식장에 오셨다는 얘기는 들었지만 그녀는 그분을 직접 뵙지 못했다—자신을 예비 며느리로 칭했을 리가 없을 것이기 때문이었다. 그럼 뭐지? 그녀의 미간이 점점 좁혀졌다.

"저희 편집장님이랑 팀장님은 같은 인물의 인터뷰를 어떻게 다르게 접근해야 할지 벌써 고민 중이세요. 아무튼 대단하세요. 어떻게 그렇게 멋지고 훌륭하신 분들의 마음을 온통 차지하실 수가 있으셨던 거예요?"

여직원이 들고 있던 파일을 가슴에 꼭 끌어안으며 살포시 눈을 감았다. 은호는 눈을 찌푸렸다. 주원도 이 사실을 알고 있을까?

"주원 오빠도 알고 있나요?"

"글쎄요. 저도 방금 들은 소식이라서……."

직원이 다시 한 번 부러움이 가득한 눈길로 은호의 모습을 훑어 내렸다.

"은호야."

그때 자신의 어깨를 가볍게 움켜잡는 손길에 은호는 깜짝 놀라 뒤를 돌아보았다. 여직원은 아직도 그녀 앞에 서서 주원을 바라보며 양 볼을 붉히고 있었다.

"인터뷰 다 끝나셨어요?"

직원이 주원을 향해 상냥하게 물었다.

"네."

주원은 짧게 대답하고는 다시 은호를 바라보았다.

"너도 해야지."

"네."

"별거 아니니까 긴장하지 말고, 부모님에 대해서도 침착하게 잘 애기해."

"네."

"난 전화 통화할 곳이 있어서 조금 있다 들어갈게."

"네."

은호는 주원을 남겨 두고 회의실이라고 적혀 있는 방으로 들어섰다.

"안녕하세요, 채은호 씨죠?"

"네. 안녕하세요?"

"저는 이종욱 기잡니다."

40대 중반쯤 되어 보이는 호리호리한 체격의 남자가 자리에서 일어서 그녀에게 악수를 청하며 자신을 소개했다.

"이쪽으로 앉으세요."

은호는 기자가 가리키는 창가 자리로 걸어가 앉았다.

"인터뷰는 사무실에서 하고 사진은 이따 건축사님과 옥상의 공중정원에서 찍도록 하겠습니다."

"네."

인터뷰 질문이나 분위기는 은호가 걱정했던 것만큼 어렵다거나 딱딱하지 않았다. 기자는 인터뷰가 처음인 은호를 위해 중간 중간 유머를 곁들인 질문과 음료를 권했고, 어떻게 시간이 흘렀는지 모를 정도로 인터뷰는 금방 끝이 났다.

"마지막으로 헤어진 부모님께 꼭 하고 싶은 이야기가 있다고 들었습니다."

"네. 아홉 살 때 헤어졌어요."

"아, 네."

"그 후로는 고모들과도 계속 연락이 닿지 않는 것 같아서, 혹시라도 제 인터뷰 기사를 보게 되신다면 제가 연락을 기다리고 있다는 사실을 꼭 알리고 싶었어요. 상황이 여의치 않으시다면 주변 분들을 통해서라도 어떻게 지내고 계시는지 건강하신지 정도라도 꼭 알 수 있었으면 좋겠어요."

말을 마친 은호는 조심스러운 눈길로 자신을 바라보고 있는 기자를 향해 싱긋 웃어 보였다.

"네. 그리고 연락받을 연락처는 신문사 전화번호로 남기겠습니다."

"네?"

"요즘엔 개인 연락처를 남기면 장난 전화나 사기 전화 같은 것도 많이 간다고 하더라고요."

"아, 네. 그럼 그렇게 해 주세요."

"그리고 이건 개인적으로 궁금한 건데, 조경을 전공한다고 들었는데 혹시 나중에 기회가 된다면 건축사님과 팀으로 일을 할 계획도 있으신지 궁금하네요."

"글쎄요. 아직 거기까지 생각을 해 본 적이 없어서."

"그래요? 차주원 건축사님은 함께 일하고 싶다고 하셨는데. 능력 있는 조경사를 미리 점찍어 둘 수 있어서 아주 행복하다고까지 하셨습니다."

기자가 자신의 수첩과 녹음기 등을 주섬주섬 챙기며 말했다.

"그럼 그만 자리를 옮기셔서 공중정원에서 사진 촬영을 계속 진행하시죠."

"네."

은호는 기자와 함께 엘리베이터를 타고 옥상으로 향했다.

옥상에서는 벌써 주원의 사진 촬영이 진행되고 있었다.

"건축사님 개인 컷 먼저 촬영하고 조금 있다 두 분 함께 촬영하겠습니다."

"네."

은호는 나무 의자에 앉아 사진을 찍고 있는 주원의 모습을 바라보았다. 자연스럽게 카메라를 바라보는 그의 근사한 모습이 마치 자신이 쉽게 다가갈 수 없는 사람처럼 느껴졌다. 하긴 아주머니가 아니었다면 지금처럼 그녀가 주원과 알고 지낼 수는 있었을까? 운이 좋아 주원이 건축하는 건물의 조경 일에 그녀가 참여할 수 있게 되었다면 인사를 나누는 정도로 알고 지낼 수는 있었을지 모르겠지만 주원에게 청혼을 받는 일 같은 건 꿈에서도 일어나지 않았을 것이다.

"우와, 완전 화보네."

"진짜 화보 제의 한번 해볼까?"

여기저기에서 들려오는 나직한 감탄사와 함께 주원을 대단하다는 눈길로 바라보고 있는 촬영 팀의 시선에 은호는 점점 작아지고 있는 자신을 발견했다. 하지만 곧 씩 웃으며 그런 기분 따위는 날려 버리기로 마음을 바꿨다. 스스로를 초라하고 가치 없게 여기는 사람이라면 주원도 좋아할 리가 없을 것이기 때문이다. 은호는 깊게 숨을 들이마신 뒤 하늘을 향해 고개를 든 채 살며시 눈을 감았다. 햇볕이 참 따듯했다.

"은호야."

그때 갑자기 등 뒤에서 누군가 그녀를 끌어안는가 싶더니 귓가에 나직한 목소리가 들려왔다. 주원이었다.

"무슨 재미있는 생각을 그렇게 하고 있는 거야?"

"네?"

"나도 같이 웃자."

"오빠."

은호는 주원에게만 들릴 정도로 작은 소리로 그를 불렀다.

"왜?"

"사람들이 이렇게 많은데, 여기에서 이러시면 어떻게 해요?"

"뭐가 어때서?"

그의 목소리도 덩달아 작아졌다.

"여긴 공공장소고 다른 사람들은 모두 열심히 일을 하고 있는데, 이런 곳에서 우리가 이러면 사람들이 오빠를 어떤 사람으로……."

"은호야, 이제 저쪽 보고 자연스럽게 웃어."

주원이 공중정원의 오른쪽을 손가락으로 가리켜보였다. 주원이 가리키는 곳으로 고개를 돌린 은호의 시선에 자신들을 향해 카메라를 들이밀고 열심히 셔터를 누르고 있는 기자가 보였다.

"오빠!"

"왜?"

"미리 말씀을 해 주셨어야죠."

"자연스럽게 찍는 게 좋을 것 같아서."

"아무리 그래도……."

은호는 화를 낼 수도 그렇다고 웃을 수도 없는 상황에 볼 근육이 이상하게 실룩거리는 걸 느꼈다.

"봐, 금세 표정이 어색하게 굳잖아. 게다가 너 안면 홍조도 있다면서?"

"아무리 그래도……."

"나랑 둘이만 있다고 생각하고 편하게 웃어."

주원의 말에 은호는 싱긋 웃고 말았다. 그 순간 카메라의 셔터를 바쁘게 누르는 기자의 입가에도 흐뭇한 미소가 번지고 있었다.

"아주 예뻐."

갑작스런 주원의 칭찬에 은호는 볼이 따끔거리는 것 같았다.

"그런데, 아버지 인터뷰 소식은 들으셨어요?"

"응?"

너무 행복한 순간이라 이 순간이 영원히 깨지지 않았으면 좋겠다고 생각을 하면서도 은호는 주원이 걱정됐다. 그의 아버지는 그들의 결혼에 대해서는 알고 있는 건지, 그리고 지금 자신과 함께한 인터뷰 기사가 신문에 실려 혹시라도 나중에 그에게 다른 어려움이 생기는 것은 아닌지……. 이제 그녀는 같은 상황 속에서도 자신이 아닌 주원을 먼저 생각하기 시작하고 있었다.

"어떻게 알았어?"

주원의 얼굴에서도 미소가 사라졌다.

"신문사 직원한테 들었어요."

"그랬구나."

"오늘 저랑 인터뷰 같이하는 거 아버지도 알고 계세요?"

"그런 거 허락받아야 할 정도로 어린 나이 아니야."

"하지만 결혼은 다르잖아요."

"뭐가?"

그의 눈빛에서 온기가 사라졌다. 그녀가 예전에 알던 주원으로 다시 돌아간 것 같았다.

"걱정할 필요 없어. 그리고 우리 혼인 신고 먼저 하자."

주원의 말에 은호는 나직하게 한숨을 내쉬었다.

"아버지 의식해서 그러시는 거라면 전 싫어요."

은호는 고개를 흔들었다.

"어차피 우리 두 사람이 다 찬성한 일이고. 난 더 시간 끌고 싶지 않아."

"전 적어도 오빠가 아버지께 숨기는 그런 사람이 되고 싶지는 않아요. 그리고 어차피 언젠가는 아시게 될 텐데, 아버지께서 반대를 하신다고 해도 미리 알려는 드려야 한다고 생각해요. 오빠 아버지시잖아요."

은호는 주원의 팔을 잡았다. 두 사람의 시선이 다시 만나는 순간 그가 나직하게 입을 열었다.

"네가 생각하는 것만큼 단순하지 않아."

"전 오빠 한 사람만 보고 지낼 수 있어요. 하지만 그럴 수 없는 사람은 오빠예요."

은호는 눈으로 애원했다. 부모를 잃는다는 거, 살아 계셔도 만나지 못하고 살아간다는 고통을 겪는 건 자신 혼자만으로도 충분했다. 그가 자신으로 인해서 그런 고통을 선택하는 상황을 지켜보고 싶지 않았다. 그의 청혼을 받아들인 것은 그를 위해서지 절대 그를 힘들게 하기 위해서는 아니었다.

"그 얘기는 나중에 하자. 사진은 웃으면서 찍어야지."

"전 오빠가 정말 행복했으면 좋겠어요. 아주머니도 그걸 바라셨을 거예요."

"그만하고 웃어, 은호야."

하지만 은호는 주원의 말대로 더 이상 활짝 웃는 사진을 찍을 수 없었다. 몇 컷의 사진을 더 찍은 뒤 주원은 기자와 할 얘기가 아직 남았다며 다시 사무실로 내려갔고, 은호는 처음 주원을 기다리던 층으로 다시 내려가 기다리기로 했다.

내려오는 동안 그녀는 그의 아버지가 자신을 어떻게 생각하고 있을지보다, 지금 주원과 아버지의 사이가 어떤지가 더 궁금해졌다. 그의 이번 귀국은 아주머니의 기일에 맞춘 것일 뿐이었다. 그러니 귀국 전에 아버지와 결혼에 대해 이야기했을 리가 없다는 사실은 너무나 분명했다. 만약 그가 자신과의 결혼을 결정한 이후 결혼 계획을 아버지께 알렸다면 조금 전과 같은 반응을 보이지는 않았을 것이다. 축복은 아니더라도 아버지께 알리지도 않은 결혼이라면 그에게는 두고두고 마음에 걸리는 일이 될 것이었다.

은호는 이번 일로 오해가 쌓여 그가 아버지와 멀어지는 것은 아닌지 걱정이 됐다. 어떤 경우에도 자신 때문에 그가 힘들어지는 상황은 원하지 않았다.

"촬영 다 끝나셨어요?"

사진 촬영 전 그녀에게 차를 가져다주었던 여직원이 은호가 자리에 앉기가 무섭게 다시 다가와 말을 걸었다.

"네."

"그런데 조금 전에 차주석 건축사님이 보내셨다는 어떤 여자 분이 저희 신문사로 찾아오셨어요."

"네?"

"지금 팀장님 방에 계세요."

은호의 시선이 팀장실이라고 적혀 있는 문을 향해 재빨리 움직였다.

"꽤 미인이시던데, 혹시 누군지 아세요?"

"글쎄요."

"분위기가 비서나 뭐 그런 사람은 아닌 것 같던데."

"……"

"그런데 비서가 아니라면 오늘 승낙 전화를 주신 건축사님이 누구를, 왜 저희 신문사에 보내신 걸까요?"

은호는 좀처럼 지금의 상황이 머릿속에서 정리가 되질 않았다. 주원과의 결혼도 실감이 나지 않고 있는 상황에 그의 아버지와 그의 아버지가 보낸 누군가라니……. 그런데 그 순간 팀장실의 문이 달칵 열리고 있었다. 은호와 여직원은 소리 죽여 그곳을 응시했다.

"제가 미리 연락도 안 드리고 이렇게 불쑥 찾아와서 업무에 방해가 됐던 건 아닌지 모르겠어요."

"절대 그렇지 않습니다."

문을 열고 걸어 나오고 있는 여자의 모습을 확인한 순간 은호의 눈이 놀라움으로 휘둥그레졌다.

"왜 그러세요?"

은호의 표정을 살피던 여직원이 나직한 목소리로 물었다.

분명 납골당에서 봤던 그 여자였다. 오늘은 화사한 분홍색 원피스에 흰색 볼레로 차림이었지만 매끄럽게 풀어 내린 긴 생머리는 그날과 같은 모습이었다. 그녀가 왜, 어떻게 지금 저곳에서 나오고 있는 것일까?

"조금 있으면 차주원 건축사도 인터뷰가 다 끝날 것 같은데 기다렸다 같이 식사라도 하고 가시죠."

"말씀은 정말 감사한데, 주원 씨한테는 오늘 제가 이곳에 왔었다는 거 비밀로 해 주세요."

여자가 집게손가락을 자신의 빨갛고 도톰한 입술에 가져다 대고는 싱긋 웃었다.

"네?"

"나중에 알고 깜짝 놀라는 모습 보고 싶어서요."

"아, 하하하."

"오늘 정말 감사했어요. 다음에 제가 근사한 곳에서 식사 대접할게요. 그리고 저희 부모님께도 오늘 제게 어떻게 해 주셨는지 꼭 말씀 전해 드릴게요. 좀 전에 말씀하셨던 그 광고 건도 제가 얘기하면 아마 들어주실 거예요."

"세림 조경에서 그렇게만 해 주신다면 저희야……."

"괜찮으세요?"

여직원이 은호의 팔을 살며시 부축하려는 것이 느껴졌다. 그리고 그 순간 세라와 은호의 시선이 정확히 맞부딪혔다.

밝고 화사하게 웃고 있던 세라의 얼굴에서 서서히 미소가 사라지더니 묘한 표정이 자리 잡았다.

'하, 어떻게……?'

주원과 마주치기 전에 빨리 돌아가려고 했던 세라의 계획에 갑자기 차질이 생겼다.

여자들은 본능적으로 자신의 적을 알아보게 마련이었다. 그런데 채은호, 이 아이는 정말 주원을 욕심내고 있는 아이가 맞는 것인지 의심스러울 정도로 반응이 어정쩡했다. 주원의 아버지를 통해 은호가 살고 있다는 집은 쉽게 알아낼 수 있었다. 그리고 며칠간 지켜본 바에 의하면, 영악하게 자신의 자리를 지킬 줄도 모르는 아이 같았다.

감히 차주원을 욕심낸다기에 어떤 아일지 긴장했던 마음이 어이없는 웃음으로 바뀌었다. 그런데 고작 이런 아이가 주원을 붙잡을 수 있었다니……. 물론 주원의 마음이 언제까지 그 집에, 이 아이 곁에 머물러 있을지는 모르겠지만.

처음 주원을 멀리에서 봤을 때 세라는 그가 자신이 가야 할 길에 서 있는 사람이 아니라는 사실을 본능적으로 알 수 있었다. 하지만 지금껏 자신이 쉽게 가질 수 있는 것은 아무것도 없었다. 심지어는 부모님의 사랑까지도.

그녀는 지금껏 어느 한 순간도 정상적으로 살아본 기억이 없었다. 그녀가 알고 있는 행복이란 종이 위에 적힌 글자로 읽어본 것이 다였다. 어린 시절의 기억엔 줄곧 증오와 저주가 담긴 욕설, 그리고 폭력이 난무했다. 단 하루도 술에 취하지 않은 아버지의 모습을 본 기억이 없을 정도였고, 어머니는 툭하면 어린 그녀를 혼자 두고 며칠, 혹은 몇 달간 집에 돌아오지 않았다.

중학교 시절 부모님의 이혼이 결정된 뒤 어느 한쪽과도 함께 살지 않고 고아원으로 보내지는 것에 은근한 안도감까지 느꼈을 정도였다. 헤어짐에 두려움이 없었던 건 아니었지만 이제 애정 없는 매질도, 자신을 원망하는 듯한 어머니의 분노도, 언제 해결될지 모르는 지독한 생활고도 끝이라는 생각에 마음이 놓이기까지 했다. 그땐 정말 아무것도 기대하지 않는다면 더 이상 실망도 절망도 없을 것이란 생각뿐이었다.

하지만 고아원에서의 생활 또한 그녀에게는 그리 만만한 것이 아니었다. 눈에 띄는 외모에 기존 원아들이 그녀를 대놓고 따돌렸고, 남자 직원들 중에는 기회가 있을 때마다 그녀의 몸을 은밀하게 어루만지는 사람도 있었다. 이 세상에 어느 누구 하나 그녀의 심정을 알아주는 사람이 없는 것 같았다. 몇 날 며칠을 고민하다 누군가에게 괴로움을 털어 놓으면 마치 모든 원인이 그녀에게 있었던 것처럼 오히려 그녀에게 이유를 따져 묻거나 고아원에 해가 될까 문제를 쉬쉬했다. 그때는 끝없이 이어지는 불행을 모두 겪는 것이 자신의 남은 일생일 것만 같았다.

그때 그분이 그녀의 손을 잡아 주지 않았다면 그녀는 진즉 이 세상 사람이 아니었을지도 모른다. 그런데 하나를 가지니 그동안 갖지 못했던 것들에 대한 분노가 솟구쳤다. 이유 없이 서러움과 억울함이 복

받쳤다. 게다가 그녀가 욕심내면 그 욕심을 받아주는 사람도 생겼다. 그쯤 그녀의 눈에 주원이 들어왔다. 언제 또다시 버려질지 모른다는 막연한 두려움 속에서 몸부림처럼 차주원이라는 남자를 욕심내 보았다. 그를 가질 수만 있다면 자신의 불행은 이제 끝일 거라는 생각에 오기까지 생겼다.

그래서 그가 자신을 사랑하지 않는다는 걸 알면서도, 누군가의 대용품으로 자신을 대하고 있다는 사실을 알고 있으면서도 실망하고, 원망하면서 그를 의지했다. 그렇게라도 그에게 관심받고 중요한 존재로 여겨지는 것조차도 그녀에게는 기쁨이었고 설렘이었으니까. 사실 그녀가 어머니라 부르고 있는 그분에게조차 그녀는 처음부터 대용품이었으니까……. 모두 알고 있었지만 처음 느껴보는 행복이었기에 다시는 잃고 싶지 않았다. 대용품 자리마저도 진심으로 행복했다. 절대 빼앗기고 싶지 않았다.

어쩌면 그의 마음만 변하지 않았다면, 대용품으로도 만족하는 그녀에게 질리지 않았다면 그녀도 한눈팔지 않을지 모른다. 하지만 그는 그녀가 죽을힘을 다해 그의 어머니를 흉내 내고 있다는 사실에 점점 몸서리쳤다. 하지만 그녀는 달리 그의 관심을 사는 방법을 몰랐다. 사람과 사람 사이에 자연스럽게 이어지는 감정의 변화에 어떻게 반응해야 하는지 알지 못했다. 부모와도 온전한 교감을 나누지 못했던 그녀였기에 관심이 사라지면 그다음에는 증오와 원망만이 남을 것이라 여겨졌다.

이미 성인이 되었지만 그녀 안의 자아는 아직도 어린아이인 것 같았다. 욕설도 폭행도, 그다음에 이어질 버려짐도 모두 두려워하고 있는……. 이번에 버려지면 정말 자신이 사라져 버릴 것만 같았다. 홧김에 그와의 결별을 받아들였지만, 그 실수를 두고두고 후회하고 있었다.

　그의 아버지가 알려주신 그의 귀국 소식에 그녀도 부랴부랴 귀국을 했다. 그리고 자신을 돌봐준 그분(지금의 어머니)도 그녀가 납골당에 오는 걸 원치 않는다는 것을 알면서 며칠 전 납골당까지 따라나섰다. 예상했던 것처럼 그곳에서 주원과 함께 있는 은호를 발견할 수 있었다. 은호가 무언가를 두고 간 듯 다시 계단을 올라오는 모습을 확인한 순간 그녀는 아무 생각 없이 연기를 시작했다. 할 수만 있다면 어떻게든 은호를 뒤흔들고 싶었다. 그녀에게는 주원이 너무 간절하고, 동시에 어려운 대상이었기 때문이다.

　하지만 얼마 후 그들은 다시 손을 잡고 납골당을 내려갔다. 자신은 그토록 발버둥 쳐도 가질 수 없는 걸 다른 누군가는 너무 쉽게 가질 수 있다는 것이 그녀의 의지를 더욱 불타게 만들었다. 왜 자신만 항상 혼자여야 하는 것인지, 왜 이런 자신을 세상에 태어나게 한 것인지 하늘이 원망스러웠다.

　오늘은 그의 아버지 인터뷰 소식을 듣고 한번 들러 보려던 참이었다. 그리고 내가 차주석 건축사의 며느리가 될 사람이라는 사실도 알려두고 싶었다. 주원과 함께 인터뷰를 하러 올 아이는 주석이 반대하고 있는 근본도 모르는 아이며, 주원도 아버지 뜻에 반항하느라 마음에도 없는 아이를 이용하고 있는 것뿐이라고. 주석은 세림 조경 사장 부부의 딸인 자신과 조만간 인터뷰를 하러 올 것이라는 사실도 분명하게 알려두고 싶었다. 그런데 뜻하지 않게 저 아이와 마주치고 말았다. 하필 오늘로 주원의 인터뷰 날짜가 바뀌어 버린 것이다. 그런데 문득 주원이 왜 저 아이와 결혼을 하려는 것인지 이유가 궁금해졌다. 단순히 유산 때문에 저런 아이와 결혼을 하려 한다는 사실은 좀처럼 납득이 되질 않았다. 하지만 주원이 왜 저 아이를 선택했는지에 대한 이유 따위와 상관없이 저 아이가 한없이 실망하고 좌절하고, 두려움에 떨며 도망치는 모습이 보고 싶어졌다. 감히 그녀의 것을 넘본 죄로 세상에 얼마나 여러 가지 고통이 있는지 모두 맛보게 해 주고 싶었다.

"전 지금 밖에 차가 기다리고 있어서요."

"아, 네."

은호는 여자를 바라보았다. 인형처럼 예쁜 얼굴에 화사한 미소를 띠고 있었지만 표현하기 힘든 이상한 기분이 들었다. 주원은 자신이 결혼을 생각할 만큼 사랑했던 여자가 없었다고 분명하게 말했다. 은호는 주원의 말을 믿었다. 먼저 결혼을 요구했던 쪽도 그녀였고, 그들이 절절하게 사랑해 결혼을 하는 것도 아니니 그가 그녀에게 거짓말을 할 이유는 없었다. 하지만 그 말은 반대로 설령 그가 거짓말을 했다 해도 그의 과거에 대해서 그녀가 집요하게 물고 늘어지거나 질투할 자격이 없다는 얘기이기도 했다. 하지만 은호는 너무 깊게 생각하고 싶지 않았다. 주원이 거짓말을 하지 않았다면 그녀가 신경 쓸 필요도 없는 사람이었다.

"다음에는 차주석 건축사님과 함께 찾아뵙겠네요."

여자가 싱긋 웃었다.

"저희는 그날을 기다리고 있겠습니다."

"그럼 그만 가볼게요."

팀장의 배웅을 받으며 여자가 출입문을 나섰다.

"잠깐 앉으세요."

세라가 사라졌지만 은호는 계속 출입문을 바라보며 서 있었던 모양이다. 여직원이 다시 은호의 팔을 부축하려는 것이 느껴졌다.

"괜찮아요."

"아까 그 여자 분이 세림 조경 사장 딸인가 보네요."

여직원도 도대체 무슨 일인지 모르겠다는 듯 고개를 갸웃거렸다.

"은호야."

여직원이 물을 가져다주겠다며 어딘가로 사라진 틈에 주원이 그녀 앞에 나타났다.

"오빠."

"이제 다 끝났어. 그만 가자."

"네."

은호는 주원과 함께 인터뷰와 사진을 찍어 줬던 기자에게 인사를 한 뒤 신문사 건물을 나섰다. 여자가 사라진 뒤로 집에 도착할 때까지 계속 묘한 기분이 은호의 마음을 괴롭혔다. 하지만 주원에게 섣불리 이야기를 하고 싶지는 않았다.

주원은 은호를 집까지 데려다 준 후 볼일이 있다며 다시 외출을 했다. 지난 1년간 혼자 지내왔던 집인데 은호는 이제 혼자인 게 낯설게 느껴졌다. 대충 저녁을 해결하고 다시 정원으로 나온 그녀는 아침에 열어 두었던 온실의 문을 닫은 뒤 온실 주변에 은은하게 퍼지고 있는 호랑가시나무의 꽃향기를 맡으며 금송 앞으로 걸어갔다. 나무 아래 신발을 벗어두고 주원이 앉았던 자리에 앉아 무릎을 끌어안았다. 그냥 혼자 앉아 있는데도 마치 곧 돌아올 주원을 기다리고 있는 것처럼 기분이 묘하게 설레었다.

그때였다. 대문에서 초인종 소리가 울렸다. 은호는 자리에서 벌떡 일어섰다. 주원이 돌아왔다는 생각만으로도 가슴이 두근거렸다. 누군가 이 집으로 돌아올 사람이 있다는 사실이 이렇게 행복할 줄이야. 그녀는 신발도 신지 않고 잔디를 밟으며 대문 앞까지 달려갔다.

"누구세요?"

"나."

"……?"

"문 열어!"

당연히 들려올 줄 알았던 주원의 목소리 대신 들려온 것은 태웅의 목소리였다. 은호는 자리에 얼어붙었다.

"무슨 일이에요?"

"문 열라고."

"……."

"안 열면 부수고 들어간다."

"그러면 경찰 부를 거예요."

"주원이 형에 관해 할 얘기가 있어. 그러니까 좋게 말할 때 문 열어."

은호는 잠시 망설였다. 지금껏 태웅과 얼굴을 보며 이야기를 나누어서 좋았던 기억은 없었다. 하지만 이대로 두었다가는 늦은 시간에 이웃에게 피해를 주게 될 것 같아 마지못해 대문을 열었다.

"무슨 얘긴데요?"

"너 정말 이딴 식으로 나올래?"

대문을 열고 집 안으로 들어서자마자 꽝 소리가 나게 문을 닫은 태웅이 거칠게 은호의 어깨를 움켜잡았다.

"흥분하지 말고 얘기해요."

은호는 침착한 목소리로 말한 뒤 태웅을 쏘아보았다.

"네가, 감히 네까짓 게 뭐? 내 형수가 된다고?"

"……."

"어디에서 굴러먹다 온 줄도 모를 너 같은 게, 감히……."

"겨우 그런 얘기하려고 이렇게 늦은 시간에 온 거예요?"

"겨우 그런 얘기? 너 도대체 주원이 형한테 무슨 짓을 한 거야? 큰어머니도 모자라 주원이 형한테까지 무슨 수작을 부리고 있는 거냐고?"

은호는 반대편 손으로 자신의 어깨를 움켜잡고 있는 태웅의 손을 밀쳤다.

"우리 솔직하게 얘기해 보자. 너 진짜 원하는 게 뭐야?"

"원하다니요?"

"큰어머니 유산 중 어느 정도나 네 차지가 되면 성이 차겠냐고?"

태웅이 악다문 어금니 사이로 으르렁대듯 말했다.

"어차피 유산 아니었으면 주원이 형이나 너나 이렇게 갑자기 결혼을 결정할 이유가 전혀 없잖아. 그런데 주원이 형이 너랑 결혼하면 그 유산을 너한테 줄 거 같아? 차라리 나랑 얘기하자. 내가 네가 원하는 조건에 최대한 맞춰서……."

"세상을 자기가 보고 싶은 대로만 보는군요."

"이 계집애가."

한 대 치려는 듯 태웅이 손을 들어 올렸다. 그의 큰 덩치가 위협적이긴 했지만 태웅이 무섭진 않았다. 오히려 저 나이가 되도록 변변한 직업도 없이 빈둥거리고 있는 모습이 한심하고 불쌍해 보일뿐이었다. 그래도 할 수만 있다면 그와 마주치는 일은 가급적 피하고 싶었는데…….

"전 아주머니 유산에 관심 없어요."

"훗."

태웅의 번들거리는 얼굴에 기분 나쁜 비웃음이 번졌다.

"그럼 주원이 형을 사랑하기라도 한다는 거야? 너야 그렇다고 쳐도 주원이 형이 널? 푸하하하. 지나가던 개가 다 웃겠다."

"주원이 오빠가 저한테 청혼했어요. 정식으로……."

은호는 태웅의 눈앞으로 반지 낀 손을 들어 올렸다. 눈을 가늘게 뜨고 반지를 바라보던 태웅이 들어 올렸던 자신의 손으로 은호의 손목을 움켜잡았다.

"좋아, 다 좋다고."

태웅은 숨을 고르듯 한동안 천천히 숨을 내쉬었다. 그리고 은호의 손목을 집어 던지듯 놓아준 뒤 자신의 재킷 안주머니에서 사진 한 장을 꺼내 그녀에게 내밀었다.

"정말 이 방법은 안 쓰고 싶었는데."

"뭐예요?"

"받아."

"뭐냐고요?"

"직접 보고 얘기해."

은호는 사진을 건네받았다. 사진을 바라본 순간 그녀의 미간이 깊게 구겨졌다. 마치 그녀의 마음을 대변이라도 하듯 한순간 강한 바람이 불어와 사진을 마구 흔들었다. 은호는 사진을 놓치지 않기 위해 손가락 마디가 하얗게 질릴 정도로 손에 힘을 주었지만 이내 눈을 감고 진저리를 치듯 머리를 흔들고 말았다.

사진 속에서 딱딱하게 굳은 표정으로 그녀를 바라보고 있는 아빠는 낡고 군데군데 찢긴 옷을 입고 검게 그을린 어깨를 힘없이 아래로 축 내리고 있는 모습이었다. 그녀의 기억 속 모습보다 너무 늙고 지쳐 보였지만 사진 속의 남자가 아빠라는 사실에는 조금의 의심도 들지 않았다. 그녀가 지난 10여 년간 그토록 찾아 헤맸던 아빠를 태웅은 도대체 어디에서 찾아냈단 말인가?

"어디에서 난 거예요?"

"궁금하지?"

은호는 태웅을 뚫어지게 응시했다.

"네가 먼저 내 조건을 들어주면 말할 건데."

"조건이라니요?"

그녀의 질문에 태웅이 눈썹을 들어 올리며 씩 웃어보였다.

"주원이 형이랑 헤어져, 그리고 이 집에서도 사라져."

그 순간 은호는 피식 웃음을 흘리고 말았다. 처음 태웅이 찾아온 걸 안 순간부터 그의 입에서 이 말이 튀어나오리란 건 이미 예측하고 있었기 때문일 것이다.

"왜 웃어?"

"그냥, 웃겨서요."

"언제까지 웃을 수 있나 지켜보지."

태웅의 얼굴에서 웃음기가 사라졌다.

"내가 주원 오빠랑 헤어지면 절 우리 아빠가 있는 곳에 데려다 주실 건가요?"

"원한다면 얼마든지."

"이 사진은 누가 언제 찍은 거죠?"

"그걸 지금 말해 주면 재미가 없지."

"언제 찍은 건지 정도는 말해 줘야 하는 거 아니에요? 옷차림으로 봐선 최근에 찍은 사진 같지는 않은데."

그녀의 지적에 태웅은 아무 말 없이 그녀의 손에서 사진을 낚아채 갔다. 자신의 손에서 벗어난 사진을 향해 반사적으로 손을 들어 올렸던 은호는 사진이 태웅의 주머니 속으로 들어가 버리자 허공을 움켜잡았다.

"어떻게 할래?"

"……."

"내일까지 시간을 주지."

은호의 굳은 표정을 바라보던 태웅의 입가가 만족스러운 듯 말려 올라갔다.

"사진은 주고 가도 되잖아요."

"내가 왜?"

"그쪽한테는 필요 없는 사진 아니에요?"

"내가 얼마나 힘들게 구한 사진인데, 너한테 그냥 넘겨 줄 수는 없지 않겠어? 내일 대답하면 그때 줄게."

은호는 태웅을 노려보았다.

"잘 생각해 보라고. 내일은 전화로 연락할게. 지금 이 시간쯤. 그러니까 네가 전화 꼭 받아."

태웅은 여유롭게 손을 흔들어 보인 뒤 대문을 나섰다.

태웅이 사라진 뒤에도 은호는 아무 생각도 들지 않았다. 아니, 아무 생각도 하고 싶지 않았다. 단지 밤바람이 너무 상쾌하다는 생각뿐이었다. 또 하늘은 구름 한 점 없이 너무 맑았다. 은호는 아무 일 없었던 것처럼 다시 금송 앞으로 천천히 걸음을 옮겼다. 자신이 벗어둔 신발 앞에 도착한 그녀는 바닥에 주저앉았다 이내 몸을 웅크리고 누웠다. 잔디의 뾰족한 이파리가 맨 살에 파고들어 따끔거렸지만 아무것도 느끼지 못하는 사람처럼 그렇게 비스듬히 누워 하늘을 바라보았다. 티 하나 없이 깨끗한 하늘의 별들이 강강술래라도 하는 듯 뱅글뱅글 돌기 시작하는 것 같았다. 그녀는 주원이 끼워준 반지를 오른손으로 움켜쥐고 천천히 눈꺼풀을 내렸다.

✼ ✼ ✼

주원은 테이블을 사이에 두고 맞은편 자리에 팔짱을 끼고 앉아 있는 아버지를 바라보았다. 진갑(進甲)의 나이나 일 중독자란 타이틀에 비해 외모와 스타일은 매우 패셔너블했지만 표정에는 예전과 변함없는 고집과 거만한 냉기가 흐르고 있었다.

"안 들어오실 줄 알았어요."

"그럴 뻔했지."

"요즘도 많이 바쁘시죠?"

"항상 그렇지."

여전히 아버지의 얼굴에는 표정이 없었다. 예전부터 아버지는 반가워도, 화가 나도, 지루해도 표정에 변화가 없었다. 지금도 그렇다. 불쑥 사표를 던지고 출국해 버린 아들에게 이제껏 전화 한 통이 없다가 오늘 자신도 입국했다며 연락을 해왔다. 그렇다고 그에게 따지거나 보고 싶어서 부른 것 같지도 않았다. 하지만 주원이 더 이상 궁금함을 참지 못하고 먼저 입을 열었다.

"뵙고 오시는 길이세요?"

"그래."

이미 카페 밖에는 어둠이 쌓이고 있었다. 주원은 평생 어머니를 외롭게 하고 첫 번째 기일조차 챙기지 못하는 아버지의 모습에 적잖게 실망하고 있었는데, 늦게라도 귀국해 어머니를 뵙고 왔다니 그나마 실망이 좀 가시는 것 같았다.

"인터뷰 얘기 들었어요."

"그래?"

"왜 갑자기 마음을 바꾸신 거예요?"

"그러는 너야말로 왜 그런 짓을 벌이려는 거냐?"

"그런 짓이라니요?"

"세라가 많이 서운한 모양이더라."

"아버진 저와 있으면 세라 이야기 말고는 다른 할 얘기가 없으세요?"

아버지는 세라를 통해 은호의 이야기를 전해들은 것이 분명했다. 이미 짐작하고 있던 상황이었기에 주원도 흔들림 없이 아버지의 얼굴을 응시했다.

"세림 조경이 주식회사로 바뀔 모양이더구나, 하긴 규모가 그렇게 커지고 있으니."

"아버지가 조경에 그렇게까지 관심 가지고 계신 줄을 몰랐네요."

"건축가가 조경에 관심이 없을 수가 있나."

아버지는 테이블 위에 놓여 있던 커피 잔을 들어 올려 입술로 가져가며 시선을 창밖으로 움직였다.

"건축의 완성은 조경이 아니겠니?"

"그래서요?"

"난 네가 나처럼 아무것도 없는 모래밭에서 시작하지 않길 바란다."

그도 아버지가 아무런 연고도 없는 영국으로 공부를 하러 떠났다 정착을 했다는 사실은 알고 있었다. 아는 사람 하나 없고 말도 잘 통하지 않는 곳에서 처음 발판을 마련하는 일이 쉽지는 않았을 것이다. 하지만 아버지가 선택한 길이었고, 원했던 삶이었다. 가족 누구도 그가 그곳으로 떠나길, 정착하길 원하지 않았다. 물론 이제는 그도 자신이 걸어갈 길을 스스로 선택해서 걸어갈 것이지만.

"전 벌써 모래밭은 벗어난 것 같은데요. 그리고 제 이름만 들어도 사람들이 모두 차주석 건축사의 아들이라는 걸 알아 버리는데, 제가

201

원한다 한들 다시 모래밭으로 돌아갈 수나 있을까요?"

"건방진 놈."

"절 위해 세라를 선택하라는 말씀은 못 들은 걸로 하겠습니다."

"단도직입적으로 말하마. 세라와 결혼하면 서울에 지사를 내주겠다."

"……."

"이제 건축사사무실도 개인보다는 기업 형으로 바뀌고 있다. 그런데 인맥 하나 없이 혼자 자립하는 게 네 생각처럼 쉬울 것 같으냐? 하지만 세림 조경이 네 뒷배가 되어 준다면 한국에 본사를 능가하는 뉴라인 건축이 자리를 잡게 될 거다."

"제가 뉴라인을 물려받지 않겠다면요?"

"넌 결국 내 말에 따르게 되어 있어."

"어떻게 그렇게 쉽게 장담하세요?"

"네가 끝까지 내 말을 거역하겠다면 뉴라인 지사의 대표 자리를 태원이에게 맡길 생각이다."

"아버지 유일한 무기가 또 나오는군요."

주원은 나직하게 비웃음을 흘렸다. 뉴라인이 얼마나 대단한 회사인지, 얼마나 많은 아버지의 땀이 배어 있는 회사인지 주원은 누구보다 잘 알고 있었다. 하지만 그래서 그 회사에서 더 벗어나고 싶었다. 아버지가 원하는 설계의 완성은 자신의 아들이 자신이 이룩한 모든 것들을 물려받아 그 명성을 오래도록 이어가는 것이었다. 차주원이 아닌 차주석 건축사의 아들로 말이다. 주원은 아버지의 끝없는 욕망에서 벗어나고 싶었다. 더 이상은 아버지의 천부적인 능력과 환경을 물려받은 운 좋은 아들이 아닌 차주원이라는 이름으로 살아가고 싶었다.

"정말 상관없다는 거냐?"

"아버지."

주원이 부르는 소리에 주석이 아들의 얼굴을 똑바로 응시했다. 서늘한 눈빛이었다. 어릴 적엔 주원도 아버지의 그런 차갑고 권위적인 눈빛에 감히 거역이란 걸 생각조차 해보지 못했었다. 하지만 이젠 그 넓고 당당하던 아버지의 어깨가 자신보다 작게 보였다.

"정말 제가 아버지처럼 살길 원하세요?"

주원의 질문에 주석의 입가가 씁쓸함으로 그늘졌다.

"장례식 때 보셨잖아요. 은호, 그 아이와 결혼할 거예요."

"고작 외조부 건물 때문에?"

아버지의 눈가에 비웃음이 역력했다. 주원은 낮게 한숨을 내쉬었다. 언제부터인가부터 그가 느낄 정도로 어머니와의 사이가 틀어지기 시작하면서 아버지는 어머니와 관련된 모든 것으로부터 그를 떼어 놓으려 노력하셨다. 하지만 그럴수록 어머니에 대한 그의 그리움은 더 커지고 있었다.

"세라가 언제까지고 널 기다려 줄 거라고 생각한다면 네 착각이야."

주석의 시선은 주변의 모든 소음에서 벗어나 조용히 아들의 반듯한 외모를 쓰다듬고 있었다. 그에게 주원은 어디에 내놓아도, 누가 바라보아도 자랑스러운 아들이었다. 훤칠한 키에 반듯한 생김새, 자신을 빼 닮은 재능, 그리고 제 어머니를 닮은 마음 씀씀이까지 그 어느 것 하나 그의 마음에 차지 않는 것이 없었다.

하지만 아이러니하게도 다시 20대로 돌아갈 수 있다면 그는 결혼 같은 건 하지 않고 정말 오로지 자신만을 위해서 살아보고 싶었다. 이렇게 번듯한 아들을 다시 얻지 못한다 해도 말이다.

그에게 어린 시절이의 기억이란 추억이나 아련한 그리움과는 전혀

거리가 먼 우울함 그 자체였다. 그 시절 시골의 농사꾼 집안의 형편이 다 거기에서 거기였겠지만 그들 4형제를 낳아준 아버지는 선천적으로 몸이 약해 가족의 생계를 돌보는 일조차 변변히 할 수 없었다. 그래서 그는 뜻을 둔 공부에조차 전념할 수 없었다. 열 살 남짓부터 하교 후에는 남의 집 밭일이며 논일을 도와 가족의 생계를 도와야 했고, 밤에는 고작 서너 시간 눈을 붙이며 공부에 매진했다.

대학을 전액 장학금으로 졸업을 한 후 그는 건축사 공부를 하며 잠시 군청의 건축과 공무원으로 근무를 했다. 하지만 공무원 한 달 월급으로는 동생들 학비와 부모님 약값, 그리고 가족들의 끼니를 책임지는 것조차 버거웠다. 한눈 한 번 팔지 않고 퇴근 후에 아르바이트며 부업까지 해가며 근근이 몇 해를 버텼지만 형편은 좀처럼 나아지지 않았다. 오히려 동생들이 자랄수록 그의 어깨는 더 무거워지는 것 같았다. 마치 헤어 나올 수 없는 늪에 빠져 버린 기분이었다. 그때 다짐했었다. 누구보다 성공해 절대 돈 때문에 무언가를 포기하거나 누구 앞에서 비굴해지는 일 없이 살겠노라고.

그리고 그는 그 지독한 가난에서 벗어나기 위해 서울에서 현금 좀 만진다는 건설회사 사장의 딸과 맞선을 봤다. 그 결혼이 그가 찾은 첫 번째 탈출구이자 성공을 위한 첫 번째 계단이었던 셈이다. 그때 맞선 상대로 나왔던 여자가 바로 주원이 어머니였다. 첫 만남에서 아내가 고운 외모에 따뜻한 마음씨를 가진 좋은 여자라는 사실을 알 수 있었다. 그래서 미안했지만, 그래서 다행으로 여겨지기도 했다.

결혼 후 그녀의 내조 덕분에 그는 건축사 시험을 한 번에 합격했고, 조금 더 공부를 한 뒤 어렵지 않게 박사 학위까지 취득할 수 있었다. 그 후 장인은 하나뿐인 사위인 그에게 회사의 중역 자리까지 내주었다. 그 덕분에 그는 물론이고 그의 가족들 생활까지 풍족해져

갔다. 하지만 어디 사람의 욕심이 끝이 있겠는가. 몸의 고단함이 사라지니 곧 그가 접어 두었던 꿈이 다시 꿈틀거리기 시작했다. 얼마간 고민을 한 그는 영국으로 건너가 조금 더 공부를 하고 싶다는 뜻을 아내에게 내비쳤다. 그런데 그의 말을 듣고 있던 아내는 대답 대신 차분한 목소리로 아이를 가졌다고 말했다. 그 순간 그는 너무 놀라 아무 말도 하지 못했다. 지긋지긋한 가난에서 벗어나자 이번에는 아내와 실제 존재하는지 실감조차 나지 않는 아이가 다시 자신의 발목을 옭아매는 기분이었다.

그가 쉽게 마음을 접지 못하고 수개월간 괴로워하는 모습을 묵묵히 지켜보던 아내는 어느 날 그에게 아이 때문에 그의 꿈을 꺾을 수 없다는 걸 깨달았다고 말했다. 그렇게 임신한 아내를 홀로 남겨 두고 그는 영국으로 건너갔다. 너무나도 이기적인 남자였기에 가능한 무심한 선택이었다. 아니, 아내에게 어떤 마음도 주지 않았기 때문에 가능했던 선택이었는지도 모른다.

그가 처음 취직했던 꽤 규모가 큰 종합 건축 설계 사무실에 적응해 가고 있을 무렵 아내에게서 아들을 낳았다는 연락이 왔다. 하지만 그때도 그에게 아이는 여전히 그가 평생 짊어져야 할 또 다른 짐처럼 거북하게만 느껴질 뿐이었다. 그래서 서둘러 입국을 하지도 않았다. 그가 주원을 처음 본 것은 태어나고 100일이 되던 날이었다. 하지만 아내는 그에게 어떤 투정도 부리지 않았다. 차라리 투정을 부리고 화라도 냈다면 아내의 손을 따뜻하게 잡아주지 못했던 스스로에게 변명거리라도 있었을 텐데. 그리고 아내의 입을 막기 위한 억지 변명이라도 늘어놓았을 텐데······.

다행인지 불행인지 아이는 자랄수록 그를 많이 닮아갔다. 아내는 아이가 아빠를 많이 닮아 너무 사랑스럽고 행복하다고 말했다. 그럴

수록 그에게는 기쁨보다 미안함이 더 커졌다. 하지만 한국으로, 가족에게로 다시 돌아가고 싶진 않았다. 회사에서 독립해 작게 시작한 사무실이 빠르게 기반을 잡아갔고, 그의 실력을 인정해 일거리가 쏟아져 들어오기 시작했기 때문이다.

결국 그는 주원이 유치원에 입학을 하던 해에 아내에게 이혼을 제안했다. 어차피 가끔 아이의 안부를 묻는 통화가 전부인 부부사이였으니 아내는 당연히 받아들일 것이라고 생각했다. 하지만 그의 예상은 보기 좋게 빗나갔다. 여느 때처럼 아내는 차분한 목소리로 아이가 성인이 될 때까지 기다려 달라고 말했다. 그 어처구니없는 제안에 그는 어떤 대답도 하지 못했고 그것은 아내에게 무언의 긍정으로 전달이 되었다.

주원은 머리가 명석하고 여러 면에서 재주가 많아 점점 눈에 띄는 아이로 자라났다. 그런 아들은 이름뿐인 그들 부부에게 유일하게 함께 관심 갖고 기뻐할 수 있는 존재였다. 그 이유 때문만은 아니었겠지만 그쯤 넘쳐 나는 일 때문에 지치고 힘들었던 그에게 유일한 낙은 아들의 사진을 보는 일이었다. 더구나 아내는 주원이 그가 하는 일에 흥미를 갖기 시작했다는 소식까지 전해 왔다. 처음에는 부담스럽기만 했던 아들이었는데 그가 하는 일에 흥미를 가지고 소질을 보이기 시작했다니 아무것도 해 준 것이 없는 아버지였지만도 기특하고 가슴이 벅차오르기까지 했다.

점점 시간이 흘러 주원이 진로를 결정해야 할 나이가 됐을 때 아내는 주원의 타고난 재능을 그가 이끌어 줬으면 좋겠다고 제안했다. 그쯤 그도 이미 영국에서 이름을 떨치는 건축사가 되어 있었기에 아들이 기다리고 있었는지도 모른다. 아내가 아들을 얼마나 정성껏 키웠는지, 그리고 그녀에게 주원이 어떤 존재인지 너무나 잘 알고 있으면서도 그는 주원의 손을 덥석 잡았다. 자신보다 어린 나이에 재능을 보인 아들을 누구보다 더 뛰어난 인재로 크게 키우고 싶었다. 그리고 그가 누리지 못한 더 많은 것을 아들에게 누리게 해 주고 싶었다. 세상 어떤 부모도 그와 같은 마음이었으리라.

그렇게 주원의 스무 살이 되던 해 영국으로 데려오기 얼마 전 그는 아내와 법원에서 10여 년 만에 재회를 했다. 당시 아내는 지천명(知天命)을 바라보는 나이였음에도 여전히 소녀처럼 고운 외모에 우아한 미소를 가지고 있었다. 하지만 그게 살아생전에 마지막으로 보는 아내의 모습일지도 모른다는 사실을 그는 그때 이미 짐작하고 있었던 것인지도 모른다. 그래서 주원이를 바로 데려오지 않고 입학식 전날 혼자 오게 했다. 그렇게 이혼 수속을 마치고 함께 법원을 나오면서 그가 아내에게 마지막으로 물었던 말이 있다.

"나란 사람 참고 견뎌주기 힘들었을 텐데, 고작 몇 년의 신혼 생활이 당신을 지금껏 버티게 해 준 건가?"
"아니요. 당신이 제게 선물해 준 집에 있으면 당신이 곁에 없어도 당신에게 보호받고 있다는 느낌이 들었어요. 그리고 주원이에게는 누구보다 자랑스러운 아빠가 있었고, 아이랑 저는 그런 당신 그늘에서 늘 안전하고 행복했어요."

그는 그때야 알았다. 장인어른이 자신에게 자신들이 살 집의 도면을 부탁한 뒤 직접 완공을 해 놓고는 아내에게 그가 선물한 집이라고 거짓말을 했었다는 사실을……. 자신이 눈을 감는 순간까지 지켜주었던 것은 그가 아니라 자신의 아버지였다는 사실을 이제 그녀는 아버지에게 들어서 알고 있으려나.

사실 그녀가 생을 마감했다는 사실을 전해들은 순간 그는 망연자실하기도 했지만 한편으로는 그동안 자신을 짓눌러 왔던 미안하고 불편했던 감정의 숨통이 탁 터지는 느낌이었다. 그는 그녀에게 갚을 수 없는 빚을 지고 30년 세월을 살아왔다. 아내의 도움을 발판으로 그는 성공했지만 그로 인해 아내의 인생은 불행했다. 자신이 그녀에게 그럴만한 자격이 없는 사람이라는 사실을 그는 누구보다 잘 알고 있었다. 하지만 돌이킬 수 없는 일이었다. 아마 다시 그 시절로 돌아간다 해도 그는 똑같은 선택을 할지 모른다. 그렇기에 그가 느끼는 죄책감은 누구도 짐작할 수 없을 만큼 크고 무거웠다. 마치 스스로를 감옥에 집어넣은 피의자 같은 느낌이었다. 자신의 잘못된 선택으로 두 사람 모두가 불행했으니 어쩌면 그 죄의식은 당연한 것이었는지도 모르겠지만…….

그런데 아내가 세상을 떠난 뒤에도 태웅의 아버지인 둘째 동생 주철과 셋째 동생은 여전히 그에게 손 벌리며 어린아이가 사탕 요구하듯 징징거리기가 일쑤였다. 아내의 유품을 정리하다 동생들에게 일정 기간을 간격으로 도움을 줬다는 사실을 발견했지만 더 기가 막힌 것은 주철이 제 능력에 딸을 키우고 싶다며 쉽게 입양을 결정했다 파양을 했다는 소식이었다. 사업을 여러 번 실패한 것이야 타고난 재주가 없으니 인력으로는 어쩔 수 없었다지만 능력도 안 되는 녀석이 남들이 하는 것은 모두 해 보려고 한다는 생각 자체가 그를 화나게 만들었다.

아내는 그의 그림자 한 자락을 붙잡고 생의 끄트머리에서도 못난 시동생들 형수 노릇에 등골이 빠졌을 것이다. 그래서 장인어른 생전에 10여 채였던 건물이 지금은 고작 몇 채밖에 남지 않은 것이리라. 하지만 아내가 자신 몰래 끝까지 동생들을 도왔다는 사실에도 그는 화가 났다. 자신을 돌아보지 않는 남편, 게다가 이미 크게 성공했고 이혼까지 요구하는 남편의 동생들을 무슨 마음으로 뒷바라지를 했던 것인지 그녀의 속을 알 수가 없었다.

물론 세상에 자신처럼 냉정하고 욕망에 물불을 가리지 않는 사람만 존재하는 것은 아니겠지만 아내처럼 속을 알 수 없는 사람이 그는 더 무서웠다. 마치 자신이 떠나고 난 뒤에도 그가 남은 평생을 죄책감 속에서 살기를 바랐던 것만 같았다. 그리고 정말 아직도 그녀의 복수는 끝나지 않은 것처럼 그를, 그리고 주원의 주위를 맴돌고 있었다. 그는 아들의 얼굴을 물끄러미 바라보았다.

앞으로가 더 기대가 되는 녀석이었다. 그런데 아내는 자신을 꼭 빼닮은, 하지만 가진 거라고는 아무것도 없는 어린 계집아이를 주원이 곁에 붙여 두려는 말도 되지 않는 유언을 남겼다. 박 변호사를 통해 그 유언을 전해 들었을 때만 해도 주원이 그따위 유언에 흔들리지 않을 거라고 생각했다. 그리고 그의 아들답게 장례식이 모두 끝나고 영국으로 곧장 돌아왔다. 그런데 1년이나 지난 지금 이제와 그 유언의 뜻을 받아들이겠다니? 하지만 그가 어떻게든 막아낼 것이다.

사실 세라가 마음에 드는 것은 아니었지만 세라의 어머니를 만나고 난 뒤 그의 마음은 달라졌다. 영국에 자신을 만나러 왔을 때도 짐작할 수 있었지만 주원이와 결혼만 한다면 자신 소유의 세림 조경 지분 전부를 주원이와 딸에게 물려줄 생각이라고 말했다. 그는 그때 세라가 집안에서 어떤 대접을 받는 존재인지 짐작할 수 있었다. 그녀가 버릇이 없고 욕심이 지나친 것도 다 자라난 배경 때문일 것이라고 생각했다. 다만 세라가 조금만 더 괜찮은 아이였다면 더 이상 바랄 것이 없었겠지만 여자와 굳이 정이 없어도 그는 이렇게 잘 살아오지 않았는가. 주원이도 그를 닮아 모든 과정을 잘 헤쳐 나갈 것이다. 그는 아들을 믿었다. 그리고 인생에서 중요한 것은 여자가 아니라는 사실 또한 곧 알게 될 것이다. 녀석이 스스로 깨닫지 못한다면 그가 깨우쳐 주리라.

"세라와 다시 시작하고 싶은 생각 전혀 없어요. 세라와 다시 시작하느니 차라리 평생 혼자 살다 죽는 쪽을 택하겠어요."

주원이 자리에서 일어섰다.

"집에 가서 주무시지는 않으시겠죠?"

"그래, 세라가 호텔을 잡아 두었다는구나."

주석도 자리에서 일어섰다.

"대한 신문 인터뷰, 함께 인터뷰 할 사람을 한 명 추천하라고 하더구나."

"……."

"예비 며느리 가족과 함께하겠다고 신문사 측에 얘기해 뒀다."

주원이 주석의 눈을 똑바로 응시했다.

"제 인터뷰 기사가 먼저 나간다는 건 알고 계시겠죠?"

"네가 마음을 바꾸지 않겠다면 내 기사를 다음 달에 먼저 내달라고 말할 생각이다."

두 사람은 잠시 동안 아무 말 없이 서로를 바라보며 서 있었다.

"여자 하나가 잘못 들어와 집안 꼴이 엉망이 되는 경우도 있다더니……."

주석은 일부러 모진 말을 했다. 주원이 정도의 천부적인 능력을 지닌 아이가 여자에게 시간을 빼앗기며 살아가는 것은 정말 안타까운 일이었다.

"아버지의 독단이 더 문제라는 생각은 안 드세요?"

"차주원."

그는 나직한 목소리로 아들을 불렀다. 세상에 뜻대로 되지 않는 것이 자식이라고 했다. 하지만 그는 주원의 손을 놓을 수 없었다. 아내에게도 이 아이가 유일한 희망이자 전부였던 것처럼 이제 그에게도 아들은 세상의 전부였다. 그렇기 때문에 그는 아내의 그림자 같았던 아이를 더욱 허락할 수 없었다.

"넌 내게 정말 특별한 아들이다. 아니, 넌 내 모든 걸 물려받아야 하는 또 다른 나란 말이다."

"언제 출국하실 거예요?"

"그 고집은 여전하구나."

"어머닌, 아버지를 닮았다고 하셨는데……."

주원이 나직하게 중얼거렸다.

"네가 이렇게 나온다면 출국 전에 그 은호란 아이를 만나 봐야겠구나."

인물 인터뷰 기사는 매달 첫째 주 금요일에 실린다고 했다. 아버지의 기사가 먼저 나간다면 은호가 많이 실망할 것이다. 아니, 아버지와 인터뷰를 함께할 누군가 때문에 많이 놀라게 될 것이다. 하지만 그땐 이미 혼인 신고가 이루어진 후일 테니 아버지의 기사가 그들 사이에 문제를 만들 수는 없을 것이다. 그럼에도 주원은 좀처럼 쓸쓸한 마음이 가시질 않았다.

"세라는 데리고 오지 마세요."

"생각해 보마."

주석이 먼저 자리를 떠났다. 주원은 자신에게서 점점 멀어져 가는 아버지의 뒷모습을 한동안 바라보며 서 있었다. 아버지를 본 순간 다른 부자지간처럼 반가움에 포옹을 먼저 하고 싶었다. 하지만 아버지는 마음을 조여 매듯 단단히 낀 팔짱을 풀 생각조차 않고 자리에 앉아 있었다. 세라와 헤어진 뒤 그는 아버지와 더욱 멀어지고 있었다. 물론 그녀와의 문제 때문만은 아니었을 것이다. 하지만 이런 자신의 모습을 비웃기라도 하듯 세라는 아버지와 더욱 가까워지는 듯했다. 아버지의 그늘에서 벗어나 독립을 하는 것보다 아버지에게서 그녀를 떼어내는 일이 더 어렵게 되어버렸다니…….

커피숍을 나선 주원은 곧장 집으로 향했다. 은호가 잠들었을지도 모른다는 생각에 열쇠로 문을 열고 집 안으로 들어선 그의 시선이 저절로 달빛이 가장 잘 드는 곳에 서 있는 금송 쪽으로 향했다. 어머니가 돌아가시던 날 아침까지 직접 물을 주셨다는 은호의 말 때문인지 이유 없이 금송에 더 마음이 쓰였다. 금송으로 다가가는 그의 코끝을 정원 한쪽에 이르게 핀 병아리꽃나무의 향기가 살포시 간질였다. 이 정원의 모든 향기가 그에게는 어머니의 향기였다.

'어머니…….'

금송 가까이까지 걸어간 그의 눈에 그 아래 무언가 커다란 검은 물체가 놓여 있는 게 보였다. 주원은 좀 더 가까이 다가갔다. 보라색 카디건을 입은 은호가 몸을 잔뜩 웅크리고 잔디 위에 누워 있었다.

"은호야."

그가 불렀지만 은호는 아무런 대답이 없었다.

"채은호."

주원은 조심스럽게 은호의 어깨를 흔들어 보았다. 하지만 여전히 움직임이 없었다. 잔디 위에서 잠이 들다니……. 그는 은호의 이마를 짚어 보았다. 열이 있는 것 같진 않지만 기분 좋은 꿈을 꾸고 있지는 않은 듯 힘들게 숨을 내쉬고 있었다. 주원은 잠시 망설이다 조심스럽게 은호를 안아 들었다.

자신보다 더 아픔이 많은 아이였다. 그동안 이 작은 몸으로 얼마나 많은 고통을 견뎌야 했을까? 주원은 자리에 서서 자신의 가슴에 기대듯 얼굴을 묻고 있는 은호를 내려다보았다. 여전히 가쁜 숨을 힘겹게 내쉬고 있었다. 그동안 이 아이가 몸이 불편한 어머니를 돌봐주었다고만 생각했었는데 이 아이도 어머니의 손길로 버티고 있었던 것이다. 하지만 자신은 어머니처럼 책임감을 가지고 이 아이를 잘 돌봐줄 자신이 없다고 생각했었다. 그래서 지금껏 이 아이의 감정을, 자신의 감정을 진지하게 들여다보지 않았던 것인지도 모른다.

그런데 이제 이 아이를 안은 손을 놓을 자신이 없었다. 은호를 지켜주고 싶었다. 이렇게 잠든 순간에도 은호를 지켜주는 유일한 사람이 자신이길 원했다. 그의 마음을 느낀 것인지 은호가 아기 고양이처럼 그의 품 안으로 더욱 깊숙이 파고들기 시작했다.

"은호야."

그가 다시 한 번 나직한 목소리로 이름을 불렀지만 은호는 아무런 반응도 없었다. 대신 눈가에 흐릿하게 눈물 자국이 번지고 있는 것이 보였다. 주원은 은호를 안아든 손에 더욱 힘을 주었다.

"하아."

그 순간 은호가 거친 숨을 몰아쉬며 머리를 흔들었다.

"은호야."

"하……."

그녀의 눈에서 떨어진 눈물이 그의 셔츠에 닿자 순식간에 사라졌다. 그녀의 아픔도 자신의 품 안에서 그렇게 흔적도 없이 사라지길 바랐지만 그는 지금 그녀를 아프게 하는 것이 무엇인지도 알지 못했다. 어릴 적 헤어진 부모님 때문에 힘이 든 것인지, 경제적인 문제인지, 아니면 그가 전혀 알지 못하는 다른 일이 있었던 것인지. 그는 나직하게 숨을 내쉬며 그녀의 볼에 자신의 뺨을 가져다 댔다. 차갑게

식은 땀이 그의 뺨을 적셨다.

"뭐가 널 그렇게 힘들게 하는 거니?"

"……."

"이제 내가 있잖아. 여기 네 옆에."

달빛을 받아 더욱 창백하게 보이는 그녀의 볼과 하얗게 마른 입술, 그리고 힘주어 감은 듯 파르르 떨리는 그녀의 속눈썹을 그의 눈이 차례로 응시했다.

"음……."

"지칠 땐 나한테 기대고, 너무 힘들면 내 뒤에 숨어. 내가 너 하나 지켜주지 못 하겠니……."

그의 말을 들었는지 은호의 숨결이 한결 편안해지기 시작했다.

잠에서 깨어난 은호는 깜짝 놀랐다. 자신이 방으로 돌아온 기억이 없었는데 침대에 누워 있는 것이 아닌가. 그녀는 이불을 걷어 젖혔다. 카디건을 제외하고는 어젯밤에 정원에 입고 나갔던 옷차림 그대로였다.

침대에서 내려온 그녀는 거실로 나왔다. 온 집 안의 창문이 활짝 열려 있었다. 따듯하게 느껴지는 아침 공기나 환한 햇살이 완연한 봄이었다.

쏴아.

그때 어디선가 시원하게 물줄기 떨어지는 소리가 들려왔다. 주변을 두리번거리던 은호의 눈에 금송 곁에 서서 잔디에 물을 주고 있는 주원의 모습이 보였다. 은호는 눈을 비볐다. 스프링클러가 있는데도 아주머니는 늘 긴 호스를 직접 들고 이곳저곳을 구석구석 걸어 다니며 잔디에 물을 주곤 하셨는데, 그 사실을 알리가 없는 주원이 아주머니와 똑같은 동선으로 움직이자 은호는 괜히 가슴이 뭉클해졌다.

"오빠."

은호는 정원으로 걸어 나갔다.

"잘 잤어?"

"어제 늦게 들어오셨어요?"

"그렇게 늦지는 않았어."

잔디에 물을 주던 호스를 바닥에 내려놓은 주원이 수도를 향해 걸어갔다. 화사한 아침 햇살을 받아 반짝이는 그의 모습은 참으로 깨끗하고 멋져 보였다.

"오빠 집에 들어오셨을 때 저 어디에 있었어요?"

"기억 안 나?"

주원은 대수로운 일이 아니라는 목소리로 되물었다.

"혹시 오빠가 저 방으로 옮겨주셨어요?"

은호도 주원을 따라 걸었다.

"무슨 여자애가, 그렇게 불러도 깨지를 않더라."

"제가 안 깼어요?"

"그래."

"그럼 어떻게?"

"안아다 옮겼지."

"오빠가, 저를요?"

이미 그럴 것이라고 짐작은 하고 있었지만 은호의 얼굴이 처참하게 일그러졌다.

"그래."

갑자기 걸음을 멈추고 돌아선 주원의 가슴에 뒤를 바짝 따라 걷던 은호의 이마가 콩 하고 부딪혔다.

"너 나 아니었으면 입 돌아갈 뻔했다."

"헤."

은호는 멋쩍은 웃음과 함께 후다닥 주원의 앞으로 달려 나가 수도를 잠갔다.

"고맙습니다."

"말로만?"

"그럼 어떻게?"

"네 성의껏 감사 표현을 해봐."

"전 업어 드릴까요?"

그녀가 들어 올린 가는 두 팔을 내려다보던 주원의 입에서 훗 하고 바람 빠지는 소리가 새어 나왔다.

"그럼 어떻게?"

"날씨도 화창하고 바람도 따듯한데……."

주원이 하늘을 향해 천천히 고개를 들어 올렸다. 은호는 긴장을 늦출 수 없었다. 눈을 동그랗게 뜨고 그의 행동을 주시했다.

"모닝 키스 어때?"

"네?"

그의 눈빛은 진지했다. 은호는 잠시 난처한 눈빛으로 주원의 얼굴을 바라보다 슬금슬금 뒷걸음질을 하기 시작했다. 이렇게 훤한 대낮에 그것도 주원이 자신을 똑바로 바라보고 있는데 어떻게 자신이 먼저 그의 입술에 입술을 가져다 댄단 말인가. 아무리 그의 입에서 키스라는 단어가 나오자마자 온몸의 피가 뚝배기 안의 찌개처럼 바글바글 끓기 시작했다 하더라도 절대로 그럴 수는 없었다. 생각만으로도 온몸에 닭살이 돋고 손발이 오글거리는 것 같았다.

"저 온실에 좀 잠깐 다녀와야 할 거 같아요. 이제 꽃이 필 때가 다

돼서 자주 들여다봐야 하거든요."

후다닥 도망치려는 은호의 손목을 주원이 낚아채듯 잡았다.

"어딜 도망치려고?"

그가 팔을 잡아당기자 옷걸이에 옷이 걸린 것처럼 그녀의 몸이 대롱거리다 쭉 끌려왔다. 그녀의 얼굴을 자신의 코앞까지 끌어당긴 그가 씩 웃어 보였다.

"온실에 물도 틀어 놔야 하고, 또 더 더워지기 전에 창문을 좀 열어 놔야……."

"내가 다 했어."

"네?"

"그 온실 예전에는 내 놀이터였어. 너만큼 그곳에 대해서 나도 잘 알고 있다고."

그가 그녀의 어깨를 꼭 움켜잡았다.

"오빠……."

그가 그녀의 눈을 가만히 응시했다.

"뭐 묻었어요?"

은호는 그가 너무 빤히 바라보자 자신도 모르게 손으로 얼굴을 더듬거렸다.

"아니."

"그럼 왜?"

"너 무슨 고민 있어?"

"아뇨. 왜요?"

"그냥."

주원이 그녀의 몸을 자신 쪽으로 바짝 끌어당겼다. 그의 뜨거운 숨결이 정수리에 느껴졌다. 은호는 그에게서 나는 깨끗한 비누 냄새를 맡으며 살며시 눈을 감았다.
"어젯밤에 무슨 나쁜 꿈 꿨어?"
"글쎄요. 기억이 잘 안 나는데요."
은호는 고개를 들어 주원의 얼굴을 바라보았다.
"미안하다."
"뭐가요?"
"나보다 더 좋은 사람 만나서 앞으로는 힘들지 않았으면 좋았을 텐데."
"오빠."
"왜 그 많은 사람들 중에 너와 나였을까?"
"오빠가, 힘드세요?"
그는 눈도 깜빡이지 않고 그녀의 얼굴을 내려다보고 있었다. 상대의 눈빛만으로도 가슴이 울렁거릴 수 있다는 사실을 은호는 주원을 보며 깨닫고 있었다.
"힘들면 얘기하세요. 힘이 되어 드릴 수 없을 진 모르겠지만 저 오빠 혼자 힘든 건 싫어요."
"그런 일 없어."
"그럼 다행이고요."
주원의 눈빛 속에 수많은 생각이 뒤엉켜 드는 것이 보였다. 은호는 살며시 뒤꿈치를 들어 그의 목에 팔을 둘렀다. 세상 모든 사람이 아픔을 가지고 있다고 생각했다. 혼자 살아가지 않는 한 언제든 이별도, 아픔도 찾아올 수 있으니까. 하지만 적당히 그 아픔을 이겨내거나 덮어두는 방법들도 알고 있을 것이라고 생각했다. 그런데 눈에 보이지도 않는 그 아픔이 다른 사람을 아프게 할 수 있다는 사실은 몰랐다. 그가 아픈 게 싫다. 차라리 자신이 두 배, 세 배 더 아픈 게 나을 것 같았다. 이런 게 바로 사랑이구나. 난 이 남자를 이렇게 사랑하고 있구나……

"정말 다행이에요. 아마, 어딘가에서 아주머니가 오빠를 위해 항상 기도하고 계실 거예요."

"만약에 부모님 찾으면, 그래도 여기에 있을 거야?"

"우리 결혼하는 거 아니었어요?"

"그래, 계속 지금 이 자리에 있어. 아무 데도 가지 말고."

"저 갈 데 없는 거 오빠도 잘 아시잖아요."

진심으로 그가 곁에 있어 주는 것만으로도 지금 은호에게 다른 건 전혀 필요치 않은 느낌이었다. 은호는 주원을 향해 씩씩하게 웃어 보였다. 잠시 그녀를 바라보던 주원의 얼굴이 천천히 그녀에게로 내려왔다.

상쾌한 봄바람이 먼저 쓸고 지나간 그녀의 입술에 그의 입술이 닿았다. 은호는 따뜻한 그의 입술을 느끼며 살며시 눈을 감았다.

주원은 공모전 시상식 때문에 오전에 일찍 외출을 했다. 은호는 며칠 뒤 도매로 넘기기로 계약이 되어 있는 온실의 꽃들을 돌아본 후 자신의 방으로 돌아와 컴퓨터 앞에 앉았다. 점심때쯤이면 돌아올 것 같으니 혹시 외출을 하더라도 그때까지는 돌아오라는 주원의 당부가 있었기에 오늘은 그냥 집에 있을 생각이었다.

웃는 얼굴로 주원을 배웅하긴 했지만 사실 아침부터 어젯밤 태웅과의 일이 계속 머릿속에서 맴돌고 있었다. 하지만 그녀는 이미 어젯밤 결론을 내린 상태였다. 아니, 태웅이 돌아가기도 전에 이미 결정을 내렸던 것인지도 모른다. 부모님을 찾으려고 지금껏 그녀가 할 수 있는 모든 노력을 다 했지만 얻을 수 있었던 결론은 고작 하나였다. 정말 그녀를 아끼는 주변 사람들 이외에는 누구도 함부로 믿지 마라. 그녀는 이제 정말 아무도 믿지 못할 것 같았다. 지금껏 당한 사기로 얻은 값진 교훈이라고 생각하고 있었지만, 어쩌면 태웅이 아닌 다른 누군가 아빠의 사진을 건넸다면 또다시 흔들렸을지도 모른다. 하지만 이번에는 나쁜 딸이 되더라도 등을 돌려 외면할 생각이었다.

대신 그가 정말 아빠를 찾았다면 그녀도 곧 만날 수 있을 것이라는 희망을 갖기로 했다. 지금까지 잘 참고 견뎠으니까 조금 더 참는다면 그녀도 곧 아빠를 만날 수 있을 것이다. 주원도 그녀를 도와주겠다고 했다. 그와 함께라면 어떤 기다림도 힘들지 않을 것 같았다. 사진 속 아빠의 모습이 마음에 걸렸지만 그래도 이제껏 그녀가 느꼈던 마음속 체감 거리보다는 멀지 않은 곳에 계실 것이라는 희망을 가져보기로 했다.

이런저런 생각을 하며 메일을 확인하던 순간 그녀의 입에서 나직한 환호가 터져 나왔다. 지난번 세림 조경 주체의 공모전에 아이디어와 디자인을 출품하면서 현장 직 인턴사원을 뽑는다는 광고를 보고 큰 기대 없이 이력서를 제출했었다. 그런데 그 이력서가 서류 심사를 통과했으니 면접에 참여하라는 메일이 와 있었다. 며칠간 정신이 없어서 메일을 확인하지 못했는데, 면접일이 바로 오늘 오후 1시였다.

인턴 기간과 휴학 기간의 시기가 비슷한데다 다른 아르바이트보다 유익할 것 같아 입사 지원 원서를 넣은 것이었다. 하지만 그녀는 휴학 중인데다 우대 사항에 병역필이라 적혀 있었기에 크게 기대를 하지 않았었다. 은호는 면접이 끝난 뒤 곧장 집으로 돌아오면 괜찮을 거라고 생각하며 외출 준비를 하기 시작했다.

먼저 옷장으로 걸어가 활짝 문을 열었다. 조경 현장 직은 대부분 남자들이 응모를 하기 때문에 그녀도 어쩔 수 없이 그 분위기에 맞춰 나갈 수밖에 없었다. 그렇다고 작업복 같은 옷을 입고 나갈 수는 없었기에 이런 경우를 대비해 사계절용으로 하나 장만해 두었던 검은색 바지 정장을 꺼내 들었다. 다시 머리만 자른다면 남자들 사이에서도 전혀 눈에 띄지 않을 것 같아 옷을 앞에 들고 거울에 자신의 모습을 비춰보는 기분이 묘했다.

사실 그동안 조경 쪽으로 아르바이트를 하면서 현장에서 여자라는 사실 하나만으로 은근히 무시하며 따돌림을 당했던 경험이 있었다. 그래서 더 악착같이 일했고, 여자라서 못하겠다는 말을 절대 하지 않았다. 그런데 자신도 어쩔 수 없는 여자인 게 주원에게는 이런 모습 말고 예쁘고 여성스러운 모습만 보이고 싶었다. 이래서 여자들이 현장 직을 회피하는구나. 은호는 그제야 어쩔 수 없이 현실을 인정하고 있었다.

Rrrrrr…….

서둘러 옷을 갈아입고 대중교통을 이용하기 위해 일찍 집을 나서려고 준비를 하고 있을 때 거실에서 전화벨이 울렸다. 처음 전화가 왔다는 사실을 깨달은 순간 그녀의 몸이 돌처럼 굳었다. 태웅에게서 온 전화일지도 모른다는 불안감 때문이었다. 하지만 태웅은 저녁 때 전화를 하겠다고 했고, 지금은 그가 전화를 걸기에는 너무 이른 시간이었다.

"여보세요?"

[채은호 씨 계신가요?]

다행히 수화기에서 흘러나온 목소리는 태웅의 것이 아니었다. 낯선 남자의 목소리에 안도감을 느낀 것도 잠시 그녀의 시선이 재빨리 시계를 찾아 움직였다.

"네, 제가 채은호인데요."

[지금 전화 받으시는 분이 채은호 씨 본인이시라고요?]

이 사람도 이름만 보고 그녀가 남자일 것이라고 짐작을 했던 모양이다.

"네, 제가 채은호 본인인데요."

[그럼 채창욱 씨 아십니까?]

그 순간 은호의 몸이 돌처럼 굳었다.

"누구요?"

[채창욱 씨요.]

"네, 알아요. 저희 아빠예요."

전화기에서 흘러나온 아빠의 이름에 대답하는 은호의 심장이 잠시 움직임을 멈췄다, 이내 미친 듯이 뛰기 시작했다. 그녀는 힘겹게 마른침을 삼켰다.

"그런데 누구세요?"

[경찰입니다.]

경찰이 왜? 은호는 전화기를 잡은 손에 더욱 힘을 주었다.

[실은 지금 채창욱 씨가 우현 병원에 입원해 계시거든요. 바로 병원으로 와주실 수 있으십니까?]

"아빠가, 저희 아빠가 지금 병원에 계시다고요?"

[네.]

"정말 경찰 맞으시죠?"

[네, 경찰 맞습니다. 오늘 아침에 길가 벤치에 쓰러져 계시다고 서로 신고가 들어와 출동해 보니, 의식이 없으셔서 바로 병원으로 옮겼습니다. 다행히 채창욱 씨 옷 주머니에 채은호 씨가 붙였던 전단지와 본인 신분증이 있어서 확인을 해 보고 지금 댁으로 전화를 드리는 겁니다.]

"아, 네……."

안도감이 들어야 하는데 심장이 더 요란하게 요동쳤다.

[그럼 지금 병원으로 오실 수 있으신 거죠?]

"네, 그럼요. 지금 바로 갈게요."

[그럼 저희는 서로 복귀하겠습니다.]

"네, 감사합니다."

[뚜, 뚜, 뚜…….]

"감사합니다……."

한동안 멍하니 수화기를 들고 서 있다 제자리에 내려놓은 은호는 지금 자신이 꿈을 꾸고 있는 것은 아닌지 볼을 세게 꼬집어 보았다. 볼이 쭉 늘어나도록 꼬집고 비틀어 보아도 아무것도 달라지는 게 없었다. 반쯤 열어둔 창문으로 살랑살랑 불어와 커튼에 장난을 치는 봄바람도, 웃지도 울지도 못하는 이상한 표정의 그녀를 창문 너머에서 가만히 바라보며 서 있는 금송도, 그녀가 서 있는 공간을 가득 채우고 있는 미치도록 화창한 봄 햇살도 모두 그대로였다.

"하아……."

은호는 잠시 비틀거리다 바닥에 주저앉았다. 그토록 간절하게 기다렸는데 이렇게 가까운 곳에 계셨다니……. 은호의 마음속에서 갑자기 예상치 못했던 감정이 들이닥쳤다. 기쁘면서도 한편으로는 아빠가 전단지를 주머니에 넣고도 왜 연락을 하지 않으셨던 것인지 의문이 들었다. 최근 한두 달 사이에는 전단지를 붙인 기억이 없었다. 그렇다면 그녀가 붙인 전단지를 적어도 몇 달 동안은 주머니에 넣고 다녔다는 뜻인데, 그러면서도 왜 연락을 하지 않았던 것일까? 그녀가 어디에 있는지 알고 있으면서도 연락을 하지 않았던 것은 그녀를 만날 생각이 없었던 것은 아닐까?

14년 전 그녀를 고모 집에 맡긴 것이 다시는 그녀를 보지 않으려는 마음이었던 것일까? 그런데 왜 그 전단지를 버리지 않고 주머니에 넣고 다니셨던 것일까? 끝도 없이 밀려드는 생각에 은호는 좀처럼 자리에서 일어날 생각을 하지 못했다. 언젠가 이런 순간이 오면 너무 기뻐 미친 듯이 달려갈 거라고 생각했었는데, 그녀는 스스로의 반응에 놀라고 있었다.

잠시 후 커다란 심호흡으로 마음을 가다듬은 그녀는 자신의 방으로 들어가 외출하려고 챙겨 두었던 가방을 어깨에 메고 대문을 향해 천천히 걷기 시작했다. 사실 지금도 조금 전 전화가 현실에서 일어난 일이라는 사실이 도무지 믿기지 않았다. 너무 오랫동안 찾아 헤매고 기다렸던 아빠였다. 더구나 어제는 태웅에게 협박까지 들었던 탓인지 실감은커녕 또 이상한 사람들을 만나는 것은 아닌지 괜스레 불안한 마음까지 들었다. 하지만 경찰에게서 온 전화였다. 경찰이 장난 전화를 했을 리는 없었다.

그럼에도 자꾸만 이상한 생각이 드는 것이 정말 아빠를 찾았다는 사실이 실감이 나지 않기 때문인지, 아니면 자신을 반기지 않는 아빠를 어떻게 대해야 하는 것인지에 마음이 무거워서인지 알 수 없었다. 그래도 피하고 싶지는 않았다. 어떤 모습으로 재회가 이루어지든 언젠가는 이루어질 재회였다. 적어도 그녀는 너무나 기다렸던 순간이었다.

"아빠."

아빠가 우현 병원에 있다는 사실을 알고도 전혀 빠르게 걷지 않고 있는 그녀의 귓가에 어린아이가 아빠를 부르는 소리가 들려왔다.

"아빠."

서너 살쯤 됐을까, 아주 귀엽게 생긴 여자아이가 얼마간 떨어진 곳에서 자신을 향해 팔을 벌리고 앉아 있는 아빠를 힘차게 불렀다. 아빠가 달려오라는 손짓을 하자 아이가 방긋 웃는 얼굴로 제 힘껏 달리기 시작했다. 그런데 아빠를 향해 달려가던 그 작은 발걸음이 돌멩이에 걸려 앞으로 고꾸라지고 말았다.

"으앙!"

옆에서 그 모습을 바라보던 은호는 아이를 향해 달려가려다 멈칫했다.

"예슬아!"

사람이 그렇게 빠르게 달릴 수 있다는 사실이 믿기지 않을 정도로 아이의 아빠가 아이를 향해 빠르게 달려오고 있었다.

"예슬아, 괜찮아?"

아빠가 재빨리 아이를 들어 올렸다. 그리고 아이의 몸 이곳저곳을 꼼꼼하게 살펴보기 시작했다.

"아빠……."

아이는 울면서도 아빠의 목을 꼭 끌어안았다. 마치 자신의 상처가 아빠의 온기만으로도 나을 수 있을 것이라 믿고 있는 것처럼. 아니, 아빠의 품이 세상에서 가장 안전한 공간이라고 믿고 있는 것처럼.

"아빠가 미안해."

"으아앙."

"예슬아, 어디가 제일 아파? 어디가 아픈지 아빠한테 말해 줄 수 있어?"

아이가 눈물로 범벅이 된 얼굴을 아빠의 목에서 떼어낸 뒤 자신의 무릎을 작은 손가락으로 가리켰다.

"여기."

아이가 신고 있는 흰색 스타킹이 멀리에서 보기에도 멀쩡해 보이는 것으로 봐 큰 상처는 아닌 것 같았다.

"아빠가 호 해 줄게."

아이와 아빠의 모습을 멍하니 서서 바라보고 있던 은호는 그제야 자신이 어디를 행해 가고 있었던 것인지가 떠올랐다. 아마 그녀의 아빠도 그녀가 어릴 적엔 저 아이처럼 넘어지면 달려와 살펴보고 꼭 안아주었으리라. 그럼 그녀도 아빠의 품에서 안도하며 아픔을 잊었겠지? 세상에서 가장 안전한 공간이라 믿으며…….

세상 어떤 부모도 자신의 자식을 진심으로 미워하거나 잊고 살 수는 없을 것이다. 무언가 그럴만한, 그럴 수밖에 없는 사정이 있었던 것이겠지. 그녀를 고모에게 맡기고 금방 다시 돌아 올 수 없었던 사정이 있었던 것이겠지. 그녀가 붙인 전단지를 주머니에 넣고도 당장 만나러 올 수 없었던 어쩔 수 없는 사정이 아빠에게도 있었던 것이겠지. 아빠에게 직접 듣기 전에 미리 의심하고 단정 짓고 싶지 않았다. 그 순간 은호는 자신이 아빠에게 달려가야 하는 이유를 알게 되었다. 지금까지 낫지 않은 자신의 상처를 낫게 해 줄 수 있는 것은 아빠의 체온뿐이라는 생각이 들었다.

은호는 큰 도로까지 달려가서야 자리에 멈춰 서서 택시를 잡기 위해 손을 흔들었다. 햇살이 너무 눈부셔 찡그린 두 눈 사이에서 흘러내린 눈물이 활짝 웃고 있는 입술 사이로 쉬지 않고 흘러들었지만 닦을 생각 같은 건 하지 않았다. 너무 기뻤다. 이상하게 기쁜데 계속 눈물은 났다. 그녀가 감정을 겨우겨우 추슬렀을 때 그녀를 태운 택시가 우현 병원 앞에 멈춰 섰다.

병원으로 들어선 그녀는 간호사에게 채창욱 씨의 병실을 물었다.

"603호에 계신데, 보호자 되세요?"

"네."

"그럼 입원 확인서에 서명해 주셔야 하고요, 오전에 검사 마치고 병실로 옮겨 드렸는데 바로 잠이 드셔서 아직 환자복으로 갈아입지 못하셨으니까 일어나시는 대로 환자복으로 갈아입도록 해주세요."

"네, 알겠습니다."

간호사의 대답을 듣고 나니 그제야 이게 정말 현실이구나 하는 사실이 가슴에 와 닿았다. 드디어 603호 앞에 도착한 은호는 깊게 심호흡을 했다. 너무 떨렸다. 기뻐서 눈물이 났다. 실제 아빠를 만나고 나면 더 눈물이 쏟아질 것 같아 마음을 단단히 단속한 그녀는 문에 노크를 했다.

똑! 똑!

노크를 했지만 안에서 대답 소리는 들려오지 않았다. 그녀는 살며시 문을 열고 병실 안으로 들어섰다.

2인실인 병실 안, 하나의 침대는 비어 있었고 나머지 침대에만 사람이 누워 있는 게 보였다.

"아빠."

은호는 병실 중간에 서서 침대 위에 누운 사람을 향해 조심스럽게 아빠를 불러보았다. 하지만 대답이 없었다.

"아빠?"

그녀는 침대 곁으로 조금 더 다가갔다. 눈을 감고 침대 위에 누워 있는 사람의 모습이 그녀의 눈에 들어왔다. 그 순간 참으려고 입술을 앙 깨물었지만 어젯밤 보았던 사진 속 모습 그대로의 아빠 모습이 눈에 들어오자 어떻게 손써 볼 틈도 없이 볼을 타고 눈물이 주르르 흘러내렸다. 기쁨의 눈물이었지만 은호는 손등으로 눈물을 쓱쓱 문지르고 침대 옆으로 바짝 다가섰다.

낡고 군데군데 찢기고 얼룩진 얇은 옷차림에 흰머리가 희끗희끗 올라온 모습이 젊은 시절 아빠보다 그녀의 기억 속 할아버지의 모습과 더 닮아 있었다. 하지만 아빠라는 사실에는 조금도 의심의 여지가 없었다. 은호는 가만 아빠를 바라보며 서 있었다. 사실 배를 덮고 있는 시트가 얕게 들썩이지 않는다면 살아 있는지 확인을 해야 할 정도로 아빠는 아무런 움직임도 표정도 없이 누워 있었다.

하지만 그 모습이 편안해 보인다기보다는 지치고 피곤해 보였다. 어린 딸을 팽개쳐 두고 그 긴 시간 한번 찾아오지도 않으면서 어디에서 어떤 고생을 하며 살았기에 고작 이런 모습이냐 따지듯 물으려던 마음은 잠깐 사이 온데간데없이 사라져 버렸다. 다시 눈물이 솟구치기 시작했다. 좀처럼 주체를 할 수가 없었다. 하지만 기뻤다. 이렇게 돌아와 준 것에 그저 감사했고, 그녀의 전단지를 소중하게 보관해 주었던 것에 감사했다. 이보다 더 기쁜 날은 다시없을 것 같아 눈물이 하염없이 흘렀다.

"아빠……."

마치 노래를 부르듯 그녀의 입에서 부드러운 한마디가 나직하게 흘러나왔다.

"……."

"아빠?"

은호는 다시 아빠를 불러보았다. 대답을 해 준다면 더 좋겠지만, 이렇게 부를 수 있는 아빠가 앞에 있다는 사실만으로도 너무나 행복했다. 그녀는 아빠 곁으로 더욱 바짝 다가서 힘없이 구부러져 있는 아빠의 검은 손등을 자신의 손바닥으로 감쌌다. 따뜻했다. 그 순간 맞잡은 손등 위로 눈물이 뚝 떨어졌다. 하지만 은호는 다시 씩 웃었다. 눈물이 자꾸 나는데 웃을 수 있는 기쁨도 그녀의 가슴속에는 한 가득이었다.

"음……."

"아빠!"

아빠가 가볍게 몸을 뒤척이는 모습에 은호의 입에서 비명처럼 아빠라는 단어가 튀어나왔다.

"누구?"

"저, 은호예요."

"은호, 은호…… 냐?"

"네. 저 은호예요. 정신이 좀 드세요?"

"정말 은호라고?"

아빠가 두 눈을 번쩍 떴다. 잠시 초점 없이 그녀를 바라보던 눈이 천천히 깜빡이기 시작했다. 14년 만이었다. 아빠가 이렇게 가까이에서 그녀를 바라보는 것이. 자신을 알아볼 수 있을지 은호의 가슴이 걱정으로 요란하게 쿵쾅거리기 시작했다.

"은호야……."

마치 어제도 부르고, 오늘 아침에도 불렀던 것처럼 그녀의 이름의 부르는 아빠의 목소리는 너무나 자연스럽고 다정했다. 하지만 아빠의 눈가도 촉촉하게 젖어들고 있었다. 다행히 아직 그녀의 얼굴에 어릴 적 모습이 남아 있는 것일까? 은호는 마음으로 안도의 한숨을 내쉬었다.

"네……."

대답하는 그녀의 목소리가 살며시 떨렸다.

"은호야, 정말 은호지, 은호가 맞지……?"

이번에는 아빠의 목소리가 흐느끼듯 떨렸다.

"그동안 어디에서 어떻게 지내셨던 거예요?"

"아빠, 많이 원망했지?"

이게 얼마 만에 맞춰보는 눈인지. 얼마 만에 잡아 보는 손인지. 다시 눈물이 그렁그렁 차올랐지만 은호는 손등으로 눈물을 훔친 뒤 씩 웃는 얼굴로 다시 아빠의 얼굴을 마주 보았다. 아빠도 어린아이처럼 검은 손등으로 쓱쓱 눈물을 닦아 내고 있었다. 그러다 그녀와 눈이 마주치자 어색하게 미소를 지었다. 검고 깊은 주름위 아빠의 미소가 은호의 마음을 아프게 했다.

"아빠가 미안하다. 너무 미안해……."

아빠가 앉으려는 것인지 시트를 젖히고 몸을 움직이려 했다.

"그냥 계세요."

"일어날 수 있어."

경련하듯 입가가 바르르 떨리는 것이 보였다.

"저도 앉을 테니까 아빠도 그냥 누워 계세요."

은호는 얼른 병실 중간에 있는 의자를 끌어다 침에 옆에 놓고 앉았다.

"겨우 이런 모습으로 널 만나고 있다는 게 너무 부끄럽고, 미안해서……."

아빠의 사과에 은호는 머리를 흔들었다. 이렇게 아빠가 돌아와 준 것만으로도 그녀에게는 충분했다. 그녀가 더 기다리지 않게 지금이라도 찾아와 준 것에 너무 감사했다.

"의사 선생님 부를까요?"

"괜찮아."

병실 안에 잠시 침묵이 흘렀다. 아빠를 만나 너무 기뻤지만 무슨 말을 먼저 꺼내야 하는 것인지 쉽게 생각이 정리가 되질 않았다.

"잘 지냈니?"

묻고 있는 아빠의 얼굴에 미안함이 가득했다. 은호는 천천히 고개를 끄덕였다. 아무리 아빠라도 너무 긴 시간의 공백 앞에 어색함은 어쩔 수 없었다. 아빠는 미안함에, 은호는 어색함에 다시 말문이 막혔다.

"그런데 어제 그 남자가 너한테 말해 준 거니?"

잠시 후 아빠가 다시 입을 열었다.

"누구요?"

"내가 어제 네가 사는 집 근처를 기웃거리고 있는데 어떤 덩치 좋은 젊은 남자가 네가 사는 집으로 들어가려고 하더라고, 그래서 내가 염치 불구하고 너를 아냐고 물었더니 자기는 너를 아주 잘 안다면서 도리어 나한테 너랑 어떤 사이냐고 묻더라. 그래서 내가 네 아빠라고 말했지. 그랬더니 이렇게 불쑥 찾아가면 네가 많이 당황할 거라면서 자기가 중간에서 잘 얘기를 해 주겠다고, 뜬금없이 사진 한 장 없냐고 묻더라고."

"사진이요?"

"그래. 혹시나 싶어 가방을 뒤져 보니까 배 타는 동안 찍은 사진이 있는데 어떻게 그게 가방 속에 있기에 줬지."

그제야 태웅이 아빠 사진을 어디에서 구했는지 의문이 풀렸다. 그녀를 만나러온 아빠를 집 앞에서 우연히 만났던 것이다. 은호는 태웅의 악랄한 잔머리에 다시 한 번 이가 갈리는 것 같았다.

"그런데 왜 저한테 직접 연락을 안 하셨어요? 제가 붙인 전단지 가지고 계셨다면서요? 그럼 제가 그동안 얼마나 애타게 찾았는지도 아셨을 거 아니에요?"

은호는 어린아이가 투정을 부리듯 말했지만 그녀의 눈가는 다시금 젖어 들고 있었다.

"전단지를 처음 봤을 때는 그저 고맙고 미안하기만 했는데, 또 몇 년이 흘러 버리니 그 남자 말처럼 네 사정이 어떻게 달라졌나, 네가 나를 어떻게 받아들일지 새삼 걱정이 되더라고."

창욱이 은호가 붙인 전단지를 처음 발견한 것은 벌써 3년 전의 일이었다. 그날 밤 그는 그 찢어진 전단지를 가슴에 안고 얼마나 서럽게 울었던가. 모두 그의 잘못에서 비롯된 고통이었다. 하지만 그것은 비단 그에게만 국한된 것이 아니라 세상에 하나뿐인 자신의 자식에게도 지울 수 없는 상처를 남겼다. 미련한 자신을 탓하며 불쌍한 은호를 떠올리며 그는 지난 10여 년간 흘리지 못했던 눈물을 그날 밤 모두 쏟아 냈다.

단란했던 그의 가족을 한순간에 불행의 나락 속으로 몰아넣은 장본인은 바로 그 자신이었다. 그는 형편상 결혼식을 올리진 못했지만 천사처럼 예쁘고 착한 아내와 눈에 넣어도 아프지 않을 예쁜 딸과 함께 한적한 시골에서 행복하게 살았다. 그러다 농번기가 끝나 한가해진 늦가을쯤 고향 친구와 함께 호기심에 발을 들인 노름판에서 그간 모은 모든 재산은 물론이고, 가족의 웃음까지도 모두 날려 버리고 말았다.

처음 시작은 한순간의 실수였지만 그 뒤로도 그는 세상이 어떻게 돌아가는지 모르고 노름판을 드나들며 시간을 보냈다. 그러는 사이 그의 집안 형편은 하루하루 끼니를 걱정하며 살아갈 지경에 이르렀다. 하지만 그는 아내가 동네의 소일거리를 돕고 벌어온 얼마 안 되는 돈까지 모두 찾아내 노름판에 갖다 바쳤다. 그래도 아내는 그런 자신과 아이를 돌보며 살아보려고 늦게까지 일을 하는 날이 많아졌지만, 호강에 겨웠던 그는 도리어 아내의 늦은 귀가를 의심하기 시작했다. 몸의 병은 마음의 병을 만들어 의처증은 끝없이 그의 뇌를 갉아 먹었고, 그는 끝내 마음을 잡지 못한 채 아내와 헤어질 결심을 하고 말았다. 당시 그에게 남겨진 것이라곤 낡은 세간 조금과 아홉 살의 어린 딸이 전부였다.

아내가 떠나갔지만 여전히 그는 정신을 차리지 못했다. 그러다 은호를 큰누나의 집에 맡기고 전국을 떠돌며 공사판을 전전하기 시작했다. 하지만 돈을 벌면 딸아이를 데리러 가야겠다는 마음과는 달리 그의 주머니에 돈이 남아 있는 날은 거의 없었다. 노름도 병인지라 쉽게 끊을 수가 없었던 것이다. 그렇게 누런 장판 아래 습한 곳에 숨어 사는 버러지처럼 인간답지 못하게 시간을 쉬이 보냈다.

그러던 어느 날 그날도 노름판에서 일당으로 받은 돈을 모두 날리고 동냥 술에 취해 비틀비틀 집으로 들어가던 길이었다. 급한 볼일을 해결하려고 전봇대에 몸을 바짝 밀어붙인 순간, 어린 딸이 동그랗게 눈을 뜨고 그의 모습을 빤히 바라보고 있는 것이 아닌가. 머리에 마른벼락이 떨어져도 그보다 놀라지는 않았을 것이다. 그런데 막상 은호를 만나러 가자니 주머니는 텅 비어 있었고, 자신의 행색 또한 너무 초라하고 한심하게 여겨졌다. 그래서 뒤늦게 정신을 차리고 몇 년간 배를 타며 악착같이 돈을 모았다. 그 낯선 사내에게 줬던 사진은 당시 함께 뱃일을 하던 동료가 찍어 준 것이다.

그렇게 3년간 배를 타고 모은 돈으로 은호와 작은 셋방이라도 얻어 살려고 서울로 올라온 그는 역에서 우연히 어릴 적 동네 친구였던 만희를 만났다. 반가운 마음에 만희와 소주를 한잔 걸친 뒤 만희가 혼자 살고 있다는 작은 셋방에서 하룻밤 신세를 지기로 한 그는 오랜만에 행복한 단잠에 빠졌다. 그런데 다음날 아침 그가 눈을 떴을 때 만희는 물론이고 그의 전 재산이 들어 있는 가방까지 흔적도 없이 사라지고 없었다. 다시 배를 타러 내려가자니 차비조차 없는 상황이어서 은호가 살고 있다는 집 근처를 배회하며 멀리서나마 얼굴이라도 볼 수 없을까 기웃거리다 그 남자를 만나게 된 것이었다.

"그래서 어젯밤에는 어디에 계셨어요?"

"그 남자가 바로 연락을 주겠다며 여관에 가서 묵으라더니 날 차에 태워 어떤 여관으로 데려다 주더라고. 그런데 배가 너무 고파서 여관에서 나와 근처 인심 좋은 식당에서 밥이랑 소주를 조금 얻어먹었는데, 먹고 나오니까 도무지 그 여관이 어디였는지 찾을 수가 있어야지. 그래서 술 좀 깨고 다시 찾아보려고 공원 벤치에 잠깐 앉아 있었는데, 그 뒤로는 기억이……."

지난 세월에 대한 이야기와 얼마간 그녀에게 미안하다고 진심 어린 사과를 하던 아빠는 약기운에 몇 차례 하품을 하다 다시 스르르 잠이 들었다. 잠든 아빠의 얼굴을 바라보다 은호는 큰고모에게 전화를 걸었다. 그녀의 전화를 받은 고모도 크게 놀랐는지 한달음에 병원으로 달려왔다. 아빠와 재회하고, 오랜만에 고모를 만난 반가움도 잠시 은호는 면접에 대한 생각이 다시 떠올랐다.

아빠를 만났고, 아빠가 병원에 계속 계셔야 한다면 어느 때보다 취업이 절실하게 필요한 상황이었다. 그녀는 고모에게 오늘 있을 면접에 대해 이야기를 했다. 다행히 고모는 자신이 계속 병원에 있어 줄 수 있다며 그녀에게 다녀오라고 말했다. 시간이 여유롭지는 않았지만 그녀는 면접 장소로 향하기 전 잠시 담당의사에게 면담을 신청했다.

"지금은 누적된 피로와 영양 부족으로 몸이 쇠약해지신 데다 몸살 기운에 드린 약 때문에 계속 주무시는 것뿐이니까 크게 신경 쓰실 건 없습니다."

아빠의 상태에 대해 담당 의사가 친절하게 설명을 해 주었다.

"그럼 병원에는 얼마나 계셔야 하는 건가요?"

"처음 들어오셨을 때 의식도 없으셨고, 오전 회진 때 상태를 다시 체크해 보니까 당장은 혼자 보행이 힘든 상태인 것 같으니까 며칠 더 지켜보며 상태를 체크해 보는 게 좋을 것 같습니다."

"다른 곳에 이상이 있는 건 아니겠죠?"

"지금으로선 크게 걱정할 만한 이상 소견을 보이는 곳은 없습니다."

"네, 감사합니다."

담당의사와 면담을 마친 은호는 서둘러 병원을 나서 택시를 잡았다. 그녀는 면접 시간에서 조금 지난 시간 세림 조경 앞에 도착할 수 있었다.

그런데 오늘은 참 이상한 일이 많이 생기는 날인 것 같았다. 세림 조경 건물 안으로 들어서서 곧장 엘리베이터를 향해 달려가는 그녀의 눈에 엘리베이터 안에 서 있는 수많은 사람들 중 엄마를 무척 닮은 여인이 보이는 것이 아닌가……

14년 전 마지막으로 본 엄마였다. 엄마와 함께 살았던 집에서 어느 날 갑자기 아빠 손에 이끌려 나왔기 때문에 엄마 사진 한 장을 제대로 챙겨 나오지 못했다. 기억 속 엄마의 모습이 자꾸 흐려져 지금 엄마가 어떤 모습일지, 엄마를 만나면 서로를 알아볼 수는 있을지 어떤 확신도 가질 수 없었다. 어쩌면 오늘은 아빠를 만났기 때문에 그녀의 기분이 너무 들뜬 나머지 이런 환상이 보이는 것인지도 모른다.

그리고 보면 오늘 말고도 가끔 지금 엄마 또래의 아주머니들을 보면 엄마와 닮은 것 같다는 생각이 들기도 했었다. 하지만 언뜻 보기에도 꽤 고급스러운 정장을 입고 있던 그 사람이 정말 엄마를 닮은 사람인지, 아니면 그녀가 너무 정신이 없어 착각을 한 것인지는 결국 확인할 수 없었다. 그녀가 앞에 도착하기도 전에 엘리베이터의 문이 닫혀 버렸기 때문이다.

은호는 망설일 여유도 없이 다시 비상구 계단을 통해 5층에 있는 면접장까지 전력질주 하기 시작했다.

"헉, 헉……."

드디어 면접장이라고 표시된 방 앞에 도착했다. 시계를 보니 면접 시작 시간에서 30분이 지나 있었다. 면접 번호가 20번이라 불안하긴 했지만 자신의 순서가 지났는지를 직접 확인하기 전에는 포기할 수 없었다.

마지막 기대를 버리지 않고 대기실 문을 열고 안으로 들어서는 순간 대기하고 있던 남자들의 시선이 일제히 그녀에게로 쏠렸다. 자세히 둘러보진 않았지만 아마도 오늘 면접자 중 그녀가 유일한 여자인 모양이었다. 하지만 은호는 다른 생각을 할 여유도 없이 문 앞 책상에 앉아 면접자 번호 표를 나누어 주고 있는 남자에게 다가가 물었다.

"지금 몇 번까지 들어갔어요?"

"25번까지 들어갔는데요."

"벌써요?"

남자가 무슨 문제라도 있냐는 듯한 시선으로 물었지만 은호는 대답 대신 대기실 안을 쓱 훑어보았다. 아직도 3, 40명 정도의 대기자가 더 남아 있는 것 같았다. 기다렸다가 죄송하지만 다시 한 번 기회를 줄 수 없냐고 물어나 봐야겠다고 생각한 그녀는 화장실을 찾기 위해 대기실을 나섰다.

오늘은 4월의 마지막 날이었고 계절은 분명 봄이었지만 지나치게 화창한 날씨 덕에 뛰어오는 동안 흘린 땀으로 머리카락과 속옷이 축축하게 젖어 그 느낌이 꽤나 찝찝하게 느껴졌다. 그런데 화장실을 향해 걸어가던 그녀는 정면에서 걸어오고 있는 남자를 발견하고는 자리에 그대로 멈춰 섰다.

 건축 비엔날레에서 한번 만났을 뿐인데 승준도 그녀를 알아봤는지 빙그레 웃느라 가늘어진 눈으로 그녀를 향해 천천히 걸어오고 있었다.

 "건축 비엔날레에서 봤던 은호 씨, 맞죠?"

 자신의 기억력을 자랑하고 싶은 듯 승준은 거침없이 은호의 이름을 말했다.

 "안녕하세요?"

 "역시 기억하는군요?"

 그녀가 자신을 기억하는 것 또한 당연하다는 표정이었다.

 "우리가 인연이 있긴 한가 보네요. 이렇게 또 만난 걸 보니. 그런데 여긴 무슨 일로 온 거예요?"

 "면접이 있어서 왔는데 너무 늦게 도착했어요."

 승준은 어두운 색 정장 바지에 흰색 셔츠, 그리고 팔에는 짙은 초록색의 얇은 재킷을 걸친 깔끔한 모습이었다.

 "오늘 여기에서 조경 현장 직 면접 있다는 얘기는 들었는데, 설마, 아니죠?"

 승준이 그녀의 표정을 유심히 살피며 물었다.

 "맞는데요."

 "왜요? 왜 그런 면접을 보려고 그래요?"

 "왜라니요?"

 "무슨 힘든 일 있어요? 아니면 무슨 특별한 사정이라던가."

 "아니요. 전 조경 전공하는 사람이고, 세림 조경에 관심이 있어서 온 건데요."

은호는 어깨를 가볍게 으쓱해 보였다. 하지만 승준은 여전히 믿기지 않는다는 듯한 표정이었다.

"정말 조경을 전공한다고요?"

"네."

그제야 승준의 시선이 은호의 옷차림을 꼼꼼히 훑어 내리기 시작했다. 그의 옷차림과 거의 흡사하게 검은색 정장 바지에서 무늬 없이 단정한 흰색 블라우스, 그리고 손에 들고 있는 검은 재킷으로 천천히 움직이던 승준의 시선이 다시 은호의 얼굴로 옮겨왔다.

"전공이 조경인 거야 그렇다고 쳐도 조경 설계도 아니고 현장 직에 관심이 있다고요?"

자꾸 되묻는 승준의 질문에 은호는 낮게 한숨을 내쉬었다. 이런 식의 반응이 처음은 아니었지만 매번 설명을 해야 하는 그녀의 기분은 그다지 유쾌하지 않았다.

"네. 제가 웬만한 식물들 심고 돌보고 손질하는 일 아주 좋아하거든요."

"이런······."

"그런데 그쪽은, 건축 전공하신다면서 여긴 무슨 일로 오신 거예요?"

은호는 설마 이 건축 학도까지 자신의 경쟁상대가 되는 것인지 불안한 시선으로 물었다.

"난 아버지 회사에 온 건데."

은호는 단번에 승준의 말뜻을 알아들었지만 쉽게 믿기지 않았다. 하지만 그의 목소리나 표정은 너무나 여유로웠다. 또 그가 자신에게 거짓말을 할 이유도 전혀 없었다.

"세림 조경 사장님이 우리 아버지예요."

"정말이에요?"

"내가 왜 거짓말을 하겠어요?"

그러고 보니 승준의 옷차림이나 손목에 차고 있는 시계 모두 평범한 학생의 차림치고는 너무 고급스러웠다.

"사장 아들 이런 사람 직접 만나 본 건 처음이라서……."

"나는 차주석 건축사님 아드님이신 차주원 건축사 애인이랑 우연히 두 번이나 만난 게 더 엄청난 일이라고 생각하고 있었는데."

승준의 입가에 피식 웃음이 번졌다. 은호의 입가에도 그제야 미소가 번졌다. 그런데 은호의 얼굴을 바라보던 승준의 얼굴에 언뜻 묘한 표정이 스쳤다.

"오늘 늦어서 면접 못 봤다고 했죠? 혹시 내가 자리 만들면 다시 면접 볼 생각 있어요?"

"정말이에요?"

"어? 정말 생각 있는 거예요? 그럼, 내가 아버지한테 직접 말해 볼게요. 어차피 심사 위원은 그림 상 앉혀 놓은 거지 결정 권한은 모두 아버지한테 있는 거니까."

"아니에요. 그냥 해 본 말이었어요. 그런 식의 특혜는 싫어요."

"그런데 은호 씨는 몇 살이에요?"

승준이 뜬금없이 나이를 물었다.

"그건 왜요?"

"아버지한테 대충 정황을 설명해야 하니까."

승준은 진심인 것 같았다. 사실 지금 누구보다 일자리가 급한 사람은 은호였다. 은호는 잠시 망설이다 입을 열었다.

"스물세 살이요."

"난 스물일곱 살. 그럼 앞으로는 나한테 오빠라고 부르면 되겠네."

승준이 천연덕스럽게 말을 놓았다.

"네?"

"내 덕분에 세림 조경 취직되면 앞으로 우리 자주 보게 될 텐데, 은호 씨, 승준 씨 이렇게 계속 부르는 거 웃기잖아? 앞으로 난 그냥 이름 부를게."

너무 앞서 가는 승준의 태도에 은호는 어색하게 입술을 벌리고 소리 없이 웃었다.

"그런데 은호 씨 부모님은 뭘 하시는 분들인데 이렇게 예쁜 딸이 남들 다 마다하는 힘든 길을 걷겠다는 데 말리지도 않으시는 걸까?"

"……."

"아버진 몰라도 어머닌 반대하셨을 것 같은데. 곱게 키운 딸 손이 흙으로 망가지는 걸 어떤 어머니가 좋아하시겠어?"

"엄마와는 어릴 적에 헤어졌어요."

승준의 무언가가 은호를 편안하게 만들어주는 느낌이었다. 마치 오래 알고 지냈거나, 알고 지낼 사람처럼. 그래서 은호는 잘 알지 못하는 승준에게 엄마에 대해 솔직하게 말을 한 것인지도 모른다.

"이런, 내가 실수를 했네. 미안."

"아니에요."

"아니다, 이렇게 아니라 내일 그냥 다이렉트로 우리 어머닐 만나는 게 낫겠다."

"최승준 씨 어머니를요?"

"실은 세림 조경 실세이자 상무님이신 우리 어머니가 이번 채용을 엄청 기대를 하고 계셨거든. 현장 직에도 여자가 한두 명 있었으면 좋겠다고 계속 주장을 하셔서, 어쩔 수 없이 이번 채용 여자 응시자는 무조건 서류 심사를 합격시켰다고 하더라고. 게다가 원래는 면접

심사에도 직접 참여하시겠다고 하셨는데 갑자기 일이 생기시는 바람에 못 나오셨지만. 얼핏 들은 얘기론 여자 지원자라곤 딸랑 두 명인가 있었다고 했던 것 같은데. 사실 지금까지 지원자는 있었어도 면접 당일에 나온 여자 면접자는 없었다고 하더라고. 아무래도 세림 조경이 빡세게 일시키는 회사라고 소문이 났나 봐."

"현장 직은 남자들도 꺼리는 사람들 많죠. 하지만 전 설계보다는 현장에서 직접 꽃이랑 나무 돌보는 일이 더 재미있는 것 같아요."

승준이 은호의 얼굴을 빤히 내려다봤다. 겉으로 보기에 힘쓰는 일에는 그다지 적합할 것 같지 않은 가녀린 체구를 가지고 있기 때문일 것이다.

"볼수록 신기하단 말이야. 하여튼 세림 조경 실세인 우리 어머니는 우리 아버지도 회피하시는 현장 일도 혼자 도맡다시피 지휘하시고, 또 이제 인재 양성에까지 열을 올리시니 내일 만나면 두 사람 말이 아주 잘 통할 것 같네."

"그런데 면접이라는 게 공적인 일인데, 이런 식으로 편법을 쓰면 안 되는 거 아니에요? 세림 조경처럼 큰 회사에서 이런 식으로 특혜를 줬다는 소문이 돌면 나중에라도 문제가 될 수 있을 텐데."

"절대 특혜 아니거든. 우리 어머니가 여자 직원을 원하고 계시다고."

"그래도 면접장에 여자가 없었다는 거 다른 응시자들은 이미 다 알고 있을 텐데……."

"그래서 싫은가?"

은호는 선뜻 대답하지 못했다. 이런 식의 편법은 그녀의 양심상 받아들일 수 없는 일이었다. 하지만 그녀는 이 일을 원했다. 그리고 누구보다 열심히 할 자신도 있었다. 양심과 생계, 그리고 꿈과 사회 질서 사이에서 그녀의 이성이 갈팡질팡하고 있을 때 승준이 다시 입을 열었다.

"됐고, 내일 레드호텔 커피숍에서 1시에 만나는 걸로 하지."

"정말 그래도 되는 거예요?"

"나만 믿으라니까."

잘생긴 승준의 얼굴에 자신만만한 미소가 번졌다.

"그런데 저한테 왜 이렇게 잘해 주시는 거예요?"

"차주원 건축사랑 결혼할 거라고 하지 않았었나? 아버지 회사 직원이면 나도 결혼식에 참석할 수 있게 될 테고. 차주석 건축사님은 내 영원한 우상이자 정신적 아버지 같은 분인데, 결혼식에 참석하면 만나 뵐 수 있을 테니까."

승준의 엉뚱한 대답에 은호는 소리 내 웃고 말았다.

"여기 내 명함."

승준이 자신의 지갑에서 명함을 한 장 꺼내 은호에게 건넸다. 은호는 건네받은 명함을 바라보았다. 세림 조경 명예이사 최승준. 그가 이렇게까지 자신만만한데는 다 이유가 있었던 것이다.

"전 명함 없는데요."

"그럼 전화 번호."

전화를 받고 병원으로 갈 때 집에 핸드폰을 두고 나왔기 때문에 은호는 승준에게 자신의 전화번호를 불러주었다.

"뭐 다른 궁금한 거 있으면 전화하고, 없으면 내일 1시에 만나는 걸로 하자고."

승준은 은호에게 가볍게 손을 흔들어 보인 후 면접자 대기실을 지나쳐 그 뒤에 있는 이사실이라는 푯말의 방으로 들어갔다.

은호는 승준이 사라진 복도와 명함을 번갈아 바라보다 잠시 잊고 있던 화장실을 향해 걸음을 옮겼다.

"왔네."
사무실로 들어선 승준은 자신의 책상에 너무 편안하게 앉아 있는 세라를 발견하고는 잠시 걸음을 멈췄다.
"주인도 없는 사무실에서 뭐 하고 있는 거야?"
"어머니 만나러 왔는데 손님이랑 미팅 중이시라기에 마땅히 가 있을 데가 없어서."
전혀 당황하는 기색 없이 대답하는 세라의 모습에 승준의 어금니에 살며시 힘이 들어갔다. 세상에 저렇게 뻔뻔스러운 여자는 다시없을 것이다.
"일어나. 손님이면 손님답게 소파에 가서 앉아."
승준은 세라의 옆으로 걸어가 섰다. 세라는 그제야 자리에서 천천히 일어섰다.
"우리가 남인가?"
"우리가 남이 아니면?"
"어머, 어머니가 들으시면 무척 서운해하시겠다."
"어떻게 넌 어머니라는 말이 그렇게 자연스럽게 나오는 거니?"
그녀와의 대화에서는 아무것도 기대하지 않는 승준이었지만 저절로 이마가 찌푸려졌다.
"우리 피차 마찬가지 아냐? 지금 어머니가 친어머니가 아닌 건."
승준은 세라의 말을 무시하고 책상에 앉아 조경 설계 도면을 꺼냈다. 그는 아버지와 할아버지의 뜻에 따라 얼마 전부터 건축과 함께 조경에 대해서도 공부를 하고 있었다. 그가 설계와 조경을 함께 설계하는 최고의 건축사가 되길 원하셨던 분은 할아버지셨다. 그래서 운명하시기 전 얼마간이나마 그의 이런 모습을 지켜보셨던 할아버지는 임종의 순간까지도 매우 흡족해하셨다. 승준은 어릴 적부터 자신을 끔찍이 아끼셨던 할아버지를 다시 떠올리는 것만으로도 늑골 사이가 욱신거리며 아려왔다. 하지만 그런 감정을 세라의 목소리가 단숨에 깨버렸다.

"나도 어머니한테 명함이나 한 장 만들어 달라고 해야겠다."

세라가 승준의 책상 위에 있는 명함 상자를 만지작거리며 혼잣말처럼 중얼거렸다.

"네 직함이 뭔데?"

"곧 공모전 발표 날 거야. 그때 입상만 하면 어머니가 디자인 팀에 무조건 넣어 주시겠다고 하셨던 거 기억 안 나?"

"어머니가 대답하신 게 아니라 너 혼자 통보했던 것 같은데."

"어쨌거나 어머니가 안 된다고는 안 하셨잖아?"

"그보다 너 아버지가 분명히 오지 말라고 하셨던 것 같은데, 그날 납골당에는 왜 나타났던 거야?"

아버지가 자신을 어떻게 생각하고 있는지는 세라도 잘 알고 있었다. 하지만 그녀는 그런 것 따위에는 전혀 신경 쓰지 않는다는 듯 오히려 가족 행사에는 더 열심히 참석을 하고 있었다. 그래서 가끔 가족의 사진이 잡지나 신문에 실리는 경우에도 그녀는 빠지지 않고 항상 함께였다. 마치 진짜 가족처럼.

"그냥, 사실 어떻게 보면 그분 덕에 내가 지금 이렇게 누리고 사는 게 아닌가 싶은 생각이 들더라고."

승준은 어머니가 처음 세라를 집으로 초대했을 때가 생각났다. 그녀는 첫 인상부터가 마음에 들지 않았다.

사실 지금의 어머니는 아버지가 그의 생모인 첫 번째 부인과 사별한 후 두 번째로 부부의 연을 맺은 분이었다. 새어머니는 부드러운 첫인상에 조용하고 부지런한 성격, 그리고 깔끔한 살림 솜씨까지 어디 한 군데 나무랄 곳이 없는 분이었다. 그런 분이 왜 세라 같은 아이의 후원을 결심한 것인지 처음에는 쉽게 납득이 가지 않았었다.

그러다 우연히 어머니에게 첫 번째 결혼에서 낳은 딸이 하나 있다는 사실을 알게 되었다. 재혼 후 아버지의 사업이 자리를 잡자 곧바로 딸아이를 만나기 위해 전 남편의 행방을 찾았지만 도무지 찾을 길이 없었고, 아이의 고모들 역시 아이는 아버지와 잘 있으니 다시는 찾아오지 말라는 말만 앵무새처럼 되풀이해 끝내 만나지 못했다는 이야기를 들었다. 그래서 그런지 어머니는 자신의 친딸을 대신하듯 세라에게 물심양면으로 지원을 아끼지 않았다.

어머니가 세라를 처음 만난 건 시설에 봉사를 갔을 때였다고 했다. 세라는 친부모가 모두 살아 있지만 이혼 후 각자의 가정을 꾸리며 그녀를 맡기 싫어 시설에 맡긴 상태였다고 했다. 어머니는 세라가 부모의 갑작스런 이혼에 마음의 상처를 입은 상태에서 낯선 시설에 잘 적응도 하지 못했고, 또래에게 따돌림까지 당해 우울증을 앓고 있어 평범한 가정에서 돌봐주고 싶다며 집으로 데리고 왔다. 하지만 그가 짐작컨데 전부는 아닐지 몰라도 어머니가 알고 있는 사실 중 적어도 일부는 세라의 교활한 잔머리가 만들어 낸 거짓이었을 것이다.

그렇게 시작된 인연이 벌써 10년쯤 전의 일이니 그녀는 입양 절차만 밟지 않았지 어머니에게는 이미 입양한 딸이나 마찬가지로 여겨지고 있었다. 아마 그의 아버지만 허락을 했다면 그녀는 진작 자신과 법적으로 오누이 상태가 되어 있었을지도 모른다. 승준은 상상만으로도 온몸이 부르르 떨려오는 것 같았다.

"만약 어머니가 친딸을 찾게 된다면, 어떨 거 같아?"

245

"그 딸 친아빠랑 잘살고 있다면서? 어머니와 만난다고 뭐가 달라지겠어?"

"너 설마 어머니 지분 기대하고 있는 건 아니겠지?"

"왜? 어머니가 직접, 나한테 꼭 필요한 상황이 온다면 모두 줄 수도 있다고 하셨어. 조만간 공증까지 받아둘 생각인데."

세라의 입가에 자신만만한 미소가 가득 번졌다.

"임세라에게가 아니라 내 딸에게 라고 하셨을 것 같은데?"

"어머니한테는 지금 내가 가장 중요한, 그리고 유일한 딸이야."

그 순간 승준의 머릿속에 상대방의 이야기를 들으며 부드럽게 미소를 띠고 있는 은호의 얼굴이 다시 떠올랐다. 박람회장에서 은호를 처음 발견했을 때 이유 없이 그의 발걸음이 멈춰 섰다. 그리고 타고난 바람둥이처럼 그녀에게 말을 걸고 있는 자신을 발견했다. 친절했지만 무언가 어색한 듯한 표정과는 달리 그가 무언가 이야기를 건넬 때면 그녀의 눈은 그의 얼굴을 똑바로 바라보았고, 입가에는 옅은 미소가 자리를 잡았다. 어머니, 마치 그와 이야기를 나눌 때의 어머니를 바라보고 있는 것 같은 묘한 기분이 들었다. 그리고 어머니의 친딸이 이제 스물세 살이 됐을 거라고 했던 이야기가 은호와 만나고 있는 내내 그의 머릿속을 맴돌았다. 어쩌면 그날 그곳에서 그녀를 만났던 것은 운명이었는지도 모른다.

하지만 그가 은호에 대해 알고 있는 건 고작 이름과 나이, 약혼자가 전부였다. 게다가 설령 그녀가 어머니의 친딸이라 해도 곁에 아버지가 계시고 차주원 같은 남자와 약혼을 한 사이니 어머니와 재회하지 않아도 지금 충분히 행복할지 모른다. 그래서 그녀에 대해 더 알고 싶었지만 필요 이상의 관심은 오히려 거부감을 불러 올 수 있을 거란 생각에 그는 적당한 선에서 자제를 했다.

하지만 내일이면 모든 게 밝혀질 것이다. 그녀가 정말 어머니의 친딸인지……. 만약 은호가 정말 어머니의 딸이라면 많은 것이 달라지겠지. 내일 찾아올 변화를 기대하며 승준은 기분 좋은 표정으로 세라를 바라보았다.

"그보다 결혼 생각하는 사람 있다면서?"

"어머니가 그래?"

세라가 새침하게 되물었다.

"뭐 하는 사람이야?"

"아마 만나 보면 깜짝 놀랄 거야."

세라의 입가에 흐뭇한 미소가 걸렸다. 저렇게 웃고만 있다면 참 예쁜 얼굴인데, 입만 열면 인어공주에 나오는 마녀 우슬라를 생각나게 했다.

"난 평범하게 살지 않을 거라고 했지? 두고 봐. 절대 누구 앞에서도 비굴하게 살지 않을 거니까."

"네가 언제는 비굴하게 살았어?"

"너는 백번을 말해줘도 몰라. 나를 이 세상에 낳아 준 내 부모가 나를 버린다는 게 어떤 심정인지. 세상 모두가 날 버리고 손가락질해도 내 부모만은 날 감싸줘야 하는 거 아냐? 그런데 친부모가 자신들 행복 때문에 버린 아이를 어느 누가 그렇게 귀하게 여겨줬겠어? 최승준, 너는 부모 잘 만나서 세상을 너무 편하게 살고 있는 줄이나 알아."

말을 마친 세라가 드디어 사무실에서 나가려는 듯 소파에 올려 두었던 자신의 백을 집어 들었다. 자신의 행복을 위해 남의 행복 따위는 신경 쓰지 않은 모습이, 만나 보지는 않았지만 왠지 그녀의 친부모님을 닮았을 것 같다는 생각이 들었다.

"그 남자가 누군지는 모르겠지만 널 만난 이상 그 사람 삶은 이미 평범하지 않을 것 같다."

"헛소리 집어 치우고 나중에 후회하기 전에 지금 나한테 잘해 두는 게 좋을 거야. 난 쇼핑이나 갔다 와야겠다."

한국에 들어온 이후 그녀가 사다 나른 물건이 연일 집 안 이곳저곳에 쌓이고 있었다. 하지만 어머니는 자신의 딸에게 속죄하듯 저 버릇없는 계집아이에게 한마디 싫은 소리도 하지 못하고 있었다. 승준은 더 이상 어머니의 친딸을 찾는 일이 어머니 혼자 짊어져야 할 짐이 아니라는 사실을 절실하게 깨닫고 있었다. 내일, 내일이면 모든 게 밝혀질 것이다.

은호는 핸드폰이 없었기 때문에 주원에게 전화도 하지 못하고 다시 병원으로 향했다.

"고모 저 왔어요."

"왔어? 면접은 잘 봤고?"

"그냥 뭐, 아빠는요?"

"너희 아빠는 아까 깼다가 방금 전에 다시 잠들었다. 그동안 어디에서 얼마나 고생을 하며 살았기에, 에휴……."

고모가 안쓰러운 시선으로 잠든 아빠를 바라보았다. 하지만 은호는 처음 아빠의 얼굴을 봤을 때보다 지금 잠든 모습이 왠지 더 편안해 보이는 것 같았다. 오는 길에 사온 음료수와 세면도구들을 대충 자리를 찾아 넣어 둔 후 그녀도 아빠 곁으로 다가갔다.

"고모는 그만 들어가 보셔야죠?"

"넌?"

"전 혹시 밤에라도 아빠가 깨실지 모르니까……."

"됐어 얘. 내가 달리 해줄 것도 없는데, 하루 종일 뛰어다니느라 피곤했을 텐데 넌 집에 가서 씻고 편하게 자. 사실 나 네 고모부랑 냉전 중이라 오늘은 내가 여기에서 자고 싶다. 그리고 병원에 있는 동안에는 작은고모들이랑 교대로 있기로 했으니까 넌 퇴원 후에 너희 아빠 어디로 데려갈지 그 걱정이나 해. 어떻게 4남매 사는 꼴이 다 이 모양인지, 누구 하나 좀 번듯하게 살아서 너랑 너희 아빠 살 집 한 칸 마련해 줄 수 있었으면 얼마나 좋았겠니? 이렇게 오랜만에 네 아빠를 찾았는데도 나는 걱정만 앞선다."

은호는 지금 자신이 지내고 있는 집에 대해 고모에게 솔직하게 이야기하지 않았던 것이 마음에 걸렸다. 하지만 그녀 스스로 자신의 것이라 생각지 않았고, 여전히 자신의 집이 아니라는 마음이 컸다. 그래도 주원에게 얘기하면 아빠도 집에서 함께 지낼 수 있도록 이해해 줄 것이라 생각하고 고모를 바라보았다.

"지금 제가 지내고 있는 집으로 모셔 가도 되는지 집에 가서 물어볼게요."

"그 집 사모님 돌아가셨다고 안 했니?"

"며칠 전 아주머니 기일에 맞춰 아주머니 아들이 귀국해 있어요."

"그래? 그럼 한번 물어봐. 정말 좋은 분들이시잖아? 아마 네 사정 잘 아셔서 당분간 있을 수 있도록 허락해 주실 거야. 제발 그래야 할 텐데······."

은호는 말없이 고개를 끄덕였다.

"너희 아빠는 방금 잠들어서 언제 깰지 모르니까 넌 그냥 지금 들어가. 깨면 내가 왔다 갔다고 얘기할게."

"그런데 고모부랑은 왜 싸우셨는데요?"

"뭐 때문이겠어? 그놈의 돈이 항상 문제지."

고모의 입에서 연신 한숨이 새어 나왔다.

"글쎄, 지난달부터 월급을 한 푼도 안 가져오는 거야. 그래서 내가 물었더니 가불해서 다 써버렸단다. 분명 여자 끼고 술 마시는데 썼겠지. 아니면 노름판에 끼었던가. 피가 섞인 것도 아닌데 너희 아빠랑 고모부는 도대체 왜들 그러는 거라니? 이놈에 노름은 도대체 어떻게 해야 버릇을 고칠 수 있는 건지."

"너무 속상해하지 마세요. 그러다 고모 몸까지 상하시겠어요."

"내가 이 인간들 때문에 아무래도 내 명대로 못살지 싶다. 하여튼 넌 여기 신경 쓰지 말고 그만 들어가서 쉬어. 너도 나 못지않게 지지리 복도 없어서 어린 나이에 얼마나 고생이 많았니……."

고모가 말끝을 흐리며 코를 찡긋거리다 고개를 돌렸다. 그렇지 않아도 주원과 약속을 지키지 못한데다, 개화시기를 앞두고 있는 꽃인데 온실 문을 그대로 열어두면 밤새 떨어진 기온으로 냉해를 입을 수도 있어 걱정이었다. 그런데 고모가 먼저 있어 주겠다고 하니 은호로서는 그저 고마울 뿐이었다.

"그럼 내일 일찍 올게요. 그런데 고모……."

은호가 부르는 소리에 고모가 그녀의 얼굴을 빤히 바라봤지만 은호는 공연히 시트 자락을 만지작거리며 잠시 망설였다.

"뭔데 그래?"

"지금까지 한 번도, 엄마한테는 연락 없었어요?"

"난 또. 너희 엄마 찾을 생각은 마라."

"……."

"너 고아원 보내고 얼마 있다가 찾아왔더라고. 자기 재혼했다고. 근데 그게 무슨 뜻이었겠어? 자기 다른 남자 만나서 앞으로 잘살아볼 테니까 네가 찾더라도 모른다고 얘기해 달라는 뜻 아니었겠니? 그때는 내가 속이 꼬여 너희 아빠도 마음잡고 취직해서 너랑 잘산다고 얘기했다. 사실 재혼은 했어도 어미인 이상 제 자식이 고아원에 있다는 거 알면 얼마나 신경이 쓰이겠니? 새출발하는 사람한테 그런 짐은 지울 게 아니기도 하고. 지금 생각해 봐도 내가 그때 그렇게 대답한 건 정말 잘한 일인 것 같다. 그러니까 너도 너희 엄마 새 남편이랑 행복하게 잘살라고 마음으로만 기도해 주고, 잊어."

시트를 문지르던 은호의 손이 힘없이 허공으로 떨어졌다. 엄마가 재혼을 했단다. 얼마나 행복하면 자신을 찾으러 오겠다는 약속도 지키지 못한 것일까? 아니면 두 번째 결혼도 행복하지 못해 자신을 데려갈 수 없었던 것일까? 은호는 나직하게 한숨을 내쉬었다. 그리고 잠든 아빠의 얼굴을 다시 바라보았다. 누구도 원망하면 안 된다는 걸 알면서도 좀처럼 마음이 말을 듣지 않았다.

"얼른 들어가."

아빠 손을 슬며시 움켜쥐고 있는 그녀에게 고모가 피곤하다는 듯 말했다.

"네."

"그리고 내일도 너무 일찍 오지 말고 점심 때 지나서 와. 지낼 곳이며 병원비며 신경 쓰려면 어디 너까지 여기에 묶여 있어서야 쓰겠니?"

"그만 들어가 볼게요."

은호는 고모에게 아빠를 맡기고 쉽게 떨어지지 않는 발걸음으로 병원을 나섰다.

예상보다 늦어진 시상식을 모두 마치고 주원은 재훈과 함께 집으로 돌아왔다. 그가 먼저 재훈에게 혼인 신고 증인이 되어 달라는 부탁을 하긴 했지만 재훈이 구청까지 직접 가주겠다며 함께 온 길이었다.

"세림 조경이 세라 씨 부모님 회사라고 하지 않았었나?"

"응."

"그런데 뭔가 좀 이상하지 않았어?"

"뭐가?"

"너한테 어떻게 전혀 아는 체를 하지 않으실 수가 있는 거냐고? 더구나 바로 옆 테이블에서 식사를 하셨는데도 아무런 말씀이 없으셨다는 게 난 도무지 이해가 안 된다."

오늘 시상식에는 세림 조경의 사장인 세라의 아버지도—세라가 부모님과 함께 찍은 사진이라며 보여줬던 사진 속 그녀의 아버지가 분명 맞았다—시상식 후원사 대표 자격으로 참석을 했었다. 그런데 재훈의 말대로 기자들이 보는 앞에서 그에게 축하한다는 인사와 악수를 나누었을 뿐 옆 테이블에서 식사를 할 때뿐 아니라 주차장에서 다시 마주쳤을 때도 가벼운 목 인사를 건넨 뒤 아무 말 없이 자리를 떠났다.

세라의 어머니가 영국까지 찾아와 아버지를 만나고 가셨을 정도니, 그녀의 아버지도 그의 존재를 알고는 계셨을 것이다. 그렇다면 그에게 호의든 적의든 감정을 보이는 것이 상식적인 행동이었다. 그런데 그분은 어떤 표현도 하지 않았다. 아니, 자신에게도 건축을 전공하는 아들이 있다는 이야기를 했을 뿐 딸의 존재에 대해서는 어떤 언질도 없었다. 그런 상황을 주원은 자신들의 결별을 이제야 그쪽 집안에서도 인정한 것이라고 받아들였는데, 재훈의 생각은 그렇지 않은 모양이었다.

"공적인 자리였어."

"세라 씨 생각이 그렇지 않다는 건 네가 더 잘 알잖아. 게다가 그런 부류의 여자들은 자기 집안이 가진 힘을 어떻게든 이용하려고 한다고. 그렇다면 그쪽 부모님들은 당연히 네 존재를 알고 계실 테고 말이야."

"우리가 헤어진 걸 알고 계신 거겠지."

"아무리 그렇다 해도 이상해."

두 사람은 잘 손질된 잔디의 촉감을 음미하듯 천천히 발걸음을 움직여 정원을 지났다.

"은호 씨는 어디 나간 모양이네?"

조금 전 대문 앞에서 초인종을 눌렀을 때 은호의 목소리가 들리지 않아 주원은 열쇠로 문을 열고 들어왔다. 그가 점심때쯤 돌아올 거라고 말해 뒀는데 지금 시간이 4시가 다되어 가고 있으니 기다리다 지친 은호가 잠시 외출을 했을 수도 있을 거란 생각이 들었다. 그런데 신발장 안에 신발을 넣으려는 그의 눈에 신발장 위에 놓인 은호의 휴대전화가 보였다. 주원은 뭔가 이상한 기분이 들었지만 가까운 곳에 잠시 나갔나 보다 생각하며 주방으로 향했다.

"뭐 마실래?"

"물."

주원은 컵에 물을 따라 재훈에게 건넸다.

"야, 이 화분 진짜 귀엽다. 그런데 이 꽃은 이름이 뭐야? 난 처음 보는 꽃 같은데."

"은호가 직접 접목한 꽃이래."

"오, 그래?"

대답하는 재훈의 목소리에서 은근한 호감이 묻어났다. 조금 전 세라에 대한 이야기를 나눌 때와는 사뭇 다른 반응이었다.

"조경 전공한다고 했나?"

"응."

"어쩐지, 예전에 어머니 뵈러 오면 꼭 정원에서 뭔가를 하고 있더라고."

"뭐?"

주원은 자신도 모르게 재훈을 돌아보고 있었다.

"큰 가위로 나무도 다듬고 있었던 것 같고, 물도 주고 있었던 것 같고, 참 언젠가는 비가 너무 많이 와서 물이 잘 안 빠진다며 뒤뜰에서 수로를 만들고 있더라고, 그것도 그 작은 체구로 엄청 큰 삽을 들고."

재훈의 설명에 주원은 노란 우비 차림으로 삽을 들고 있었을 은호의 모습이 상상이 돼 피식 웃고 말았다. 그런 주원의 표정을 놀리려는 듯 재훈이 손을 들어 올리는 순간 밖에서 초인종 소리가 들려왔다.

띵동! 띵동!

"은호 씨 왔나?"

하지만 은호가 벨을 누르고 집 안으로 들어올 리가 없다는 사실을 직감한 주원의 머릿속에 뭔가 기분 나쁜 예감이 스쳤다. 은호가 아니라면 이곳에 찾아올 사람 중 그가 환영할 만한 사람은 떠오르지 않았기 때문이다.

"누구세요?"

"주원이냐? 나다."

"기다리세요."

주원은 아버지의 목소리를 확인한 순간 덤덤한 표정으로 현관문을 열었다. 어느새 자신의 뒤로 다가와 아버지의 목소리를 들은 재훈의 눈이 휘둥그레져 있었다.

"너희 아버지도 귀국하신 거야?"

"응, 어제가 어머니 기일이었잖아."

"참……."

"재훈이도 와 있었구나."

주석이 현관문을 열고 집 안으로 들어왔다.

주원이 기억하기로 아버지가 이 집에 들어오는 것은 무척 오래간만이었다. 하지만 아버지는 고향집으로 들어선 것처럼 편안한 표정이었다. 하긴 자신이 설계한 집이니 누구보다 이 집을 정확하게 기억하고 계실 것이다.

"아버님, 안녕하셨습니까?"

"그래."

"봄 날씨치고는 많이 덥죠? 시원한 물 한잔 가져다 드릴까요?"

석고상처럼 서 있는 주원을 대신해 재훈이 재빨리 물었다.

"그래 줄래?"

"네."

재훈이 주방 쪽으로 사라지자 주석의 시선이 은호의 방과 2층 계단을 천천히 훑고 지나갔다.

"지금 없어요."

주원의 말에도 아랑곳하지 않고 주석은 아들을 지나쳐 소파로 걸어가 편하게 등을 기대고 앉았다.

"아버님, 물 여기 있습니다."

"고맙다."

"전 2층 주원이 방에 잠시 올라가 있겠습니다. 뭐 좀 찾아 볼 책도 있고 해서요."

"그래."

눈치껏 자리를 피해준 재훈이 2층으로 후다닥 올라가고 난 뒤 주석이 다시 입을 열었다.

"너도 와서 앉아라."

"절 만나러 오신 게 아닌 줄 알았는데요."

"무슨 소리냐? 이곳에 얼마나 대단한 사람이 있든 나한텐 당연히 내 아들이 먼저지."

주원은 평소 아버지답지 않은 표현에 더 이상한 기분을 느끼며 소파로 걸어가 앉았다.

"저한테 하실 말씀은 뭔데요?"

"단도직입적으로 말하마. 사실 난 네가 결혼 같은 건 하지 않고 살기를 바랐다. 하지만 꼭 해야 한다면, 그리고 네가 한국으로 돌아와 정착할 생각이라면 너한테 세림 조경을 가져다줄 며느리를 원한다."

아버지의 말에 주원의 입꼬리가 비웃듯 말려 올라갔다.

"며느리가 아니라 세림 조경을 원하신다는 거네요?"

"솔직히 나한테는 별반 다를 게 없는 의미다."

"그냥 조경 회사를 하나 인수하지 그러세요?"

비꼬는 듯한 그의 질문에 아버지는 대답하지 않았다.

"아버지는 그런 결혼으로 행복하셨어요?"

"너한테 책임져야 할 병든 부모와 어린 동생들이 줄줄이 없는 게 다행인 줄 알아라."

어린 삼촌들과 아픈 부모를 위해 어머니와 결혼을 선택해야 했다는 아버지의 과거는 그가 가장 싫어하는 이야기였다. 그 결혼으로 삼촌들은 행복했을지 모르겠지만 어머니도 자신도, 그리고 아버지도 불행했다. 그리고 그 불행은 아직도 끝나지 않은 것 같았다.

"그럼 제가 이 결혼을 하지 않아도 되는 이유도 아시겠군요? 아버지 말씀처럼 저한테는 책임져야 할 병든 부모님, 어린 동생들도 없죠. 대신 천재적인 능력을 가진 부자 아버지가 계시네요. 그럼 전 제가 원하는 결혼을 해도 되는 거 아닌가요?"

"그럼 영국으로 돌아가자. 그곳에서는 간섭하지 않겠다."

주석이 주원의 손을 덥석 잡았다.

"더 이상은 영국에서 아버지 아들로 살고 싶지 않습니다."

부자지간의 냉랭한 시선이 허공에서 만나 팽팽하게 대립했다.

"네가 영국으로 돌아오지 않는다면 태원인 수단 방법을 가리지 않을 거다. 제 아비를 닮아서 능력에 비해 욕심이 너무 많은 녀석이야."

"차라리 세라와 태원이를 만나게 하신 다음 뉴라인을 물려주시지 그러세요?"

"이 자식이."

따악.

주석의 손이 주원의 뺨을 강타했다. 고개가 저절로 돌아갈 정도로 강하게 강타 당한 뺨이 얼얼했지만 주원은 왠지 속이 후련했다. 이렇게 해서라도 벗어날 수만 있다면 벗어나고 싶었다.

"지금껏 너한테는 자격 없는 아버지였는지 모르겠지만 내가 이룬 모든 것들이 네가 없었다면 내게는 결국 부질없는 욕심이었을 거다. 네가 믿든 그렇지 않든 어떤 힘든 상황에서도 날 버티게 해준 건 오직 너였다. 이제 와 이런 말 하는 날 비웃고 싶겠지? 하지만 난 앞으로 이룰 모든 것들도 너를 생각하며 이뤄갈 거다."

"고작 그런 말씀으로 제 마음을 움직일 수 있다고 생각하시는 건 아니겠죠?"

주원은 이제와 그런 소리를 해봐야 달라질 것은 없다고 분명하게 말했지만 그에게도 가장 소중한 존재는 틀림없이 아버지였다. 아버지가 없다면 목표를 갖지도, 죽을힘을 다해 달리지 않았을 것이다. 하지만 그가 감당해 내기에 여전히 아버지의 꿈과 열정은 너무나 원대했다. 두 부자의 시선이 다시 얽혀 들었다.

"그만 가 봐야겠다."

"은호, 만나고 가세요."

"조금 있다 세라가 올 거다."

"아버지."

"내 마음은 변하지 않는다. 평생 날 보지 않을 생각이 아니라면 세라를 받아들여라."

"아버지도 혼자 힘으로 성공하셨잖아요? 왜 저는 안 될 거라고 생각하시는 건데요?"

주원은 마치 벽을 보고 이야기하는 것 같았다. 항상 산 같은 존재라 여겼던 아버지가 어느 순간부터인가 그에게 벽이 되고 있었다.

"허브 클럽 회장이 의뢰했던 호텔 네가 고사했다면서? 왜? 조직에서 끌어온 돈은 더럽다는 생각 때문에? 그런 식으로 사업을 하면서 혼자 힘으로 성공을 하겠다고? 실력만으로 승부할 수 있는 시대는 진작 끝났다. 여긴 정글이야. 혼자 힘으로 살아남기는 힘들고, 낙오되면 곧바로 먹잇감이 되고 마는 무시무시한 정글이라고."

"제 힘으로 그 정글에서 살아남아 보이겠습니다."

"은호라는 그 아이가 너한테 그렇게 중요한 존재인 거냐?"

"제 수상작의 모티브가 이 집이라는 건 알고 계시죠? 그 아이가 이 집에 있지 않았다면 전 공모전을 준비하며 이 집을 떠올리지 못했을 거예요."

"그 공모전 한국으로 돌아오기 위한 핑계였다는 거 내가 모를 줄 알았니?"

주석이 날카로운 눈빛으로 아들을 바라보았다.

"설마, 정말 좋아하는 건 아니지?"

이어지는 아버지의 질문에도 주원은 대답하지 않았다. 아버지가 원하는 대답을 하지 않을 바에야 대답하지 않는 게 낫다는 사실을 알고 있기 때문이다.

"얼마나 좋아하는 거냐?"

"저한테 그 아이, 이 집 같은 존재예요."

"좋아하지 않는다는 말은 하지 않는구나."

"아버지야말로 왜 은호를 그렇게 싫어하세요?"

"그 아이는 너한테 줄 수 있는 게 아무것도 없다. 그래서 난 그 아이가 네 곁에 있는 게 싫다."

"어머니와 닮아서 싫은 건 아니시고요? 어쨌든 제 힘으로 성공하면, 그때는 은호도 인정해 주셔야 할 거예요."

"계집애들이나 하는 소리를 하는구나."

자리에서 일어선 주석이 소파를 돌아 나왔다.

"삼 일 후 영국으로 돌아갈 생각이다. 그 안에 내가 원하는 대답을 가지고 오거라, 내 아들답게."

주석의 무뚝뚝한 발걸음은 곧장 현관으로 향했다. 그리고 그는 아들의 대답을 기다리지 않고 현관을 나섰다. 주원은 굳이 아버지를 따라 나가지 않았다. 그들에게 헤어짐은 애틋한 것이 아니었다.

거실 창으로 아버지가 대문을 나서는 모습을 지켜보던 주원의 눈에 아버지와 시간 약속이라도 한 듯 집 안으로 들어서고 있는 세라의 모습이 보였다. 세라는 아버지와 짧게 인사를 나눈 뒤 집을 향해 걸어왔다.

"주원 씨, 저 왔어요."

아버지가 완전히 닫고 나가지 않았던 문이 다시 열리고 세라가 들어왔다. 완벽하게 어머니와 은호의 공간이었던 이 집 안에 세라가 들어왔다는 사실이 주원을 참을 수 없게 만들었다.

"그냥 돌아가."

"네?"

"나가라고."

"아버님이 저 올 거라고 미리 말씀 안 하셨어요?"

"여기 당신 반길 사람 없다는 거 몰라?"

"아버님이 직접 오라고 하시는데 어떻게 거절을 해요."

그의 냉대 따위는 아랑곳하지 않고 싱긋 웃어 보이는 세라를 그 자리에 세워두고 주원은 2층으로 성큼성큼 걸어 올라갔다. 자신의 뒤를 세라가 종종걸음으로 따라 올라오고 있다는 걸 알았지만 모르는 척했다. 생각 같아서는 당장에라도 팔을 잡아끌어 집 밖으로 내보내고 싶었지만 아버지의 얼굴을 생각해 한번만 참기로 했다.

"주원 씨 방은 2층이에요?"

"재훈아, 손님 오셨다."

주원은 자신의 방문을 열고 방 안으로 들어섰다. 창가에 기대 책을 보고 있던 재훈이 깜짝 놀란 듯 책을 덮었다.

"어, 세라 씨가 여긴 어떻게 온 거예요?"

"재훈 씨도 있었어요?"

"우리 바로 나가 봐야 하는데."

재훈은 마치 모든 상황을 꿰뚫고 있기라도 한듯 태연한 얼굴로 자리에서 일어서며 말했다.

"어디 가시는 데요?"

"구청에요."

"구청에는 왜요?"

"건축사들은 원래 구청에 볼일이 많아요. 조경 쪽도 구청에 들어갈 일이 종종 있지 않나요?"

"전 아직 실무는 잘 몰라서요."

세라가 어색하게 어깨를 으쓱해 보였다. 주원은 옷장으로 다가가 겉옷을 꺼내 들었다.

"저희 나갈 때 모셔다 드릴게요."

"괜찮아요. 주원 씨 올 때까지 기다릴게요."

"주인도 없는 집에 혼자 있는 건 실례죠."

재훈이 세라 곁으로 다가갔다. 목소리는 매끄러웠지만 어떻게든 세라를 이 집에서 내보내고 싶어 하는 마음이 작은 움직임, 말 한마디에까지 역력히 배어 있었다. 아마 세라도 느꼈지만 모르는 척하고 있는 것이리라.

"주원 씨 금방 돌아올 거잖아요?"

"아, 세라 씨는 여기 주원이 집 아닌 거 모르는구나?"

재훈이 피식 웃으며 고개를 흔들었다. 세라의 눈이 가늘어졌다.

"그럼 누구 집인데요?"

"음, 아주 특별한 어떤 아가씨 집이죠."

재훈의 능청은 날이 갈수록 자연스러워지고 있었다. 주원은 관심 없는 듯 겉옷에 팔을 넣었다.

"은호라는 그 여자 집이에요?"

과연 세라는 정말 모르고 있던 것일까? 주원은 아버지와 세라의 머릿속이 정말 궁금했다.

"아, 우리가 그때 말했었나요?"

능글맞게 웃는 재훈의 미소에 세라의 미간에 더욱 힘이 들어갔다.
"그럼 어디에서 기다릴까요?"
"일 언제 끝날지 몰라. 그리고 난 할 얘기 없으니까 아버지랑 약속했다면 다시 아버지를 찾아가지 그래?"
"과연 건축사님과 세라 씨가 공통으로 관심 가질 이야기 소재가 있기는 할까요? 요즘 건축사님 일이 엄청 많으셔서 아마 오늘 밤에도 어느 호텔에선가 일하느라 정신이 없으실 것 같은데."
자신을 무시하는 재훈의 말에 세라의 얼굴이 어둡게 일그러졌다.
"한국에 오랜만에 들어온 거니까 친구들이랑 쇼핑이라도 하면서 즐거운 시간을 보내는 게 낫지 않겠어요, 세라 씨?"
재훈이 은근하게 빈정거리며 말했지만 세라는 특유의 자신만만한 미소와 함께 부채처럼 긴 속눈썹을 천천히 팔랑거렸다.
"주원 씨, 재훈 씨. 나중에 말하려고 했는데, 제가 아무래도 조만간 세림 조경에서 일하게 될 것 같아요. 다시 말하면 저도 마음만 먹으면 주원 씨나 재훈 씨와 함께 공사에도 참여할 수 있게 된다는 얘기가 되겠죠?"
"우와, 정말이에요? 역시 집안이 좋으니까 그런 특혜를 다 받는군요. 그런데 왜 주원이한테는 영국에 같이 가자고 그랬어요? 설마 세라 씨 때문에 세림 조경 지사가 영국에 생기게 되는 건가요?"
"그건……."
"그만 나가자."
세라가 무슨 말을 꾸며내 자신들의 머릿속을 어지럽히든 주원은 관심 없었다. 그녀에게 그가 보이고 싶은 반응은 오로지 무관심뿐이었다.
"그럴까? 그럼 주원아, 나 먼저 내려가서 차 시동 켜 놓을게."

"바로 내려갈게."

지금 당장 은호가 돌아온다 해도 오늘 구청에 함께 가기엔 너무 늦어 버렸다. 주원은 서둘러 방을 나서는 재훈의 뒷모습을 바라보다 세라에게 시선을 옮겼다.

"오늘 당신 아버지 만났어."

"아빠를요? 어디에서요?"

세라의 입가에 어색한 미소가 자리 잡았다.

"시상식장에서. 그런데 별다른 말씀 없으시던데."

"아빠가 정신이 없으셨나 보네요. 하긴 요즘 회사에 일이 많으셔서 그런지 매일 퇴근도 늦게 하시더라고요."

"그러신가?"

"어머, 재훈 씨 기다리겠어요. 우리 그만 나가요."

세라가 먼저 그의 방을 나갔다. 재훈이 그녀의 집안에 대해 했던 얘기가 다시 그의 머릿속에 떠올랐다.

※ ※ ※

은호가 집에 도착했을 때 집에는 아무도 없었다. 핸드폰을 어디에 뒀는지 집 안 이곳저곳을 찾아 헤맨 끝에야 식탁 위에 놓여 있는 핸드폰을 찾은 그녀는 즉시 주원에게 전화가 왔었는지 확인을 해봤지만 그에게 왔던 전화는 없었다.

잠시 실망했지만 창밖으로 보이는 음산한 구름의 움직임에 은호는 온실로 가기 위해 서둘러 옷을 갈아입었다. 그녀가 현관을 나섰을 때는 벌써 하늘에서 간간이 빗방울이 떨어지기 시작하고 있다. 하지만 집과 온실의 거리가 얼마 되지 않았기 때문에 그녀는 그냥 온실을 향해 뛰어갔다. 기분이 좋기 때문인지 반가운 봄비가 내리기 때문인지 비를 맞으며 걷는 발걸음도 가볍기만 했다.

은호는 온실 입구에 달아둔 백열전등을 켠 다음 서둘러 창문을 닫기 시작했다. 온실은 반 지하 형태로 되어 있어 비가 창문 안으로 쏟아져 들어가면 온실 전체가 물에 잠길 수 있는 구조였다. 그래서 그녀가 이즈음 온실에 심어서 관리하는 꽃들은 대부분 장마 전에 출하할 수 있는 꽃들의 모종이었다. 출하시기를 앞두고 있는 카네이션과 5월 결혼 성수기를 앞두고 부케로 사용하기 위해 심은 여러 가지 꽃들의 진한 향기가 정신없이 바쁜 그녀의 입술에 부드러운 곡선을 그려주었다.

아빠 얼굴을 떠올리며 꼼꼼히 꽃들을 확인하는 그녀는 자신도 모르게 콧노래를 흥얼거리고 있었다. 도매로 계약된 꽃들을 먼저 살펴보고 충분히 물을 준 뒤 그녀가 안쪽에 놓아둔 다른 모종들의 상태를 확인하고 있을 때 스르르 온실 문이 열렸다. 은호는 고개를 들어 온실 안으로 들어오고 있는 주원을 바라보았다. 주원은 자신이 쓰고 온 우산을 온실 문 앞에 세워두고 천천히 은호 앞으로 걸어왔다.

"언제 들어온 거야?"

"들어온 지는 얼마 안 됐어요. 오빠도 지금 들어오신 거예요?"

"응, 뭐 하고 있었던 거야?"

"낮에 창문을 열어 놓고 나갔다 왔거든요. 바람 때문에 꽃대가 꺾인 건 없는지 확인도 하고 물도 주고 있던 중이었어요."

"낮에는 핸드폰도 집에 두고 어디 갔다 온 거야?"

그녀가 마지막 모종을 확인 한 뒤 주원의 앞으로 걸어갔을 때 그가 다시 물었다.

"어? 집에 왔다 다시 나가셨던 거였어요?"

"응."

"사실은 오늘 저한테 정말 엄청난 일이 있었어요."

은호는 주원을 바라보며 싱긋 웃었다. 오늘은 다시 생각해 봐도 믿기 힘들 정도로 행복한 날이었다. 주원도 그녀에게 있었던 일을 모두 알게 된다면 함께 기뻐해 줄 것이란 생각에 은호의 미소가 점점 더 크게 번졌다.

"좋은 일 있었나 봐?"

"네. 아주 좋은 일이 있었어요."

"무슨 일인데?"

"사실은 오늘 아빠를 만났어요."

은호의 목소리는 흥분으로 살짝 들떠 있었다. 주원은 말없이 그녀의 이야기를 듣고 있었지만 그의 눈빛만으로도 그가 이미 자신의 감정을 충분히 이해하고 함께 기뻐해 주고 있다는 사실을 그녀는 느낄 수 있었다.

"정말 잘됐다. 그런데 어떻게 연락이 된 거야? 그리고 지금은 어디에 계신 거고?"

"실은 오전에 경찰에게 연락이 왔어요. 길가에 사람이 쓰러져 있다는 신고를 받고 나갔는데 아빠가 의식을 잃고 쓰러져 계셨대요. 그래서 병원으로 옮긴 다음 아빠 주머니에 들어 있던, 제가 붙였던 전단지와 신분증을 확인해 보고 제게 연락을 하셨대요."

오늘은 정말 기쁜 날이었고 더 이상 울지 않으려고 마음을 굳게 먹었지만 아빠 이야기를 꺼내자 목이 잠겼다.

"그래서 낮에 병원으로 가서 아빠를 만났어요. 지금은 고모가 병원에 계세요. 전 내일 다시 가 보기로 했고요."

"고모라면, 널 고아원에 맡겼다는?"

"네."

은호는 고개를 끄덕였다.

"고모도 아빠를 찾아서 얼마나 기뻐하셨는지 몰라요. 그리고 병원에 계시는 동안은 고모들이 돌아가면서 아빠랑 함께 있어 주신대요."

"그렇구나. 그럼 지금까지 아버지 병원에 있다 온 거야?"

"아니요. 오후에는 예전에 제가 조경회사에 넣었던 이력서가 서류심사를 통과했다는 연락이 와서 면접을 보러 갔다 왔어요."

은호는 승준에 대해서도 이야기를 할까 잠시 망설이다 확실히 합격을 한 다음에 말하는 게 좋을 것 같다는 생각에 그에 대한 이야기는 꺼내지 않았다.

"회사가 어딘데?"

"세림 조경이요."

그 순간 주원의 눈이 가늘어졌다.

"세림 조경?"

"네. 제가 오늘 면접 본 회사가 바로 거기예요. 오빠도 세림 조경을 아시네요? 하긴 그 회사가 좀 크긴 하죠? 제가 볼 땐 우리나라에서 가장 전망 있는 조경 회사가 바로 세림 조경인 것 같아요."

그녀의 대답을 듣는 주원의 표정에 보일 듯 말 듯 희미하게 그늘이 생기고 있었다. 하지만 은호는 그 사실을 전혀 눈치채지 못했다.

"세림 조경에서 이번에 생태공원 입찰에 연달아 낙찰됐다더니 그래서 현장에 투입할 인턴 직원이 많이 필요해진 모양이에요."

"……."

"그런데 오빠, 왜 그러세요?"

"아니야."

"저 이제 그만 들어가서 씻고 옷도 좀 갈아입어야겠어요."

은호는 주원의 몸에 자신의 지저분해진 옷이 닿지 않게 조심조심 그의 옆을 지나쳤다. 그런데 너무 조심하려고 몸을 사린 나머지 균형을 잃고 화분 쪽으로 휘청거리고 말았다.

"어, 어……."

허공에서 열심히 팔을 휘젓는 그녀를 그가 잡아 자신 쪽으로 끌어당겼다.

"휴, 살았다."

은호는 방금 자신에게 압사당할 뻔했던 가녀린 모종들을 바라보며 안도의 한숨을 내쉬었다. 하지만 곧 자신이 흙을 만지고 물을 주느라 축축하게 젖은 팔로 주원의 허리를 끌어안고 있다는 사실을 깨달았다. 그녀는 얼른 그의 허리를 감고 있던 팔을 풀고 옆으로 한걸음 몸을 옮겼다.

"엄마야."

"괜찮아?"

주원이 재빨리 그녀의 어깨를 잡았다. 그의 손을 뿌리치기도, 그렇다고 가만히 서 있기도 어색해 그녀가 멀쩡한 화분을 유심히 관찰하는 척 허리를 굽히려고 할 때 주원이 다시 입을 열었다.

"사실은 오늘 구청에 가려고 했었는데."

"구청이요? 죄송해요."

"네가 왜?"

그 순간 은호의 머릿속에 그의 아버지에 대한 생각이 떠올랐지만 그녀는 아무 말도 꺼내지 않았다. 그가 아버지에게 자신과의 결혼을 알렸든 그렇지 않았든, 그리고 그의 아버지가 자신들의 결혼을 반대를 하든 인정을 하든, 그녀는 그와의 결혼을 번복하지 않을 생각이었다. 모두가 축하해 주는 결혼이라면 더할 나위 없이 행복하겠지만 어디에도 완벽한 행복이란 없다는 걸 잘 알고 있었다. 힘들고 부족할수록 그녀는 더 열심히 노력하고 적응하며 살아갈 것이다. 누구도 그에게서 아주머니의 유산을 넘볼 수 없도록 결코 흔들리지 않을 것이다. 이것이 그녀가 그를 사랑하는 방법인지도 몰랐다.

"넌 아버지한테 얘기하지 않아도 괜찮겠어?"

온실 문 앞에 도착하자 밖에서 들려오는 요란한 빗소리가 지금 얼마나 굵은 빗방울이 떨어지고 있는지를 짐작케 했다.

"이미 결정했던 일인데요."

"그리고 아버지는 퇴원하시면 이 집으로 모셔 오는 거지?"

"정말, 그래도 될까요?"

나직하게 물었지만 은호의 목소리는 분명 흥분으로 들떠 있었다.

"잊지 마, 채은호. 여긴 네 집이야. 난 어떤 경우에도 너한테서 이 집을 빼앗을 생각 없어. 그러니까 네가 꼭 성공해서 끝까지 이 집 지켜. 어머니도 그러길 바라고 계실 거야. 그리고 아버지가 쓰실 방 결정하면 얘기해. 내가 손 봐 줄게. 손보는 김에 가구도 좀 바꿔야겠다."

"오빠, 고마워요."

은호는 또다시 눈시울이 뜨거워지려 하자 코를 찡긋거렸다. 주원이 따듯한 눈빛으로 그녀를 내려다보고 있었다. 그녀에게는 이제 두 명의 가족이 생겼다. 아빠, 그리고 남편……

"저도 오빠 아버지를 위해 무언가 해드릴 수 있었으면 좋겠어요."

"……"

"언젠가는 그런 날이 오겠죠?"

그녀의 말을 끝으로 온실 안에 잠시 침묵이 감돌았다.

"너무 늦었다. 그만 나가자."

"네."

주원이 은호의 팔을 잡지 않은 다른 손으로 온실의 불을 껐다. 온실 안은 금세 시커먼 어둠에 잠겼다. 그리고 그녀의 숨소리도 그의 숨소리도 빗소리에 잠겨 버렸다. 마치 세상에 존재하는 거라곤 무섭게 쏟아지는 빗소리가 전부인 것 같았다.

"잘 안 보이지?"

"네."

"나한테 바짝 붙어."

주원이 그녀의 팔을 잡아당겨 자신의 허리를 감싸 안게 만들었다. 하지만 은호는 차마 그의 허리를 안은 손에 힘을 줄 수가 없었다. 긴장으로 심장이 오그라드는 것 같았다. 그 순간 그가 그녀의 어깨를 자신에게로 더 바싹 끌어당겼다. 그의 숨결이 그녀의 머리카락을 흔드는 것이 느껴졌다.

"가자."

작은 우산을 함께 쓰고 집을 향해 걷는 동안 그의 따듯한 팔이 그녀의 어깨를 감싸 안고 있었고, 그의 잘록하고 단단한 허리는 그녀의 팔 안에서 그녀를 지탱해 주었다. 두 사람은 하나의 몸처럼 그렇게 꼭 붙어 걸었다.

"주방에 우유 데워 놓을 테니까 씻고 마셔."

집 안으로 들어서자마자 서둘러 자신의 방으로 들어가는 은호의 등 뒤에서 주원이 말했다.

"네."

은호는 대답과 함께 얼른 방 안으로 들어섰다.

축축하게 젖은 옷을 서둘러 벗고 뜨거운 물 아래 서 있으려니 그녀의 입가에 다시 미소가 번졌다. 너무 행복해 지금 이 모든 게 꿈이면 어쩌나 불안할 정도였다. 그러다 문득 태웅에게 전화가 왔었는지가 궁금해졌다. 그러면 아빠가 어디에 계신지 몰라도 또다시 그녀에게 협박 전화를 하고도 남을 사람이었다. 그에게 전화가 온다면 아빠를 만났다는 사실을 알리지 않고 골탕을 먹여보는 건 어떨까? 이런저런 생각을 하다 혹시 주원이 전화를 받았던 건 아닌지 물어봐야겠다는 생각이 들자 몸을 씻는 손길이 빨라졌다. 서둘러 씻고 나온 그녀는 옷을 챙겨 입은 뒤 주원에게 물어보기 위해 2층으로 향했다.

똑! 똑!

"오빠."

"……."

"오빠?"

그의 방에서는 인기척이 없었다. 은호는 아직도 주방에 있는 것은 아닌지 확인하기 위해 다시 1층으로 내려왔다.

주방으로 들어서 불을 켜자 식탁 위 천장에 달린 샹들리에의 환한 불빛이 주방을 밝혔다. 하지만 주방에서 그녀를 맞아 주는 것은 뜨거운 김이 모락모락 올라오고 있는 하얀 유리 컵뿐이었다. 다시 주방에서 나온 은호는 컴컴하게 불이 꺼진 거실 쪽을 무심코 바라보다 소파 팔걸이 위로 무언가 삐죽 튀어나온 것을 발견했다.

소파 곁으로 걸어간 그녀의 눈에 소파 밖으로 삐죽 튀어나온 발과 소파 위에 길게 누워 있는 주원의 모습이 보였다. 테이블 위에는 그가 마신 것으로 보이는 빈 와인 잔이 있었다. 그에게 조금 더 가까이 다가가자 은은하게 포도주의 향이 풍겨왔다. 은호는 주원을 부르려다 그냥 소파 앞에 쪼그리고 앉았다. 그의 얼굴을 마음껏 감상할 수 있는 흔치 않은 기회를 날려 버리고 싶지 않아졌다. 모양 좋은 반듯한 이마, 도도한 콧날, 조각해 놓은 것처럼 정교하고 기품이 넘치는 입술, 어느 것 하나 평범하게 생긴 부분이 없었다. 은호는 그의 입술을 조금 더 유심히 바라보다 자신도 모르게 꿀꺽 침을 삼키고 말았다.

"오빠."

더 이상은 혼자만의 감상도 위험할 것 같다는 판단을 내린 그녀는 조심스럽게 주원의 어깨를 흔들었다. 하지만 그는 아무런 반응이 없었다. 얼마나 피곤했기에 이렇게 곤하게 잠이 든 것인지. 은호는 잠시 망설이다 자신의 방으로 가 얇은 이불을 하나 가지고 나와 그의 몸 위에 조심스럽게 덮어 주었다. 그때까지도 그는 꼼짝도 하지 않고 누워 있었다. 그녀가 덮어준 이불이 규칙적으로 흔들리는 게 보였다. 은호는 다시 주원의 앞에 앉았다. 그는 자는 모습마저도 참 근사한 남자였다.

"오빠."

은호는 자신의 귀에도 잘 들리지 않을 정도로 작은 소리로 다시 주원을 불러 보았다. 당연히 그는 아무런 반응이 없었다.

"고마워요."

그녀는 잠시 망설이다 다시 용기를 냈다.

"그리고, 사랑해요."

무언가에 홀린 것처럼 그녀는 잠든 그에게 고백을 했다. 곤한 잠에 빠져 듣지 못하는 사람에게 고백한 것이었지만 그녀의 심장은 미친 듯이 빠르게 내달렸다. 그러다 손끝으로 그의 입술을 만져 보고 싶어 입술 가까이로 손을 뻗었다. 하지만 그 말캉한 느낌이 손가락 끝에 닿기도 전에 손등으로 전해진 뜨거운 숨결에 그녀의 몸이 진저리치듯 떨렸다. 은호는 자리에서 벌떡 일어섰다. 더 이상 이곳에 있으면 자신이 무슨 짓을 하게 될지 알 수 없었다. 그런데 그녀가 막 소파 옆을 지나가려는 순간 무언가 허벅지에 걸렸다. 잠시 잊고 있던 그의 발을 건드린 것이다.

"오빠……."

잠에서 깼는지 천천히 눈을 깜박거리고 있는 주원을 바라보는 은호의 입에서 쉰 것처럼 나직한 목소리가 흘러나왔다.

눈을 뜬 주원은 눈을 동그랗게 뜨고 자신을 바라보고 있는 은호의 말간 얼굴을 올려다보았다. 주방에서 새어 나오고 있는 불빛이 전부였지만 그와 은호의 시선은 조금도 흔들림 없이 서로를 응시하고 있었다.

은호를 방으로 들여보내고 자신의 방으로 올라간 그는 아버지에게 전화를 걸었지만 통화는 하지 못했다. 한번 일에 파묻히면 며칠이고 세상과 단절된 채 목표했던 일을 끝내고야 마는 분이니 그는 통화를 포기하고 다시 주방으로 내려왔다.

은호에게 줄 따듯한 우유를 한잔 만들어 식탁 위에 올려놓은 그는 와인을 따라 거실로 나왔다. 달콤한 와인을 한 모금을 마시자 머릿속에 뒤엉켜 있던 생각과 몸의 피로가 사르르 녹아내리는 것 같았다. 그는 단숨에 와인 잔을 비운 뒤 소파에 몸을 눕혔다. 그동안 사무실을 정리하고 일거리를 알아보러 다니면서도 피곤하다고 느끼지 못했는데 뭔지 모를 편안함 때문인지 스르르 잠이 몰려왔다. 얼마간 정말 잠이 들었던 것인지 눈만 감고 있었던 것인지 그는 알 수 없었다. 그가 기억하는 것은 무언가 대단한 비밀을 속삭이는 듯 나직했던 은호의 목소리뿐이었다.

"깨셨어요?"

은호가 어색하게 웃으며 침을 삼키는 게 보였다.

"여긴 나한테 너무 좁아."

그는 팔로 이불을 걷어 젖히고 상체를 일으킨 다음 긴 다리를 바닥으로 내렸다.

"우유는 마셨어?"

"아직이요……."

"다 식었겠다. 내가 가져다줄게."

"아니에요. 제가 가서 마실게요."

"그냥 있어."

그는 그녀의 팔을 잡아당겨 소파에 앉게 한 다음 주방을 향해 성큼성큼 걸어갔다. 식탁 위에 놓아둔 컵에는 아직 온기가 남아 있었다. 그가 다시 우유를 데우기 위해 몸을 돌리려는 순간 은호가 주방으로 쪼르르 따라 들어왔다.

"저 너무 뜨거운 건 잘 못 마셔요."

"아직 미지근하긴 한 것 같은데."

"그럼 그냥 주세요."

주원은 손에 들고 있던 유리잔을 은호에게 건넸다.

"잘 마실게요."

은호는 그에게 건네받은 따듯한 우유를 입으로 가져가 조금씩 홀짝이기 시작했다.

"꼭 고양이 같다."

그녀를 바라보는 그의 입가에 느릿하게 미소가 번졌다.

"고양이요?"

"응, 꼭 새끼 고양이처럼 귀엽다고."

"숙녀한테 귀엽다는 말은 그다지 바람직한 칭찬은 아닌 것 같은데요."

하얀 우유가 묻은 그녀의 입술이 귀엽게 삐죽거렸다.

"그럼 섹시하게 마신다고 해 줄까?"

"그건 거짓말인 게 너무 티가 나죠."
"그럼?"

주원의 눈이 재미있다는 듯 휘어졌다. 그는 웃는 모습이 참 매력적인 사람이다. 물론 웃지 않아도 너무 근사하고 멋진 사람이지만.

"저 그만 제 방으로 가서 마실게요."

은호는 주원이 자신을 너무 빤히 바라보고 있어 주방에서 우유 마시기를 포기하고 말했다.

"왜?"
"마시고 바로 자려고요. 잘 마실게요."
"내일 아버지한테 같이 가자."

그녀가 그를 지나쳐 주방을 나서려는 순간 그녀의 등 뒤에서 주원이 나직한 목소리로 말했다.

"네?"

지금 그가 말한 아버지가 그의 아버지인지 자신의 아빠인지 알 수 없었다. 하지만 어떤 아버지를 말했든 그가 먼저 만나러 가자고 했다는 사실이 중요했다. 은호는 천천히 몸을 돌렸다.

"나중에라도 예비 사위가 인사도 안 온 걸 아시면 얼마나 서운하게 생각하시겠어?"

은호는 너무 놀라 자신의 손에 들려 있는 컵에서 우유가 쏟아져 바닥으로 흐르고 있다는 사실도 깨닫지 못하고 주원의 얼굴을 바라보고 있었다. 그러다 다리에 튀는 우유를 느끼고 바닥을 바라보았다.

"왜 그렇게 놀라?"
"……."

"사실 마음 같아서는 오늘 저녁에라도 당장 인사를 드리러 가야 할 것 같지만 시간도 너무 늦었고 고모님도 계신데 예의가 아닌 것 같아서……."

활짝 웃으려고 했는데 괜히 눈가에 눈물이 고였다.

"오빠……."

다시 사랑한다고 말하고 싶었다. 고맙다거나 좋아한다는 말이 아니라, 너무 사랑하고 오빠가 있어서 정말 행복하다는 감정을 솔직하게 표현하고 싶었다. 하지만 그에게 부담을 주는 사랑은 하고 싶지 않았다. 죽을 때까지 그가 알지 못한다 해도 그녀는 자신의 사랑을 후회하지는 않을 것 같았다.

"이제부터 내 건 전부 네 거고, 네 건 전부 내 거야. 그러니까 너한테 중요한 사람은 나한테도 중요한 사람인 거지. 많이 부족하겠지만 너희 아버지도 우리 아버지처럼 생각하려고 노력할게."

그녀에게 그는 과거에도 현재도 중요한 사람이었다. 하지만 미래에는 더 중요한 사람이 될 것 같았다.

"고마워요."

고맙다는 말로 다 표현할 수 없는 감정이었지만 그녀가 표현할 수 있는 말은 고작 그게 다였다.

"정말, 많이……."

"내가 하는 말, 행동 모두 당연한 거야. 그러니까 너도 당연하게 받아들여."

은호는 주원의 얼굴을 바라보았다. 그가 한 말이 온몸에 잔잔한 여운을 남겼다.

"그만 가서 쉬어."

"갑자기 피곤하지가 않아요."

"그래도 가서 쉬어. 푹 자고 내일 아버지한테 예쁜 얼굴로 가야지."

"그럼 제가 흘린 우유만 닦고 들어가서 잘게요."

은호는 바닥을 닦기 위해 컵을 잠시 식탁 위에 내려놓았다.

"내가 할게."

"아니에요."

은호는 서둘러 바닥을 닦았다.

"그런데 은호야. 아버지 걱정하지 않으시게 다음 학기에는 꼭 복학하도록 해."

주원은 짧은 순간 그녀가 생각하지 못했던 부분까지 참 많은 생각을 하고 있었던 모양이다.

"아버지 다시 만났으니까 이제 적어도 네 한쪽 어깨는 가벼워졌잖아. 그러니까 앞으로는 네 꿈을 위해 학교 공부랑 네가 정말 하고 싶었던 일들만 전념하면서 지내 봐."

"세림 조경에 취직하는 것도 제가 꼭 해보고 싶었던 일인걸요."

"하지만 네가 학교도 졸업하지 않고 인턴사원으로 그것도 현장 직원으로 고생하는 거 아버지가 아시게 되면 마음 아파하실 거야."

"제가 정말 하고 싶은 일이라는 거 아시면 이해해 주실 거예요."

"은호야."

"네?"

"날 생각해서라도 그냥 복학하면 안 될까?"

"오빠를 위해서요?"

"모든 건 다 때가 있는 법이야. 그냥 그렇게 평범하게 생활하는 네 모습 보고 싶어."

은호는 주원의 마음을 알 것도, 모를 것도 같았다. 하지만 그가 원한다면 끝까지 고집을 피울 수 있을지 자신이 없어졌다.

"생각해 볼게요."

"그래, 잘 생각해 봐."

"그리고 오빠……."

"응?"

"오빠는 정말 좋은 분이세요."

다음날 아침 함께 집을 나선 두 사람은 다른 일은 모두 제쳐 두고 곧장 구청으로 향했다. 그들이 미리 부탁을 해 둔 증인 중 굳이 직접 함께 참석하겠다는 한 사람, 재훈이 먼저 구청 앞에 도착해 그들을 기다리고 있었다. 그런데 합법적인 부부가 되는 일은 머릿속의 생각만큼 복잡하지도, 사람들이 시선만큼 별나지도 않았다. 구청에서 몇 가지 서류를 작성해 접수하고 나니 이제 부부가 되었단다.

부부……. 그들에게 아직은 낯선 단어였지만 참 예쁜 두 글자였다. 너무 짧은 시간 안에 준비 없이 결정된 일이었기에 마음이 조금은 무거웠지만 은호는 부부라는 두 글자를 가슴속에 정성스레 새겨 넣었다. 어떤 순간에도 그녀 스스로 이 단어를 바닥에 내려놓지 않을 것이다.

"이제 두 사람 정말 부부인 거야? 나는 내가 증인을 섰는데도 도무지 믿기지가 않는다."

재훈의 말에 주원이 의미심장한 눈길로 은호를 바라보았다.

"아버지도 병원에 계시고 하니까 신혼여행은 정식으로 결혼식 올린 다음에 그때 가는 걸로 하자."

"결혼식이요?"

재훈이 로맨틱 영화를 감상하는 것 같은 표정으로 자신들의 모습을 가만히 지켜보고 있는 상황에 주원의 입에서 결혼식이라는 단어가 흘러나오자 은호는 얼굴이 너무 뜨거워져 슬며시 고개를 숙였다.

"안 돼요, 은호 씨. 그냥 1박 2일, 아니, 당일치기로라도 오늘 당장 떠나자고 하세요."

재훈이 부끄러워하는 은호에게 심술궂게 말했다.

"넌 빠져."

"전, 정말 생각 안 해봤는데……."

신혼여행! 수학여행이 아니라 신혼여행이란다. 그것도 주원과의 신혼여행이라니. 정말 꿈에서도 생각해 본 적이 없는 일이었다. 은호는 기쁨으로 가슴이 두근거리면서도 얼굴이 화끈거려 두 손으로 얼굴을 가리고 싶었다.

"생각 같아서는 재훈이 말대로라도 하고 싶은데, 아버지가 병원에 계신데 우리끼리 여행을 다녀온다는 것도 그렇고, 너무 준비 없이 아무 데로나 가는 것도 마음에 들지 않아. 다음에 결혼식 끝나고 가도 괜찮겠지?"

주원이 은호를 바라보며 물었다.

"네. 오빠가 하자는 대로 할게요."

"은호 씨, 내가 정말 남 같지 않아서 하는 말인데, 한 사람만 무조건 양보하고 순응하는 결정은 결코 이상적인 결혼 생활을 위한 길이 아니에요. 그리고 앞으로는 힘쓰는 일은 전부 주원이한테 시키세요. 특히 뒤뜰에 수로 같은 거 만드는 일 건축사들은 눈 감고도 할 수 있어요."

재훈이 싱긋 웃으며 말했다. 은호는 이렇게 말도 안 되는 결혼의 증인이 되어준, 그리고 그들을 이해해 주는 재훈이 너무 고마웠다.

"너무 감사해요."

"어유, 별말씀을요. 앞으로는 제수씨라고 부를게요."

조촐하지만 따뜻한 재훈의 축하를 받으며 은호는 남편이 된 주원과 함께 구청을 빠져나왔다.

"나는 재훈이 사무실에 잠깐 들렀다 이따 시간 맞춰 병원으로 가서 기다릴게."

"네."

"면접 잘 보고 와."

"네."

주원은 은호를 레드호텔 앞에 데려다 준 뒤 재훈과 함께 그의 사무실로 향했다. 그들을 태운 차가 시야에서 완전히 사라진 뒤에야 은호는 호텔 안으로 천천히 발걸음을 옮겼다.

여전히 믿기지 않았다. 자신이 11년 전 그 근사하고 도도했던 왕자님의 아내가 되었다는 사실이. 아빠에게는 갑작스러운 소식일 테니 진짜 결혼식을 올릴 때까지 당분간은 말하지 말자고 주원에게 부탁해야겠다고 생각하며 천천히 걷고 있을 때 뒤쪽에서 그녀를 부르는 소리가 들려왔다.

"채은호!"

입구에서 그녀의 이름을 부른 사람은 예상했던 대로 승준이었다. 댄디한 스타일의 옷차림에 멀끔한 얼굴로 이런 공공장소에서 누군가의 이름을 크게 부를 수 있는 승준의 뻔뻔함이 은호를 피식 웃게 만들었다. 건들거렸던 첫 만남 때부터 승준이 밉지 않았던 것은 어쩌면 이런 인연으로 이어질 것이란 걸 미리 알고 있었기 때문인지도 모른다.

"안녕하세요?"

"괜찮은 동생이네. 10분 전에 미리 도착해 기다리는 예의도 알고."

승준이 자신의 시계를 바라보며 말했다.

"그런데 미안해서 어쩌지?"

"뭐가요?"

"오는 길에 어머니한테 전화가 왔는데, 조금 늦으실 것 같다고 하더라고."

승준은 아침 일찍 집에서 사라졌던 세라를 은호를 만나기 위해 사무실을 나서던 중 엘리베이터 안에서 다시 만났다. 그런데 평소의 그녀답지 않게 그와 얼굴이 마주치자 당황스러워하는 모습이 역력했다. 그는 무언가 이상한 기분을 느꼈다. 자신보다 위층에서 내려오는 것이라면 분명 어머니 사무실에서 내려왔다는 얘긴데, 어머니는 오전에 현장에 일이 있다고 하셨기 때문이다. 별일 아닐 거라고 애써 무시하려는 찰나 어머니에게 약속 시간에 조금 늦을 것 같다는 연락이 왔다.

"전 괜찮아요. 그런데 잠깐 전화 좀 하고 올게요."

"그래. 먼저 들어가 있을게."

화장실 쪽으로 걸어가는 은호를 바라보며 승준은 크게 숨을 들이마셨다.

마치 긴 시간을 헤맨 끝에 미로의 출구가 바로 눈앞에 보이는 듯한 기분이었다. 그가 오늘 아침 어머니가 현장 출장을 나가시기 전 잠시 사무실에 들렀을 때 어머니는 사진 한 장을 보고 계셨다. 그가 누구 사진이냐고 묻자 딸아이 사진이라고 대답하셨다. 궁금함을 참지 못하고 그가 어머니 곁으로 다가가자 하얗고 갸름한 얼굴에 동그란 눈, 그리고 긴 생머리를 가지런하게 늘어뜨린 귀여운 사진 속 꼬마 숙녀가 마치 인사라도 건네듯 수줍은 표정으로 그를 바라보았다. 두 사람을 연관시키려 하지 않아도 저절로 은호가 떠오르는 이목구비였다. 은호가 어머니의 딸일지도 모른다, 에서 시작했던 의심이 현실이 되었다는 사실을 깨달은 순간 그는 정말 가슴이 터져 버리는 줄 알았다. 마음 같아서는 당장 어머니께 사실을 얘기하고 싶었다. 하지만 어떻게 하는 것이 좋을지 망설이고 있는 사이 어머니가 시간이 없다며 먼저 사무실을 나가셨다. 그런데 만약 그 사진을 세라도 어머니의 사무실에서 봤다면? 그 사진의 행방이 어떻게 됐을지 모르겠다는 생각이 들자 그는 다시 어머니에게 전화를 걸었다.

"어머니, 지금 어디세요?"

[응, 누가 사무실에 잠깐 오신다고 해서 기다리고 있는 중이야.]

"아, 그러세요? 그럼 바로 오실 수 있으신 거죠?"

[그래. 걱정 마.]

"네. 조심해서 오세요."

승준이 전화를 끊었을 때 은호가 화장실에서 나오는 모습이 보였다.

"채은호, 너 앞으로 나한테 오빠라고 불러라."

"네?"

"지금 한 번 불러 봐."

은호는 그의 말을 농담으로 받아들인 듯 피식 웃어 넘겼다.

"내가 네 살 더 많으니까 오빠 맞잖아?"

"제가 취직하면 이사님이라고 불러야 하는 거 아니었어요?"

"아직은 아니잖아? 빨리 오빠라고 불러 봐."

※ ※ ※

주원이 세림 조경으로 가기 위해 차를 몰고 있을 때 전화벨이 울렸다. 은호였다.

[오빠, 저 은혼데요. 잠깐 통화하실 수 있으세요?]

"응, 왜?"

[제가 약속 시간보다 조금 늦을지도 몰라서요. 오빠도 병원에 천천히 오시라고요.]

"왜? 무슨 일 있어?"

[아니요. 면접이 조금 늦게 시작될 것 같아서요. 그런데 오빠는 지금 어디세요?]

"누구 잠깐 만나러 가는 길이야."

[아, 운전 조심하세요.]

"그래. 너도 잘하고 와."

[네.]

조금 전까지 딱딱하게 굳어 있던 그의 입가가 전화를 끊는 순간 부드럽게 휘어지고 있었다. 그가 생각해 봐도 놀라운 변화가 아닐 수 없었다. 너무 깨끗하고 순진해 아내라는 단어와 함께 떠올리는 것이 도무지 어울리지 않았지만 그녀는 이제 그의 아내가 되었다. 불과 며칠 만에 벌어진 엄청난 일이 아닐 수 없었다. 아내……. 아, 내, 사람…….

변치 않는 마음을 가지고 누군가를 끝까지 사랑하는 남자를 본 적이 없었다. 사랑, 그런 게 실제로 존재하는 감정인지, 그리고 변하지 않는 감정인지 도무지 확인할 방법이 없었지만 은호를 생각하면 마음이 편안하고 따듯해졌다. 그리고 그냥 그녀가 좋았다. 계속 함께 있고 싶고, 지켜주고 싶고, 행복하게 해 주고 싶었다. 아니, 자신으로 인해 그녀가 행복해하는 모습을 보고 싶었다. 어쩌면 그가 알고 싶었던 사랑을 그는 지금 조금씩 알아가고 있는 중인지도 모른다.

은호와의 짧은 통화로 잠시 잊고 있던 생각이 뒤차가 울려대는 클랙슨 소리와 함께 다시 그의 머릿속에 떠올랐다. 사실 조금 전 필요한 자료가 있어 재훈의 사무실로 향하던 길에 별생각 없이 명함 카드를 뒤적이다 세라 어머니의 명함을 발견했다. 세림 조경 이미연 상무. 이름과 직함이 금색으로 또렷하게 수놓아져 있는 평범한 명함이었다.

그런데 문제는 그 명함이 아니라 바로 오늘 아침에 그가 봤던 신문 속에 있었다. '공모전 1등 수상자 차주원 씨와 세림 조경의 최윤구 사장이 악수를 나누는 모습……' 이라는 사진의 설명으로 시작된 기사 속 세림 조경 사장의 이름은 분명 최윤구라고 적혀 있었다. 그리고 세림 조경의 상무이자 세라의 어머니는 이 씨였다. 그런데 두 사람의 딸인 세라는 임 씨란다. 주원은 무언가로 머리를 세게 얻어맞은 것처럼 잠시 아무 생각도 들지 않았다. 한국의 평범한 가정에서는 절대 일어날 수 없는 일이었기 때문이다. 하지만 그는 그 순간 망설임 없이 세라 어머니의 사무실인 세림 조경 상무실로 전화를 걸었다. 다행히 그분은 자리에 계셨고, 그를 만나겠다고 했다.

똑! 똑!

상무실 앞에 도착한 주원은 차분하게 노크를 했다.

"들어오세요."

"상무님과 약속을 하고 왔는데요."

"차주원 건축사님이시죠? 지금 안에서 기다리고 계세요."

비서가 그를 안으로 안내했다.

"상무님, 차주원 건축사님 도착하셨습니다."

비서가 열어준 문을 지나 사무실 안으로 들어서자 책상에 앉아 있던 하얗고 갸름한 얼굴의 중년 여인이 환하게 웃는 얼굴로 자리에서 일어서 그에게 다가왔다. 예상했던 것보다 젊고 부드러운 이미지에 모델처럼 키가 큰 세라와는 달리 평범한 체구의 소유자였다.

"처음 뵙겠습니다. 차주원입니다."

"세라한테 얘기 많이 들었어요. 언제쯤 직접 만나게 될지 무척 궁금했었는데 이렇게 직접 찾아와 주다니, 너무 반가워요."

악수를 나누는 동안 이 상무의 입가에 따뜻한 미소가 잔잔하게 머물렀다. 그런데 그 미소가 왠지 낯설지 않게 느껴졌다. 정확히 어떤 단어로 꼬집어 표현을 하기에는 아주 미묘한 낯익음이었지만 세라와는 다른 느낌이었다. 부드러운 듯 편안하지만 화려하다기보다는 섬세하고 정적인 느낌. 하지만 분명 낯설지 않았다.

"세라가 그렇게 칭찬을 한 이유를 딱 보니까 알겠네요."

이 상무는 그에게 무척 호의적이었다.

"갑자기 연락을 드렸는데도 흔쾌히 시간을 내주셔서 감사합니다."

"별말씀을요. 그런데 오늘 날 만나러 온 거 세라도 알고 있나요?"

"아닙니다."

의외라는 듯 이 상무의 입가에 묘한 미소가 감돌았다.

"무례하다고 생각하실 수도 있겠지만 제가 오늘 뵙자고 한 이유를 바로 말씀드리겠습니다."

두 사람이 소파에 마주 앉았을 때 주원은 뜸들이지 않고 바로 입을 열었다.

"그 이유가 뭐죠?"

"임세라 씨와 정확히 어떤 관계이신지 알고 싶습니다."

"세라, 내 딸이에요. 이미 알고 있는 사실 아닌가요?"

마치 지금 농담을 듣고 있다는 듯, 하지만 그 농담이 그다지 마음에 들지는 않는 듯 이 상무의 입가에 의아한 미소가 번졌다.

"임세라 씨가 세림 조경 최윤구 사장님과 이미연 상무님 사이에 태어난 딸이 맞다는 말씀이신가요?"

표정 없이 냉정한 말투로 묻고 있는 주원의 질문이 불쾌하게 느껴질 법도 한데 이번에 이 상무는 잠시 말이 없었다.

"내가 배 아파 낳은 딸은 아니에요."

"그럼 입양하신 겁니까?"

"그게 그렇게 중요한 문제인가요? 우리 세라가 상처가 많아서 자기 것에 대한 집착이나 욕심이 좀 많다는 건 알아요. 하지만 난 차주원 씨 정도면 우리 세라와 여러 가지 면에서 잘 맞을 거라고 생각했는데."

"말씀 도중 죄송합니다. 임세라 씨와 제 관계를 어떻게 오해하고 계시는 건지 잘 모르겠습니다만, 저희는 예전에 잠시 만났을 뿐 지금은 어떤 관계도 아닙니다."

이 상무의 인간적이었던 눈빛이 얼음처럼 온기 없이 굳어 버렸다.

"정확히 언제부터였죠?"

"전에 영국에서 아버지를 만나셨다는 얘기 들었습니다. 저희는 그전에 이미 헤어진 상태였습니다."

"헤어진 이유를 물어봐도 될까요?"

잠시 무언가를 생각하는 듯 말이 없던 이 상무가 다시 침착한 목소리로 물었다.

"특별한 이유는 없지만, 서로 합의하에 헤어졌습니다."

그가 야근을 끝내고 새벽에 퇴근을 하던 그날, 호텔에서 그의 동료와 함께 나오던 세라의 모습을 보지 못했다면 어쩌면 그들의 끔찍했던 관계는 조금 더 오래 지속되었을지도 모른다. 세라는 그가 자신들의 모습을 봤다는 사실조차 알지 못했으니까. 하지만 그일 뿐 아니라 그 이후에도 그녀가 일부러 그 앞에서 그의 어머니 모습을 흉내 내려 한다는 것이 눈에 보이기 시작하자 더 이상은 참을 수가 없어졌다. 그의 약점이 어머니일 것이라 추측한 것은 그녀가 내린 판단 중에 가장 어리석은 것이었다.

"그리고 한 가지 더 분명하게 말씀드릴 게 있습니다. 저는 이미 장래를 약속한 사람이 있습니다. 세라가 그동안 저와의 관계에 대해 상무님께 어떤 식으로 말씀을 드렸는지는 모르겠지만 앞으로도 제 마음이 바뀔 일은 절대 없으니 이 점은 분명하게 기억을 해주셨으면 좋겠습니다."

"차주석 건축사님과도 얘기가 좀 다르군요."

"아버지와 제 생각에 차이가 있다는 건 인정합니다. 하지만 전 뉴라인과도 그 사람을 바꿀 생각이 없습니다."

똑! 똑!

그때 문에 노크 소리가 들려왔다.

"어머니."

이 상무가 대답을 하기도 전에 문을 벌컥 열고 안으로 들어온 사람은 세라였다. 얼마나 서둘러 온 것인지 사무실 안으로 들어선 뒤에도 얕은 숨을 쌕쌕거리고 있었다.

"주원 씨가 우리 어머닐 다 찾아오다니, 어제 만났을 때만 해도 아무 말 없었잖아요?"

"제 용건은 다 끝났습니다."

주원은 세라에게 눈길도 주지 않았다.

"잠깐만요, 주원 씨."

"세라야, 넌 어떻게 알고 온 거니?"

"어머니 무슨 얘길 나누신 거예요? 주원 씨가 찾아왔으면 저한테 연락을 좀 주시지 그러셨어요?"

이 상무를 향해 책상으로 다가가던 세라가 자신의 토드백으로 책상 위에 놓여 있는 파일 하나를 슬쩍 건드리는 순간 그 내용물이 바닥으로 화르르 쏟아져 내렸다. 그중 낡은 사진 한 장이 주원의 앞까지 뱅글뱅글 돌며 미끄러져오다 구두에 닿고는 움직임을 멈췄다.

"세라야, 차주원 씨와 헤어졌다면서? 왜 사실대로 얘기하지 않았던 거니?"

"아, 저희 완전히 헤어진 거 아니에요. 그렇게 쉽게 헤어질 수 있는 사이가 아니라고요. 어머니도 주원 씨 아버지 직접 만나 보셨잖아요?"

"세라야."

"우리 여기에서 이렇게 아니라 밖으로 나가요."

이 상무와 세라가 나누는 이야기 소리가 귓가에 들려왔지만 주원은 허리를 굽혀 바닥의 사진을 집어 들었다.

손때로 가장자리가 얼룩진 사진을 집어 든 주원은 천천히 사진은 뒤집었다. 사진 속에는 일고여덟 살 남짓으로 보이는 여자아이가 잔디 위에 혼자 서서 활짝 웃고 있었다. 그런데 사진 속 꼬마의 생김새가 어딘지 눈에 익었다. 긴 생머리를 어깨 위로 풀어 내리고 하늘거리는 파란색 원피스 차림의 사랑스러운 꼬마는 하얀 피부에 빨간 입술, 그리고 활짝 웃고 있는 왼쪽 볼에 희미하게 보조개가 들어가 있었다. 사진이 많이 낡은 것으로 봐 지금은 이 꼬마가 숙녀가 되어 있을 것이란 사실을 짐작할 수 있었다.

"이리 주세요."

주원에게 다가온 이 상무가 사진을 낚아채듯 가져갔다.

"세라 어릴 적 모습인가요?"

"아니에요."

이 상무는 단호하게 대답하고는 사진을 파일 사이에 집어넣고 얼른 파일을 책상 서랍 안에 넣었다.

"그럼 세라 말고 다른 따님이 또 계신 겁니까?"

"주원 씨, 그 아이는……."

세라는 거칠게 숨을 몰아쉬었다. 채은호라는 아이에 대해서는 계속 알아보고 있는 중이었다. 정말 순진한 아이인지, 아니면 완벽하게 순진함으로 가장하고 있는 아주 영리한 아이인지. 아직 그 아이의 실체를 정확하게 알지는 못했지만 조만간 한 번에 그 아이를 주원에게서 떼어낼 계획이었다. 그러기 위해 필요하다면 어머니 이름을 한 번 더 빌려볼 생각이었다. 어머니가 자신을 위해 해 줄 수 있는 무언가가 더 있을지를 알아낼 생각이었다. 그런데 뜻하지 않게 어머니의 책상에서 어린 은호의 사진을 발견하고 말았다. 누가 봐도, 심지어 전혀 모르는 사람에게 현재 은호와 어머니 책상에서 발견한 아이의 사진을 동시에 보여줘도 동일 인물이라고 확신할 수 있을 정도로 두 사람은 닮아 있었다. 자신의 모든 노력이, 간절했던 소망이 또다시 수포로 돌아간 느낌이었다. 그런데 하필 저 사진이 주원의 손에 들어가다니……. 세라는 이제 정말 모든 것이 끝났다는 생각뿐이었다.

이제껏 살아오는 동안 자신에게 잃을 것은 아무것도 없다고 생각했었는데, 다시 생각해 보니 자신의 친부모님도 지금의 어머니도, 그리고 주원도 자신에게 너무나 소중한 사람들이었다. 자신이 조금만 더 솔직했다면 어쩌면 완전히 잃지 않았을 수도 있었던 사람들이라고 생각하니 갑자기 머릿속에, 가슴속에 커다란 구멍이 생기는 것 같았다. 그런데 하필 이때 은호의 존재를 알게 된 것이다. 주원도 그 아이의 존재를 알게 된다면 어머니가 알게 되는 건 시간문제였고, 주원의 아버지에게까지 사실이 알려지는 것 또한 불을 보듯 뻔한 결과였다.

막고 싶었다. 언젠가는 밝혀지더라도 지금은 아무것도 준비가 되어 있지 않았다. 아니, 모두에게 한꺼번에 버려지는 건 정말 너무나 두려웠다. 그러기 위해서는 조금의 시간이라도 벌어야 했다. 어차피 거짓말로 얼룩진 삶, 한 가지 거짓말을 더 보탠다고 무슨 큰일이야 일어나겠는가.

"그 아이는, 죽었어요."

"세라야!"

"어머니가 그러셨잖아요? 그 아이 꿈속에서밖에 만날 수 없다고. 기다려도 오지 않고 만날 수 없는 존재는 그냥 죽었다고 생각하시는 게 나아요. 제 친부모님처럼요."

※ ※ ※

"데려다 줘서 고마워요."

"고맙긴, 미안해 죽겠는데. 대신 다음 주 월요일에는 그냥 회사로 와. 어머니도 그러라고 하신 거니까."

은호는 고개를 끄덕였다. 그의 어머니는 끝내 약속 장소에 나타나지 않았다. 처음 한 시간가량은 전화 통화가 되지 않았고, 그 후 통화가 됐을 때는 갑자기 몸이 좋지 않아져 오지 못할 것 같다고 했다. 대신 다음 주 월요일 회사로 직접 찾아와 달라는 부탁을 남겼다고 승준이 말을 전했다. 전화를 끊은 뒤 승준은 은호에게 미안해하면서도 왠지 계속 기분이 좋지 않아 보였다.

"아버지 빨리 완쾌하시길 바랄게."

"고마워요. 그만 들어가 볼게요."

"응."

승준의 차는 순식간에 은호의 시야에서 사라졌다.

"뭐야? 설마 채은호가 양다리야?"

"깜짝이야."

은호는 갑자기 자신의 어깨를 턱하니 잡는 손길에 깜짝 놀라 뒤를 돌아보았다. 그녀의 어깨에 올려 진 손의 주인은 다름 아닌 재승이었다.

"재승아, 네가 여긴 어쩐 일이야?"

"아는 사람이 이 병원에 입원했다고 해서. 그러는 너는 여기 어쩐 일이야?"

"재승아, 사실은 나 아빠 찾았어."

은호의 대답에 천천히 껌뻑거리던 재승의 눈이 이내 벌겋게 달아오르기 시작했다.

"정말? 정말이야?"

눈물을 참아 보려는 듯 눈에 힘을 주고 묻고 또 묻고 있는 재승의 표정에 은호도 괜스레 목덜미가 화끈거렸다.

"응. 정말, 정말 다시 만났어."

은호의 대답에 재승은 이내 크게 소리 내 울기 시작했다. 지나가는 사람들이 무슨 일인가 한 번씩 힐끔거리며 지나가는 통에 시선이 여간 불편한 것이 아니었지만 은호는 재승의 따뜻한 마음이 가슴 깊이 느껴져 그녀를 품에 안고 천천히 등을 토닥이기 시작했다.

"고마워."

"흐어어엉, 내가 뭘 해줬다고. 으흐흐흐헝······."

"이렇게 기뻐해 줘서."

"그런데 아까 그 남자는 누구야?"

얼마 후 눈물로 번진 마스카라라 신경이 쓰였는지 병원 현관 기둥 뒤로 은호를 끌고 간 재승이 손거울로 자신의 얼굴을 확인하며 물었다.

"나 지난번에 세림 조경에 이력서 넣었던 거 서류 전형 통과해서 면접 보러 갔다 오는 길이야. 거기에서 만난 사람이야."

"처음 만난 사람이 널 태워줬다고?"

"응."

"되게 좋은 사람이네. 그런데 너 지금 이런 모습 내가 봤으니까 망정이지, 만약에 너희 주원 오빠가 봤으면 딱 오해 사기 좋은 모습이었다."

재승다운 억지 주장에 은호는 피시 웃고 말았다.

"농담 아니야. 내가 너희 첫 부부싸움을 막아준 은인일 줄이나 알아라. 근데 병원에는 혼자 가?"

"아니, 오빠 오기로 했어."

은호는 자신도 모르게 씩 웃고 있었다.

"그렇게 좋아?"

"뭐가?"

"주원 오빠 생각만 해도 그렇게 좋아서 저절로 웃음이 나오느냐고?"

은호를 놀리려는 듯 재승이 말했다. 하지만 정말 일부러 그러자고 마음먹은 것이 아니었음에도 그를 생각하면 그녀는 마음이 편해졌고 가슴이 따뜻해졌다. 그냥 행복했고, 마냥 웃음이 나왔다.

"너 지금 행복하구나?"

"응. 어제보다 오늘이 더 행복하고, 아마 오늘보다는 내일이 더 행복할 거 같아."

"완전히 맛이 갔네. 이런 걸 보고 늦게 배운 도둑질에 날 새는 줄 모른다는 건가?"

둘은 여고생처럼 한참을 깔깔대며 웃었다.

"그런데 말이야, 은호야. 아까 말했던 그 세림 조경. 우리 아빠가 세림 조경 사장님이랑 좀 아시는데 내가 어떻게 힘 좀 써달라고 부탁드려 볼까?"

"너희 아버지가?"

"응, 우리 아빠 화원이 전에 한동안 세림 조경이랑 거래했었잖아. 며칠 전에도 서울 올라오셔서 거기 사장님이랑 행사장에서 만나셨어. 그때 그 사장님 딸인가 하는 이상한 여자애도 왔었는데……. 글쎄 자기가 무슨 꽃박람회 홍보 대사인 줄 아나 옷차림이 얼마나 눈에 거슬리던지, 내가 사진으로 찍어 놨는데, 보여줄게."

자신의 핸드폰을 뒤적이며 사진을 찾던 재승이 은호 앞으로 핸드폰을 내밀었다.

"여기 이 사람들이 세림 조경 사장님 부부랑 그 딸이야."

은호는 재승의 핸드폰을 받아 들었다.

"그런데 은호야, 내일 세림 조경 창립 파틴지 뭔지 있다고 우리 아빠 또 서울에 올라오신단다. 지금은 거래처도 아닌데. 이번에도 분명 나랑 같이 가자고 하실 거야. 아니, 가실 거면 엄마랑 다정하게 손잡고 가시지 왜 매번 나를 데리고 가시냐고? 요즘 아빠 때문에 동아리 활동도 계속 빠지고 있는데. 내가 이 나이에 멋진 남자 친구가 아니라 아빠 손잡고 클럽이 아니라 창립 파틴지 하는 곳에나 참석을 해야 하는 거니? 그렇다고 그런데 젊고 멋진 남자들이 있는 것도 아니고……."

재승이 계속 무언가를 투덜거렸지만 은호의 귀에 더 이상 재승의 이야기는 들려오지 않고 있었다.

사진을 바라보던 은호는 눈을 질끈 감았다 떴다. 눈에 띄는 붉은색 원피스 차림의 세라와 점잖아 보이는 중년의 남성, 그런데 나머지 한 사람……. 닮았다. 닮아도 너무 많이 닮았다.

어릴 적 언제부터인가 그녀의 머릿속에서 더 이상 나이 들지 않았던 엄마가 이런 모습이지 않았던가, 하고 매일 밤 잠들기 전 생각했던 모습과 너무 닮아 있었다. 은호는 계속 눈을 깜빡였다. 하지만 아무것도 달라지지 않았다. 하지만 정말 엄마라면 아빠를 한눈에 알아봤던 것처럼 엄마도 알아볼 수 있었을 것이다. 엄마와 많이 닮은 것 같았지만 은호는 어떤 확신도 가질 수 없었다. 사진 속 중년 여인의 모습은 젊었을 때 엄마의 모습과 그다지 차이가 없었기 때문이다. 우아하게 손질한 머리스타일과 수수한 듯 고급스런 정장을 입고 있는 이분, 이렇게 큰 딸이 있는데도 이렇게 곱고 예쁜 엄마가 있다니…….

"은호야, 왜 그래?"

"여기 두 분이 세림 조경 사장님 부부시라고?"

"응. 근데 이 딸, 어떻게 부모님을 하나도 안 닮은 것 같지 않니? 난 이 사모님 웃을 때 입 모양이랑 눈매가 너랑 더 닮은 것 같더라. 근데 확실히 부잣집 사모님이라 그런지 이렇게 큰 딸이 있는데도 엄청 젊기는 하지? 실제로 봐도 우리 엄마랑 엄청 비교되더라고. 아마 관리를 잘하셔서 그런 걸 거야. 병원 같은 데도 다니시고. 그런데 가만, 그게 아닌가? 그러고 보니 언젠가 우리 아빠가 이 사모님 사장님이랑 재혼하신 거라고 했던 것 같기도 하다. 그럼 이 딸은 자기 친엄마 닮은 건가 보네. 어쩐지……."

엄마가 아닐 거라고 생각하고 있던 은호는 그 순간 숨을 멈추었는데도 가슴이 터질 것 같았다. 정말 엄마일지도 모른다. 사진은 실제와 조금 다를 수도 있으니까. 실제로 만나 보면 알아볼 수 있을지도 모른다. 생각만으로도 그녀의 숨결은 계속 거칠어졌다. 만약 진짜 엄마가 아니라도 그냥 한번 만나봐야 할 것 같았다. 자신의 두 눈으로 엄마가 아니라는 사실을 직접 확인하기 전에는 아무것도 믿을 수 없을 것 같았다. 그리움의 응어리진 한이 그녀의 마음을 제멋대로 뒤흔들고 있었다.

"재승아, 내가 너 대신 너희 아버지 따라서 창립 파턴지 하는 곳에 가 봐도 될까?"

"정말? 정말 네가 대신 가 줄 거야? 우리 아빠 너라면 무조건 좋아하시잖아. 너 말 바꾸면 안 된다."

"응, 정말 고마워."

"고맙긴. 내가 더 고맙지. 그런데 은호야, 저 사람 차주원 씨 아냐?"

은호는 몸을 돌려 재승이 바라보고 있는 병원 입구를 바라보았다. 주원이 병원을 향해 걸어오고 있었다. 재승의 핸드폰을 잡은 채 바르르 떨리고 있던 손이 주원을 보자 조금 진정이 되는 것 같았다. 하지만 은호는 자신도 모르게 재승의 핸드폰을 두 손으로 가슴 앞에 꼭 끌어안고 있었다.

"안녕하세요?"

주원이 자신들 옆의 기둥을 막 스쳐 지나갈 때 재승은 그의 등에 대고 큰 소리로 인사를 건넸다.

"두 사람 어떻게 같이 있어?"

주원이 그녀들을 돌아보았다.

"같이 온 게 아니라 방금 전에 우연히 만났어요."

"그랬군요."

주원이 고개를 끄덕였다. 은호와 재승을 바라보는 눈빛이 한없이 부드럽고 자상했다. 은호는 천천히 심호흡을 한 뒤 사진을 한 번 더 보고 재승에게 핸드폰을 돌려주었다.

"은호랑 같이 은호 아버지 만나러 가시기로 했다면서요?"

"네."

"그럼 전 다음에 따로 찾아뵙고 인사 드려야겠네요. 오늘은 중요한 두 분 인사 받기에도 정신이 없으실 테니까요."

재승이 싱긋 웃어 보였다.

"난 다음에 인사시켜 줘."

"알았어."

"그럼 다녀가세요. 은호야, 내가 이따 전화할게."

"그래요, 다음에 또 봐요."

은호는 병원 정문을 향해 걸어가는 재승의 뒷모습을 가만히 바라보았다.

"한참 기다렸어?"

그가 그녀에게 다가와 자연스럽게 손을 잡았다. 행복하게 웃고 싶었지만 아직 그녀의 가슴에는 희미한 일렁임이 남아 있었다.

"아니요."

"면접은?"

"연기됐어요. 그분한테 갑자기 일이 생기셔서……."

주원은 더 이상 말이 없었다. 대신 그녀의 손을 꼭 잡고 아빠의 병실로 향했다.

똑! 똑!

그녀를 대신해 주원이 병실에 노크를 하자 안에서 고모의 대답 소리가 들려왔다.

"은호 왔니?"

"네."

문을 열고 병실 안으로 들어서는 그들의 모습을 바라보던 고모의 표정이 헛것이라도 본 사람처럼 어색하게 굳었다.

"어, 조금 전에 TV에 나왔던 사람인데, 그 차, 뭐라고 했더라?"

"처음 뵙겠습니다. 차주원입니다."

"맞다, 차주원. 그런데 여길 어떻게, 아니, 어떻게 우리 은호랑 같이 들어오는 거예요?"

"고모, 저 돌봐주신 아주머니 아들이에요."

"어머, 어쩜! 그런 인연이 있으신 분이었구나. 내가 TV를 보면서도 저렇게 잘생긴 아들을 둔 엄마는 도대체 어떤 사람일까 생각했었는데, 역시 보통 집 아들이 아니었어."

고모가 자리에서 일어서 호들갑스럽게 주원을 반겼다.

"아빠는요?"

"어, 방금 잠드셨어."

은호는 잠들어 있는 아빠 곁으로 다가갔다. 그리고 아빠의 손등에 살며시 자신의 손을 가져다 댔다. 거칠고 야윈 손이었지만 은호는 그 손을 조심스럽게 어루만졌다. 그런 은호와 잠든 그녀의 아빠를 가만히 바라보는 주원의 표정은 의미심장했다.

"내 정신 좀 봐. 이쪽으로 앉아요. 어쩜 어머니를 닮아서 이렇게 인물이 좋고 마음도 따뜻하실까?"

고모는 냉장고에서 작은 병 음료 두 개를 꺼내 주원과 은호에게 건넸다.

"그런데 은호야, 그건 물어 봤니?"

"네, 같이 지내기로 했어요."

"정말 그래도 괜찮을까요?"

고모의 얼굴에 화색이 돌았다.

"은호 신세지는 것만으로도 죄송한데, 은호 아빠까지……. 너무 고마워요."

"아닙니다. 은호가 아버님 모시는 건 당연하죠."

아빠 때문에 걱정이 컸는지 고모가 더 이상 말을 잇지 못하고 은호의 얼굴을 바라보았다.

"은호 왔니?"

대화 소리에 잠에서 깬 아빠가 옆에 서 있는 은호를 바라보았다.

"네, 아빠."

"일어났어? 은호가 누구랑 같이 왔는지 알아?"

"누구?"

아빠가 주원을 바라보았다.

"안녕하십니까. 차주원이라고 합니다."

주원은 깍듯하게 허리를 굽혀 인사를 했다.

"내가 얘기했지, 우리 형편 때문에 다른 부잣집에서 은호 키워주셨다고. 그 집 사모님 아드님인데, 아주 유명하고 실력 있는 건축사야. 방금 전에 TV에도 나왔었어."

고모의 설명을 들으며 아빠가 침대 등받이에 몸을 기대로 앉았다.

"고마워요. 부모 복도 없는 아이가 다른 복이 뭐가 있어 얼마나 고생을 하며 자랐을까 걱정했었는데, 이렇게 좋은 분들이 거둬주시고 돌봐주셨다니까 그저 고마워서, 어떻게 감사 인사를 드려야 할지 모르겠네요."

"은호 저희 어머니께는 딸 같은 존재였습니다. 어머니도 은호와 함께여서 행복하셨을 겁니다."

주원의 말을 듣는 아빠의 눈가가 젖어 들었다.

"아빠, 울지 마세요."

"좋아서 우는 거야. 고마워서……."
"퇴원하시면 저희랑 함께 살아요."
은호의 말에 아빠는 주원을 바라보았다.
"아버님이 쓰실 방은 저희가 알아서 정리해 두겠습니다."
"나까지? 미안해서……."
이런저런 이야기를 나누다 아빠는 물리치료를 받기 위해 간호사와 함께 병실을 나갔다.

세 사람만 남자 고모가 바쁜 주원의 시간을 뺏는 것도 미안한 일이라며 서둘러 돌아가라고 그들의 등을 떠밀었다. 은호는 다시 아빠의 얼굴을 보지 못하고 주원과 함께 병원을 나섰다.

"좋은 분들 같아."
"그렇게 말해 줘서 고마워요."
두 사람은 시간을 낸 김에 함께 가구점으로 향했다.
"신혼부부신가 봐요?"
그들을 맞던 가구점 직원이 물었다.
"네."
직원의 질문에 주원이 망설임 없이 대답했다.
"신랑 분은 너무 잘생기셨고, 신부는 너무 귀엽고. 두 분 애기 낳으시면 진짜 예쁠 거 같아요."
직원의 입담에 은호의 볼이 빨개졌다.
"그럼 신혼집에 들어갈 가구 보시려고요?"
"아닙니다. 아버지 쓰실 가구를 좀 보려고요."
"아, 네. 부모님께 선물하실 건가 봐요?"
은호는 주원과 함께 천천히 가구들을 둘러보기 시작했다. 침대와 개인 소파, 그리고 옷장을 차례로 둘러보는 그들은 마치 자신들이 쓸 가구를 고르는 것처럼 신중하고 꼼꼼하게 가구를 살폈다.

"다음에 우리 가구 바꿀 때도 여기로 올까?"

"네?"

"뭘 그렇게 놀라?"

그녀가 그의 질문을 오해한 모양이다. 함께 쓸 가구로 이해를 하다니……. 아무래도 아까 재승이 보여줬던 사진을 본 뒤로 그녀의 머릿속에서 나사가 하나 빠진 모양이었다.

"결혼식 올리고 나면 그때도 각자 다른 방에서 잘 수는 없잖아?"

그가 그녀의 귓가로 고개를 숙여 나직하게 속삭였다.

"집에 아버님도 계신데 신혼부부가 각자 다른 방을 쓰면 이상하게 생각하시지 않겠어?"

은호는 아무 말도 하지 못하고 꿀꺽 침을 삼켰다. 그런데 그 소리가 너무 컸는지 주원의 눈이 가늘어졌다.

"풋, 하하하."

그가 소리 내 웃자 은호는 눈을 찡그렸다.

"뭐 하러 그때까지 기다려요?"

그녀의 대답에 주원의 얼굴에서 서서히 웃음이 사라졌다.

"우리 이제 진짜 부분데. 제가 오빠 방으로 갈까요? 아니면 오빠가 제 방으로 오실래요?"

그녀가 최근 들어 너무 큰일들을 연이어 겪다 보니 이제 제정신이 아닌 모양이다. 얼굴색도 변하지 않고 이런 말을 서슴없이 꺼내고 있다니……. 하지만 그녀의 진짜 속마음이었는지도 모른다. 그가 좋았고, 그를 사랑했다. 그의 마음이야 그가 선택하는 것이지만 어차피 결혼까지 한 마당에 그가 싫지 않다면 진짜 그의 여자가 되고 싶었다.

"너 후회 안 하지?"

눈을 가늘게 뜨고 그녀를 내려다보는 그의 눈빛이 너무 섹시했다. 은호는 다시 침을 삼키려다 그의 시선을 피했다.

"제가 왜요?"

그녀의 가슴이 그제야 뒤늦은 방망이질을 시작했다. 그런데 뛰어도 너무 세차게 뛴다. 숨을 쉴 수가 없었다. 시뻘겋게 달아오른 그녀의 얼굴을 가만히 바라보다 그가 다시 고개를 숙여 그녀의 귓가에 입술을 가져다 댔다.

"그럼 네가 내 방으로 와."

"잠깐만요, 오빠."

"왜? 벌써 후회돼?"

"아니요. 내일 아주 중요한 일이 있어서, 내일 밤에 갈게요."

"그러든지."

주원은 송골송골 진땀이 맺힌 그녀의 이마를 보고도 못 본 척 나직하게 대답했다.

다음날 아침 주원은 사무실에 일이 있어 일찍 출근을 해야 한다며 평소보다 이른 시간에 1층으로 내려왔다. 너무 어둡지 않은 정장차림의 그는 처음 그를 만났던 그날처럼 그녀의 가슴을 설레게 했다. 사실 혼인신고 후 두 사람 사이에 딱히 달라진 건 없었다. 은호는 여느 때처럼 아침 일찍 일어나 정원의 나무와 꽃에 물을 준 뒤 주원을 위한 간단한 아침을 준비했다. 그리고 1층으로 내려온 주원은 자연스럽게 은호가 준비해 둔 식탁에 마주 앉았다.

"오늘은 뭐 해?"

"어디 좀 다녀올 곳이 있어요."

"어디?"

"갔다 와서 말씀드릴게요."

"데려다 줄까?"

"아니요. 이따 재승이 오기로 했어요."

식사를 마치고 출근하는 주원을 따라 현관까지 걸어가며 은호는 바빠도 점심 거르지 말고, 늦으면 전화해 달라는 말을 사랑스러운 잔소리처럼 늘어놓았다. 주원은 그런 은호의 배웅이 싫지 않은 듯 신발을 신은 뒤에도 한동안 은호의 얼굴을 바라보며 서 있었다.

"너도 점심 거르지 말고, 나갔다 늦게 들어올 거 같으면 전화해. 데리러 갈게."

"네."

그녀가 대답했고 할 말이 더 남은 것 같지 않았지만 그는 여전히 현관을 나가지 않고 있었다.

"네 인사 다 끝났으면 나도 인사할게."

그가 멀뚱히 서 있는 은호의 팔을 잡아당겨 가슴에 안았다. 그의 품에 안기는 건 언제나 가슴 떨리는 일이었다. 그녀가 의도하지 않아도 그와 단둘이 있는 순간이면 그녀의 상상은 언제나 에로틱하고 과감하게 날갯짓을 하고 있었다. 그 상상이 하늘 높이 날아오르는데 필요한 거라곤 오직 그의 존재뿐이었다. 은호는 자신을 향해 다가오는 그의 입술을 바라보며 자신도 살그머니 발꿈치를 들어 올렸다.

그녀의 입술 위에 사뿐하게 내려앉은 그의 입술은 능숙하게 그녀의 입술을 가둔 뒤 재빠르게 입술을 가르고 혀를 밀어 넣었다. 그녀는 몸을 떨었다. 부드러우면서도 격렬한 소유욕이 그녀의 낯선 감각을 일깨우기 시작했다. 그와의 키스는 언제나 불꽃처럼 뜨거워 온몸에 전율을 일으켰지만 세상 그 무엇보다 안전하다고 따듯하다는 느낌을 주었다. 은호는 굶주린 듯 뜨거운 기교가 안겨주는 열기에 쉽게 빠져들었다. 시간이 그대로 멈춰 버린 듯 숨결과 숨결이 얽혀들며 그들의 키스는 점점 더 깊어져만 갔다.
"은호야."
얼마 후 그가 한 손을 그녀의 뺨에서 어깨로 미끄러뜨린 후 그녀를 끌어안고 나직한 목소리로 이름을 불렀다. 그녀는 그가 자신의 이름을 부른 뒤 내쉬는 숨소리가 좋았다.
"넌 어머니가 내게 남겨 주신 가장 특별한 선물이야."
그가 살짝 부풀어 오른 그녀의 입술을 엄지손가락으로 쓸었다.
"갔다 올게. 이따 보자."
주원이 출근을 한 뒤 은호는 병원에 들러 아빠의 상태를 확인하고 담당의사에게 다음 주쯤 퇴원을 하면 괜찮을 것 같다는 얘기를 들었다. 다시 집으로 돌아온 그녀는 재승이 오기 전에 아빠가 쓰게 될 방과 침구 등 이것저것을 정리하고 닦느라 바쁜 시간을 보냈다.
띵동! 띵동!
"누구세요?"
"나야, 은호야."
재승이었다.
"어서 와."
"얼른 나가자."
작은 가방 하나만 어깨에 맨 채 집 안으로 들어선 재승이 대뜸 은호의 손을 잡고 말했다.
"어딜?"
"내가 아무리 생각을 해 봐도 오늘 준비는 집에서는 안 될 거 같아."
"뭐가?"

"전문가의 도움이 필요해."

은호는 걸레질은 하던 옷차림 그대로 재승의 손에 이끌려 미용실로 왔다. 재승은 아빠가 카드 한도를 올려 줬다며 미용실 디자이너에게 은호를 긴 머리 생머리의 여신으로 만들어 달라고 주문했다. 머리 손질을 마치고 이번에 두 사람은 근처의 드레스 숍으로 자리를 옮겼다. 창립 파티라는 것이 이렇게까지 하고 참석해야 하는 자리인지 은호는 영문을 알 수 없었지만 재승의 마음은 단호했다. 절대 세라에게 뒤쳐져서는 안 된다는 것이 오늘 그녀가 은호를 위해 준비해 주는 창립 파티의 유일한 기준이었다.

재승이 은호에게 추천한 드레스는 아이보리색의 타이트한 원피스로 꽃잎처럼 하늘거리는 코르사주 장식이 허리에 있었고, 치마 끝에는 한복의 꽃수처럼 작은 포인트 꽃수가 수놓아져 있는 아주 사랑스러운 옷이었다.

"너무 예쁘다. 세림 조경 사장 딸 아니라 대통령 딸이 와도 너한테는 못이길 거야. 우리 아빠 오늘 어깨 좀 으쓱 하시겠는데?"

은호를 바라보는 재승의 눈에 만족스러움이 가득했다. 전신 거울을 통해 자신의 모습을 바라보는 은호는 재승과는 또 다른 감정 때문에 목이 메어왔다. 엄마일지, 아니면 엄마를 닮은 분일지, 그분을 만나러 가는 자리에 예전에 엄마가 빗겨주던 긴 생머리와 같은 머리를 하고 가게 되었다는 것이 그녀에게는 뭔가 말로 표현할 수 없는 느낌으로 가슴에 새겨지고 있었다.

"아니더라도 너무 실망하지는 마."

시종일관 흥분 상태로 거침이 없었던 재승이 갑자기 조심스러운 목소리로 말했다.

"응?"

은호는 재승을 바라보았다.

"엄마 아니더라도 너무 많이 실망하지는 말라고. 언젠가는 아빠처럼 짠하고 네 앞에 나타나실 거야."

"너 알고 있었어?"

"나 윤재승이거든!"

재승이 씩 웃어 보였다. 은호도 뿌옇게 보이는 재승을 바라보며 씩 웃었다.

✵ ✵ ✵

주원은 세림 조경 창립 파티에 참석 후 곧 바로 출국을 할 것이라는 아버지의 연락에 내키지 않았지만 집에 들러 옷을 갈아입고 세림 조경으로 향했다. 주차장은 이미 일찍 도착한 차들로 만원이었다. 주차를 마친 그는 창립 파티가 열리고 있다는 층으로 가기 위해 엘리베이터에 올랐다.

사실 그는 자신이 가야 할 자리인지 확신이 서지 않았다. 아버지에게 세라의 어머니를 직접 찾아 뵀다는 얘기를 했지만 사적인 감정에 연연할 필요 없다며 출국 전에 얼굴을 볼 수 있게 꼭 참석하라는 대답이 돌아왔다. 단지 얼굴을 보기 위해 자신을 부른 것이라는데 그다지 믿음이 가지는 않았지만 그래도 아버지였기에 돌아가는 마음까지 무겁게 해드리고 싶지는 않았다.

"어? 또 뵙네요?"

주원은 홀로 들어서는 순간 기다렸다는 듯 자신에게 다가와 인사를 건네는 승준을 바라보았다. 누군지 분명하게 기억하고 있었지만 은호에게 집적댔던 기억이 떠오르자 그다지 반가운 마음은 들지 않았다.

"차주석 건축사님과 함께 오신 거죠? 드디어 차주석 건축사님을 뵙게 됐다니, 제가 너무 설레 어젯밤을 뜬눈으로 새웠지 뭡니까? 그런데 함께 들어오시지 않는 건가요?"

주원이 걸어온 길에서 한동안 시선을 떼지 못하던 승준이 물었다.

"최승준 씨라고 했던가요? 부모님과 함께 참석을 했나 보군요?"

"네, 저희 아버지가 주최하시는 파티거든요."

"그렇군요."

특별한 이유 없이 두 사람 사이에 팽팽한 긴장이 흘렀다.

"그런데 혹시 은호는 같이 안 오는 건가요?"

"은호라고요?"

"네, 은호."

승준이 눈치 없이 씩 웃어 보였다.

"최승준 씨 잠깐 시간이 괜찮다면 저쪽으로 자리를 옮겨서 얘기를 나눠도 될까요?"

"네."

두 사람은 홀의 안쪽 사람들이 아무도 다니지 않는 구석진 곳으로 자리를 옮겼다.

"최승준. 자네 좋은 말로 할 때 은호한테 관심 끄는 게 좋을 거야."

웃는 얼굴로 이를 악물고 말하는 주원의 나직한 목소리에 줄곧 벙글거리던 승준의 얼굴에서 웃음이 사라졌다.

"저는 다른 뜻이 있어서 그런 게 아니라, 은호가 저희 회사에 면접을 본다기에 잘되게 좀 도와주려고."

"도와주지 마."

그의 목소리는 얼음처럼 차가웠다.

"그냥 떨어뜨려."

"네?"

"상처받을까 봐 은호한테는 그렇게 말 못했는데. 은호, 2학기에 복학해야 하니까 절대 붙지 못하게 하라고. 최윤구 사장님한테 꼭 그렇게 말씀드려."

"네? 하지만 은호는 생각이 다른 것 같던데요."

"우리 둘 중에 누가 더 은호에 대해서 더 잘 안다고 생각하나?"

"그거야 물론……."

"그러니까 떨어뜨리라고."

"그런데 서류 심사는 이미 통과한 일이라서, 이제 결정 권한은 저희 어머니한테 있다고 봐야 할 것 같은데……."

승준의 입에서 어머니라는 말이 나오는 순간 주원의 머릿속을 강타하듯 스치는 생각이 있었다. 그 꼬마, 이미연 상무의 사무실에서 봤던 그 사진 속 꼬마, 은호와 닮았다. 하얀 피부에 동그란 눈, 그리고 빨간 입술과 웃을 때만 희미하게 왼쪽 볼에 생기는 보조개. 처음 만났을 때의 짧은 커트 머리가 머릿속에 너무 깊숙하게 박혀 있어서 계속 맴돌고 있는 꼬마의 모습이 누구와 닮은 건지 찾지 못하고 있었다. 그런데 바로 은호였다. 주원은 온몸에 전율이 흐르는 것 같았다. 은호가 세림 조경 이미연 상무의 친딸일지도 모른다니. 세라가 어머니라고 부르고 있는 그분이 바로 은호의 어머니일지도 모른다니…….

"한 가지 묻고 싶은 게 있는데."

"뭔데요?"

"기분 나쁘게 듣지 말고. 혹시 이 상무님이 새어머니신가?"

승준의 표정은 전혀 기분이 나쁜 것 같지 않았다.

"네. 재혼하신 지 올해로 10년이 조금 넘으셨는데요. 왜요?"

되묻고 있는 승준의 눈동자 안에서 무언가가 반짝이는 것 같았다.

최승준은 뭔가를 알고 있는 것일까? 주원은 눈을 가늘게 떴다. 그런데 그때 홀 안쪽에서 웅성거리는 소리가 들려왔다.

주원은 승준과 함께 소리가 나는 쪽을 바라보았다. 주원의 아버지 주석이 대한 신문 기자와 함께 입구로 들어서고 있었다. 그를 발견한 승준의 눈이 흥분으로 초롱초롱 빛났다.

주원은 홀 안을 쓱 둘러보았다. 홀의 우측, 위층으로 통하는 계단 아래 이 상무와 세라가 무언가 이야기를 나누며 서 있는 모습이 보였다. 그리고 모녀를 향해 다가가고 있는 그의 아버지. 주원은 아버지가 대한 신문 기자와 함께 오늘 행사장에 나타난 이유가 함께 인터뷰할 사람으로 세라와 이 상무 두 사람 중 한 사람을 선택한 것이라는 사실을 어렵지 않게 짐작할 수 있었다. 그는 주먹을 움켜쥐었다.

"어? 은혼가?"

그때 아직도 그의 옆에 서서 행사장 입구를 바라보고 있던 승준의 입에서 은호라는 이름이 흘러나왔다. 주원의 시선도 곧장 입구로 향했다.

긴 생머리에 아이보리색 원피스 차림의 은호는 승준이 말하지 않았다면 그가 알아보지 못했을 정도로 달라진 모습이었다. 그의 머릿속에서 아버지에 대한 생각마저도 몇 초간 하얗게 잊게 만들 정도로 요정처럼 사랑스럽고 귀여운 아가씨가 되어 있었다. 그녀는 50대 후반 이상으로 보이는 작은 체구의 중년 남성과 무언가 이야기를 나누며 들어오고 있었다. 그런데 그녀가 이곳에는 무슨 이유로 온 것일까? 그리고 지금 함께 들어오고 있는 사람은 누구이며, 왜 이곳에 저렇게 달라진 모습을 하고 나타난 것일까? 주원의 머릿속에 복잡한 생각들이 스쳤다. 그의 짐작을 뒷받침하듯 은호는 웃으려고 노력하고 있는 듯 보였지만 그녀가 잔뜩 긴장하고 있다는 사실을 꼭 움켜쥐고 있는 주먹을 보고 주원은 눈치챌 수 있었다.

승준은 은호에게 향한 주원의 시선을 눈치채고는 주석과 자신의 새어머니가 있는 곳을 향해 걸어가기 시작했다. 주원 역시 아버지가 신경 쓰였지만 은호의 행동을 조금 더 주시했다.

홀 안을 열심히 두리번거리며 걸어 들어오던 그녀가 중앙까지 걸어왔을 때 갑자기 걸음을 멈추고 섰다. 옆에 서 있던 중년 남성은 때마침 은호에게 무언가 이야기를 하는 것 같더니 어딘가로 사라졌다. 주원은 은호 곁으로 천천히 다가갔다.

홀 안을 열심히 두리번거리던 순간 드디어 은호의 두 눈에 그분의 모습이 담겼다.

'엄마……'

그녀의 가슴이 미친 듯이 두근거리기 시작했다. 사진 속 그분이 엄마일지, 엄마를 닮은 분일지, 처음 만난 자리에서 어떻게 말을 꺼내야 하는 것인지 그녀는 지난밤을 뜬눈을 새웠다. 그리고 오늘은 새벽같이 정원으로 나가서 나무에 물도 주고, 주원과 아침을 먹고, 재승을 따라다니며 준비를 했지만 그녀의 머릿속에는 내내 그분이 정말 엄마라도 나를 한눈에 알아보지 못하거나, 이렇게 불쑥 자신이 찾아온 자신을 반겨주지 않으면 어쩌나 하는 걱정이 순간순간 고개를 들었다 사라지곤 했었다.

그런데 이렇게 실제로 모습을 보고 나니 그동안의 모든 걱정이 거짓말처럼 머릿속에서 사라졌다. 한눈에 엄마라는 사실을 알 수 있었다. 14년이라는 시간이 무색할 정도로 젊고 예쁜 모습 그대로였지만 그냥 느낌으로 알 수 있었다, 엄마라는 사실을. 그런데 엄마가 환하게 웃고 있었다. 그녀가 옆에 없어도 저렇게 활짝 웃으며 누구보다 행복하게 살고 있는 것처럼 보였다.

그 순간 은호는 내가 지금 엄마에게 다가가는 것이 엄마를 찾는 것인지, 엄마 옆에 선 저 사람들에게 엄마를 빼앗는 것인지 혼란스러워지기 시작했다. 그녀가 없어도 저렇게 행복하게 웃을 수 있다면 그녀의 존재가 엄마의 평화로웠던 삶에 무법자가 될 수도 있을 것이었다. 그런 생각이 들자 가슴이 너무 답답해지고 숨이 쉬어지지 않았다. 조금 더 신중하지 못했던 자신의 행동이 후회스러웠다.

"괜찮으세요?"

그때 갑자기 어디에서 나타난 것인지 말끔한 정장 차림의 웬 남자가 그녀에게 다가와 물었다.

"네?"

"안색이 좋지 않아 보여서."

"괜찮아요."

"제가 부축해 드리겠습니다."

"아니에요, 정말 괜찮아요."

은호가 괜찮다고 사양을 했지만 남자는 자기 멋대로 은호의 어깨 위로 손을 얹었다.

"정말 괜찮아요."

"은호야."

그때 어디선가 주원의 목소리가 들렸다. 은호는 고개를 돌렸다. 아침과는 다른 짙은 색의 슈트를 근사하게 차려 입은 주원이 그녀의 뒤에 서 있었다.

"오빠."

그녀의 어깨에서 얼른 손을 치우고 있는 남자를 힐끗 쳐다보는 그의 시선은 싸늘했지만 그녀의 입가에는 조심스럽게 미소가 피어났다. 가슴의 답답함도 조금씩 누그러지는 것 같았다.

"무슨 일이십니까?"

"네?"

갑작스런 주원의 등장으로 남자는 무척 당황한 모양이었다.

"제 파트너에게 무슨 볼일이 있으신 겁니까?"

주원이 물었다.

"파트너가 계셨나 보네요? 몰랐습니다."

주원의 모습을 훑어 내리던 남자는 주원이 한 팔로 은호의 어깨를 감싸 안자 서둘러 자리를 떠났다.

"여긴 무슨 일로 온 거야?"

"오빠도 오늘 여기에 오시는지 몰랐어요."

"난 아버지 때문에 온 거야. 넌?"

"전……."

쉽게 말이 나오질 않았다. 그에게 그분을 엄마라고 설명을 해도 되는 것인지 아직은 알 수 없었다.

"아버지한테 가 보자."

주원이 그의 아버지, 그리고 그녀의 엄마가 있는 곳을 향해 천천히 은호를 이끌기 시작했다. 은호의 가슴이 또다시 미친 듯이 뛰기 시작했다.

"어, 주원이 왔구나?"

"네."

"흠."

주원을 바라보던 주석이 은호를 발견하고 이내 희미하게 미간을 구겼다.

"은호도 함께 왔어요."

주원의 입에서 은호라는 이름이 흘러나온 순간 은호는 엄마와 눈이 마주쳤다.

쨍그랑.

미연의 손에 들려 있던 샴페인 잔이 바닥으로 떨어지며 산산조각이 났다. 그리고 얼굴에 온화하게 자리 잡고 있던 미소도 순식간에 얼음처럼 굳어 버렸다. 14년 만에 재회한 두 사람은 마치 그림을 바라보듯 서로의 모습을 바라보며 그렇게 서 있었다.

"안녕하세요?"

정신이 없었지만 그래도 은호는 주원의 아버지에게 예의를 갖춰 인사를 했다.

"너 도대체 얼마나 더 나를 실망시킬 생각인 거냐?"

분명하게 드러난 주석의 노여움에도 은호의 표정에는 달라지는 게 없었다. 대신 주원의 따뜻한 손이 그녀의 어깨를 더 단단하게 움켜잡는 것이 느껴졌다.

"제 생각은 이미 충분하게 말씀을 드린 것 같은데요."

"내가 떠나는 날까지 이렇게 나와서 네게 좋은 게 뭐냐?"

"아버지도 은호 만나고 싶어 하셨잖아요."

"으, 은호……. 방금 이름이 은호라고 했어요?"

빨갛게 달아오른 엄마의 눈에 눈물이 고이기 시작했다.

"정말 이름이 은호예요?"

"아악!"

그때 계단을 올라가다 뒤를 돌아보던 세라가 발을 헛디뎠는지 몇 계단을 무릎으로 미끄러져 내려왔다.

"세라야."

주석이 세라를 불렀다.

은호와 난간을 잡고 겨우 몸을 지탱하며 일어서는 세라를 번갈아 바라보고 있는 새어머니 곁으로 승준이 재빨리 다가가 부축을 했다. 은호의 시선도 어느새 엄마의 시선이 닿은 곳에 가 있었다.

"정말 은호, 은호 맞니?"

"……."

은호는 아무 말도 할 수 없었다. 그녀의 눈에서도 눈물이 주르륵 흘러내렸다.

"은호야……."

"어머니, 저 아무래도 병원에 가야 할 것 같아요. 피가……."

은호에게 다가오려는 엄마를 세라가 붙잡았다.

"은호야, 아는 분이니?"

주원의 손은 마치 모든 것을 알고 있다는 듯 어느 때보다 단단하게 그녀를 잡고 있었다. 이제 지금의 모든 상황을 정리해야 하는 사람은 그녀였다. 엄마를 받아들이는 것도 거부하는 것도 모두. 무엇이 그녀를 이렇게 용기 없는 아이로 만들어 버린 것인지 은호는 입술을 악물었다.

"어머니, 저 병원에 좀 데려다 주세요. 제발……."

"어……."

은호의 숨결이 점점 더 거칠어지고 있었다. 이러다 쓰러지는 건 아닌지 은호의 어깨를 잡은 주원의 손에 자꾸 힘이 들어갔다. 그러다 어느 순간 자신이 잡고 있는 은호의 어깨가 빨갛다 못해 점점 검어지고 있다는 사실이 주원의 눈에 보였다. 왜 선뜻 말하지 못하는 것일까? 내 엄마라고, 내가 당신 딸이라고…….

"주원아, 이게 도대체 어떻게 된 일이냐?"

주석이 주원에게 물었다. 하지만 주원은 아무 말도 하지 않았다. 그에게 지금 중요한 것은 은호뿐이었다.

"괜찮겠어? 그만 집으로 갈까?"

"오빠……."

그녀가 신음처럼 나직하게 그를 불렀다.

"괜찮아. 네가 하고 싶은 대로 해. 네가 계속 있겠다고 하면 내가 함께 있을 거고, 네가 돌아가겠다고 하면 내가 데리고 나갈게."

"어머니, 은호 아시는 거죠?"

승준이 묻는 소리가 들려왔다.

"은호야, 잠깐만."

승준이 은호를 불렀지만 정작 당사자인 두 사람은 아무 말도 하지 못했다. 사람들의 시선이 그들 사이를 가로막은 것인지, 세월의 공백이 그들을 막고 있는 것인지, 아니면 다른 무언가가 더 있는 것인지 승준은 답답하기만 했고, 주원은 그런 은호가 안쓰럽기만 했다.

"그만 가자."

"잠깐만요."

이번에는 이 상무가 은호를 불렀다.

"은호야, 내가……. 내가, 엄마야, 못 알아보겠니?"

은호의 몸이 조금씩 휘청거리더니 이내 눈에 띄게 흔들리는 게 보였다. 주원은 은호의 머리를 자신의 가슴에 기대게 했다. 너무 작고 여렸다. 꼭 안으면 부서져 버릴 것처럼 창백하게 질려 얕은 숨을 간신히 내쉬던 은호가 눈물로 축축하게 젖은 눈을 이내 꼭 감아 버렸다. 주원은 그런 은호를 더 꼭 끌어안았다.

"제 아내는 제가 그만 데리고 가겠습니다."

"잠깐만요."

이 상무가 돌아서려는 그들을 다시 붙잡았다.

"아!"

세라의 존재는 까맣게 잊은 듯 은호를 향해 미연이 몸을 움직이자 세라가 미연을 향해 다시 손을 뻗다 바닥으로 엎어지고 말았다.

"어머니!"

어느새 그들 주변으로 사람들이 하나둘 모여 들더니 웅성거림이 커지기 시작했다.

"일어나, 내가 병원에 데려다 줄게."

승준이 이 상무의 팔을 놓고 재빨리 세라에게 다가갔다.

"지금 사는 곳 주소라도, 알 수 없을까?

이 상무의 질문에 은호가 걸음을 멈췄다.

"내가 찾아가면, 그러면 만날 수는 있을까?"

잠시 숨이 막힐 듯 무거운 정막이 흘렀다. 하지만 은호는 끝내 자신의 엄마를 바라보지 않았다. 은호의 망설임이 주원의 마음을 더 아프게 했다.

"제가 연락드리겠습니다."

끝까지 그들에게 다가오려는 미연에게 주원이 정중한 어조로 말했다. 은호에게도 14년 만에 찾은 엄마보다 주원의 품이 더 안전하게 느껴지는 듯 보였다. 누구보다 착하고 솔직한 아이였는데, 이 아이에게도 솔직하기 어려운 순간이 있는 모양이었다. 지금 은호의 마음이 얼마나 혼란스럽고 힘이 들지 주원은 모두 느낄 수 있었기에 아무 말 없이 은호를 데리고 밖으로 나왔다.

엘리베이터 안에서 자신에게 기대고 선 은호의 몸이 자꾸 미끄러지자 주원은 은호를 안아 들기 위해 몸을 굽혀 그녀의 무릎 아래로 손을 넣었다.

"괜찮아요."

은호가 힘없는 목소리로 그의 행동을 저지했다.

"그냥 있어."

"이제 정말 괜찮아요."

"내 눈에는 전혀 괜찮아 보이지 않아."

그는 은호의 뜻을 무시하고 그녀를 안아 들었다. 은호가 땅으로 다리를 내리려는 듯 몸을 버둥거렸지만 그는 그럴수록 그녀를 가슴으로 더 바싹 끌어당겼다.

"힘들면 힘들다고 말하고, 싫으면 싫다고, 좋으면 좋다고 말해. 너 충분히 그럴 자격 있으니까."

"다 알고 계셨어요?"

"……."

"저 참 바보 같죠."

"그래."

"그래도 다행이에요."

"뭐가?"

"엄마가 절 알아보셨잖아요."

은호가 머리를 그의 가슴에 기댔다.

자신의 차로 다가간 주원이 차 문을 열어 은호를 조수석에 앉힌 뒤 운전석 문을 열려는 찰나 엘리베이터 문이 다시 열리더니 여자의 날카로운 비명 소리가 들려왔다.

"악!"

"그만 소리 질러."

"아프단 말이야."

비명 소리의 주인이 세라라는 사실을 눈치챈 순간 주원은 얼른 차에 올라타 문을 닫았다. 다행히 지금 은호의 귀에는 아무 소리도 들리지 않는 것 같았다. 그녀는 몸만 이곳에 있을 뿐 마음도, 생각도 모두 조금 전의 홀 안에 그대로 남아 있는 듯 보였다.
"그러게 누가 일부러 계단에서 구르래?"
"누가 그래? 일부러 굴렀다고?"
"내가 보기엔 그랬어. 그리고 지금 이 정도로 비명을 질러댈 정도로 상처 커 보이지도 않아."
"그럼 내가 지금 엄살이라도 부리고 있다는 거야?"
"그럼 아니야?"
"꺼져, 최승준."
"그러는 너야말로 곱게 돌아가."
세라가 자신을 부축하고 있던 승준을 밀쳐 내더니 안쪽에 세워둔 자신의 차를 향해 똑바로 걸음을 옮기는 것이 보였다. 차를 출발시킨 주원은 그 모습을 모두 백미러로 지켜보고 있었다.

"이제 걸어 갈 수 있어요."
차에서 내린 뒤에도 주원이 그녀를 안고 집 안으로 들어서자 은호가 진심으로 항변했다.
"나도 알아."
하지만 그는 그녀를 내려 주지 않았다.
"우리 인터뷰 기사 정정해 달라고 해야겠다."
잔디 위에서 느긋하게 걸음을 옮기던 주원이 말했다.
"네?"
"어머니 찾았으니까."
"아……."
"네가 가꾼 이 정원 사진을 싣는 건 어떨까? 내 아내가 아주 실력 있는 조경사라는 걸 모두에게 알리고 싶은데."

정원을 모두 지나 현관이 보이는 곳까지 걸어왔을 때 주원이 물었다.

"이 집이랑 정원, 그리고 금송이랑 우리 두 사람까지 모두 들어가게 찍은 사진이 더 좋을 것 같아요."

은호가 주원의 어깨 너머로 보이는 금송을 바라보며 말했다.

"그래, 네가 원하는 대로 해."

'그게 내가 원하는 것이기도 하니까.'

주원은 창을 등지고 선 아버지를 바라보았다.

"알고 있었던 거냐?"

세라의 일을 묻고 있다는 걸 알았지만 주원은 대답하지 않았다.

혼자 있고 싶다는 은호를 그녀 말대로 그냥 집에 두고 나온 것이 여전히 마음에 걸릴 뿐이었다. 아버지에게 오기 전 친구 재승이라도 부르는 건 어떻겠냐고 그가 물었지만 은호는 한숨 자고 나면 괜찮아질 거라며 조용히 있고 싶다고 자신의 방으로 들어갔다. 그녀의 마음처럼 꼭 닫혀 버린 문 사이로 우는 소리가 들려오진 않았지만 그는 그게 더 마음에 걸렸다. 이미 지칠 대로 지쳐 버렸을 은호가 혼자서 얼마나 힘들어 하고 있을지 생각만으로도 가슴이 저려왔다.

아버지는 창립 파티에서 그 상황을 보고도 전혀 개의치 않는다는 듯 마지막 비행기로 돌아가겠다고 이미 짐을 모두 실은 상태였다. 그런 아버지를 배웅하고 싶은 마음 같은 건 없었다. 하지만 아버지에게 들어야 할 말이 아직 남아 있어 그는 지금 이 자리에 있었다.

"은호와 혼인 신고 했다는 말 사실입니다. 그러니 세라가 앞으로 저뿐만 아니라 아버지와도 만나는 일 없었으면 합니다."

"미련한 놈."

주석이 아들을 향해 돌아섰다. 주석도 여러 가지 생각에 표정이 복잡해 보였다.

"세라, 그 아인 나를 닮았어. 제가 갖고 싶은 건 어떻게든 갖으려고 수단과 방법을 가리지 않는 아이란 말이다. 무서운 아이일 수 있지만 내 편이라면 아주 유용한 아이라고."

"아버지."

주원은 자신도 모르게 이를 악물고 있었다. 어쩌면 아버지가 바라는 것은 그가 흥분해 날뛰며 자신과 싸우다 지쳐 결국 굴복하거나 타협을 요구하는 것인지도 모른다. 하지만 그럴수록 은호에 대한 그의 감정은 집착에 가까울 만큼 더욱 집요해지고 있었다.

은호, 그에게 더 이상 은호는 어머니에 대한 그리움의 다리가 아니었다. 그냥 그 아이만으로도 충분했다. 어쩌면 은호를 보면 가슴 한곳이 따듯해지는 이 느낌, 그 아이의 고통에 가슴이 저린 이 느낌 이것이 사랑인지도 모른다.

"세라는 네가 원하고 자신에게도 필요하다 생각이 든다면 세림 조경도 네게 가져다줄 거다."

"세림 조경 제게는 필요 없습니다."

"나한테는 필요하다. 아니, 네가 갖길 바란다. 세림 조경이 자 회사로 예담 건설까지 소유하게 됐다는 사실은 너도 알고 있겠지? 그 애 오라비도 건축사 준비를 하고 있다니 예담 건설이면 될 거다. 지금도 늦지 않았어. 네가 원하기만 한다면 나머지는 세라가 널 위해 모두 가져다줄 거라고."

"그런 거 필요 없다고요."

"은호라는 그 아이, 혼자 세림 조경을 욕심 낼 만큼 욕심은 있는 아이냐? 그 아이가 널 위해 뭘 해줄 수 있다는 거냐? 나는 미련하게 제 몸으로 나를 봉양할 며느리 같은 건 필요 없다. 내가 원하는 걸 가져다줄 그런 며느리가 필요해."

"다 가져다주면 그 뒤에는요? 어머니처럼 버리실 건가요?"

은호가 어머니와 닮았다는 생각은 분명 그 혼자만의 생각이 아니었을 것이다. 아버지도 은호를 보며 어머니를 떠올린다는 사실을 그는 진작부터 알고 있었다. 하지만 아버지도 언젠가는 극복할 수 있을 것이다. 아니, 은호를 통해 자신의 죄책감을 떨쳐 낼 수 있기를 바랐다.

"네 어머닌 스스로 선택한 길이었다. 난 20년 전 이혼하자고 말했다. 널 위해, 희생이 무슨 훈장인 양 자기 삶은 팽개치고 법적인 부부로라도 살고 싶다고 한 건 네 어머니였어."

"그래서 미안하지 않으셨어요?"

"미안? 훗……. 세라도 네게 버림 받지 않기 위해 끊임없이 무언가를 가져다줄 거다."

아버지를 바라보는 주원의 눈빛에 안타까움이 가득했다.

"도둑고양이가 필요하셨던 모양이군요? 그런데 아버지, 안타깝게도 임세라는 이미연 상무와 최윤구 사장의 호적에 올라 있는 딸이 아닙니다. 알아보니 입양 절차는 밟지 않았다는군요. 그녀가 어떻게 아버지가 원하는 걸 가져다줄지는 모르겠지만 결코 합법적인 방법은 못될 것 같네요."

아버지의 눈썹이 꿈틀 움직였지만 주원은 더 이상 아버지와 이야기를 하는 것이 의미가 없는 일이라는 사실을 깨달았다. 이러고 있을 시간에 은호와 함께 있어 주는 게 나을 것 같았다.

"그리고 제가 죽을 때까지 제 옆에 아내라는 이름으로 있을 사람은 은호 한 사람뿐입니다. 앞으로 제 아내를 만나려면 진심으로 사과하시기 전에는 안 될 거예요. 제가 허락하지 않을 겁니다."

주원은 노여움이 가득한 눈으로 자신을 바라보고 서 있는 아버지 앞에서 획 돌아섰다.

※ ※ ※

은호는 까만 밤하늘을 바라보며 금송 아래 앉아 있었다. 아무 생각도 하고 싶지 않았지만 그것조차도 마음대로 되지 않았다.

"아줌마, 오빠, 아빠, 고모, 금송……."

그녀는 결국 자리에서 일어서 엉덩이를 털고 금송과 마주 섰다.

"금송, 금송, 금송아! 나는 참 바보야. 그렇지? 너는 이렇게 똑바로 바라보면서 몇 번이고 잘 부를 수 있는데 왜, 왜 아까는 한 번도 부르지 못했을까? 왜……."

낮에는 그렇게 뜨거웠는데, 무방비 상태의 그녀를 더듬고 지나가는 밤바람은 아직 찼다. 은호는 카디건 자락을 꼭 여몄다.

"아줌마, 저 보이세요?"

금송 꼭대기에 걸린 새까만 밤하늘을 올려다보는 그녀의 눈에서 다시 뜨거운 눈물이 주르륵 흘러내렸다.

"저 정말 바보 같죠? 그렇게 기다렸는데, 그렇게 보고 싶었는데, 한마디도 못했어요. 저도 제가 이해가 잘 안 돼요. 남들이야 어떻든, 뭐라고 생각하든 내 엄만데. 난 고작 9년밖에 같이 살지 못했던, 꿈에서만 만나도 행복했던 엄만데. 그 사람들한테 내가 엄마를 뺏는 것도 아니고 그냥 불러보기만 하고 나 이렇게 잘 자라서 잘살고 있다고 보여만 줘도 좋았을 텐데. 엄마라는 말이 안 나왔어요. 엄마, 엄마, 엄마! 지금은 이렇게 잘 부를 수 있는데……."

손등으로 눈물을 쓱쓱 훔친 은호는 수돗가로 걸음을 옮겼다. 엊그제 비가 내렸다는 걸 알면서도 머릿속이 너무 복잡해 나무에 물이라도 주지 않으면 안 될 것 같았다.

쏴아.

대문을 열고 들어서는 주원의 무거운 발걸음이 바닥에 닿기도 전에 물이 쏟아지는 시원한 소리가 그의 귓가에 들려왔다. 고개를 들어 바라보니 역시나 은호가 긴 호스를 끌고 잔디 위를 종횡무진 누비고 있었다.

"채은호!"

"오빠."

그를 발견한 그녀의 걸음이 그 자리에 우뚝 멈춰 섰다.

"저녁은 먹었어?"

그는 은호 앞으로 천천히 걸어갔다.

"……"

"지금까지 저녁도 안 먹은 녀석이 무슨 기운이 그렇게 많이 남아서 이 밤에 잔디에 물을 주는 거야?"

"봄이잖아요. 봄에는 애들한테 물이 많이 필요해요."

"물을 이렇게 자주 주면 다 썩어. 넌 조경과 다닌다는 놈이 그런 것도 몰라?"

그렇게 하지 않으면 제 가슴이 다 썩어 버릴지도 모른다고 대꾸라도 하면 좋으련만 그녀의 파리한 표정에 설핏 미안함이 스쳤다.

"그냥 더 울던지, 들어가서 나랑 얘기를 하던지, 그것도 싫으면 차라리 술이라도 한잔 마시고 잠을 좀 자보는 건 어때?"

"그런 것보다는 잔디에 물을 주는 게 더 나을 것 같았어요."

"그래 그럼, 네가 주고 싶은 만큼 실컷 더 줘봐. 그래서 기분이 나

아진다면 밤새 주고 또 줘. 내가 다른 집도 잔디에 물 줘야 하는 곳 있나 알아봐 줄까? 근처 학교 운동장이나, 생태공원 같은 곳은 어때? 네가 말만 하면 내가 지금 당장 알아봐 줄게."

그의 말을 듣고 있는 은호의 입가에 미소가 슬쩍 스쳐 지나갔다. 그 힘없는 미소를 보는 그의 가슴에 짜르르 전율이 흘렀다.

"우선 우리 집부터 줘보고요."

은호는 다시 천천히 걸음을 떼기 시작했다. 주원은 은호에게 다가가 손에서 호스를 빼앗았다.

"내가 너한테 잔디만도 못한 거야?"

"오빠?"

"너한테 나는 필요 없는 거냐고? 왜 지금 네 앞에 있는 나를 이용할 생각은 못해?"

그가 그녀의 어깨를 붙잡았다.

"난 술을 잔뜩 마시고 들어와 그 밤중에 너한테 결혼하자고 말했어. 너도 나한테 어떻게 해달라고 말하면 되잖아? 내가 지금 가서 네 어머니를 모셔 올까? 아니면 내일 함께 세림 조경으로 쳐들어갈까?"

"그러지 말아요."

애원하는 그녀의 목소리가 애처롭다.

"그것도 싫으면, 나중에 우리 아기 낳아도 보여 드리지 말까?"

"오빠?"

"마지막 방법이 제일 마음에 드나 보네?"

은호의 얼굴이 웃는 것도 우는 것도 아닌 난처한 모양으로 일그러지더니 이내 두 손으로 얼굴을 감싸 버렸다.

"넌 내 아내야. 이제 세상 사람들이 다 알아. 그런데도 계속 날 이렇게 멍청하니 세워 놓고 너 혼자 끙끙 앓는 건 날 바보로 만드는 거라고."

그가 이렇게 달라진 건 모두 은호 덕분이었다. 아버지 당신과 당신의 가족을 위해 평생 희생만 하신 어머니는 나 몰라라 하더니, 그가 싫다는 세라를 끝까지 감싸고도는 아버지 때문에 지난 1년간 그의 생활은 정말 말로 표현할 수 없을 만큼 끔찍했다. 한국으로 돌아오고 싶어도 어머니가 계시지 않으니 마땅한 핑계조차 없었다. 우여곡절 끝에 한국으로 돌아왔을 때 만약 은호가 이 집에 없었다면. 생각하고 싶지도 않았다. 은호 덕분에 그는 지금 이곳에, 어머니와 함께 심은 금송이 아주 잘 보이는 이곳에 서 있었다. 이제는 그가 그녀를 웃게 할 차례였다.

"물 끄고 그만 들어가자."

그가 내려놓은 호스에서 쉬지 않고 흘러나온 물이 작은 웅덩이를 만들더니 이내 소나기라도 내린 것처럼 그들 주변이 물로 흥건해졌다. 그는 은호의 손을 잡고 수돗가로 이끌었다. 바람결에 펄럭이는 은호의 카디건 자락이 마치 자신들 뒤를 어머니가 조용히 따라 걷고 있는 것 같은 기분을 느끼게 했다.

"와인 한잔 할래?"

거실로 들어선 뒤 쭈뼛거리고 서 있는 은호에게 그가 말했다.

"한잔 마시고 나면 잠이 올 거야."

"오빠도 드실 거예요?"

"응, 나한테도 한잔 필요할 것 같아."

"그럼 저도 주세요."

"내가 가져올 테니까 넌 그냥 소파에 앉아 있어."

주방으로 들어간 주원은 와인 냉장고에서 차가운 와인 한 병과 잔 두 개를 챙겨 들고 다시 거실로 나왔다.

"집에 혼자 있지 않아서 정말 좋아요."

"그러면서 아까는 왜 혼자 있고 싶다고 그랬어?"

그는 은호의 옆에 앉아 와인을 따른 잔 하나를 그녀에게 건넸다.

"오빠 아버지 많이 놀라셨을 것 같아서요."

"넌 그 와중에도 남 걱정이 드니? 그런데 내 아버지, 네 걱정이 필요할 만한 그런 분 아니야. 그러니까 지금은 네 생각만 해."

주원은 잔을 들어 와인을 한 모금 넘겼다.

그 모습을 바라보던 은호도 와인을 한 모금을 삼켰다. 달콤하면서도 쌉쌀한 맛이 목구멍을 시원하게 훑으며 흘러내렸다. 은호는 아무 말 없이 자신을 바라봐 주는 주원이 곁에 있어 정말 마음이 든든했다. 하지만 이렇게 그와 함께여도 결국 모든 결정을 내려야 하는 사람은 그녀였다. 아무도 다치지 않고, 아무도 힘들지 않게 그렇게 시간이 흘러가길 바랐지만 그러기 위해서는 지금 자신이 어떻게 해야 하는 것인지 알 수가 없었다.

"예전에 엄마가 재혼하시고 절 찾아 오셨었대요. 그런데 고모가 아빠랑 저는 함께 잘살고 있으니까 걱정 말고 찾아오지 말라고 하셨대요. 그래서 엄마는 절 다시 찾아오지 않으셨나 봐요. 저도 행복하고 엄마도 행복하면 그냥 만나지 않고 살아도 아무 문제없다고 생각하셨나 봐요. 우린 가족이고, 나는 엄마 딸인데……."

가만히 은호의 이야기를 듣고 있던 주원이 다시 자신의 빈 잔에 와인을 따랐다.

"모든 가족들이 꼭 함께 있고, 같은 장소에 있다고 더 행복한 건 아니겠지만……. 사실 전 엄마가 많이 아프거나 힘들면 제가 힘이 되어 드리고 싶었어요. 무슨 사정이 있어서 절 만나러 오지 못하시는 거라면, 정말 그럴 수밖에 없는 사정이 있는 거라면요. 엄마를 만나길 기다리는 동안은 엄마를 만나기만 하면 모든 게 끝나고 그 순간부터 즐겁기만 할 줄 알았어요. 그런데 생각만큼 기쁘지가 않아요. 슬픈 건 아닌데, 머릿속이 너무 복잡해요. 저 때문에 엄마도 지금 그럴까요? 어쩌면, 엄마는 제가 없어도 그다지 문제가 없었던 건 아니었을까요?"

주원이 그녀의 머리를 자신의 단단한 가슴에 기대게 했다. 그의 심장이 쿵쿵 뛰는 게 느껴졌지만 그녀는 움직이지 않았다.

"솔직히 저도 엄마가 없어도 행복했던 순간은 있었어요. 하지만 그 행복과 엄마를 찾는 건 다른 행복이었어요. 이 가슴에 느껴지는 행복의 자리가 달랐다고요. 엄마 자리는 항상 비어 있었는데, 전 그랬는데……. 엄마 가슴에 내가 들어갈 자리가 비어 있기는 했던 건지 모르겠어요."

은호의 말을 듣고 있던 주원이 말없이 그녀를 꼭 끌어안았다.

"울고 싶으면 실컷 울어. 지금 내 옆에서……."

그의 향기가 그녀를 마음을 편안하게 해 주었다. 너무 울어 뻑뻑하게 느껴지던 눈에서 서서히 통증이 사라지기 시작했다. 어쩌면 지금 그녀에게 찾아온 이 작은 고통과 고민, 그리고 혼란스러움은 그녀가 지난 14년간 시달렸던 악몽이 끝나가고 있다는 증거인지도 모른다. 악몽이 끝나고 넓은 초원으로 뛰어가기 전에 통과하는 좁은 문일지도…….

"헉!"

은호는 눈을 번쩍 떴다. 그녀의 방 안이었다. 어릴 적 잠시 살았던 고모의 집 뒤뜰에서 넘어져 울고 있는데 무서운 그림자가 다가와 계속 도망 다니는 꿈을 꾸었다. 얼마나 도망치며 몸부림을 쳤는지 온몸이 땀으로 축축하게 젖어 있었다.

천천히 몸을 일으키던 은호의 눈에 창가에 놓인 흔들의자 위에 커다란 검은 그림자가 길게 누워 있는 것이 보였다. 그녀의 몸이 다시 굳었다. 눈을 비비고 다시 보니 다행히 주원이었다. 지금 시간이 새벽 3신데, 와인 한 잔에 잠에 빠진 그녀를 그가 방으로 옮겨주고 지켜보았던 모양이다.

"오빠."

침대에서 내려선 그녀는 주원에게 다가가 조심스럽게 몸을 흔들었다.

"깼어?"

그녀의 손이 닿기가 무섭게 그가 눈을 떴다. 어슴푸레 들어오고 있는 달빛에도 그녀를 걱정하는 그의 따뜻한 시선이 느껴졌다.

"네. 그만 방에 가서 주무세요."

"넌 괜찮아?"

"네."

아직 머리가 무거웠다. 하지만 누군가에게 어리광을 피울 만큼 어리지도 약하지도 않았다. 시간이 흐르면 모든 게 나아질 것이다. 앞으로는 악몽이 끝난 뒤에도 그녀의 곁에는 이렇게 주원이 있을 테니까.

"어디 가려고?"

문을 향해 걸어가는 은호에게 주원이 물었다.

"물 좀 마시려고요."

"내가 가져다줄게."

방문 손잡이를 잡은 은호의 손 위로 주원의 따뜻한 손이 겹쳤다. 은호는 기분이 이상했다. 등 뒤에서 들리는 그의 숨소리에 이유 없이 가슴이 두근거렸다.

"다시 가서 누워."

은호는 잡고 있던 손잡이를 놓았다. 그리고 방문과 주원의 몸 사이에서 빙글 몸을 돌렸다.

"오빠."

"응?"

"오빠가 볼 때는 저한테 문제가 있는 것 같아요?"

"무슨 말이야?"

"사실 전 지금까지 넓은 바다에 혼자 떨어져 있는 무인도 같았어요. 아무도 제 존재를 알지 못하고 절 좋아하는 사람도 없는 그런 무인도요. 그래서 제가 완전히 없어져도 슬퍼하는 사람이 없을 것 같았어요."

"누가 그래?"

주원도 방문 손잡이를 놓고 은호의 어깨를 잡았다.

"그 무인도에 이제 내가 정박했는데."

그가 그녀를 가슴에 꼭 끌어안았다.

"아직 몰랐구나. 난 그 무인도를 아주 좋아해."

은호는 말없이 눈을 깜빡거렸다. 그가 그녀의 이마 위로 흘러내린 머리카락을 쓸어 넘겨주었다. 그의 따뜻한 손이 이마에 스치는 느낌이 좋았다.

"그리고 네가 원한다면 내가 그 무인도와 육지를 연결하는 다리를 놓아줄까 하는데."

"오빠가 이렇게 다정한 사람인 줄 예전에는 몰랐어요."

그의 잘생긴 입술에 천천히 미소가 그려졌다. 은호의 가슴이 미친 듯이 두근거렸다.

"그런데 오빠가 자꾸만 더 좋아져요."

"그래?"

그녀의 이마를 어루만지다 뺨으로 미끄러진 그의 손보다 그의 눈빛이 더 뜨겁게 보였다.

"나도 네가 좋아."

"그러면 지금, 키스해 주세요."

그녀의 요구에 그의 입술이 그녀의 이마 위에 내려앉았다. 그다음에는 볼, 그리고 콧등, 마지막으로 입술⋯⋯.

주원이 그녀의 얼굴을 감싸 쥐더니 자신의 입술로 그녀의 입술을 빈틈없이 덮어버렸다. 은호는 숨을 쉴 수가 없었다. 폭우가 내리치는 것처럼, 낙뢰가 몸을 관통하는 것처럼 그의 입술은 거칠게 그녀의 입술을 정복하기 시작했다. 숨이 가빠질 만큼 그들은 허겁지겁 서로의 입술을 더듬었다. 은호는 그의 반응 이상으로 자신의 반응에 놀라고 있었다. 아까 마셨던 와인에 취한 것인지도 모른다는 생각이 희망사항에 가깝다는 사실을 스스로도 너무 잘 알고 있었기 때문이다.

그가 그녀에게서 천천히 입술을 떼고 그녀의 머리를 가슴으로 끌어당겨 안고 머리카락에 코를 묻었다. 그가 거칠게 내쉬는 뜨거운 숨결이 그녀의 온몸을 덥히는 것 같았다.

"오빠⋯⋯."

"나한테 언제까지 오빠라고 부를 거야?"

그의 목소리는 잔뜩 쉬어 있었다.

"그럼 뭐라고 불러요?"

"다른 말 생각해 봐."

"지금은 생각이 안 나요. 천천히 생각해 볼게요."

"내가 널 동생으로 봤던 건, 딱 귀국하던 그날까지였어."

"⋯⋯."

"그 뒤에는 줄곧 여자였던 것 같아."

정수리에 그의 뜨거운 입술이 느껴졌다.

"전 11년 전 처음 봤던 그 순간부터, 오빠가 남자로 보였는데."

"아무것도 모르는 꼬맹인 줄 알았는데, 조숙했네?"

그가 거칠게 내쉬는 숨결이 이번에는 그녀의 귓불과 목덜미의 중간을 덮혔다. 은호는 온몸에 소름이 돋는 것 같았다. 그녀도 그의 목을 끌어안았다.

"그때부터 오빠가 좋았어요."

그녀가 거칠게 숨을 몰아쉬며 말했다. 그 순간 쇄골에 닿는 그의 숨결이 그녀를 어지럽게 만들었다.

"지금도 여전히……."

그의 목을 끌어안은 그녀의 팔에 더욱 힘이 들어가고 있었다. 키스만으로도 충분했지만 키스가 깊어질수록 그녀는 그의 더 많은 부분을 느끼고 싶었다. 그리고 자신의 더 많은 부분에 그의 손길이 닿길 원했다. 은호는 그의 목을 감싼 팔을 풀고 그의 단단한 어깨를 움켜잡았다.

몸 사이의 간격이 벌어진 덕분인지 그가 그녀의 뺨을 감싸고 있던 손을 떼고 그녀의 어깨를 더듬었다. 그녀의 입에서 무언가에 눌린 듯 가는 신음이 나직하게 흘러나왔다. 그리고 그 순간 그의 입술이 그녀의 입술에서 떨어져 턱과 목을 지나 쇄골 위 움푹 파인 곳에 닿았다. 그의 입술이 자신의 몸을 더듬고 있다는 사실이 그녀를 더할 수 없을 만큼 달아오르게 만들었다.

"은호야."

그녀의 입술에 대고 그가 이름을 불렀다. 그녀는 자신의 이름을 부르는 그의 목소리가 너무 부드러워 세상이 빙글빙글 도는 것 같았다.

하지만 눈을 감지는 않았다. 그들의 키스는 일정한 규칙이나 순서 없이 점점 더 뜨거워졌다, 장난치듯 가벼워졌다를 반복했다. 은호는 그 느낌이 너무 좋았다. 말이 없이도 주원과 자신이 통하는 것 같았다. 그러는 사이 그의 단단한 가슴은 그녀의 호흡을 앗아갈 정도로 젖가슴을 압박하고 있었고, 그녀의 어깨를 어루만지던 손은 턱을 지나 귓불을 만지작거리기 시작했다. 그녀는 온 신경이 귓불에 집중되어 어느 순간부터인가 얕은 숨을 헐떡이고 있었다.

"하아……."

그녀의 입에서 나직한 신음이 다시 흘러나왔다. 그 순간 그의 손이 그녀의 티셔츠 안으로 불쑥 미끄러져 들어왔다. 그리고 천천히 배를 더듬어 올라가 브래지어 위에서 가슴을 감싸 안았다.

"흡."

은호는 놀란 숨을 급하게 들이마셨다. 손바닥에선 뜨거운 땀이 미친 듯이 솟구치고 있었다. 하지만 그를 밀어 낼 생각은 없었다. 그가 좋았다. 그와 함께하는 이 순간 무언가를 망설일 생각 따위는 없었다.

브래지어 위에서 가슴을 감싸 쥐고 있던 그의 손이 천천히 그녀의 젖가슴을 주무르기 시작했다. 그 느낌이 말초신경을 가닥가닥 잡아뜯고 심장이 튀어나올 만큼 자극적이어서 은호는 헉하고 숨을 멈췄다.

몇 초 후 그녀가 멈추고 있던 숨을 길게 몰아쉬려는 순간, 그의 나머지 손이 그녀의 티셔츠 자락을 걷어 올려 버렸다. 방 안에 찬바람이 불 리가 없었지만 그의 시선 때문인지 은호는 드러난 허리가 서늘하게 느껴졌다.

"정말 하얗구나."

그가 그녀의 속살을 바라보며 혼잣말처럼 중얼거렸다. 그의 말대로 그녀의 피부는 유난히 흰 편이었다. 반나절만 햇볕은 봐도 피부가 붉게 달아올라 정도에 따라 그 화기가 짧게는 하루에서 길게는 며칠까지 이어지다 희미하게 남은 얼룩이 한 계절을 넘긴 뒤에야 사라지는 경우도 있었다. 그렇기 때문에 정원을 돌보는 일은 해가 없는 이른 시간, 또는 해가 저문 시간에 하거나 챙이 넓은 모자와 긴소매 옷으로 몸을 꽁꽁 감쌌다. 그런 탓에 대학 입학 당시 전공을 선택할 때는 아주머니가 신중하게 선택하라는 충고를 해주기도 하셨지만 그녀의 마음은 변하지 않았다.

그의 시선이 그녀의 배꼽에서 늑골 아래까지 천천히 거슬러 올라왔다. 은호는 숨을 들이쉰 채 꼼짝도 하지 않았다. 그의 시선이 마치 몸을 어루만지는 것처럼 시선이 닿는 부위가 뜨겁게 느껴졌다. 목에는 얼마나 힘을 주고 있었는지 뒤통수에 닿은 문의 느낌이 마치 자신이 나무판자 위에 박제된 작은 곤충이 된 기분마저 들게 했다.

"훗."

잔뜩 얼어붙은 그녀의 표정, 숨을 들이쉬지 않아 10여 초간 평평한 배를 바라보던 그의 입에서 나직한 웃음이 흘러나왔다. 그리고 옷을 걷어 올린 손이 떨어져 나가자 옷자락도 다시 제자리로 돌아왔다.

'왜요?'

은호는 눈동자를 들어 올려 주원을 바라보았다. 잔뜩 긴장하고 있었고, 처음 남자의 손이 속살에 닿아 어찌해야 할 바를 몰라 했던 건 사실이었지만 주원이 싫은 건 절대 아니었다. 그가 자신을 정말 여자로 보고 있다면 여자로써 안아주길 바랐다.

"그만 자라."

아무 일 없었다는 듯, 조금 전 혀뿌리가 뽑힐 듯 자신을 탐했던 그의 입술에서 야속한 말이 흘러나왔다. 자신이 서툴러 그런 것인지도 모른다는 생각에 부끄럽거나 자존심이 상할 법도 한데 은호는 고개를 흔들었다. 지금도 여전히 숨을 쉴 수 없을 만큼 가슴이 떨리고, 온몸이 긴장으로 욱신거렸지만 그의 여자가 되고 싶었다. 말하진 못했지만 그를 사랑했다. 그녀의 마음 중 부모님에 대한 그리움으로 비어 있던 자리 이외에 유일하게 들어선 사람은 아주머니와 주원뿐이었다. 은호는 부끄러움도 있고 다시 거세게 머리를 흔들었다. 그런 그녀의 얼굴을 가만히 내려다보던 그의 눈에서 서서히 웃음이 사라졌다.

"전 진짜 오빠 아내가 되고 싶어요. 마음도 몸도, 모두……."

"……."

"오빠가 그랬잖아요. 이제 세상 사람들이 다 알게 됐다고. 그런데 전 아직 모르겠어요."

그녀가 말했지만 그는 여전히 아무런 미동도 없었다. 그도 자신을 좋아한다고 말했다. 여자로 보인다고도 말했다. 그런데 무엇 때문에 망설이는 것일까?

"좋아하는 감정만으로는 부족한 거예요?"

"내 감정이 문제가 아니야. 넌 지금 많이 지쳐 있고, 그냥 기댈 어깨가 필요한 걸 수도 있어."

그의 목소리는 얄미울 만큼 부드럽고 침착했다. 은호는 더 세차게 머리를 흔들었다. 머리카락이 바람에 펄럭이는 치맛자락처럼 나부꼈지만 그럴수록 그가 자신의 마음을 알아주길, 받아주길 바랐다.

"아니요. 제 감정 제가 더 잘 알아요. 저 이제 스물세 살이에요. 오빠 기억 속에 있는 그 꼬마, 남자아이 같았던 그 꼬마 이제 스물세 살이 되었다고요. 얼마든지 사랑을 알고, 할 수 있는 나이예요."

침묵이 두 사람 사이를 뜨겁게 짓눌렀다. 은호는 주원의 눈에서 시선을 떼지 않은 채 그의 손을 잡아 자신의 가슴 위에 얹었다. 미친 듯

이 두근거리고 있는 심장 소리가 그의 손바닥에 고스란히 전해지길 바랐다.

"은호야."

그녀의 이름을 부르는 그의 목소리는 부드러웠다. 하지만 지금 그녀에게 필요한 것은 그의 부드러운 목소리가 아니었다. 자신의 몸을 어루만져 주는 그의 뜨겁고도 거침없는 손길이었다. 은호는 그의 눈에서 시선을 떼지 않고 뒤꿈치를 들어 올렸다. 그리고 자신의 입술로 그의 입술을 덮었다.

잠시 가만히 서 있던 그의 팔이 조심스럽게 그녀의 어깨를 붙잡는가 싶더니 그녀를 꼭 끌어안았다. 그의 넓고 단단한 가슴 안에 쏙 들어갈 정도로 그녀의 몸은 작고 가녀렸지만 그녀를 끌어안은 그의 팔은 달아나려 버둥거리는 무언가를 끌어안듯 단단하게 그녀를 옭아매고 있었다.

"정말 원하는 거야?"

은호는 그의 마음이 불안했다. 엄마를 찾았지만 오롯이 내 엄마가 아니었다. 주원을 너무나 사랑했고 그의 아내가 되었지만 그도 완전한 내 사람이라는 느낌은 들지 않았다. 11년 전 그날처럼 언젠가 떠나 버릴지도 모른다는 불안함이 가슴속 깊은 곳에 남아 있었다. 아무것도 완전한 내 것 같지가 않았다.

"원해요. 진심으로……."

조금 전과는 다르게 그의 깊은 눈동자 안에 욕망이 어른거리는 것이 보였다. 은호는 침을 꿀꺽 삼켰다.

그가 그녀를 바라보며 천천히 자신의 셔츠 단추를 풀기 시작했다. 그 동작이 너무 느리게 느껴져 은호는 숨조차 제대로 쉴 수가 없었다. 셔츠를 벗은 그의 몸을 보는 순간 그녀는 얼음처럼 얼어붙었다.

상상조차 해 보지 못했던 너무 아름다운 남자의 몸에 엄청난 환희와 전율이 일었다.

그녀에게 다시 고개를 숙인 그가 간지럼을 태우듯 느리게 입맞춤을 하기 시작했다. 입술에서 목덜미로, 목덜미에서 어깨로, 어깨에서 귓불로……. 온 방 안이 그들의 가쁜 숨소리로 가득 메워졌다. 마침내 그의 손이 그녀의 티셔츠를 벗겨냈다. 그리고 브라 위로 보이는 그녀의 봉긋한 언덕에 그의 입술이 닿았다. 살짝 닿았다 떨어졌다 반복하기를 서너 차례, 은호는 아랫배가 아플 만큼 배에 잔뜩 힘을 주고 있었다.

그가 고개를 들었다. 잔뜩 힘을 주어 꼭 다물고 있던 그녀의 입술이 이제야 천천히 곡선을 그렸다. 하지만 주원의 눈에 더 이상 부드러움은 없었다. 뜨겁게 타오르고 있는 불꽃만 있을 뿐이었다. 그가 아무 말 없이 그녀의 브라를 벗겨 바닥으로 떨어뜨렸다. 그리고 그녀가 부끄러워할 시간도 없이 그녀를 안아 들고 침대로 옮겼다.

그녀가 자신의 등이 시트에 닿았다고 느끼는 순간 그의 입술도 그녀의 가슴에 닿았다. 붉은색의 어린 스타리나 봉오리처럼 새침하고도 귀여운 젖꼭지에 그의 입술이 닿은 순간 그녀의 입에서 놀란 듯 억눌린 탄성이 새어 나왔다. 하지만 그는 그녀가 더 부끄러워할 틈도 없이 그 작은 봉오리는 삼켜 버렸다. 그가 세차게 빨아들이는 봉오리의 감각이 젖가슴 전체에 쾌감으로 퍼져 내려왔다.

"아아……."

은호는 골반 안쪽에서 찌릿하게 느껴진 통증과 함께 무언가가 바깥쪽을 향해 흐르는 것 같은 느낌을 받았다. 그녀의 머리가 자신의 몸이 느끼는 반응의 정체가 무엇인지를 해석하느라 정신이 없는 사이에도 그는 그녀의 부드러운 속살과 젖가슴을 번갈아 애무하고 있었다. 그 짜릿하면서도 자극적인 행동에 그녀의 호흡이 다시 거칠어졌다.

"아."

그가 상체를 들어 그녀의 분홍빛 젖꼭지를 바라보았다. 그의 입맞춤으로 뾰족하니 일어선 그것으로 다시 입술을 내린 그는 가슴에서 배꼽으로, 그리고 좀 더 아래쪽으로 입술을 움직였다. 그 뒤를 따라 그의 손도 천천히 미끄러졌다. 은호는 다시 숨을 멈췄다. 바지 속으로 미끄러져 들어간 그의 손이 삼각지를 둘러싸고 있는 속옷 앞에 도착했을 때 그가 움직임을 멈추고 그녀의 눈을 바라보았기 때문이다. 하지만 말로 하지 않아도 그가 묻고 있는 것이 무언인지 알기에 은호는 천천히 고개를 끄덕였다. 그러자 그의 손이 그녀의 속옷 안으로 미끄러져 들어갔다.

"아하……."

자신조차 손대기 부끄러워 조심스러워하는 곳을 향해 그의 길고 단단한 손가락이 다가오자 그녀의 몸이 본능적으로 움찔했다. 하지만 그는 멈추지 않았다. 부풀어 오른 중심부 안으로 천천히 손가락을 밀어 넣어 한껏 달아오른 늪 속의 꽃잎을 찾아냈다. 그리고 놀라 움츠린 꽃잎을 조심스럽게 어루만지기 시작했다. 그녀의 입에서 저절로 신음이 터져 나왔다. 그의 손이 닿은 곳뿐만 아니라 온몸이 불에 닿은 것처럼 화끈거리는 것 같았다.

"너도 날 만져 봐."

그가 그녀의 손을 가져다 자신의 가슴 위에 얹었다. 그의 가슴은 단단했지만 매끄럽고 따뜻했다. 은호는 자신의 손이 그의 속살을 만지고 있다는 사실이 좀처럼 믿기지가 않았다. 그녀가 그의 작은 젖꼭지를 어루만지다 엄지와 집게손가락으로 가볍게 움켜잡자 그가 미간을 구기며 나직한 신음을 뱉어냈다.

"윽."

은호는 그도 자신처럼 작은 자극에도 민감하게 반응을 보이는 것이 신기했다. 그녀는 그의 넓은 어깨와 탄탄한 등까지 조심스럽게 어루만져 보았다. 얼마간 자신의 몸을 부드럽게 어루만지는 그녀를 가만히 바라보던 그가 다시 고개를 숙여 그녀의 입술을 찾았다. 그의 키스는 거칠거나 다급하지 않았다. 한없이 부드럽고 따뜻했다.

두 사람에게는 이제 어떤 말도 필요가 없었다. 누가 먼저랄 것도 없이 서로의 눈을 바라보다 다시 몸을 끌어안고 입맞춤을 했다. 하지만 그 순간에도 은호는 자신의 아래쪽을 지그시 압박해 오는 그의 딱딱한 몸을 느끼고 있었다. 그것이 무엇인지는 본능적으로 알 수 있었다. 그리고 자신들의 키스가 깊어질수록 딱딱한 그것이 복부를 더욱 세게 압박해 오자 운명의 순간이 점점 다가오고 있다는 사실도 느낄 수 있었다. 그가 그녀의 마음을 읽은 듯 움직임을 멈췄다. 그녀를 그런 그를 위해 싱긋 웃었다. 그를 위해서라면 어떤 순간에도 그녀는 웃을 수 있었다.

그의 입술이 다시 그녀의 가슴 위에 내려앉아 젖꼭지를 핥았고 그의 손은 그녀의 늪을 찾아 미끄러져 들어갔다. 그녀는 자신도 모르게 허벅지에 잔뜩 힘을 주고 있었다. 하지만 그는 서두르지 않았다. 촉촉하게 젖어 들고 있는 그녀의 늪을 부드럽게 어루만지다 꽃잎을 정성스레 애무하기 시작했다.

"더 이상은 못 참겠어."

그가 그녀의 바지를 벗겨냈다. 그리고 자신의 바지도 다급하게 벗었다. 작은 속옷 하나가 몸에 걸친 것의 전부인 상태에서 그의 입술이 다시 그녀의 가슴 위로 내려앉았다. 그가 가슴 전체를 입 안으로 빨아들이는 순간 은호는 자신도 모르게 온몸을 이완시키며 그의 머리카락을 움켜잡았다. 이로 물고 거칠게 빨며 고통스러울 만큼 자극적으로 젖꼭지를 희롱하는 그의 입술과 그녀의 온몸을 떨게 만드는 그의 손가락의 움직임에 그녀는 소리 없이 몸부림을 치고 있었다.

"하아."

"더는 안 되겠어."

그가 잔뜩 잠긴 목소리로 속삭이며 그녀의 팬티를 벗겨냈다. 그리고 자신의 속옷도 벗어 바닥으로 집어 던졌다. 완벽한 서로의 나체를 처음 바라보는 두 사람의 호흡이 어느 때보다 거칠게 방 안을 메웠다.

그가 재빨리 그녀의 입술을 향해 고개를 숙였다. 그 순간 그의 손이 그녀의 허벅지 사이를 벌렸고, 그의 무릎이 그녀의 중심부 앞에 자리를 잡았다.

"하아."

은호는 잔뜩 눌린 신음을 내뱉었다. 사랑이 이런 건 줄 미처 알지 못했다. 처음 사랑을 나눌 때 아프다는 얘기만 들었지 이렇게 뜨겁게 달아올라 숨 가쁘게 몸을 들썩이며 몸부림치게 될 거라고는 상상도 해 보지 못했었다. 그런데 아무리 거칠게 숨을 헐떡거려도 가슴속 깊은 곳의 불길은 수그러들지를 않았다. 가슴이 터져 버릴 것처럼 자꾸만 더 뜨거워졌다.

"흡."

그의 손이 다시 그녀의 여린 꽃잎을 쓰다듬듯 천천히 어루만지기 시작했다. 은호는 그의 손이 점점 움직임을 빨리할수록 늪에서 흘러나온 애액에 꽃잎이 젖고 그의 손가락도 적시고 있다는 사실을 느낄 수 있었다. 부끄러웠지만 달뜬 신음도 저절로 비틀리는 몸짓도 멈출 수가 없었다. 낮고 거칠었던 그의 숨결도 이제 가쁜 헐떡임으로 바뀌고 있었다. 그 사이 그의 가슴과 턱을 적시고 있던 땀방울이 그녀의 목덜미와 가슴 골로 떨어져 내렸다. 그리고 그 순간 그의 손가락이 불쑥 그녀의 여성 안으로 미끄러져 들어왔다.

"헉!"

주원은 손가락을 뜨겁게 죄어오는 은호의 따스함에 힘겹게 가슴에 담아 두었던 신음을 토해냈다.

"하아."

그녀의 몸에서 자신의 손가락을 빼내고 싶지 않았지만 표정으로 짐작컨대 은호에게 남자와 나누는 사랑의 경험은 오늘이 처음이었다.

"괜찮겠어?"

그가 나직하게 묻자 은호는 천천히 고개를 끄덕였다. 하얀 이마 위에 땀방울이 송골송골 맺혀 있었지만 그를 보며 웃어주려는 그녀의 마음이 너무 사랑스러웠다. 이 작은 천사가 이제 완전히 그의 여자, 아내가 되는 것이다. 주원은 만족스러움에 그녀의 이름을 나직하게 부르며 이마에 입을 맞췄다.

"은호야."

"네."

대답하는 그녀의 목소리가 잔뜩 잠겨 있었다. 첫 경험임에도 거침없이 자신을 내어주는 그녀의 마음을 알 것 같으면서도 그녀가 아플까, 불편할까 주원은 여간 염려스러운 것이 아니었다.

"아플지 몰라."

그가 그녀의 눈을 바라보며 부드럽게 말했다. 그녀도 알고 있다는 듯 그를 보며 눈을 빛냈다. 하지만 그의 욕망은 쉬 사그라지지 않고 있었다. 오히려 그를 향해 동그랗게 뜨고 있는 눈을 사랑스럽게 깜빡일 때면 돌처럼 단단해진 성기가 더 높게 치솟아 그녀를 찾는 듯했다.

"하지만 다치게 하지는 않을 거야."

"알아요."

은호가 고개를 끄덕이는 모습을 바라보며 그는 그녀의 허벅지를 더 넓게 벌렸다. 잔뜩 성이 난 그의 성기가 그녀의 좁은 문 앞에 도착하자 그의 몸 전체가 긴장으로 굳었다. 그녀는 너무 작고 여렸고, 자신의 성난 분신은 그녀 안으로 들어가기 위해 진작부터 몸부림치고 있었다. 그는 그녀의 엉덩이를 두 손으로 감싸 쥐고 조금 더 들어 올린 다음 좁은 입구 앞으로 자신을 가져다 댔다. 은호가 눈을 질끈 감으며 이마를 찡그렸다. 그의 몸에도 덩달아 힘이 들어갔다. 그는 천천히 조심스럽게 그녀의 안으로 자신을 밀어 넣기 시작했다. 입구부터 너무 좁고 뜨거웠다. 하지만 멈출 수는 없었다. 조금씩 늪의 깊은 곳으로 미끄러져 들어갈수록 그는 입이 마르고 피가 거꾸로 치솟는 것 같았다.

"헉!"

그녀의 몸이 뒤틀리듯 튕겨지는 순간 그는 자신이 그녀의 처녀막을 통과했다는 사실을 깨달았다.

"괜찮아?"

주원은 죽을힘을 다해 자신의 움직임을 멈췄다. 그 힘겨운 사투에 자신의 손바닥도 은호의 콧등도 송골송골 돋은 땀으로 젖어 들고 있었다.

"하아……."

은호가 나직하게 숨을 내쉬며 이마를 펴는 순간 그는 단 한 번의 돌진으로 그녀의 가장 깊숙한 곳으로 자신을 밀어 넣었다

"아앗!"

짧은 비명 뒤로 그녀가 이를 악무는 것이 보였다. 하지만 그의 분신은 끔찍한 흥분으로 몸을 떨고 있었다.

"많이 아파?"

그가 얼굴을 찌푸리며 물었다. 은호는 고개를 흔들었다. 그녀의 마른 입술에 힘겨운 미소가 지어졌다.

"점점 괜찮아지고 있어요."

"아프게 해서 미안해."

힘겨워하는 그녀의 얼굴을 보고 있자니 자신까지도 아픈 것 같았다. 아니, 고통인지 참을 수 없는 욕망의 절정인지 분간할 수 없었다. 진정으로 고통스러울 만큼 간절한 욕망인지도 모른다.

"아……."

그는 다시 그녀를 꼭 끌어안았다. 이렇게 예쁘고 사랑스러운 아이가 완전히 자신의 여자가 되었다는 사실이 표현할 수 없을 만큼 가슴을 뜨겁고 벅차게 만들었다. 자신도 모르는 사이 그의 입가에 만족과 행복으로 나른한 미소가 번지고 있었다.

"이제 좀 괜찮아?"

그의 질문에 그녀의 몸에 잔뜩 들어갔던 힘도 조금씩 빠져나가고 있었다. 그는 그제야 그녀 안에서 천천히 움직이기 시작했다. 자신을 뜨겁게 감싸고 있는 그녀의 몸은 이미 두려움과 고통은 모두 잊은 듯 보드랍게 그를 달구었다. 그는 처음인 은호를 배려해 천천히 움직이고 싶었다. 아주 조금만 뒤로 몸을 움직였다 조심스럽게 그녀 안으로 다가갔다. 하지만 그가 움직일 때마다 그녀의 몸과 입이 나직한 신음을 내질렀다. 은호의 신음이 비명에서 몸부림으로 바뀌는 순간 그는 그녀가 절정의 순간을 기다리고 있다는 사실을 깨달을 수 있었다.

"윽!"

점점 빨라지던 움직임이 그녀 안 가장 깊숙하고 뜨거운 그곳에 도달한 순간 그는 그녀 안에 자신의 모든 욕정을 쏟아낸 다음 격렬하게 몸을 떨고는 무너져 내렸다.

"하아."

땀으로 흠뻑 젖은 자신의 몸을 끌어안는 그녀의 팔을 느끼며 그는 다시 그녀의 입술에 뜨거운 입맞춤을 시작했다. 자신을 감싸 안은 가녀린 팔이 천천히 등을 쓰다듬는 것이 느껴졌다. 어떻게 이 작은 천사를 어떻게 사랑하지 않을 수 있을까?

다음날 아침 은호는 예쁘게 지저귀는 새소리에 잠에서 깼다. 하지만 머리도 몸도 너무 무거웠다. 작년 이맘때쯤 도매로 계약한 온실의 꽃을 혼자 시내의 꽃집까지 모두 나른 뒤 몸살로 며칠을 앓아누웠을 때 꼭 그때처럼 몸이 무겁고 뜨거웠다. 하지만 창으로 들어오고 있는 햇살은 그녀가 일어날 시간이 지났다는 사실을 쉬지 않고 알리고 있었다.

은호는 무거운 눈꺼풀을 천천히 들어 올렸다. 가장 먼저 눈에 들어온 새하얀 천장은 매일 아침 바라보는 그 모습 그대로였지만 그녀의 코끝에 풍겨오는 향기는 여느 날과는 확연히 달랐다. 그녀는 옆으로 눈동자를 또르르 굴리다 고개를 획 돌렸다. 주원이 누워 있었다. 그의 침대에 비하면 반절밖에 되지 않는 그녀의 작은 침대 위에 긴 몸을 웅크리고 누워 자신을 바라보고 있었다. 그제야 어젯밤의 일이 생생하게 떠올라 그녀의 몸이 돌처럼 굳었다. 몸과 마음을 짓누르고 있던 통증 같은 건 이미 그 흔적을 찾아볼 수조차 없을 정도로 감쪽같이 사라진 상태였다.

"깼어?"

"언제 일어나셨어요?"

"방금."

"일어나셨는데 계속 누워 계셨던 거예요?"

"너 깨울까 봐."

그러고 보니 지금 그녀의 머리를 받치고 있는 이 단단하고 동그란 물체가 아무래도 주원의 팔인 것 같았다. 은호는 서둘러 머리를 들어 올렸다. 하지만 그가 그녀를 다시 눕게 만들었다.

"깨우시지……."

혼잣말처럼 중얼거리는 은호를 주원은 가만히 바라보고 있었다.

"왜요?"

그와 눈이 마주치자 은호는 부끄러움에 자신의 배꼽이 보일 정도로 깊숙하게 고개를 숙였다.

"예뻐서."

그가 그녀의 이마로 흘러내린 머리카락을 가만히 쓸어주었다.

"이런 기분이구나."

"뭐가요?"

"아침에 눈을 뜨는 게 행복하다는 기분."

주원이 자신과 함께 밤을 보내고 아침을 맞았다는 사실이 행복하다고 말했다. 그런데 그의 말이 그녀를 더욱 행복하게 만들어준다는 사실을 그는 알고 있을까? 은호야말로 눈물이 날만큼 행복하다는 말을 지금 온몸으로 실감하고 있었다.

"오늘 뭐 할 거야?"

"네?"

"일요일이잖아? 뭐 할 일 있어?"

은호는 주원의 얼굴을 가만히 바라보았다. 창으로 쏟아져 들어오고 있는 햇살이 나른하게 웃고 있는 그의 얼굴을 더 근사하게 만들어 주었다. 어떻게 방금 잠에서 깬 사람의 모습이 이렇게 근사할 수가 있는 것일까? 반면 자신은? 은호는 반사적으로 손을 들어 자신의 얼굴을 더듬었다. 얼굴이 붓지는 않았는지, 침을 흘리지는 않았는지…….

"예뻐."

　그가 그녀의 손을 잡아 얼굴에서 내렸다. 그리고 그녀의 몸을 끌어당겨 자신의 품에 안았다. 은호는 어젯밤의 기억이 다시 떠올라 얼굴이 뜨거워졌다. 하지만 부끄러워하고 싶지 않았다. 물이 흐르듯 자연스럽게 자신의 마음과 그의 마음이 흐르는 대로 내버려 두고 싶었다. 자신의 마음이 기다리고 있는 곳으로 그의 마음도 흘러오기 바라며…….

"아버지한테 다녀와야지?"

　주원은 일부러 그녀의 엄마 얘기를 입 밖으로 꺼내지 않는 것 같았다.

"같이 갈까?"

"아니요."

"난 같이 가고 싶은데."

"고모들 계시니까 저만 갔다 오는 게 나을 거예요. 그런데 오빠……."

"응?"

"사실은 저 내일 면접 때문에 세림 조경에 다시 가봐야 해요."

"내가 최승준한테 얘기할게."

"……."

"너 세림 조경 꼭 다닐 필요 없잖아? 복학도 해야 하는데."

"하지만 전에도 얘기했던 것처럼, 조경 회사에 취직을 한다면 꼭 세림 조경에 다녀보고 싶었어요. 대학에 입학한 이후 줄곧……."

"그러면 우선 어머니 먼저 만나 뵙고 다시 얘기하자."

"엄마 만나면 무슨 말부터 꺼내야 할지 지금도 잘 모르겠어요."

"내가 같이 갈 거야. 그러니까 넌 네가 하고 싶은 말이 떠오를 때까지 아무 말도 하지 않아도 괜찮아."

그녀를 생각해 주는 그의 마음에 은호는 괜스레 눈가가 젖어 들었다.

"저 먼저 씻고 올게요."

은호는 재빨리 바닥에 떨어져 있는 자신의 티셔츠를 집어 가슴을 가리고 욕실을 향해 후다닥 뛰어갔다.

주원은 은호의 뒷모습을 가만히 바라보고 있었지만 그 역시 그녀의 어머니를 떠올리면 마냥 기쁘기만 한 것은 아니었다. 행복하고 기쁘기만 해도 부족할 시간에 모녀를 방해할 게 뻔한 장애물이 보였기 때문이다. 하지만 그 장애물 따위가 그녀의 행복에 흠집을 내게 내버려 두지는 않을 것이다.

Rrrrrrrr.

그가 잠시 생각에 잠겨 있는 사이 침대 옆 협탁 위에 놓아둔 은호의 휴대전화가 울렸다. 주원은 내버려 둘까 하다 전화기를 들어 올려 발신자가 누구인지를 확인했다. 태웅이었다. 일요일 아침, 이렇게 이른 시간에 태웅이 은호에게 전화할 일이 무엇이란 말인가?

[너 일부러 내 전화 피하는 거야?]

통화 버튼을 누르자마자 흘러나온 태웅의 목소리에 주원은 미간을 모았다.

[뭐야? 왜 대답을 안 해?]

주원이 막 입을 열려고 하는 순간 태웅이 속사포처럼 다시 말을 늘어놓기 시작했다.

[만약에 옆에 주원이 형 있어서 그러는 거라면 그냥 내가 하는 말 조용히 듣고만 있어. 그날 밤 내가 했던 말들 잊지는 않았겠지? 나도 이러고 싶어서 이러는 거 아니야. 하지만 너와 내가 모두 행복해지려면 그 방법밖에 없어. 잘 생각해 보면 너도 내가 지금 어떤 심정인지 알 거야. 그리고 사실 지금 너도 나 못지않게 초조하고 가시방석이잖아? 그러니까 마음에 결정 내렸으면 주원이 형 눈치 못 채게 짐 챙겨서 우리 집으로 와. 뒷일은 내가 알아서 수습할 테니까, 나만 믿고. 단, 어떤 경우에도 주원이 형은 절대 우리 사이에 무슨 일이 있었는지 몰라야 해.]

그때 욕실 문이 열렸다.

[주원이 형 나간 거야? 아니면 들어온 거야? 그냥 끊는다. 자연스럽게 행동해.]

달칵.

전화가 끊겼다. 하지만 주원은 방금 태웅이 늘어놓았던 말들을 다시 곱씹고 있었다. 자신이 몰라야 할 태웅과 은호 사이의 일이 도대체 무엇이란 말인가?

주원은 은호의 전화기를 원래 있던 자리에 내려놓았다. 욕실 앞에서 수건으로 머리를 문지르던 은호는 그가 전화를 내려놓는 걸 보지 못한 모양이었다.

"오빠도 씻으셔야죠?"

"……."

"피곤하세요?"

"뭐라고?"

"무슨 생각을 그렇게 하고 계세요?"

"아무것도 아니야."

옷장에서 옷을 꺼낸 은호는 다시 욕실 안으로 사라졌다. 주원은 아직 자신과 은호의 온기가 식지 않은 침대를 바라보았다. 어젯밤 자신이 은호를 소유했던 흔적이 여기 저기 붉게 물들어 있었다.

"오빠도 씻으세요."

깨끗한 옷으로 옷을 갈아입은 은호가 수줍은 듯 조심스럽게 그의 곁으로 다가왔다.

"어차피 옷도 갈아입어야 하니까 내 방에 올라가서 씻고 내려올게."

주원은 어느 때보다 말간 얼굴로 자신을 바라보고 있는 은호의 얼굴을 손으로 감쌌다.

"몸은 괜찮아?"

그의 말이 끝나기가 무섭게 은호는 시선을 땅으로 떨구며 얼굴을 붉혔다. 주원은 그런 은호를 가만히 바라보았다. 이 아이에 한해서는 줄곧 자신의 모든 것이 무방비 상태였다고 해도 맞는 말이었다. 많은 부분을 알고 있다고 생각했고 심성을 의심해 본 적도 없었다. 그런데 어쩌면 그는 자신이 생각하는 것만큼 은호를 알고 있지 못하는 걸 수도 있었다. 그러면서 이 아이를 사랑하기 시작했다니…….

"네."

은호는 지금 뜨거운 것이 자신의 뺨인지 주원의 손인지 분간을 할 수 없었다. 어젯밤 그의 품에 억지를 부리듯 자신이 뛰어든 것 같아 생각할수록 부끄러운 마음뿐이었다.

"아침 먹고, 아버지 병원에 데려다 줄게."

"괜찮아요. 혼자 갈 수 있어요."

"어젯밤 정원에 물은 실컷 줬으니까 오늘 아침에는 온실 문만 열어 놓으면 되는 건가?"

은호는 고개를 끄덕였다.

"내가 열어 놓고 흙 상태 봐서 물도 좀 주고 올게."

어젯밤의 경험으로 자신의 아랫부분이 아직도 아픈 상태인 걸 주원이 너무 잘 알고 있는 것 같아 은호는 그의 눈을 바라볼 수가 없었다. 하지만 이렇게 따듯하고 다정한 남자를 어떻게 사랑하지 않을 수 있을까?

"그럼 저는 내려가서 커피랑 토스트 준비해 놓을게요."

"그래 줄래?"

주원이 그녀의 방에서 나가 자신의 방으로 올라간 뒤 은호도 주방으로 향했다.

그녀도 막 내린 따뜻한 커피를 즐기긴 했지만 주원을 위해 준비하는 커피의 향은 유난히 향기로웠다. 은호는 나직하게 콧노래를 부르며 그를 위한 단출하지만 사랑이 가득한 아침을 준비했다.

준비를 마치고 주원을 기다리며 은호는 자신이 접목한 화분을 바라보았다. 두 개의 생명이 마치 하나처럼 꼭 붙어 예쁘게 자라고 있었다. 자신도 이렇게 예쁜 모습으로 주원과 함께 살아가게 되길 바라며 은호는 화분에 올라온 작은 잡초를 뽑았다. 그런데 커피가 다 식고 샐러드의 드레싱이 말라가도록 주원은 내려오질 않고 있었다. 은호는 직접 주원의 방으로 올라갔다.

똑! 똑!

"오빠."

대답이 없다.

"오빠?"

은호는 주원의 방문을 빼꼼 열었다. 활짝 열어 놓은 창문으로 들어오고 있는 바람에 커튼이 시원하게 나부끼고 있을 뿐 주원의 모습은 보이지 않았다. 그런데 그때 욕실 문이 달칵 소리를 내며 열렸다. 그리고 허리춤에 타월을 두른 주원이 걸어 나왔다.

"들어오지 않고 뭐 해?"

문 앞에 선 그녀를 발견한 주원이 말했다.

하지만 은호는 선뜻 방 안으로 발을 들여놓을 수가 없었다. 아직 물기가 채 마르지 않아 반짝거리는 그의 넓은 가슴과 젖은 머리, 그리고 그에게서 풍겨오는 향기가 그녀를 돌로 만들어 버린 것 같았다. 어젯밤 그의 나체를 봤으면서 순진한 척 쭈뼛거리는 모습이 우스워 보일지도 모른다는 생각이 들기도 했다. 하지만 환한 햇살 아래 완벽한 몸매의 누드모델처럼 타월 한 장만을 걸치고도 저렇게 여유롭게 걸어 다니는 그에게 가까이 다가갈 용기는 도무지 나지 않았다. 사랑을 하면 용감해진다고 했는데, 그녀의 용기는 아무래도 밤에만 힘을 쓰는 모양이었다.

"아니, 언제 내려오시나 해서요."

"금방 내려가려고 했어."

"네."

은호가 씩 웃으며 문을 닫으려는 순간 주원이 문을 잡았다. 그리고 다시 문이 활짝 열렸다.

"들어와."

지금 은호의 눈에 보이는 것은 아무것도 입지 않은 주원의 맨 가슴뿐이었다. 그녀는 그의 얼굴을 향해 고개를 들 수가 없었다. 하지만 그의 가슴을 뚫어져라 보고 있자니 어젯밤 자신의 손에 닿았던 대리석처럼 단단하면서도 실크처럼 부드러웠던 그의 살결이 생각나 심장이 미친 듯이 두방망이질을 쳐대기 시작했다. 은호는 눈을 내리깔았다. 그런 그녀의 모습을 바라보던 그가 그녀의 팔을 잡아 방 안으로 끌어당겼다.

그녀가 방 안으로 들어오자 그가 긴 팔을 그녀의 머리 위로 뻗어 문을 닫았다. 그리고 그녀의 등이 문에 닿았다. 은호는 그제야 조심스럽게 고개를 들었다. 그런데 그의 얼굴에 따뜻한 미소나 부드러움 따위는 없었다. 오히려 시릴 정도로 차가운 눈빛이 그녀를 내려다보고 있었다.

"채은호."

"네?"

"어젯밤에 네 몸과 마음 모두 내 아내가 된 거 아니었어?"

은호는 침을 꿀꺽 삼켰다.

"난 내 아내가 어떤 경우에도 나한테 비밀이 없길 바란다."

"……"

"그래야 나도 너한테 비밀이 없을 거야."

은호는 이마를 찌푸렸다. 주원이 지금 왜 이런 말을 하고 있는 것인지 도무지 짐작을 할 수가 없었다.

"그런 의미에서 물어볼 게 있어."

"……"

"어머니 돌아가신 뒤에도 태웅이가 종종 이 집에 들렀었니?"

"아니요!"

은호의 대답은 용수철이 튀어 오르듯 단박에 튀어나왔다. 태웅이라는 이름만 들려도 경기를 하듯 진저리를 치는 건 11년 전부터 쭉 그랬다. 하지만 그런 반응의 이유를 알 리가 없는 주원은 눈은 가늘어지고 있었다.

"태웅이는 요즘 뭐 하고 지내는 줄 알아?"

"아니요."

"마지막으로 만났던 건 언제야?"

"오빠……. 그 사람 얘기는 별로 하고 싶지 않아요."

주원이 이상하다. 생전 꺼내지 않던, 게다가 그도 그다지 좋아하지 않는다고 생각했던 태웅의 이야기를 이렇게 불쑥 꺼내다니.

"하고 싶지 않은 얘기도 필요할 땐 해야 하는 법이야. 네가 나한테 숨기고 싶은 게 없다면 말이지."

"……."

은호는 갑자기 주원이 다른 사람처럼 느껴졌다. 마치 자신이 무언가 중요한 사실을 숨기고 그를 기만하기라도 한 것 같은 기분이었다. 더구나 그의 입에서 태웅이라는 이름이 자꾸 나오는 것만으로도 은호는 불안함에 몸이 떨려왔다.

"난 네가 태웅이 별로 좋아하지 않는다고 생각했어. 내가 그 녀석을 좋아하지 않는 이유와 비슷한 이유 때문이라고 짐작했었는데, 아니었니?"

"저, 그 사람 정말 싫어요."

은호는 머리를 흔들었다. 하지만 그런 그녀를 가만히 내려다보는 주원의 눈빛은 어느 때보다 깊고 어두웠다.

"싫다고……?"

주원은 더 이상 이야기를 하는 것이 의미 없는 일이라 여겨진 듯 낮게 한숨을 내쉬었다. 은호는 할 수만 있다면 자신의 마음을 모두 뒤집어 그에게 보여주고 싶었다. 자신이 태웅을 얼마나 싫어하는지…….

"그 사람, 차태웅, 오빠 사촌만 아니라면 죽을 때까지 만나지 않고 싶은 사람이에요. 그 정도로 싫어요, 그 사람."

"왜? 무슨 이유 때문에 싫은 건데?"

그는 11년 전 그녀가 겪었던 그 일에 대해 전혀 알지 못했다. 아주머니가 굳이 다른 사람들에게 얘기할 필요는 없을 거라며 그녀의 기억에서도 지우라고 말했다. 그녀도 잊었다고 생각했다. 시간이 흐르면 지워지는 악몽처럼 언젠가는 자신의 기억에서도 완전히 지워질 거라고 생각했다. 그런데 주원이 이유를 물으니 그날의 일이 마치 며칠 전의 일이었던 것처럼 온몸이 바르르 떨려왔다.

"내가 알지 못하는 무슨 일이 있었던 거야?"

"그 사람, 그 사람은……."

은호는 거칠게 숨을 내쉬었다. 얼마나 힘을 주어 주먹을 움켜쥐었는지 손목을 아플 지경이었다. 그만큼 자신의 수치스러운 과거를 주원에게 보여 주고 싶지 않았다. 울 일이 아닌데, 그날의 가여웠던 자신을 위해 눈물을 흘리자니 너무 억울하고 분했지만 그녀의 눈가는 촉촉하게 젖어들고 있었다.

"말하고 싶지 않으면 하지 마."

"……."

"내려가서 아침 먹자."

그가 그녀의 어깨를 놓아주었다. 은호는 어깨에서 그의 손이 떨어져 나가는 것이 마치 자신의 심장이 바닥으로 툭하니 내던져지는 것 같은 기분이었다.

"오빠."

은호는 황급히 그의 손을 잡았다.

"갑자기 차태웅 씨 얘기는 왜 꺼내신 거예요?"

그가 잠시 무언가를 생각하는 듯 그녀에게서 시선을 주지 않았다.

불안한 마음이 커질수록 은호의 가슴은 더 거세게 두근거리고 있었다.

"그 이유라도 알고 싶어요."

"내가 아침에 네 전화를 대신 받았었어. 태웅이한테 온 전화."

"아……."

은호는 온몸에서 힘이 쭉 빠져나가면서 잠시 몸이 휘청거리는 것 같았다. 너무 정신이 없어 잊고 있었다. 차태웅 그 사람이 자신과 아빠에게 어떤 짓을 저질렀는지.

"그 사람이, 뭐라고 그래요?"

"너와 태웅이 사이에 있었던 일들, 나는 절대 몰라야 할 거라고 하던데……."

"말할게요. 그날 일……. 사실은 그 사람이 아빠 사진을 가지고 와서 아빠를 만나게 해줄 테니까 이 집에서 나가라고, 오빠 옆에서 사라지라고 했었어요. 그날 밤, 제가 정원에서 잠이 들었던 그날 밤에요."

그녀의 말을 듣고 있던 주원의 눈에 살기처럼 번뜩이는 냉기가 스쳤다. 그 냉기가 태웅을 향한 것이라는 사실을 은호는 본능적으로 알 수 있었다. 그리고 그가 신음처럼 나직한 한숨이 내쉬며 그녀를 끌어당겨 품에 안았다. 은호는 태웅 때문에 자신과 주원 사이에 또 다른 오해가 생길 수도 있었다는 생각이 들자 온몸에 소름이 끼쳤다. 하지만 주원이 자신을 믿고 사실을 이야기해 줬다는 생각이 들자 그의 품이 더없이 따듯하고 안전하게 느껴졌다. 죽을 때까지 이 남자에게 비밀 같은 건 갖지 않을 것이다. 은호는 힘없이 그의 가슴에 머리를 기댔다.

"왜 그때 말하지 않았어?"

"전 그 사람한테 협조할 생각 없었어요. 그리고 오빠도 많이 힘들어 보였고……."

"내가 아무리 힘들어도 너만큼 힘들지는 않았을 거야."

그가 그녀의 뒤통수를 천천히 쓰다듬었다.

"앞으로는 너한테 무슨 일이 있든 내가 다 알았으면 좋겠어."

"그럴게요."

은호는 고개를 끄덕였다.

"오늘 아침 한 시간이 하루를 보낸 것보다 더 나를 힘들고 지치게 한 것 같아."

은호는 고개를 들어 주원의 얼굴을 바라보았다. 잠시 그녀의 얼굴을 바라보던 그의 고개가 차츰 그녀를 향해 내려왔다.

이마에 닿은 그의 입술은 차가웠다. 차가운 물로 씻은 것인지 아니면 창으로 들어오고 있는 바람이 그의 입술에서 온기를 가져간 것인지 그의 입술은 온기 없이 서늘했다. 하지만 그 서늘한 입맞춤마저도 은호에게는 달콤한 고백처럼 느껴져 부르르 몸이 떨렸다.

그가 그녀의 몸을 자신에게 더 빠짝 끌어당겼다. 덕분에 어젯밤처럼 그의 갈비뼈 아래 그녀의 봉긋한 젖가슴이 밀착되었다. 눈부시도록 화창한 햇살만 빼면 모든 것이 데자뷰 같았다. 아니, 어젯밤의 시간이 아직 끝나지 않은 것 같았다. 이마에서 뺨으로, 다시 그녀의 입술로 미끄러진 그의 입술이 그녀의 입술을 핥으며 옆으로 미끄러지다 갑자기 움직임을 멈췄다. 그리고 그녀의 아랫입술을 입 안으로 쭉 빨아들였다. 그 강한 압력에 그녀의 입술이 늘어나는 것 같은 느낌이 들 무렵에야 그는 그녀의 입술을 놓아주고 입 안으로 혀를 밀어 넣었다.

태웅의 이야기를 하는 동안 긴장으로 바싹 말라 있던 그녀의 입 안으로 그의 혀와 함께 시원한 타액이 밀려들어 왔다. 은호는 숨을 몰아쉬며 자신의 뜨거운 혀와 부드러운 입술을 온전히 그에게 내맡겼다. 그의 혀는 그녀의 혀를 자신의 것으로 휘감아 당겼다 밀어냈다를 능숙하게 반복하며 그녀의 시간을 새벽으로 되돌려 놓았다. 두 사람의 타액이 적절히 섞여 서로의 맛으로 완전히 취하기 시작하자 그의 입술은 그녀의 쇄골과 목으로 조금씩 부위를 넓혀가며 누비기 시작했다. 시간도 장소도 잊고 서로에게 몰두하고 있을 무렵 주원의 휴대전화가 울렸다.

주원은 아쉬운 듯 그녀의 입술에 잔 키스를 서너 번 더 남긴 뒤 품에서 그녀를 놓아주었다.

"여보세요?"

은호는 잠시 호흡을 가다듬다 주원에게 방해가 되지 않게 조심조심 그의 방을 빠져나오려 했다.

"그냥 있어."

그가 잠시 전화기를 얼굴에서 뗀 뒤 뒤쪽에서 그녀의 허리에 팔을 둘러오며 나직하게 말했다.

"제가 다시 연락드리겠습니다."

주원이 전화를 끊었다.

"무슨 전환데 그렇게 끊으세요?"

"중요한 전화 아니야."

그가 던지듯 전화기를 내려놓고 다시 그녀를 끌어당겼다. 은호는 이유 없이 목이 메었다.

"과거에 너와 태웅이 사이에 어떤 일이 있었던 건지, 말하고 싶지 않으면 하지 않아도 괜찮아. 하지만 그 아이 때문에 네가 계속 힘들어하는 모습은 보고 싶지 않아."

"……."

그의 숨결이 그녀의 목덜미를 간질였다. 주원이 행복해도 울지 말라고 했던 말을 분명하게 기억하고 있었는데, 지금 이 순간 그의 진심이 느껴져 눈물이 날 것 같았다.

"어렸을 때, 이 집으로 오기 전에 차태웅 씨 집에 한 달 정도 입양이 됐었어요."

은호가 조심스럽게 입을 여는 순간 주원이 그녀를 돌려 세웠다.

"아주머니가 좋은 추억도 아닌데 다른 사람들이 알게 할 필요가 뭐가 있겠냐고 그러셔서 아무도 몰라요. 저희 고모들도……."

그녀의 말을 가만히 듣고 있던 주원의 미간이 깊게 구겨졌다. 하지만 은호는 담담한 말투로 계속 말을 이었다. 그가 자신에 대해 더 많은 걸 알고 싶다면 숨기지 않을 생각이었다. 숨긴다고 과거가 사라지는 것도 아니었고, 주변 사람들 때문에 그가 미안한 마음을 갖게 되는 것도 싫었다.

"그런데 그 집에서 차태웅 씨 동생으로 있을 때 좋지 않은 일이 있었어요. 제 잘못이 아니었고, 전 너무 무서웠는데 어른들의 결정은 절 파양하는 것이었어요. 누구의 잘못을 떠나서 절 보내면 없었던 일이 될 거라고 생각을 하셨던 것 같아요."

주원이 아무 말 없이 은호를 으스러뜨릴 듯 힘주어 안았다. 그리고 그녀의 뒤통수를 하염없이 쓰다듬기 시작했다.

"태웅이 녀석과 연관이 있었겠지?"

주원은 묻고 있는 것이 아니었다. 혼잣말처럼, 당연히 그럴 것이라는 듯 나직하게 중얼거렸다.

"미안해, 널 의심하려던 건 아니었는데. 나도 모르게, 내가 알지 못하는 네 과거 속에 태웅이와 어떤 일이 있었는지도 모르겠다는 생각이 드니까, 갑자기 참을 수가 없어졌어."

그의 몸이 부르르 떨리는 게 느껴졌다.

"오빠 마음속에서 제 자리가 그만큼 커졌기 때문이라고 생각할게요."

은호는 살며시 미소를 지었다.

"사실 전에도 잠시 아버지와 얘기했던 적이 있는데, 이번 기회에 태웅이를 영국으로 보낼까 해."

"네?"

"아버지 회사에서 일도 배우고 경력이 쌓이면 녀석에게도 나쁘지 않을 거야. 지금껏 한 번도 뭔가를 해보려고 노력하는 모습 보였던 적 없는 녀석이었으니까 분명 작은아버지도 흔쾌히 승낙하실 테고."

"오빠랑 오빠 아버지가 생각하셨던 거라면 제가……."

"널 위해서야. 나야 태웅이가 어디에 있든 전혀 상관없어. 하지만 네가 그 녀석 때문에 힘들다면, 앞으로 얼굴 보는 일 없었으면 좋겠다고 생각한다면 다시는 한국으로 돌아오지 못하게 할 생각이야."

"그렇게까지는……."

"어머니 유언장 사건 아버지께 말씀 드리면 절대 그냥 넘어가지 않으실 거야. 자신의 잘못에는 후하셨어도, 다른 누군가 어머니를 힘들게 하는 건 또 못 견뎌 하셨던 분이니까. 좀 치사하기는 하지만 이번 유산 문제까지 언급한다면 아마 두고두고 당신 옆에 두고 괴롭히실 거야."

"……."

"다시는 내 주변 사람들이 네게 상처 주는 일 없을 거야. 내가 그렇게 내버려 두지 않을 거니까."

"오빠……."

"지금 내 심정을 어떤 말로 다 표현할 수 있을까. 그러고 보면 우리 참 오랜 시간 알고 지냈는데도 함께했던 일보다 알지 못하는 일이 더 많은 것 같다."

그의 얼굴에 미안함과 안타까움이 스쳤다.

"함께 있다고 모든 시간들이 다 행복한 건 아닐 거예요."

"그래, 그럴지도 모르지. 하지만 이제부터 모두 알아갈 생각이야. 네가 어떻게 자랐고, 널 힘들게 했던 것들은 무엇인지, 그리고 네가 좋아하는 것들은 무엇인지 모두 알아갈 생각이야."

"저도 오빠에 대해서 다 알고 싶어요."

그 순간 주원이 그녀의 손을 잡아 자신의 가슴 위에 얹었다.

"지금 날 지탱해 주는 게 너라면 믿겠어?"

"……."

은호는 말문이 막혔다. 그를, 모든 것을 가진 이 남자를 지탱해 주는 것이 자신이라니…….

"은호야."

그의 입술이 그녀의 이마를 뜨겁게 눌렀다.

"다시는 널 힘들게 하지 않을게. 내 감정 주체 못해 널 아프게도 하지 않을게. 그리고 다시는 혼자 두지 않을게."

'고마워요. 전 오빠 마음만으로도 충분해요.'

"고모, 저 왔어요."

주원은 호텔 설계 건 때문에 급하게 현장에 나가 봐야 할 것 같다며 그녀를 병원 앞에 내려주고 현장으로 갔다.

"은호 왔구나? 밥은 먹고 다니는 거니?"

병실 안으로 들어서자 첫째 고모를 제외한 고모 두 분이 간이침대에 마주 앉아 과일을 깎아 먹고 있었다. 그러다 그녀와 눈이 마주치자 막내 고모가 안쓰러운 듯 입을 열었다.

"너도 이리 와서 좀 먹어."

둘째 고모는 아무 말 없이 자신의 불룩한 뱃살을 내려다보다 TV로 시선을 돌렸다.

세 고모 중 그나마 그녀에게 가장 살갑게 대해 주는 사람이 막내 고모였다. 하지만 첫째 고모나 둘째 고모 또한 마음은 막내 고모와 다를 것이 없다는 사실을 은호는 잘 알고 있었다. 다들 넉넉지 못한 형편 탓에 그녀에게 선뜻 무엇 하나를 해주지 못하는 미안한 속내를 감추듯 일부러 눈물바람을 하지 않는다는 사실도 잘 알고 있었다. 은호는 오히려 그런 고모들 때문에 자신이 누군가에게 기대려고만 하지 않는 사람으로 자란 것을 다행스럽게 여기고 있었다.

"오늘 아침에 네 친구라고 키도 크고 얼굴도 예쁘장하게 생긴 여자애가 왔다 갔어."

"제 친구요?"

"그래, 이 과일 그 친구가 놓고 간 거야."

그제야 은호의 눈에 냉장고 옆에 커다란 과일구니가 놓여 있는 것이 보였다. 은호는 재승일 것이라고 짐작했지만 한편으로는 재승이 자신에게 연락도 없이 왔다 갔다는 사실이 이상하게 여겨졌다.

"언제 갔어요?"

"좀 됐어."

"다른 얘기는 없었고요?"

"뭐, 너희 아빠 상태는 어떤지, 앞으로 어디에서 지내실 건지, 네가 병원에 누구랑 같이 오지는 않았었는지 이것저것 많이도 물어보더라."

"……."

"그런데 네가 아빠랑 엄마 찾는다고 전단지도 붙이고 그랬다면서? 오빠가 그러더라."

둘째 고모는 뭐 하러 그런 곳에 돈을 들였냐는 듯 못마땅한 표정이 역력했다.

"왜 그래 언니? 그래서 오빠가 은호를 만난 거잖아?"

"이런 거 없어도 호적 떼보면 다 나와."

"나오면 뭐 해? 오빠 주소는 큰 언니 집으로 돼 있는데. 게다가 배 타는 사람을 만나긴 어떻게 만나?"

"하여튼 오빠는 애도 아니고, 쯧쯧."

고모들의 대화가 은호의 머리를 아프게 했다. 그래도 엄마를 찾았다는 얘기를 꺼내야 하는 것인지 망설이고 있는 사이 첫째 고모가 아빠와 함께 병실로 들어섰다.

"은호 왔구나?"

"어디 갔다 오세요?"

"잠깐 바람 쐬러. 그런데 오늘 고모들 다 온다고 미리 얘기 했다던데 너까지 뭐 하러 왔어?"

"고모들이랑 저랑 같아요?"

은호는 침대에 누운 아빠에게 정성스레 시트를 덮어 주었다.

"그래, 고모들이랑 네가 어떻게 같겠니?"

아빠의 시선에 미안함과 안쓰러움이 묻어났다. 은호는 말없이 아빠의 손을 잡았다.

"늙고 젊은 거 말고 다를 건 또 뭐야?"

둘째 고모다. 은호는 낮게 한숨을 내쉬었다.

"그런데 은호 너 혹시 너희 엄마한테도 연락 왔던 거 아니니? 그

전단진가 뭔가 배 타는 오빠가 봤을 정돈데……."

"언니!"

"너 너희 엄마 재혼한 거 안다면서?"

"내가 엊그제서야 얘기했어."

"어쨌든 안다니까 하는 얘긴데, 찾아도 너를 데려가거나 같이 살기는 힘들 거다. 너도 알지? 너희 엄마, 너희 아빠랑 혼인 신고도 안 하고 살았던 거. 너 너희 엄마라는 여자가 낳았을지는 몰라도 법적으로는 너랑 아무 사이도 아니야. 유전자 검산가 그런 거라도 해본다면 또 모를까마는. 그러니까 괜한데 돈 쓰고 힘 빼지 말고 앞으로 아빠랑 어떻게 살지나 생각해. 이제 시집 갈 준비도 해야 할 거 아냐."

언젠가 정말 해야 할 때가 올지도 모르겠지만 지금 당장 고모들에게 엄마에 대한 얘기를 꺼내는 건 절대 바람직한 생각이 아닌 것 같았다.

"은호야, 고모들 저녁때까지 있는단다. 넌 그냥 들어가서 쉬어."

병실에 들어선 지 불과 몇 분 만에 고모들과의 대화에 지쳐 버린 것 같은 은호의 표정을 바라보던 아빠가 조심스럽게 말했다.

"그래, 넌 들어가서 쉬어. 어차피 퇴원하면 네가 혼자 다 해야 하는데."

큰고모가 아빠의 말을 거들었다.

"네, 그럼 저 오늘은 그냥 들어갈게요."

사양하지 않고 은호는 자리에서 일어섰다. 머리도 무겁고 마음도 무거웠다. 법적으로 관계를 증명할 수 없다고 엄마가 그녀의 엄마가 아닌 것은 아니었다. 엄마에게 무언가를 기대하는 것도, 함께 살고 싶다는 것도 아닌데 왜 가족들조차 그녀의 마음을 알아주지 못하는 것인지 은호의 마음은 어느 때보다 무거웠다.

 엘리베이터에 올라탄 그녀의 눈에 건물 층을 안내하는 표지가 붙어 있는 것이 보였다. 4층은 산부인과 입원실, 3층은 산부인과 외래 진료실, 2층 소아과……. 산부인과란 글씨만 봐도 괜스레 부끄러워지는 같아 그녀가 고개를 돌리려는 찰나, 3층에 도착한 엘리베이터의 문이 스르르 열렸다. 그리고 들어서는 한 여자. 세라였다. 꿈에서 만나도 세라는 분명하게 알아볼 수 있을 것 같았던 은호였기에 동그랗게 커진 그녀의 눈동자가 그대로 굳어버렸다. 두 사람은 똑바로 서로를 마주 보고 있었지만 세라의 표정에는 어떤 변화도 없었다.

"자주 만나네요."

조용한 엘리베이터 안에서 먼저 입을 연 사람은 세라였다.

"아버지한테 갔다 오는 길인가 봐요?"

역시 아빠의 병실에 다녀간 사람은 재승이 아니었다. 그 사실을 깨닫는 순간 은호는 세라의 실체와 의도가 더 궁금해졌다.

"그날 그렇게 갑자기 나가 버려서 어머니가 얼마나 어이없어 하시던지."

은호는 대꾸하지 않았다.

"그렇게 불쑥 남의 집 잔칫날 나타나서 쑥대밭을 만들어 놓고 사라지니까 아주 스릴 있고 재미있었나 봐요? 다음에 또 어디에서 어떻게 만나게 될지 잔뜩 기대하고 있던 참이었는데, 이런 곳에서 만나게 됐네요."

"……."

"그런데 왜 사람이 말을 하는데 대꾸를 안 해요? 그쪽이 뭐 대단한 사람이라도 되는 줄 아나 본데, 나한테 이런 식으로 나와서 좋을 거 없을 텐데……."

아이보리색 원피스 차림의 세라는 얼굴 가득 자신감이 넘쳐흐르고 있었다. 무엇이 저 여자를 저토록 자신감 넘치게 만들어 주는 것일까? 은호는 높은 힐로 자신보다 한 뼘 이상은 더 커 보이는 세라의 얼굴을 가만히 응시하다 차분한 목소리로 입을 열었다.

"그래서 하고 싶은 얘기가 뭐예요?"

"스물세 살이라고 들었는데, 난 스물일곱 살이니까 말 놔도 되겠죠?"

"아니요. 전 그쪽 분과 친하다는 생각도, 친해지고 싶다는 생각도 없는데요."

은호는 침착한 시선으로 세라의 눈을 마주 보았다. 엄마도 주원도 모두 그녀와 과거에도, 현재도, 미래에도 시간과 추억을 공유해야 하는 사람들이었다. 세라는 그녀의 것을 탐내고 있는 것일 뿐, 지금 겁내고 몸을 사려야 하는 쪽은 절대로 그녀가 아니었다.

그때 엘리베이터가 1층에 도착해 문이 열리고 있었다.

"시간 괜찮으면 잠깐 조용한 곳으로 가서 얘기 좀 할까요?"

"그냥 여기에서 하세요."

두 사람은 대기실 안쪽의 조용한 창가로 자리를 옮겼다.

"좋아요. 단도직입적으로 말하죠. 난 어머니가 우리 둘 중 누굴 선택하든 나머지 한 사람은 조용히 사라지는 걸로 했으면 좋겠어요."

"……."

"그리고 내가 그쪽한테 왜 이런 말까지 해야 하는 건지, 참 기분이 그런데……. 주원 씨. 주원 씨도 절대 양보 못할 것 같아요."

세라가 원피스로 가려진 자신의 배 위에 손을 얹었다. 그 순간 은호는 어떻게 표현할 수 없는 불길한 느낌이 등줄기를 타고 흘러내리는 것을 느꼈다.

"내 남편의 선택에 대해서까지 그쪽이 말할 입장은 아닌 것 같은데요."

"내 남편? 훗. 혼인 신고 그 까짓게 뭐 대단한 거라고 착각을 하는 것 같아 내가 미리 말해 주는 건데, 난 주원 씨가 열 번 스무 번을 결혼하고 다시 이혼해도 결국은 나한테 돌아올 거라고 확신하고 있어요."

은호는 자신이 딛고 서 있는 바닥이 흔들리는 것 같았다. 하지만 아무것도 달라질 것이라 생각되는 것은 없었다. 그녀의 사랑은 이미 시작되었다. 되돌릴 이유도 그럴 필요도 전혀 느끼지 못했다. 아니, 필요하다만 자신이 악녀가 돼서라도 지켜내야겠다는 생각뿐이었다. 지금 그녀의 심정은 그랬다.

"그날 납골당에서 우리 만났었는데 기억해요?"

은호가 침착한 목소리로 입을 열었다.

"그날 그 시간에 그곳에 어떻게 있었는지는 모르겠지만 난 그날 내가 본 모습 모두 믿지 않아요."

그녀의 말에 세라가 빙긋 미소를 지었다.

"그리고 난 지금도, 앞으로도 당신이 하는 말 귀담아듣지 않을 거예요."

은호의 목소리는 맑은 시냇물이 흐르는 것처럼 흔들림 없이 깨끗했다.

"무슨 근거로 지금 나한테 그런 소리를 하는 건지 모르겠지만 난 더 이상 물러설 곳이 없는 사람이라는 거 잊지 않았으면 좋겠군요. 그리고 보통 나처럼 하루 앞을 모르고 사는 사람들은 가장 큰 카드는 마지막까지 움켜쥐고 있는 법이죠."

세라의 입가에 옅은, 하지만 무언가를 숨기고 있는 듯 자신만만한 미소가 슬쩍 스쳤다. 세라의 미소가 신경 쓰였지만 은호는 주원을 믿었다. 그녀가 믿는 세상의 중심에 주원이 있었다. 그가 흔들리지 않는다면 그녀도 흔들리지 않을 것이다.

집으로 돌아온 은호는 옷을 갈아입고 곧장 온실로 향했다. 하지만 좀처럼 세라의 말이 머릿속에서 떠나질 않고 있었다. 산부인과라면 일요일에도 출산과 관련된 응급 진료를 할 수 있다는 건 알고 있었다. 그렇지만 그 외에 다른 검진이라면 불가능할 것이다. 그리고 누군가의 문병을 갔던 거라면 4층에서 탔어야 했다. 게다가 그녀를 의식한 듯 쓰다듬었던 배까지……. 그런 생각들이 자꾸 머릿속을 맴도니 꽃을 봐도 자신이 꽃을 보고 있는 것인지 잡초를 보고 있는 것인지 아무런 감정도 느껴지지 않았다. 결국 그녀는 자리를 털고 일어나 다시 집으로 들어갔다.

얼마를 고민하다 은호는 세라를 만났던 산부인과로 전화를 걸었다.
[네, 병원입니다.]
신호음이 한참 흘러나온 후 병원에서 전화를 받았다.
"오늘 일반 진료도 가능한가요?"
[오늘은 원장 선생님이 한 분밖에 계시지 않으셔서 출산이나 재진 환자 중 응급을 요하는 경우 이외에 일반 진료는 하지 않는데요.]
"그럼 혹시, 오늘 제 친구가 병원에 갔다 온 것 같은데 무슨 일 때문에 갔던 건지는 알 수 없을까요?"
[죄송합니다. 진료 기록은 본인 동의 없이는 알려 드릴 수가 없습니다.]
"동의라면, 함께 내원해야 한다는 말씀이시죠?"
[보통은 그렇죠.]

"만약 부모님이 가시면 함께 진료실에도 들어갈 수 있는 건가요?"

[환자 분이 진찰 받으실 때라면 친구 분도 가능하세요.]

"알겠습니다."

전화를 끊었다. 하지만 가슴이 더 답답해졌다. 재진 환자 중 응급을 요하는 경우……. 아무리 생각을 해봐도 긍정적인 결론을 얻을 수는 없었다. 무엇보다 산부인과 재진 환자라면 임산부일 가능성이 큰데. 은호는 아랫입술을 질끈 깨문 채 머리를 흔들었다. 제발 자신이 생각하고 있는 그런 나쁜 상황만은 아니기를…….

띵동! 띵동!

그때 기다렸다는 듯 초인종 소리가 울렸다. 은호는 낮은 한숨과 함께 자리에서 일어섰다.

"누구세요?"

[……]

인터폰에서는 아무 말도 흘러나오지 않았다. 누군가 집을 잘못 찾아 실수로 눌렀던 건지도 모른다고 생각하며 그냥 돌아서려는 찰나 인터폰에서 그녀의 이름이 흘러나왔다.

[은호, 채은호를 만나러 왔는데요.]

"누구라고요?"

[채은호를 만나러 왔는데요.]

은호는 생각에 빠져 멍하니 허공을 응시하던 눈을 재빨리 인터폰으로 옮겼다. 한 뼘 남짓의 작은 모니터 속에 고작 하루 사이 핼쑥해진 얼굴로 서 있는 사람은 엄마, 엄마였다.

[은호니?]

은호는 떨리는 손으로 버튼을 눌러 대문을 열었다.

다리가 떨려 겨우 현관 앞까지 나가는데 몇 분은 걸린 것 같았다.

회색 바지 정장 차림의 엄마는 금송 근처까지 걸어와 있었다. 은호는 엄마와 금송을 번갈아 바라보았다. 이렇게 믿지 못할 순간이 온 걸 어딘가에서 아주머니도 보고 계실지……

"은호야……"

바람도 지나가지 않는 고요한 정원에 엄마가 그녀의 이름을 부르는 소리가 은은하게 울려 퍼졌다. 꿈이 아닌지 볼을 꼬집어보고 싶은 심정이었지만 엄마를 다시 만나면 절대 울지 말아야지 했던 다짐 때문인지 은호의 표정은 담담했다. 두 모녀는 그렇게 얼마간 아무 말 없이 서로를 바라보며 서 있었다.

"어떻게 아셨어요?"

그녀가 물었지만 엄마는 아무 말도 하지 않았다. 대신 가방을 잔디 위에 내려놓더니 말없이 무릎을 꿇었다. 울지 않기로 했던 다짐이 고작 몇 분 사이 물거품처럼 사라지고 은호의 눈에 눈물이 차오르기 시작했다.

"너한테 할 말이 없어야 하는데, 네 얼굴 가까이에서 한 번이라도 보고 싶어서 이렇게 불쑥 찾아와 버렸어. 놀라게 했다면 미안하구나."

"……"

"네가 그냥 돌아가라고 하면 오늘은 그냥 돌아갈게."

하늘이 너무 맑았다. 살갗에 닿는 햇살도 너무나 따사로웠다. 그런데도 은호는 지금 꿈을 꾸고 있는 것만 같았다. 악몽이 아닌데, 매일 저녁 그렇게 꾸길 바라던 꿈이었는데 손바닥과 이마에 송골송골 땀방울이 맺히고 있었다.

"일어나세요."

은호가 엄마 앞으로 걸어가 말했다.

"너한테 용서해 달라는 말은 하지 않을게."

"……."

"은호야. 은호야……. 얼마나 불러 보고 싶었는지 모른단다. 하루도 네 생각을 하지 않았던 날이 없었어."

"그런데 왜 찾지 않으셨어요?"

이미 원망도, 미움도, 아픔도 모두 버렸다고 생각했는데 은호의 목소리는 가늘게 떨리고 있었다.

"변명할 생각은 없어. 어떤 변명도 네 지난 상처를 낫게 해 줄 수는 없다는 거 아니까……."

무언가 말을 해야 하는데 가슴이 너무 뻐근하고 입 안이 바싹 말라 좀처럼 말을 꺼낼 수가 없었다.

"내가 널 위해서 뭔가 해 줄 수 있는 게 있다면, 어떤 거라도 상관없어, 그걸 해 주면서 용서받는 중이라고 생각하고 싶은데. 나한테 한 번만 기회를 줄 순 없을까?"

"용서라고요?"

부모 자식 간에 용서라는 말이 왜 필요한 것일까? 원망하면서도 지금껏 기다렸던 건, 그렇게 찾으려 했던 건 엄마이기 때문이지 다른 이유는 없었다. 그녀가 지금 이렇게 엄마를 마주 보고 있는 순간 안타까운 건 되돌릴 수 없는 시간에 대한 아쉬움뿐이었지 원망 같은 것도 이미 사라진 지 오래였다.

"제가 그동안 계속 찾았던 건 아세요?"

그제야 고개를 들어 그녀의 얼굴을 마주 보는 엄마의 얼굴은 흘러내린 눈물로 흥건하게 젖어 있었다. 그런 엄마의 얼굴을 보니 마음이 아팠지만 아직 엄마에게 더 가까이 다가가 눈물까지 닦아 줄 용기를 낼 수는 없었다. 지금 흘리는 엄마의 눈물은 그녀의 아픔에 대한 보상이 아니라 엄마 자신을 위해 흘리고 있는 것이니까. 엄마의 아픔까지 감싸 주기엔 아직 아물지 않은 그녀의 상처가 너무 컸다. 하지만 좀 더 시간이 흘러 엄마의 아픔을 함께 아파할 수 있는 날이 온다면 그때는 망설임 없이 다가가 눈물을 닦아 줄 것이다.

"널 그렇게 두고 나오는 게 아니었는데, 얼마나 후회했는지 몰라……. 하지만 그때 난 네 아빠 호적에만 올라 있는 널 내가 데리고 나온다는 게 법적으로 용납이 안 되는 일인 줄만 알았어. 데리고 나와도 당장 기거할 곳조차 없었으니 변명이었는지도 모르겠지만. 지금 남편을 만나고 형편이 좋아지는 대로 널 만나러 가기 위해 악착같이 일했어. 그래서 널 만나러 갔는데, 네 고모들이 찾아오지 말라는 말만 하더구나. 네 아빠는 어디에 있는 건지 도무지 찾을 수도, 만날 수도 없었고. 때가 되면 만날 수 있을 거라고, 언젠가는 찾을 수 있을 거라고 믿었지만 이렇게 오래 걸릴 줄은 정말 몰랐어. 입이 열 개라도 변명할 말이 없어야 하는데, 너무 미안하다. 정말 미안하다 은호야……."

"엄마한테 이런 얘기 들으려고 찾으려 했던 건 아니에요. 그러니까 그만 일어나세요."

은호는 엄마의 팔을 잡았다.

"그동안 어떻게 지냈니? 많이 힘들었지?"

은호의 부축에 겨우 몸을 일으킨 엄마가 은호의 손을 덥석 잡으며 물었다. 너무 잡고 싶었던 손이었다. 어릴 적 그녀가 아플 때면 이마며 배를 쓰다듬어 주었던 엄마의 따뜻한 손, 너무나 그리워했던 체온이었다. 은호는 자신도 모르게 다시는 놓지 않으려는 듯 엄마의 손을 힘주어 잡았다.

"손이 많이 거칠구나."

은호는 그제야 슬며시 손을 놓고 등 뒤에서 주먹을 움켜쥐었다.

"정말 좋은 분 만나서, 엄마가 미안해하시는 만큼 힘들지는 않았던 것 같아요."

아직은 엄마의 눈물보다 아주머니를 떠올리는 것이 은호에게는 더 큰 아픔이었다. 엄마에게 세라가 사랑을 나누어 준 또 다른 딸이었다면, 자신에게는 엄마의 사랑을 대신 준 아주머니가 있었던 셈이니까. 그런 생각이 드니 어쩌면 세상은 공평한 것인지도 모른다는 생각이 들었다.

"여긴, 주원 군 집이니?"

은호는 고개를 끄덕였다.

"둘이 살고 있는 거야?"

"네."

그제야 조금 안심이 되는 듯 엄마의 표정이 밝아졌다.

"들어가 보실래요?"

아직은 모든 게 조심스러웠지만 그래도 은호의 목소리는 제법 자연스러웠다.

"그래도 될까?"

"오빠는 일 때문에 나가고 없어요."

"그렇구나."

"여기 주소는 어떻게 아셨어요?"

"승준이가, 승준이는 지금 엄마 남편 아들이야. 승준이가 네 이력서에서 확인하고 알려줬어."

은호가 앞장서고 천천히 그녀를 따라 집 안으로 들어서는 엄마의 입에서 나직한 감탄이 흘러나왔다.

"참 예쁜 집이구나."

"커피 좋아하세요?"

"응."

조심스럽게 대답하는 엄마를 거실에 남겨두고 은호는 주방으로 향했다. 서둘러 따듯한 커피 두 잔을 준비한 그녀는 다시 거실로 나왔다. 그사이 엄마는 거실 창으로 보이는 정원을 내다보고 있었다.

"정원도, 집도 참 예쁘구나. 이렇게 예쁜 집에 살고 있는 우리 은호는 더 예쁘고……."

엄마의 눈가가 다시 젖어들기 시작했다.

"네, 예쁜 집이죠? 저도 이 집에 살아서 참 행복했어요."

두 사람은 소파에 마주 앉았다.

"주원 군 아버지는 그날 바로 출국하신 걸로 아는데, 너희 두 사람 결혼은 어떻게 생각하고 계신 거니?"

"……."

"모든 게 내 잘못 투성이구나. 내가 세라를 위해서 한 노력이 널 힘들게 하는 결과를 낳았으니."

"……."

"하지만 걱정 마, 은호야. 이제 와 내가 널 위해 못할 일이 뭐가 있겠니? 어떻게 다시 만난 내 딸인데. 내 잘못은 모두 내가 되돌려 놓을 거야."

은호의 옆으로 자리를 옮긴 엄마가 그녀의 손을 잡으며 말했다.

"엄마는, 행복하세요?"

"나?"

엄마가 천천히 고개를 끄덕였다.

"자식을 버린 어미 치고는 너무 호강하며 행복하게 살았지."

"다행이네요. 엄마가 아프거나 힘들었다면, 저도 싫었을 거예요."

은호는 갑자기 목이 메어왔다.

"은호야."

엄마가 손을 들어 그녀의 뺨을 조심스럽게 어루만졌다. 엄마 냄새가 은호의 가슴을 두근거리게 만들었다.

"세림 조경에 이력서 냈다는 얘기 들었어. 우리 좀 더 빠르게 만났을 수도 있었는데. 난 네가 원하기만 한다면 네가 원하는 부서에 널 입사시키고 싶은데. 그리고 내가 가까이에서 널……."

"그런 특혜는 싫어요."

은호는 머리를 흔들었다. 엄마의 마음 모르는 건 아니었지만 일에서만큼은 자신의 힘으로 차근차근 모든 걸 이뤄 나가고 싶었다.

"그럼, 그럼 내가 뭘 해 줄까? 말만 해. 뭐든, 널 위해 뭐든 해 주고 싶어."

엄마의 표정은 간절했다. 그런 엄마의 마음이 은호에게도 온전히 전해지고 있었다.

"뭐든 해주실 수 있으세요?"

엄마가 고개를 끄덕였다. 하지만 은호의 입가에는 슬픈 미소가 어른거리고 있었다.

"임세라 씨, 아시죠?"

잠시 시간을 가졌다 은호는 차분한 목소리로 입을 열었다. 하지만 엄마 앞에서 세라의 이름을 꺼내는 순간 은호의 가슴은 조금 전과는 다른 이유로 거세게 두근거리기 시작하고 있었다.

"엄마와 특별한 인연이라는 건 알지만, 그 사람 때문에 제가 힘들어요."

잠시 정적이 흘렀다.

"세라가? 어떻게?"

"주원 오빠, 제 남편에 대한 미련을 아직 버리지 못한 것 같아요."

"……."

"만약 그 여자가 오빠 저한테서 뺏어 간다면, 아니, 계속 우리 사이에 문제를 만든다면 전 엄마도 다시 보지 않을지 몰라요."

너무 잔인한 말이라는 걸 알고 있었지만 거짓말은 아니었다. 그런데 은호가 엄마의 얼굴을 다시 바라보았을 때, 그녀의 사랑을 응원하듯 엄마의 눈동자 안에 따듯하게 반짝이는 것이 보였다.

"저한테 그런 사람이에요. 엄마가 저한테 뭔가를 해주고 싶으시다면 그 여자, 오빠한테, 우리 곁에 다가오지 못하게 해주세요."

"그래그래, 은호야."

※ ※ ※

허브 클럽 회장이 돌연 마음을 바꿔 의뢰를 번복했다. 재훈의 사무실에는 최근 개인주택이나 상가, 근린생활시설 등 모든 종류의 설계 의뢰 건이 늘어 눈코 뜰 새 없이 바쁜 나날을 보내고 있다는데, 그에게는 단 한 건의 의뢰도 들어오지 않고 있었다. 게다가 허브 클럽의 회장 또한 그에게 그토록 집요하게 만나 달라 조르더니 이렇게 갑자기 마음을 바꾸다니 모든 것이 이상할 뿐이었다.

이상한 점은 그뿐만이 아니었다. 사무실에는 연인 인터뷰 요청, 혹은 방송 관계자들이 찾아오고 있었다. 그리고 그가 영국에서 설계했던 건물들을 특집으로 엮어서 낸 한 잡지의 판매 부수는 전달에 비해 1.5배 가까이 들었다는 이야기를 잡지사 사장으로부터 직접 전해 들었을 정도였다. 이 정도라면 계약이 성사되지는 않아도 전화 문의라도 와야 하는 상황인데 사무실은 이상할 만큼 고요했다. 누군가의 장난이 아니라면 절대 있을 수 없는 일이라는 생각뿐이었다.

허브 클럽 회장과 만나고 사무실로 돌아오는 주원은 가뜩이나 머릿속이 복잡한 상태였는데 사무실 앞에서 그를 기다리고 있는 반갑지 않은 사람이 보이자 저절로 턱에 힘이 들어갔다.

"주원 씨."

은호에게조차 찾아올 필요 없다며 정확히 알려주지 않았던 사무실을 세라는 어떻게 알고 찾아온 것인지, 주원은 그녀를 무시하고 지나쳐 사무실로 다가갔다.

"저 여기 계속 서 있게 하실 거예요?"

"왜 온 거야?"

"할 말이 있어요."

"우리 사이에 아직도 할 말이 남았던가?"

"들어두는 게 좋을 거예요. 우리 모두를 위해서……."

주원은 사무실 문을 열었다. 그리고 사무실 안으로 들어서서 문을 닫으려는 순간 세라가 좁혀지는 문틈으로 자신의 손을 밀어 넣었다. 그가 민 반동으로 문이 닫히면서 그녀의 손은 문 사이에 끼이고 말았다. 피가 통하지 않아 눌린 부위가 빨갛게 달아오르기 시작했지만 세라는 손을 빼지 않았다. 정말 지독한 여자였다. 어떻게 잠시라도 자신이 저런 여자를 만날 수 있었던 것인지 주원은 할 수만 있다면 얼마를 들여서라도 그 부분의 시간을 가위로 잘라내 버리고 싶었다. 사람이 얼마나 추하고 탐욕스러울 수 있는 것인지 그는 아버지와 세라를 보면서 매번 놀라고 있었다.

"손 잘라져도 빼지 않을 거예요."

주원은 짜증스럽게 숨을 내쉬었다. 그 사이 세라가 나머지 손으로 문을 열었다. 주원은 서늘한 시선으로 세라를 돌아보았다.

"제가 들어가는 게 싫으시면 여기에서 얘기할게요."

"……."

"저 오늘 산부인과에 갔다 왔어요."

주원은 눈살을 찌푸리고 입가에는 싸늘한 비웃음을 머금은 채 세라를 바라보았다.

"내 기억 속에는 내가 당신과 함께 침대 위에 올라갔던 적은 없는 것 같은데."

그의 말이 끝나기가 무섭게 세라의 얼굴에 피식 웃음기가 스치고 지나갔다.

"침대 위에서만 임신을 할 수 있는 건 아니에요. 요즘엔."

주원이 짜증스럽게 눈썹을 모았다. 하지만 세라의 얼굴에는 조금도 동요하는 기색이 없었다.

"아버님한테 들었어요. 주원 씨가 1년 전에 대학 측의 권유로 정자은행에 정자를 기증했다는 얘기."

자신이 움켜쥔 주먹 안에 세라의 목이 들어 있기라도 한 듯 주원은 힘껏 움켜쥔 주먹을 비틀었다.

"병원에 찾아가서 당신이 기증한 정자로 인공수정 시술을 받았어요."

"……."

"기증자의 직업이 건축사로 표시가 되어 있었고, 혈액형은 물론이고 아버님께 들었던 당신과 관련된 모든 사항들 몇 번씩이나 확인했으니까 제가 실수를 했을 리는 없을 거예요."

자신의 구체적인 이야기에도 움켜쥔 주먹 외에 주원의 표정에 아무런 변화가 없자 세라의 표정이 초조한 듯 달아오르기 시작했다.

"오늘 갈색 피가 조금 나와서 병원에 가보니 의사가 착상 혈 같다고 몸 조심히 기다려 보라고 했어요."

"……."

"착상 혈은, 임신이 됐다는 얘기예요. 이 아이가 세상에 태어나면 전 당신 아이의 엄마가 되는 거라고요."

"그래서?"

"난 무슨 일이 있어도 이 아이를 뉴라인의 후계자로 만들 거예요."

"그게 당시 생각대로 될까?"

주원은 얼음처럼 서걱거리는 목소리로 말했다.

"아버님이 약속하셨어요. 내가 당신 아들만 낳는다면 모든 걸 우리 아이에게 물려주시겠다고요."

그녀는 말을 멈추고 그를 바라보았다. 하지만 그녀의 기대와는 달리 주원의 얼굴에는 조롱기 섞인 미소만 고요하게 자리 잡고 있을 뿐이었다.

"언제까지 그렇게 날 비웃을 수 있을지 지켜볼게요. 그런데 난 이 아이가 나처럼 되게 키우지는 않을 거예요. 당신 아이니까. 천재 건축가 차주석과 차주원의 피를 물려받은 유일한 아이가 될 거니까, 이 세상에 나오기 전부터 세상 사람들 모두가 알도록 그렇게 만들 거예요. 아무도 우릴 무시하거나 버리지 못하게!"

은호는 온실에 쭈그리고 앉아 카네이션의 입을 따고 있었다. 정성 들여 꽃을 피운 카네이션에게는 너무 미안했지만 그녀에게는 지금 이런 위안이라도 절실한 심정이었다.

"아니다, 맞다, 아니다, 맞다, 아니다……."

"뭐가 아니라는 거야?"

주원의 목소리였다.

"오빠?"

은호는 자리에서 벌떡 일어서 입구를 바라보았다.

"흠, 꽃향기 좋다."

"지금 들어오신 거예요?"

주원은 아침에 집에서 나섰던 정장차림 그대로였다. 여전히 그림처럼 멋진 모습이었다. 내 남편, 내가 사랑하는 남자. 그런데 이 남자를 너무 사랑하니까 정작 그 상처가 몸에 닿기도 전에 그녀는 이렇게 아프고 있었다.

"응, 네가 안 보여서 여기에 와본 거야."

"또 핸드폰 집에 놓고 나왔나 봐요."

은호는 씩 웃었다.

"그런데 방금 꽃잎 따던 거. 아니다를 원한 거야? 아니면 맞다를 원한 거야?"

"아니다, 요."

은호는 슬쩍 주원의 시선을 피했다. 꽃잎이 다 떨어져 오들오들 떨고 있는 카네이션이 마치 자신의 모습을 보는 것 같았다.

"아니다? 뭐가 아니길 바란 걸까?"

주원이 꽃 사이를 천천히 걸어 그녀 앞으로 다가왔다. 순결한 사랑, 그런 건 원하지 않았다. 아니, 정확히 지금 자신이 원하는 게 무엇인지도 말할 수 없는 그런 복잡한 심정이었다. 만약 세라가 주원의 아이를 가진 거라면, 그 아이를 없애 달라고 빌어야 하는데. 그건 아무리 생각해 봐도 너무 잔인한 소원이라는 생각에 은호는 소원조차 마음껏 빌 수 없었다.

"은호야."

주원이 은호의 손에서 작은 꽃잎이 네게 남은 카네이션을 빼앗아 이미 무수히 많은 꽃잎이 흩어져 있는 바닥으로 떨어뜨렸다.

"오늘은 또 무슨 일이 있었던 거야?"

"……."

"전부 말하기로 했지?"

그가 손으로 그녀의 뺨을 감싸 자신의 눈을 바라보게 했다. 그도 지쳐 보였다. 무엇이 자신들을 이렇게 힘들게 하는 것인지 마음이 아팠지만 은호는 주원을 바라보며 씩 웃었다. 그에게는 언제나 예쁘게 웃는 얼굴만 보여주고 싶었다. 하지만 지금 자신이 정말 웃고 있는 것인지 확신이 들지 않았다. 웃고 있는데도 늑골 사이가 욱신거리고 목덜미가 화끈거렸다.

"사실은 아빠 병원에서 나오다가……."

"나오다가?"

"임세라 씨를 만났어요."

그녀의 말을 듣는 주원의 표정이 어둡게 가라앉았다. 은호는 심장이 뒤틀리는 것처럼 가슴이 아팠다.

"너한테 말을 걸었구나?"

"아직 오빠에 대한 미련을 완전히 버리지 못한 것 같아요."

"그게 다야? 그럼 내가 세라를 다시는 쳐다보지도 않는다, 로 꽃잎점을 봤던 거야? 은호야, 그런 거라면 전혀 걱정할 필요 없어."

"아니에요."

은호는 잠시 망설였다. 자신이 걱정하고 있는 생각을 그대로 주원에게 이야기해도 괜찮은 것인지, 그렇다면 지금 그를 의심하고 있는 자신의 속마음까지 모두 내보여야 하는 것인지. 마음이 너무 아팠다.

"말해 봐. 아침에 약속했잖아?"

"사실은 임세라 씨가 산부인과가 있는 층에서 엘리베이터에 탔어요. 전, 그러고 싶지 않은데 자꾸만 불안한 생각이 들어요."

"은호야……."

주원이 한숨처럼 이름을 부르며 그녀를 자신의 품으로 끌어당겨 안았다.

"다시는 널 힘들게 하고 싶지는 않았는데, 나 때문에 네가 또 마음고생을 하는 것 같아 마음이 아프다."

"아니에요. 제가, 이런 생각을 하는 제가 나쁜 아이였으면 좋겠어요."

은호는 눈을 질끈 감았다.

"아니죠, 아니죠, 오빠? 제가 지금 정말 나쁜 생각을 하고 있는 거죠?"

주원은 아무런 대답이 없었다. 은호는 자신도 모르게 튀어나오려는 한숨을 억지로 삼켰다. 그리고 어떤 경우에도 그에게서 멀어지지 않겠다는 듯 주원의 등 뒤로 두 손을 맞잡고 깍지를 꼈다.

"내가 지금 널 이렇게 힘들게 하는 거 우리 어머니가 아시면 많이 속상해하실 텐데."

아주머니 얘기가 나오자 은호의 눈에 눈물이 고였다.

"아주머니가 너무 보고 싶어요."

"나도 그래."

주원은 얼굴을 보지 않아도 그녀의 심정을 모두 안다는 가볍게 등을 다독이다 다시 으스러뜨릴 듯 그녀를 끌어안았다.

"조금만 참아. 조금만 참아줘, 은호야."

그의 목소리에서는 느껴지지 않았던 괴로움이 그가 거칠게 내쉬는 숨결에 짙게 묻어났다.

"전 괜찮아요."

그녀의 어깨가 가늘게 떨리기 시작했다. 참을 수 있었다. 기다릴 수 있었다. 그가 기다려 달라고만 한다면 그녀는 얼마든지 기다릴 수 있었다. 그는 그런 은호를 말없이 더 세게 끌어안았다. 그의 품이 따듯하고 편안해야 하는데 은호는 좀처럼 몸의 떨림이 가라앉지를 않았다. 하지만 지금 그에게도 자신만큼이나 위로와 믿음이 필요할지 모른다는 생각이 들었다.

"만약, 정말 만약에 제가 생각하고 있는 그 나쁜 생각이 현실이 되더라도 전 오빠가 참으라면 참을 거고, 기다리라면 기다릴 거예요. 어떤 상황이 와도 제 마음대로 결론 내리지도 도망치지도 않을 거예요. 모두 오빠한테 말할게요. 그러니까 제 걱정은 마시고, 지금은 오빠 생각만 하세요."

빈말이 아니었다. 그 말을 증명하듯 은호는 그의 체온 더 가까이로 자신의 몸을 묻었다.

"은호야."

"제 마음은 지금도 오빠한테 가는 중이에요. 오빠한테 완전히 도착하면 그때는 더 이상 마음 아픈 일도 힘든 일도 없었으면 좋겠어요."

'사랑해요.'

※ ※ ※

Rrrrrrrrr.

전화벨 소리에 바쁘게 움직이던 주석의 손이 움직임을 멈췄다. 그리고 캐드창이 떠 있는 모니터를 응시하고 있던 날카로운 시선을 휴대전화로 옮겼다. 주원에게 온 전화였다.

"여보세요?"

[저예요.]

"그래, 무슨 일이냐?"

갑작스러운 주원의 전화가 의외이긴 했지만 주석의 목소리는 평상시와 다름없었다.

[세라가 오늘 제게 찾아와 인공수정 시술을 받았다고 말하더군요.]

"그래서?"

[이제는 아버지께 말씀드려야 할 것 같아서 전화드렸습니다.]

"뭘 말이냐?"

[아버지가 1년 전 대학 관계자가 부탁을 했다며 제게 권유하셨던 정자 기증, 제가 아니라 뉴라인 디자인 팀 최진우 대리가 했습니다.]

"뭐라고?"

주석은 눈을 가늘게 떴다.

[이제라도 아셔야 할 것 같아서요.]

"그래? 그런데 그게 나하고 무슨 상관이라는 거냐?"

주석은 전화기를 들지 않은 반대쪽 손을 힘껏 움켜쥐었다.

[아버지가 아니었다면 제가 그날 정자은행에 가기로 되어 있었던 걸 세라가 어떻게 알았을까요?]

"……."

[이제 아버지가 세라와 함께 얼마나 끔찍한 일을 벌이려 했던 건지 아시겠어요? 어떻게 자식의 앞길을 그런 식으로 막으려 드실 수가 있는 거죠? 전에 아버지께서 그러셨죠? 앞으로 이루는 모든 것들 저를 위해 이뤄가겠다고. 이런 의도셨다면 아버지가 이루신 건, 아니, 아버지께서 지어 주신 이름도 돌려 드리겠습니다. 그러니까 지금 같은 마음이라면 다신 절 보실 생각도 마세요.]

"주원아."

아들의 성격이 자신을 닮지 않았다는 건 알고 있었다. 하지만 저 아이가 정말 천륜을 끊어 버릴지도 모른다는 생각이 들자 덜컥 겁이 난 주석은 그제야 눈앞이 캄캄해지는 것 같았다.

[참, 그런데 안타깝게도 이제 세라는 아버지에게도 버림을 받겠군요. 다른 남자의 아이를 가진 여자를 받아들이실 만큼 아버지가 너그러운 분은 아니시잖아요?]

"한국으로 들어가마. 가서 얘기하자."

[오실 필요 없어요. 그리고 제 사무실에 손쓰신 분 아버지시죠? 잡지사에 알아보니 제가 곧 영국으로 돌아갈 거니 설계 의뢰는 모두 거절해 달라고 하셨다더군요? 그런데 어쩌죠? 주한 영국대사관저 공개 입찰 최종 낙찰자로 제가 결정이 됐으니. 소식을 들었는지 영국대사가 직접 전화를 해왔더군요. 그리고 대사관저 근처의 작은 거리 하나를 제가 통째로 맡게 됐습니다. 저는 제 능력으로 살아남겠습니다. 그리고 제게 소중한 사람도 제 스스로 지켜 나갈 겁니다.]

"주원아 잠깐만. 잠깐만……."

[아직도 하실 말씀이 남으셨어요?]

"내가, 어떻게 하면 되는 거냐?"

[……]

"네가 원하는 대로 다 해주겠다. 그게 뭐가 됐든."

주석은 의자에서 벌떡 일어섰다. 보이지 않았지만 차가운 얼굴의 주원이 마치 바로 앞에서 자신에게 등을 보이며 돌아서려는 것처럼 그는 사지가 떨렸다.

[그럼 아버지가 직접 세라를 버리세요. 제가 밀어내고 상처 준다고 상처받고 돌아설 여자 아니라는 거 아버지도 알고 계시겠죠? 아버지가 버리지 않으면 그 여잔 또다시 무슨 일을 꾸밀지 몰라요. 아버지가 벌인 일들이니 직접 수습하세요.]

"그래, 네가 원한다면 하마. 내 손으로 모두 해결하마."

[세라가 다시는 저희 앞에 나타나지 않는다면 그때 다시 아버지를 뵙겠습니다.]

달칵.

전화가 끊겼다. 주석은 다리에 힘이 풀려 바닥에 털썩 주저앉아 버렸다.

주원에게 전화가 오기 전 세림 조경의 이 상무에게 먼저 전화가 왔다. 자신이 은호와 주원의 결혼 선물로 일전에 딸에게 주겠다 했던 세림 조경 지분 20%에 대한 법적 절차를 내일부터 밟겠다는 내용이었다. 이 상무가 세라가 아닌 은호, 그 아이를 선택한 것이다.

"으윽."

그는 가슴을 움켜잡았다. 어쩌면 이런 날이 오게 되리란 걸 그도 이미 짐작하고 있었던 것인지 모른다. 죽은 아내는 항상 없는 듯 조용히, 하지만 자신이 뜻한 바는 모두 이뤄내는 여자였으니……. 주석은 씁쓸하게 웃으며 서랍을 열어 대한 신문사 직원의 명함을 찾았다.

"나 차주석입니다."

늦은 시간이라는 걸 알지만 주석은 자신을 인터뷰했던 담당 직원에게 곧장 전화를 걸었다.

[건축사님, 이렇게 늦은 시간에 무슨 일이십니까?]

"내 인터뷰 중 세림 조경 관계자들과 했던 인터뷰, 그중에 임세라라는 이름 전부 삭제해 주세요."

[네? 그럼?]

"전부 채은호로 바꾸면 될 겁니다."

[네? 세림 조경 이미연 상무님의 따님 이름이 정확히 임세라 씨라는 겁니까? 아니면 채은호 씨라는 겁니까?]

"채은호. 흠……. 채은홉니다."

은호의 이름을 말할 때마다 죽은 아내의 얼굴이 눈앞에 어른거리는 것 같아 주석은 두 눈을 힘주어 감았다.

[그러고 보니 전에 아드님이신 차주원 건축사님과 함께 인터뷰했던 그분, 채은호 씨였죠. 저도 정신이 없어서 꼼꼼히 체크하지 못했습니다. 그런데 그분이 세림 조경 이미연 상무님의 친따님이였나 보네요? 그때 인터뷰 내용이 정말 인상적이어서 기억하고 있었는데……. 정말 축하드린다고 꼭 좀 전해주십시오. 그리고 아드님 결혼 소식도 들었습니다. 어떻게 그렇게 큰일은 조용히 치르셨습니까? 늦었지만 정말 축하드립니다. 제가 전에 잠시 봬서 아는데, 정말 훌륭한 며느님을 얻으신 것 같습니다.]

"감사합니다."

[그리고 건축사님 요청대로 이번 주 금요일에 건축사님 인터뷰 기사가 먼저 나가고, 아드님 인터뷰는 다음 달에 내보내기로 했습니다.]

"알겠습니다."

[네, 그럼 안녕히 계십시오.]

주석은 전화를 끊었다. 하지만 이 정도로 끝낼 주원이 아니라는 걸 알기에 어떻게 녀석의 마음을 움직여야 하는 것인지 주석은 점점 더 마음이 무거워지는 것 같았다.

※ ※ ※

주석에게 자신의 뜻은 전한 미연은 전화를 끊고 세라의 방으로 향했다. 이제야 자신이 은호를 위해 해 줄 수 있는 무언가가 생겼다는 사실에 기뻐야 하는데 그 방법이 세라를 아프게 하는 것이라 그녀는 또다시 마음이 무거웠다.

똑! 똑!

"세라야."

미연은 세라의 방문 앞에 서서 차분한 목소리로 세라를 불렀다.

"네."

"잠깐 들어간다."

미연은 방 안으로 들어섰다. 방 안에는 역겨울 정도로 진한 향수 냄새가 가득 들어차 있었다. 게다가 엉망으로 어질러진 침대와 화장대, 그리고 며칠 새 배달되어 온 뜯지도 않은 상자들이 방 한구석에 수북하게 쌓여 있는 것이 보였다. 그런 세라의 방을 보고 있자니 자신이 관심과 보상이랍시고 한 아이를 완전히 망쳐 놓았구나 하는 생각에 미연은 가슴이 미어지는 것 같았다.

"무슨 일이세요?"

세라는 화장대 앞에 앉아 공들여 화장을 하고 있는 중이었다. 미연은 세라 옆으로 다가갔다.

"오늘 은호 만나고 왔어."

"아……."

거울로 보이는 세라의 입가에 비웃음이 스쳤다.

"은호, 주원 군과 결혼했다는 얘기는 너도 들었지, 세라야."

"어머니는 꽤 신세대신 줄 알았는데, 어머니도 그런 서류 따위에 연연하시는 거예요?"

"서류 얘기를 하는 게 아니야. 너한테는 두 사람이 진심으로 서로를 아끼고 사랑하는 게 느껴지지 않았니?"

"어머니."

세라가 그제야 분주히 움직이던 손을 멈추고 미연을 돌아보았다.

"저도 주원 씨 진심으로 사랑해요."

"네 마음을 의심하는 게 아니야. 하지만 상대방의 마음도 중요한 거잖니?"

"어머니."

세라가 나직하게 한숨을 내쉬었다.

"하루 이틀 후에 다시 검사를 해봐야 정확한 결과를 알 수 있어서 아직 얘기 안 하고 있었는데요. 사실은 저 주원 씨 아기 가진 거 같아요."

"세라야?"

"그동안 돌봐주신 거 정말 감사하게 생각하고 있어요. 이제 이 아이만 잘 낳으면 뉴라인이 제 것이 되는 거나 마찬가지예요. 그렇게 돼도 어머니 은혜는 절대 잊지 않을 게요."

미연의 안색이 어둡게 가라앉았다. 그제야 은호가 한 이야기가 무엇을 의미했던 것인지 정확하게 알 것 같았다.

"네가 주원 군의 아이를 가졌다고? 주원 군도 그 사실을 알고 있는 거니?"

"당연히 알고 있죠."

"그래서 너와 함께 그 아이를 키우며 살겠다고 그래?"

움켜쥐고 있는 미연의 두 손이 바르르 떨렸다. 그녀는 지금 누구의 손도 쉽게 놓을 수 있는 상황이 아니었다. 은호를 위해서라면 당장 무엇을 내놓아도 아깝지 않았지만, 그렇다고 세라의 손을 이대로 놓을 생각도 없었다. 자신의 잘못으로 인해 두 아이 모두 행복하지 못한 것 같아 한없이 미안하고 괴롭기만 했다.

"꼭 함께 살아야지만 행복한 건 아니잖아요?"

"그게 무슨 말이야?"

"제가 이 아이를 잘 키우면 결국엔 뉴라인도, 주원 씨도 모두 제 것이 될 거예요. 당연하죠, 이 아이가 어떤 아인데."

"세라야, 아기는, 사람 마음은 물건이 아니야."

심장이 너무 거세게 뛰는 것 같아 미연은 힘겹게 침을 삼켰다.

"서로 사랑하는 부모에게서 태어난 아이도 불행해질 수 있다는 거 너도 잘 알고 있잖니? 그런데 네 생각만으로 그 아이를 낳는 건 너와 아이 모두 불행해질 수도 있는 일이야."

"그런 소리 하실 거면 그냥 나가세요. 이제 누구한테 훈계 듣는 거 지쳐요. 그리고 세상 사람들이 다 저한테 뭐라고 해도 어머닌 절 감싸 주셔야 하는 거 아니에요? 저한테는 어머니밖에 없다는 거 잘 아시잖아요?"

"네 원망이라면 얼마든지 들어줄 수 있어. 하지만 지금 네 행동은 이해할 수도, 감싸 줄 수도 없을 거 같구나."

"훗, 설마 제가 어머니 말씀 한마디에 뉴라인을 포기하기라도 할 거라고 생각하시는 건 아니시겠죠?"

세라는 아주 사랑스러운 무언가를 어루만지듯 자신의 배를 쓰다듬었다. 그 표정이 더할 수 없을 만큼 행복해 보였기에 미연은 더욱 마음이 아팠다.

"솔직히 어머니 지금 제 생각에 이러시는 거 아니잖아요? 어머니 딸, 채은호 그 아이 때문에 지금 저한테 이러시는 거죠?"

다시 거울을 향해 돌아앉은 세라의 손이 바쁘게 움직이기 시작했다.

"이렇게 늦은 시간에 또 어딜 가려는 거니?"

"그냥 해 보는 거예요. 어떻게 하면 우아한 분위기를 낼 수 있는지."

"세라야, 난 네 상처가 얼마나 큰지 잘 알아. 그래서 네가 정말 사랑하는 사람과 결혼해서 평범한 행복을 누리며 살길 바라는 거야."

"평범한 행복? 훗, 평범한 건 행복한 게 아니에요. 지겹고, 지루하고, 벗어나고 싶은 거지."

이를 악물고 이야기하는 세라의 모습을 보자니 미연은 가슴이 갈기갈기 찢어지는 것만 같았다. 평범한 행복을 한 번도 누려보지 못한 이 아이가 정말 너무나 불쌍하고 가엾다는 생각밖에 들지 않았다.

"그래서 정말 그 아이를 낳겠다는 거니?"

"만약 주원 씨가 절 받아주지 않는다 해도 전 이 아이를 낳아서 누구보다 잘 키울 거예요. 하지만 세상 사람들은 모두 알게 해야겠죠. 이 아이가 누구의 아인지, 얼마나 대단한 아이인지……."

"그래? 하지만 네가 마음을 바꿀 수 없다면 난 너를 계속 감싸 줄 수는 없을 것 같구나."

"어머니?"

세라가 눈을 동그랗게 뜨고 미연을 돌아보았다. 인형처럼 예쁜 아이였다. 하지만 마음까지 바르고 예쁜 아이는 아니었다. 이 아이를 더 이상은 감싸 줄 수 없는 자신을 비난하듯 미연은 아랫입술을 질끈 깨물었다.

"넌 내 딸이라고 생각하고 지난 10년간 돌봤어. 이미 너무나 큰 상처를 가진 아이니까, 난 상처 주지 않으려고 네가 원하는 건 모두 해주려고 노력했다. 하지만 이번엔 그럴 수 없을 것 같구나."

"아, 딸을 찾았으니까 이제 저는 필요가 없다는 말씀이시군요? 뭐, 좋을 대로 하세요. 저도 이제 더는 어머니한테 목맬 필요 없으니까. 영국으로 건너가면 주원 씨 아버지, 세계적인 건축가 차주석 씨가 맨발로 뛰어나와 절 맞아주실 거예요. 제가 뉴라인의 안주인이 된 뒤에 찾아와 사과하셔도 소용없을 거예요."

"그래, 내가 널 제대로 혼내며 돌봐주지 못해서 네가 이렇게밖에 자라지 못한 건 사과를 해야 할 일이지. 하지만 네가 뉴라인 안주인이라서 너한테 굽실거리며 사과하는 일은 없을 거야."

"세상일은 모르는 거예요. 저희 엄마 절 버리고 자기보다 서른 살이나 많은 노인네 돈만 보고 결혼했다가 지금 어떻게 된 줄 아세요? 그 노인네가 전 재산을 자기 친아들에게만 남겨주고 죽는 바람에 알거지가 됐더라고요. 어머니도 지금 남편이 죽을 때 전 재산 최승준에게 주고 갈지 모르니까 미리미리 한몫 챙겨 두세요. 이건 그동안의 정을 생각해서 해 드리는 얘기예요."

따악.

미연은 자신도 모르게 세라의 **뺨**을 향해 손을 움직이고 말았다. 그런데 소리가 방 안을 가득 매울 정도로 크게 울렸음에도 세라는 씩 웃고 있었다. 이걸로 되돌려 줄 것도 미련도 모두 끝냈다는 듯 그 아이의 미소는 미연을 소름 끼치게 만들었다.

"말 나온 김에 내일 떠날게요."

"네가 그러겠다면 나도 잡지 않으마. 하지만 네가 돌아오고 싶다면 난 언제든지 널 받아 줄 거야. 네가 너무 험한 길로 돌아오지 않길 바란다, 세라야."

※ ※ ※

다음날 오후 은호는 어제 엄마가 자신에게 무릎을 꿇었던 곳의 잔디를 천천히 어루만지고 있었다. 엄마의 체온이 지금껏 남아 있을 리 없었지만 그래도 그 자리를 어루만지니 가슴속이 또다시 뭉클해지는 것 같았다.

"은호야, 그만 가자."

"네."

"오전에 혼자 정리하느라고 많이 힘들었지?"

오전에 아빠 방에 들여놓을 가구가 모두 배달되어 왔기 때문에 가구 속을 채우고 정리하느라 바쁘게 시간을 보내기는 했지만 아빠가 쓸 가구라고 생각을 하니 조금도 힘이 들진 않았다.

"아니요."

은호가 그를 올려다보며 씩 웃자 주원이 갑자기 걸음을 멈췄다.

"왜요?"

"우리 조금만 있다가 가면 안 될까?"

"네? 왜요?"

"아버지 모시고 오는 건 다 좋은데, 딱 한 가지 마음에 걸리는 게 있어."

"네? 그게 뭔데요?"

주원이 그녀의 손을 잡고 다시 집 안으로 이끌었다. 그리고 그녀를 품에 꼭 안았다.

"이런 거."

그의 입술이 그녀의 입술로 내려앉았다. 그의 따듯한 입술이 자신의 입술에 닿자 은호는 몸을 떨었다. 그의 키스는 시작부터 격렬하고 거침없이 소유욕을 드러냈다. 그러다 아빠가 자신들을 기다리고 계실 거란 생각에 그녀가 그를 밀어내려 하자 그가 혀끝으로 그녀의 입술선을 따라 부드럽게 애무를 하기 시작했다. 은호는 고양이의 가르랑거림처럼 나직하게 신음 소리를 내며 살며시 입술을 벌렸다. 하지만 그는 이 정도로는 만족할 수 없는 듯했다. 그의 손이 블라우스 위에서 그녀의 가슴을 천천히 어루만지다 단추를 풀기 시작했다.

"오빠."

입술 사이 벌어진 틈으로 그녀가 겨우 그를 불렀다.

"잠깐만."

"어어……."

소파 등받이에 등을 기대고 있던 그녀는 주원의 손을 피하려 몸을 움직이다 주원과 함께 카펫 위로 넘어지고 말았다.

"은호야."

그의 눈빛이 너무 뜨겁다. 하지만 그녀 역시 그의 단단한 어깨를 꼭 움켜쥐고 있었다. 아직 완전히 해결된 건 아무것도 없었다. 하지만 그와 함께 있는 시간에는 그 시간 자체가 주는 편안함과 행복함으로 은호는 다른 것은 중요하게 여겨지지가 않았다. 마음이 괴롭다고 눈앞에 시커먼 어둠만 보이는 건 아니니까…….

띵동! 띵동!

"누구지?"

"그냥 내버려 두자."

일어서려는 은호의 어깨를 주원이 두 손으로 눌렀다.

띵동! 띵동! 띵동!

"오빠."

"조용히 있으면 그냥 돌아갈 거야."

Rrrrrrrrr…….

띵동! 띵동! 띵동!…….

"안 되겠어요."

불만이 가득한 표정으로 몸을 일으킨 주원이 일어서는 은호의 손을 잡아 주었다.

"누구세요?"

[나야, 재승이! 도대체 뭘 하고 있는데 이렇게 오래 기다리게 하는 거야?]

"기다려."

문을 열어주자 재승이 가쁜 숨을 몰아쉬며 쏜살 같이 집 안으로 뛰어들어 왔다.

"오빠랑 같이 있었네? 헉헉……."

"무슨 일인데 그래? 숨넘어가겠다."

"채은호, 우리 사촌 언니가 그러는데, 헉헉, 차주석 건축사님이 인터뷰 내용 중 자기기 언급했던 며느리라는 호칭을 전부 채은호라는 이름으로 바꾸라고 했다고 그러더라? 헉헉, 너 알고 있었어?"

"정말?"

"오빠도 아셨어요?"

재승이 주원을 바라보았다. 주원의 얼굴에 알듯 모를 듯 묘한 미소가 번지고 있었다.

"신문사에서 오빠한테도 전화 왔었죠?"

"오빠도 아셨어요?"

은호도 주원의 얼굴을 바라보았다.

"말하려고 했는데, 순서를 뺏겼네."

"그리고 채은호, 세림 조경 디자인 공모전에서 네가 낸 디자인이 대상으로 당선됐대! 그것도 몰랐지?"

"정말? 정말이야? 누가 그래?"

"우리 아빠가 세림 조경 사장님한테 조금 전에 직접 들었다고 전화 주셨어. 완전 축하해!"

"고마워, 재승아."

은호의 눈에 왈칵 눈물이 고였다.

"오빠, 정말 결혼 잘하신 거예요."

재승이 은호보다 더 뿌듯한 시선으로 주원을 바라보며 말했다.

"알고 있어요."

주원이 웃었다. 이제야 은호의 눈에도 그의 미소가 반짝이는 듯 화사하게 보였다.

※ ※ ※

"투숙객 중에 차주석 씨를 찾는데요."

"죄송합니다. 투숙객에 대한 정보는 아무에게나 함부로 알려 드릴 수가 없습니다."

"내가 누군 줄 알고 아무나라는 거예요?"

세라가 앙칼진 목소리가 홀 안에 울려 퍼졌다.

"지금 그쪽이 나한테 이렇게 대하는 거 차주석 건축사님이 아시면 가만히 있지 않을 거예요. 이 호텔의 불친절에 대해 인터뷰에서 한번만 언급하시면 투숙객이 절반으로 줄어들 거라고요."

"난 이 호텔에 불만 없다."

"아버님!"

세라가 빙글 몸을 돌리자 보라색 원피스 자락이 나팔꽃 꽃잎처럼 동그란 모양으로 나풀거렸다.

"누가 아버님이라는 거냐?"

주석의 목소리는 싸늘했다.

"아버님, 왜 그러세요?"

주석의 반응에도 아랑곳하지 않고 세라는 생글생글 웃는 얼굴로 물었다.

"듣는 귀가 많다."

"아버님?"

데스크에서 키를 받아 들고 엘리베이터를 향해 걸어가는 주석의 뒤를 세라가 재빠르게 따라 걸었다.

"아버님, 저 아버님 손자 가진 것 같아요."

두 사람만 엘리베이터 안에 있게 된 순간 세라가 기쁨을 감추지 못하고 먼저 입을 열었다.

"누가 내 손자래?"

"아버님."

주석은 그제야 세라를 바라보았다. 얼음처럼 냉랭하기만 한 시선이었다.

"그날 주원이는 정자은행 안에 들어가지도 않았다더구나."

"네? 그럴 리가 없어요. 기증자 직업도, 혈액형도, 날짜도 모두 확인했는데, 틀림없이 그 사람이었어요."

"……."

"주원 씨 입에서 나온 말이었다면 그다지 신뢰할 필요 없다는 거 아시잖아요?"

"너 우리 회사 디자인팀 최 대리와 호텔까지 들락거리는 사이였다면서?"

주석의 목소리는 지금까지 세라가 한 번도 들어보지 못한 살기가 느껴질 정도로 차가운 음성이었다.

"누, 누가 그래요?"

"최 대리가 직접 얘기하더구나."

동그랗게 커진 세라의 눈에 빨간 핏대가 올라오기 시작했다.

"그 사람 제정신이 아닌가 보네요. 전, 그런 적 없어요. 맹세코 그런 적 없었어요."

"그렇게 파르르 떨 거 없다. 네가 가진 아이 아빠가 최 대리니까. 네가 그날 주원이 차를 정자은행 앞에서 봤다고 그랬지? 주원이가 최 대리와 현장에 다녀오다 최 대리를 정자은행 앞에서 내려줬다는구나. 최 대리는 주원이 녀석이 간곡하게 부탁을 하기에 차마 거절하지 못하고 대신 그곳에서 기증 절차를 밟았고. 그러니까 네가 확인한 직업, 날짜 모두 일치했던 거겠지. 혈액형까지 일치했다니 그건 정말 유감이구나."

주석의 말을 가만히 듣고 있던 세라는 한동안 거친 숨을 몰아쉬다 나무가 꺾이듯 맥없이 무릎을 바닥으로 떨어뜨렸다.

"날 원망할 생각일랑은 말아라. 나도 내 욕심 채우자고 널 이용했지만 너도 네 욕심 채우자고 날 이용했던 거니까. 최 대리가 네 임신 소식에 놀라기는 했어도 연락을 취하긴 할 모양이더구나. 아이의 미래에 대해서는 최 대리와 잘 얘기하고, 너도 내가 어떤 사람인지 잘 알 테니 앞으로 다시는 네 얼굴 볼 일 없을 거라 믿는다."

"저한테 이러실 수는 없으세요. 인공수정 아버님도 찬성하신 일이었잖아요? 그래서 주원 씨 설득하시겠다고 하셨던 거고요."

주석은 싸늘한 시선으로 세라를 내려다보았다. 마치 주원이에게 버려진 추악한 자신의 모습을 바라보고 있는 것 같아 목에 쓴물이 올라왔다.

"그리고 이 상무에게도 연락이 왔다. 네 발로 집을 나왔다며? 그래서인지 예상보다 빨리 세림 조경 지분 상속 절차를 진행 중이라는구나. 내 며느리와 아들 부부에게. 나도 사돈의 뜻에 감사를 전할 생각이다."

"저한테 이러실 수는 없어요."

이를 악물고 얘기하는 세라의 눈에 눈물이 가득 고여 있었다. 그런데 아이러니한 것은 자신이 원하는 것을 얻기 위한 도구로 아이를 선택했음에도 세라는 부르르 떨리는 손으로 배를 꼭 감싸 안고 있다는 것이었다. 마치 아이에게는 아무 얘기도 들리지 않길 바라는 엄마처럼…….

"그리고 이 상무가 널 만나면 서초동에 네가 전에 기거하던 빌라를 비워 뒀으니 가서 지내라고 전해 달라더구나."

말을 마친 주석은 엘리베이터 바닥에 주저앉아 있는 세라를 그대로 남겨 두고 천천히 밖으로 걸어 나왔다. 세라는 다시 엘리베이터 문이 닫힐 때까지 일어서지 못한 채 그를 바라보고 있었다. 지금 세라의 모습이 내일 자신의 모습일지도 모른다는 생각에 주석은 현실을 부정하듯 뒤도 돌아보지 않고 자신의 방을 향해 걸음을 옮겼다.

※ ※ ※

"아빠, 어때요?"

은호는 아빠의 팔을 잡고 집 안으로 들어섰다. 넓은 정원에 파릇파릇 올라오고 있는 예쁜 잔디가 어느 때보다 싱그럽게 보였다.

"정말 네가 이 집에서 살고 있다고?"

아빠가 정원 이곳저곳을 둘러보다 믿기지 않는다는 듯 물었다.

"네."

"그리고 나도 앞으로 이 집에서 지내도 된다고?"

"당연하죠."

은호는 자신들 바로 뒤에서 아빠의 짐을 들고 따라 걷고 있는 주원을 힐끗 돌아보았다.

"그런데 지금까지 이렇게 큰 집에서 두 사람만 살았던 거야?"

"네. 왜요?"

"아니, 결혼도 안 한 젊은 남녀가 이렇게 큰 집에서 단둘이서만 살았다니까……."

아빠가 말을 얼버무렸다. 아직도 자신이 은호를 나무랄 처지가 아니라는 듯 조심스러운 아빠의 태도가 은호는 마음에 걸렸다.

"이렇게 넓은 집에서는 젊은 남녀가 단둘이 살면 안 되는 거예요?"

"참, 작년까지는 사모님도 계셨다고 그랬지? 그분께 감사하다는 말씀도 드릴 수 없다니……."

아빠가 말을 얼버무리며 고개를 떨궜다.

"아빠 마음이면 충분할 거예요."

은호는 다시 주원을 바라보았다. 그녀와 시선이 마주치자 그가 고개를 끄덕여 주었다.

"그럼 언제부터 두 사람만 지냈던 거야?"

"그게 그렇게 중요해요? 헤헤, 설마 아빠 저 결혼 못 할까 봐 지금 걱정하시는 거예요?"

"꼭 그렇다는 건 아니지만……."

아빠도 주원을 힐끔 바라 보다 걸음을 재촉했다.

"아빠가 그렇게 걱정되시면 주원 오빠 보고 저 책임지라고 하세요."

"응?"

그녀의 말에 놀란 듯 아빠가 걸음을 멈추자 은호도, 그리고 주원도 차례로 걸음을 멈추고 섰다.

"얘가, 못하는 소리가 없네. 미안하네, 우리 은호가 아직 어려서……."

"아버님."

은호의 말에 정색을 하며 대신 변명을 늘어놓는 아빠 앞으로 주원이 저벅저벅 걸어와 섰다.

"사실은 드릴 말씀이 있습니다."

"나한테?"

"네."

"무슨……."

"제가 은호를 사랑합니다."

갑작스러운 주원의 고백에 아빠의 팔을 꼭 붙잡고 있던 은호의 손이 스르르 미끄러져 허공으로 떨어졌다.

"오빠?"

"은호와 결혼 허락해 주십시오."

"은호야."

아빠가 은호를 바라보았다.

"은호, 정말 행복하게 해 주겠습니다."

주원의 말을 듣고 있는 은호의 온몸에 잔잔한 떨림이 일기 시작했다.

"내가 뭐라 말할 입장인가?"

아빠는 멋쩍은 듯 웃었지만 눈에는 기쁨의 눈물이 차오르고 있었다.

"나, 먼저 들어가서 집 구경 좀 하고 있으마."

아빠가 주원의 손에서 가방을 뺏어 들더니 서둘러 집 안으로 걸음을 옮겼다.

"은호야."

그가 은호 앞으로 걸어와 두 손을 맞잡았다.

"진작부터 말하고 싶었는데, 너한테 그런 말 자격이 없는 것 같아서 기다렸어."

"오빠."

"그리고 세라 산부인과 앞에서 만났다고 했었지? 네 말대로 아기를 가진 것 같아."

은호는 자신도 모르게 주원의 눈을 피하고 있었다.

"하지만 내 아이는 아니야. 전에 아버지가 정자은행에 정자 기증을 강하게 권유하시더라고. 세라가 자주 드나들기 시작하던 때라 미심쩍은 마음에 아버지 회사 직원에게 대신 해 달라고 부탁을 했어. 전에 세라와 두 사람 깊은 관계까지 맺었던 거 알고 있었기 때문에 그 사람 아이라면 지금처럼 세라가 말도 안 되는 선택을 한다 해도 결과에 대해 조금은 신중하게 생각하지 않을까 싶어서. 하지만 세라 일은 아버지가 끝을 맺어야 할 것 같아서 너 많이 힘들어 하는 거 알면서도 조금 더 기다렸어. 내가 아무리 뿌리쳐도 아버지가 놓지 않으면 다시 어떤 식으로 우릴 괴롭힐지 모르는 여자니까. 그런데 아까 네 친구한테 들었던 것처럼 신문사에서 전화가 왔어. 아버지가 인터뷰 내용 중 며느리 이름을 채은호로 전부 바꾸라고 하셨다고. 아직 정식으로 우리에게 말씀을 하신 건 아니지만 내 아내가 은호 너라는 거 이제 아버지도 인정하신 거니까, 내 마음 너한테 말해도 될 것 같아서 고백하는 거야. 그동안 많이 힘들었지? 미안해, 정말."

주원이 은호를 품에 안았다.

"또 울어?"

주원에게는 예쁜 모습만 보여주고 싶은데, 자꾸 우는 모습만 보여주는 것 같아 은호는 고개를 들지 못했다.

"울지 마."

그가 은호를 더 꼭 안아주었다.

"안 울어요."

주원이 그녀의 얼굴을 손으로 감싸 자신의 얼굴을 마주 보게 했다.

"사랑한다, 채은호."

그가 엄지손가락으로 그녀의 눈물을 닦아 주었다.

"네가 울보라도, 사랑해."

그의 입술이 그녀의 입술 위로 내려앉았다. 꽃잎처럼, 햇살처럼…….

Rrrrrrrr.

"무슨 일이세요?"

주원은 아버지에게 온 전화를 받았다. 마지막 통화 후 거의 한 달 만이었지만 그는 지난 한 달간 눈코 뜰 새도 없이 바쁘게 시간을 보냈기 때문에 시간이 어떻게 흘러가진 모를 지경이었다. 그렇다고 아직 아버지를 완전히 용서한 것은 아니었다.

[은호한테 연락이 왔다.]

"……."

[이번 주말, 너희 결혼식에 꼭 참석해 달라고 하더구나.]

"그래서 오시려고요?"

주원의 목소리는 여전히 냉랭했다. 누군가가 우연히 그들의 이야기를 들었다면 결코 부자지간의 대화로 듣지는 않았을 것이다.

[주원아.]

"요즘 세라 어떻게 지내는지는 알고 계세요?"

[흠…….]

"아이, 낳아서 기르겠다더군요"

[최 대리 연락을 받지 않는다기에 낳지 않거나 낳아도 입양을 보낼

생각인 줄 알았는데. 만약 세라가 혼자서 그 아이를 낳아 키우겠다면 내가 그 아이를 후원해 주겠다.]

"그 돈을 세라가 받을까요? 저 같으면 절대 받고 싶지 않을 것 같은데요."

두 사람 사이에 잠시 침묵이 흘렀다.

"세라, 며칠 있다 교외의 한적한 전원주택 단지로 이사를 한답니다. 상무님이 세라가 친어머니와 함께 살 수 있도록 마련을 해 준 모양이에요. 은호가 지난 주말에 집 뒤뜰에 사과나무 심는 작업을 어머니와 함께했다고 말하더군요."

[그래?]

"그리고 얼마 전 모 방송국에서 인공수정에 대한 인터뷰를 했는데, 예상 밖에 그 이야기가 크게 이슈가 되는 바람에 출판사에서 책으로 출간을 해보는 건 어떻겠냐는 제안을 했던 모양이에요. 세라 측에서도 긍정적으로 검토 중이라더군요. 하지만 그 이야기 속에 아버지 이야기가 빠질 수는 없겠죠. 어쩌면 세라가 선택한 복수가 아닐까요?"

[그런 종이 몇 장 따위로 그 애가 나한테 복수를 한다고? 큭큭.]

"전 앞으로도 아버지가 달라지지 않는다면 죽을 때까지 아버지를 뵙지 않을 생각인데요?"

[너야말로 그딴 아이 때문에 언제까지 나한테 이렇게 대하겠다는 거냐?]

"아버지가 벌인 일들 모두 완벽하게 수습하신 뒤에 뵙겠다고 했던 말 잊으셨어요?"

[세라가 더 이상 네 눈앞에 나타날 일은 없어졌으니 그걸로 된 거 아니냐?]

"아버지는 지금도 자신이 뭘 잘못한지도 정말 모르시는 모양이군요?"

[나야말로 네가 무슨 소리를 하는 건지 도무지 모르겠다.]

"전에 뉴라인 제게 주시겠다고 하셨죠? 그럼 지금 주세요."

[그런 조건이라면 좋다. 내가 변호사와 함께 한국으로 들어가마.]

"절 찾아오지 마시고 앞으로 뉴라인이 없어질 때까지, 아니, 아버지가 뉴라인 대표로 계시는 동안에는 뉴라인에서 발생되는 순 수익을 나라에 전부 기부해 주시겠다고, 특히 그중 절반은 미혼모들의 복지에 쓰이도록 하겠다고 기자회견을 여세요."

[너, 지금 제정신인 게냐? 내가 차곡차곡 쌓아 둔 모든 것들은 곧 네 것이 될 거란 말이다. 그런데 네 밥그릇을 누군지도 모르는 비렁뱅이들한테 쏟아주라고? 난 그렇게는 못한다.]

"언젠가 차주석 건축사가 돈에 깔려 죽은 지 며칠 만에 변사체로 발견이 됐다는 기사를 보게 될지도 모르겠군요."

[그렇게 죽을망정 내 돈은 못 내놓는다. 아무한테도 못 줘!]

주원은 아버지가 파르르 떠는 모습이 눈앞에 보이는 것 같아 나직하게 한숨을 내쉬었다.

"좋습니다. 그렇다면 제가 앞으로 아버지와 얘기할 일은 더 이상 없겠군요."

[차주원.]

"지금 아버지 모습, 여전히 세상 그 무엇보다 돈을 제일로 여기시는 것처럼 보여요. 심지어 저보다도 말이죠."

[그게 무슨 소리냐?]

"아버지가 아직도 그런 마음이시라면 저도 더 이상 아버지에 대한 미련 갖지 않겠습니다."

[차주원! 네가…….]

달칵.

주원은 자신의 이름을 부르는 아버지의 목소리에 담긴 분노가 자신이 있는 곳까지 고스란히 전달이 되는 것 같아 씁쓸한 표정으로 얼굴을 감쌌다. 하지만 이런 방법이 아니고서는 아버지를 바꿀 수 없다는 걸 알고 있었다. 오히려 돈보다 자신을 더 중요하게 여기고 있는 아버지의 마음을 알기에 그는 지금 이렇게 모질게 구는 것이었다.

※ ※ ※

은호는 금송 옆에 가만히 앉아 까만 밤하늘을 올려다보고 있었다.

"은호냐?"

현관을 걸어 나오던 아빠가 인기척을 느꼈는지 그녀의 이름을 불렀다.

"네, 아빠."

"지금이 몇 신데 아직도 안 자고 있는 거야?"

"잠이 안 와요."

은호의 말에 아빠가 빙그레 미소를 지었다. 아빠가 이 집에 온 지도 한 달이 다되었다. 그동안 은호는 아빠와 함께 정원을 돌보고 온실에 새로운 품종의 꽃도 심어 보며 지난 14년간 함께 하지 못했던 시간을 이제라도 열심히 함께하고 있는 중이었다. 주원은 그런 은호와 아빠를 위해 모든 지원을 아끼지 않고 있었다.

그녀가 출품한 디자인이 대상을 수상하면서 세림 조경 측에서 특별 채용에 대한 의사를 물어오기도 했지만 은호는 주원의 뜻에 따라

학업을 모두 마친 후 정식으로 입사 절차를 밟기로 했다. 하루하루가 꿈만 같은 지금 은호는 자신에게 주어진 이 모든 것들에 그저 감사하는 마음뿐이었다.

"엄마는 만나 보셨어요?"

"내가 무슨 낯으로……. 네 엄마 지금도 참 곱지? 네 결혼식 때 고모들이 네 엄마 보면 또 말들이 많은 텐데, 그냥 한 귀로 흘려들어라."

"걱정 마세요."

"은호야."

"네?"

"난 이 나무가 참 마음에 든다. 몸체며 잎 하나하나까지 반듯하고 단정한 것이 아무리 봐도 예사 나무로 보이질 않아."

아빠가 환한 달빛을 흠뻑 받아 예쁘게 반짝이는 금송을 바라보며 말했다.

"저도 그래요."

두 사람은 말없이 금송을 바라보았다.

"이 나무는 지금도 저한테 꼭 어머니 같은 느낌이거든요. 따듯하고, 예쁘고, 변함없는……."

"그래서 그런가? 나도 이 나무를 보면 그냥 나무구나 하는 생각보다는 괜스레 가슴이 뭉클해지더라고."

"오빠가 어머니랑 같이 심은 나무래요."

"그랬구나. 어떤 분이었는지 뵐 수 없다는 게 참 안타까울 뿐이다. 뵐 수만 있었다면 큰절이라도 드렸을 텐데."

아빠가 허리를 굽혀 금송 아래 자라난 잡초를 정성껏 뽑았다.

"사돈어른, 고맙습니다. 정말 감사합니다. 우리 은호 이렇게 착하고 예쁘게 키워주시고, 반듯한 사위도 짝지어 주셔서……."

아빠의 말을 가만히 듣고 있던 은호의 눈가가 슬쩍 젖어들었다.

"두 분 뭐 하세요?"

"자네는 또 왜 나오는 건가?"

흰 셔츠에 베이지색 바지를 편안하게 차려 입은 주원이 그들을 향해 걸어오고 있었다.

"잠이 안 와서요."

"자네도?"

"오늘 여기 전부 잠 안 오는 사람들뿐이네요."

은호가 싱긋 웃었다.

"은호야, 너는 일찍, 일찍 자야 키가 더 크지."

"제가 몇 살인데 아직도 키가 커요?"

은호는 입술을 삐죽거렸다.

5월도 이제 하루를 남겨 놓고 있으니 여름의 문턱이 가까웠지만 밤은 아직 시원했다. 세 사람은 그렇게 금송 옆에 나란히 서서 밤하늘을 올려다보았다. 그런데 그때 갑자기 어딘가에서 나타난 별똥별이 길게 내린 황금빛 꼬리로 유연한 곡선을 그리며 땅을 향해 내려오기 시작했다.

"어? 저기 저거, 별똥별 아니에요?"

"정말."

"저 소원 빌래요."

은호는 두 눈을 꼭 감았다.

'저희 결혼식에 오빠 아버지도 꼭 오시게 해주세요.'

"저 먼저 들어갈게요."

은호는 자신을 바라보고 있는 두 남자에게 말하고는 집을 향해 몸을 돌렸다.

"소원은 빌었어?"

"네."

"뭔데?"

"음, 비밀이에요. 안녕히 주무세요."

은호는 아빠와 주원에게 꾸벅 고개를 숙여 인사를 하고는 집 안으로 뛰어들어 갔다.

"이 나무가 안사돈과 자네가 심은 나무라지?"

"네."

"어떤 분이었는지 너무 감사한 마음뿐이라네. 두고두고 죽을 때까지 이 마음 가지고 살다 갈 생각이야."

"저희가 잘사는 모습 보여 드리면 그걸로 기뻐하실 분이세요, 저희 어머닌……."

"그래, 잘살아야지. 우리 은호 정말 잘 부탁하네."

아빠가 주원의 손을 꼭 잡았다. 진심으로 그를 믿고 은호를 부탁하고 있는 간절한 마음이 주원에게도 고스란히 전달되고 있었다.

"저야말로 저한테 예쁜 따님 주셔서 정말 감사합니다."

"내가 더 고맙지."

"이 다음에 저희 아이와 함께 이 금송 옆에 작은 금송을 하나 더 심으려고요. 이 금송 혼자 서 있는 게 너무 쓸쓸해 보이기도 하고, 저와 함께 심은 나무가 커가는 걸 바라보면서 아이가 가족도 할머니도 많이 생각하는 아이로 자랐으면 싶어요."

창욱은 천천히 고개를 끄덕였다. 그는 반듯하게 자란 금송만큼이나 주원이 반듯하게 잘 자란 청년이란 것을 알고 있었다. 그렇기에 주원과 은호가 예쁘게 가정을 꾸리며 살아갈 거란 사실에 조금의 의심도 들지 않았다.

"은호야."

눈이 부시도록 새하얀 웨딩드레스를 입은 은호가 조심조심 신부 대기실로 들어가 자리에 막 앉으려는 순간 처음 그녀를 방문한 사람이 있었다.

"오셨어요?"

"당연히 와야지."

검은색 양복을 근사하게 차려 입은 승준은 오늘따라 더 남자답고 어른스럽게 보였다.

"오늘이 바로 내 하나뿐인 여동생의 결혼식 날인데."

"……."

승준의 입에서 나온 동생이라는 말에 은호는 갑자기 눈시울이 달아올랐다. 엄마를 찾은 것만으로도 너무나 기뻤는데 그녀에게 이렇게 멋진 오빠까지 생긴 것이다. 게다가 승준이 스스럼없이 먼저 다가와 주니 은호로서는 너무 고마울 뿐이었다.

"어머니는?"

"조금 전에 드레스 입을 때 보시고 나가셨어요."

"그랬구나. 어머니 뭐라고 하셔?"

은호는 대답 대신 그냥 씩 웃었다. 그녀의 손을 잡고 한동안 울먹이던 엄마의 모습이 다시 생각났기 때문이다.

"우셨구나?"

역시 승준의 내공은 보통이 아니었다.

"내 동생이라 그런지 정말 예쁘다. 이거 매부한테도 좀 아까운데."

"훗."

"오늘 오빠는 어때?"

승준이 자신의 옷맵시를 뽐내듯 한 바퀴를 빙글 돌아 보였다.

"멋져요."

"그게 다야?"

"그럼요?"

"세상에서 우리 오빠가 제일 멋져요, 이 정도는 나와야 하는 거 아니야?"

"너무 많은 걸 원하시는 거 아니에요?"

"은호야, 용돈 필요하지?"

승준이 자신의 양복 안주머니로 손을 넣었다. 은호는 갑자기 말문이 막혔다. 아직 오빠라는 존재도 낯설었지만 그런 오빠를 어떻게 대해야 하는 것인지 어렵기만 했다. 하지만 승준이라면 좋은 오빠가 되어 줄 테니, 자신도 착한 동생이 되도록 노력할 수는 있을 것 같았다. 가족, 이런 모습이야말로 그녀가 지금껏 소망했던 가족의 모습이었다.

"용돈 말고, 저 신혼여행 다녀온 다음에 회사 구경 시켜주세요."

"벌써 나와 라이벌이 되려는 거야?"

"제가 어떻게……."

"은호야!"

그때 은호의 이름을 부르며 재승이 헐레벌떡 뛰어들어 왔다.

"무슨 일인데 그래?"

"어머, 안녕하세요?"

승준을 발견한 재승이 갑자기 조신하게 원피스 앞으로 두 손을 모은 뒤 다소곳이 고개를 숙여 인사를 건넸다.

"네, 은호 친구죠?"

"네, 윤재승이라고 합니다."

"흠, 이거 척 보니까 은호와 보통 인연이 아닌 것 같은데요?"

"네?"

"이름에서 느껴지는 필이 분명 보통 이상이라는 뜻이에요."

승준의 아리송한 말에 재승이 예쁘게 고개를 갸웃거렸다.

"재승아, 너 나한테 할 말 있어서 온 거 아니었어?"

"참, TV, 리모컨, 아, 어디 있는 거야?"

다시 생각이 난 듯 재승이 서둘러 이곳저곳을 뒤진 끝에야 겨우 리모컨을 찾아 TV를 켰다.

[……뉴라인의 실질적 소유주이자 대표인 차주석 건축사는 영국으로 건너간 뒤 5년 만에 평범한 4층 건물의 4층에 뉴라인이라는 간판을 내걸고 처음 건축사사무실을 열었습니다. 하지만 그는 그 후 천재적인 능력으로 20여 년 만에 지하 3층 지상 25층 규모의 뉴라인 본사를 직접 설계 증축했는데요. 뉴라인 건물은 현지에서 일명 녹색빌딩으로 불리고 있습니다. 지금 사진으로 보시는 바와 같이 멀리에서 보이는 외관이 마치 하나의 예술품을 감상하는 것 같은데요. 이런 외관뿐만 아니라 최첨단 지능형 빌딩을 지향함과 동시에 기술 분야 간 시너지 효과 극대화를 고려한 최고의 건물로 영국 내에서도 손꼽히는 명 건물이라고 할 수 있겠습니다. 또한 현장 직 근무자와 협력 업체 인력을 모두 제외하고 순수하게 상주하는 전문기술인력만도 1,000여 명이 넘으며, 매년 원화로 이천 억 원 이상의 수익을 내고 있는 그야말로 꿈의 회사라고 할 수 있겠습니다. 그런데 정 대표님, 이렇게 큰 회사에서 실질적 소유주인 차주석 건축사를 포함 직원들의 순수 임금을 제외한 수익의 전부를 갑자기 나라에 헌납하겠다고 밝힌 것으로 알고 있는데요. 그럼 건물은 차주석 건축사의 것이지만 뉴라인에서

나오는 수익만 나라에 헌납을 하겠다는, 일종의 기부 예고제 개념으로 봐야 하는 건가요? 그렇다면 국영기업과는 어떤 차이가 있는 건지 정확히 설명을 좀 부탁드리겠습니다……]

"재승아 오빠 어디에 있니?"

은호는 멍한 표정으로 재승의 얼굴을 바라보았다.

"방금 전에 입장한 것 같은데."

재승과 승준 역시 믿기지 않는다는 표정이었다.

"신부님, 이제 신부님도 입장하실 시간이세요."

"네."

은호는 도우미의 도움을 받아 예식이 진행 될 홀을 향해 천천히 걸음을 옮기기 시작했다. 하지만 여전히 머릿속은 멍한 상태였다. 주원은 항상 자신의 아버지에 대한 말을 아꼈다. 그녀가 주원 몰래 전화를 걸어 몇 차례 통화를 하긴 했지만 주석 역시 수다스러운 성격이 아니었기에 은호는 그분이 천재 건축가이며 일에 거의 미쳐 살고 있다는 사실 외에는 거의 아는 것이 없었다.

그녀는 드디어 자신들의 예식이 이루어지는 홀의 입구에 도착했다. 그녀를 포함한 모든 것이 완벽하게 아름다운 모습이었다. 은호는 휘황찬란하게 반짝이는 샹들리에와 흰색 천으로 감싸인 테이블, 화려하면서도 우아함으로 가득한 홀의 내부를 천천히 둘러보았다.

가족과 친척, 그리고 가까운 지인들만 초대한 소란스럽지 않은 분위기의 결혼식이었지만 자리에 앉은 사람들은 모두 신랑과 신부의 아름다운 모습에서 눈을 떼지 못하고 있었다. 은호는 자신을 바라보고 있는 주원과 부모님, 그리고 아직도 비어 있는 주원의 아버지 자리를 바라보았다.

주원은 아버지가 바빠서 오지 못할 것이라고 말하지만 그의 눈빛에 담겨 있던 안타까움을 기억하고 있는 은호는 또다시 가슴이 무거워졌다.

덜컹.

그녀가 지나올 때 분명 아무도 없는 홀이었는데, 갑자기 문이 여닫히는 소리가 들려오자 은호는 고개를 돌려 뒤를 바라보았다. 주원의 아버지, 주석이 출입문을 통해 홀 안으로 들어서다 그녀와 눈이 마주쳤다.

"잠깐만요."

은호는 도우미에게 말하고는 주석을 향해 걸어가기 시작했다. 그녀가 입장하지 않고 갑자기 뒤로 돌아 걸어가기 시작하자 식장 안에서 술렁거리는 소리가 들려왔다.

"오셨어요?"

주석의 앞까지 거침없이 걸어간 은호가 먼저 입을 열었다.

"와주셔서 고맙습니다."

"축하한다."

깔끔하게 검은색 정장을 차려 입고 있는 주석의 목소리는 덤덤했다.

"감사합니다."

"어서 들어가 보거라."

"아버님 먼저 들어가세요. 아버님 자리가 비어 있어서 오빠도 계속 기다리는 눈치였어요."

"그 녀석이?"

콧방귀를 뀌듯 말했지만 주석의 시선이 식장 안의 주원을 향해 재빨리 움직이는 것이 보였다.

"네가 들어갈 차례였나 보구나?"

"아버님 먼저 들어가시면 저도 따라 들어갈게요."

"난……."

은호는 부토니어를 대신해 들고 있던 부케의 꽃 중 한 송이를 뽑아 얼른 주석의 양복 주머니에 꽂아주었다.

"흠……."

"어서요."

[신부님! 신부님 이러시면 안 됩니다.]

식장 안에서 사회를 맡고 있는 재훈이 그녀를 부르는 소리가 들려왔다. 여차하면 식장 안의 하객들 모두가 뛰어나올 것 같았지만 활짝 열린 문 사이로 그녀와 주석이 서 있는 모습이 모두에게 보이고 있었기 때문에 실제로 그들에게 다가오는 사람은 없었다.

"아까 뉴스 봤어요."

"……."

"오빠도 봤을 거예요."

"……."

"정말 훌륭하세요. 분명 오빠도 자랑스럽게 생각하고 있을 거예요."

주석이 낮게 한숨을 내쉬었다. 그에게 주원이 어떤 아들인지 은호는 어렴풋이 알 것 같았다. 아무리 훌륭하고 잘난 사람도 자식 앞에서는 평범한 부모일 뿐인 것이다. 결국 주석에게도 엄청난 부와 명예를 가진 천재 건축사 자리보다는 주원의 아버지 자리가 더 소중했던 것이리라…….

"어서요, 아버님."

"그래, 그러마."

주석이 식장 안으로 성큼성큼 걸어 들어갔다. 거리가 너무 멀어 그 모습을 바라보고 있는 주원의 표정이 분명하게 보이지는 않았지만 그도 기뻐하고 있을 거란 걸 은호는 마음으로 알 수 있었다.

"신부님 어서 입장 하세요."

도우미가 다시 은호의 드레스 자락을 정리했다.

"네."

[신부 입장!]

부드러운 피아노 선율이 다시 식장 안을 가득 매웠다. 은호는 붉은 카펫 위에 천천히 발자국을 새기며 주원을 향해 걸어가기 시작했다. 그녀가 사랑하는 남자, 믿고 존중하며 함께 걸어갈 사람, 주원을 향해 걸어가는 그녀는 세상 누구보다 아름답고 행복한 신부였다.

재훈의 사회와 주한 영국대사의 주례로 두 사람의 결혼식은 차분하게 진행이 되었다.

[……이 자리를 함께하여 주신 하객 여러분께서도 새 출발하는 이 가정을 지켜봐 주시고 미흡할 때는 따뜻한 보살핌이 있으시기를 부탁드리면서 진심으로 이 가정에 축복이 늘 함께하기를 기원합니다. 이상으로 주례사를 마칠까 합니다. 대단히 감사합니다.]

주례사를 마치고 주한 영국대사가 단상에서 내려가자 재훈이 다시 마이크를 켰다.

[네, 훌륭하신 주례 말씀이셨습니다. 마지막으로 신랑이 신부에게 키스를 하겠습니다.]

주원과 은호는 서로를 마주 보고 섰다.

"사랑해."

"사랑해요."

[신랑 신부, 그런 얘기는 오늘 밤에 이부자리 안에서 두 사람만 있을 때 해 주세요. 신랑 신부는 앞으로 정확히 5분간 모든 하객이 보

는 앞에서 아주 찐하게 키스를 하겠습니다. 시작!]

주원의 입술이 은호의 입술 위로 내려앉았다. 그의 입맞춤은 언제나처럼 부드럽고 따뜻했다.

[그만, 그만! 여러분 신랑은 정말 5분을 채울 모양입니다. 이것으로 차주원 군과 채은호 양의 아름다운 결혼식을 모두 마치겠습니다. 진심으로 두 사람의 행복한 결혼 생활을 기원하는 바입니다.]

두 사람은 결혼 행진곡을 들으면서 식장 밖으로 천천히 걸어 나갔다. 그들의 모습을 바라보고 있는 은호의 부모님도 주원의 아버지도 눈가가 촉촉하게 젖어 있었다. 은호는 주원을 사랑하는 것만큼 자신들의 부모님도 사랑하고 존경하며 열심히 살겠다고 마음속으로 다짐했다.

"은호야."

"네?"

"무슨 생각을 그렇게 해?"

호텔 안에서 새까만 어둠이 내려앉은 창밖을 바라보고 있는 은호를 등 뒤에서 끌어안으며 주원이 물었다.

"그냥, 이것저것이요."

"흠, 은호야, 오늘은 생각을 하며 시간을 보내는 날이 아니야. 특히 지금부터는……."

"아직도 실감이 나질 않아요."

"뭐가?"

"우리가 결혼을 했다는 게요."

"그럼 내가 실감이 나게 해줄게."

그가 그녀를 돌려 세웠다.

"그런데 아버님은 어디에서 묵으시는지 아세요? 아까 정신이 없어서 제대로 인사도 못 드렸는데."

은호는 다시 창을 향해 몸을 돌렸다.

"오늘 영국대사부부와 저녁 약속이 있으시대."

"아……."

그녀가 보는 앞에서는 무뚝뚝하기만 한 아들이었는데, 그녀가 자리를 비운 사이에 주원은 아버지와 이야기를 나누었던 모양이다.

"우리 그만 잘까?"

"오빠."

"도대체 언제까지 오빠야?"

그가 그녀의 겨드랑이 사이로 손을 밀어 넣어 봉긋한 가슴을 손바닥 안에 감싸 쥐고는 천천히 어루만지기 시작했다.

"음, 부인. 그만 침대로 갈까요?"

그가 그녀의 목에 대고 나직하게 속삭였다. 그의 숨결이 그녀의 목덜미를 간지럽게 했다. 간지러움을 참지 못하고 그녀가 몸을 움츠리려 하자 그가 재빨리 블라우스 아래로 손을 밀어 넣었다. 손이 올라갈수록 구겨지던 블라우스 자락이 그가 그녀의 가슴을 움켜쥐는 순간 더 이상 버티지 못하고 아래쪽의 단추부터 튕겨져 나가기 시작했다.

"오빠."

"왜?"

"제가 벗을게요."

은호는 그의 손을 빼내고 자신이 직접 블라우스 단추를 풀기 시작했다. 단추를 모두 푼 뒤 벗어든 옷을 바닥에 내려놓는 순간 주원의 뜨거운 입술이 그녀의 어깨에 닿았다. 그리고 자잘한 입맞춤을 하며 입술이 반대쪽 어깨까지 움직이는 동안 그의 손이 브래지어를 풀었다.

"사랑해."

주원이 다시 그녀를 돌려 세웠다.

"저도 사랑해요."

그녀도 고백했지만 그의 입술은 그녀의 가슴 위로 내려앉고 있었다. 처음 사랑을 나눴던 뒤로 두 사람은 매일 밤 방문 앞에서 굿 나잇 키스를 나눴을 뿐 사랑을 나누는 건 오늘이 두 번째였다. 두 번째 사랑, 하지만 그들에게는 처음 사랑을 나눴을 때보다 더 떨리고 긴장되는 순간이었다.

주원이 은호를 조심스럽게 안아 들고 침대 위에 내려놓았다. 그리고 자신의 셔츠도 벗어 바닥으로 떨어뜨렸다. 그의 매끈하고 탄탄한 가슴이 눈앞에 드러나자 은호는 낮게 숨을 몰아쉬었다. 그도 말없이 그녀를 바라보았다. 그의 시선만으로도 그녀의 가슴은 단단해지고 젖꼭지는 빳빳하게 일어서고 있었다. 그가 그녀에게로 몸을 숙여 오똑 일어선 젖꼭지를 혀끝으로 천천히 핥아 올리기 시작했다. 그 느낌이 너무 야릇하고 자극적이어서 은호는 자신도 모르게 신음 소리를 내고 말았다.

"음……."

주원이 이미 뾰족하게 일어선 젖꼭지를 아프도록 빨아 당겼지만 그녀는 말로 표현할 수 없는 쾌감에 사로잡혀 몸을 떨고 있었다. 그는 그녀의 욕망을 더욱 부추기려는 듯 가슴 전체를 애무하기 시작했다. 고문처럼 맹렬한 기세로 그녀의 젖가슴을 괴롭히는 그의 입맞춤에 은호는 낮게 소리를 질렀다.

"아아……."

자극적인 그의 애무가 집요해질수록 그녀의 몸을 더 뜨겁게 달아오르고 있었다. 은호는 그가 목덜미와 쇄골을 지분거리다 손을 허벅지로 내려 치마 아래로 밀어 넣자 그의 머리를 꼭 끌어안았다.

그의 손이 점점 위로 올라오더니 그녀의 팬티 안으로 불쑥 미끄러져 들어왔다. 무성한 수풀을 헤집고 이미 젖어 들고 있던 꽃잎에 그의 손이 닿는 순간 은호는 부끄러움도 잊고 그의 바지로 손을 뻗었다.

"벗겨주려고?"

그가 쉰 목소리로 물었다.

"네."

주원은 은호의 치마를, 은호는 주원의 바지를 벗겼다. 두 사람은 실오라기 하나 걸치지 않은 모습으로 서로를 마주 보았다.

"예뻐."

그의 목소리는 낮고 탁했다.

"오빠도 멋져요."

"사랑해."

"저도 사랑해요."

주원이 다시 그녀를 끌어당겨 벌어진 입술 사이로 혀를 밀어 넣고 열정적인 키스를 퍼부으며 침대 위로 몸을 눕혔다. 두 사람의 육체는 주체할 수 없는 욕망으로 이미 뜨겁게 달아올라 있었다. 그의 입술은 더욱 단단해진 그녀의 가슴과 매끄러운 살결 구석구석을 감미롭게 애무하며 그녀를 거침없이 헐떡이게 만들었다.

"부드러워."

"오빠는 너무 뜨거워요."

"너무 오래 기다려서 그래."

그가 만족스러운 미소와 함께 그녀의 양쪽 가슴을 힘껏 감싸 쥐더니 갑자기 굶주린 짐승처럼 한쪽 봉우리 전체를 입 안으로 빨아들였다. 그의 거친 애무에 은호의 등이 둥글게 휘어졌다. 두 사람은 온몸이 욱신거릴 정도로 다급하고 뜨거운 욕망에 거칠게 헐떡였다.

"아……."

그의 입술이 그녀의 가슴에서 배꼽으로, 그리고 좀 더 아래를 향해 조금씩 내려가기 시작했다. 이미 첫 번째 사랑에서 그가 자신의 몸 구석구석에 키스를 했던 경험이 있었기에 그녀는 그가 자신의 허벅지를 어루만질 때까지만 해도 별다른 생각을 하지 않았다. 하지만 그의 입술이 자신의 허벅지 사이에서 중심부를 향해 조금씩 다가오기 시작하자 본능적으로 허벅지에 잔뜩 힘을 주었다.

"하지 말아요."

"괜찮아."

그가 잔뜩 힘이 들어간 그녀의 허벅지를 천천히 어루만졌다. 그리고 다시 고개를 들어 그녀의 입술에 입맞춤을 하기 시작했다. 그녀가 숨도 쉬기 힘들만큼 맹렬하고 다급한 입맞춤이었다. 그 사이 그의 손은 그녀의 허벅지를 벌리고 도톰하게 부풀어 오른 중심부의 여린 꽃잎을 애무하기 시작했다. 그 꽃잎이 충분히 젖어 들 때까지 정성을 다해 애무를 하던 그의 손이 갑자기 그녀의 웅덩이 속 깊은 곳으로 미끄러져 들어왔다. 그 순간 은호의 입에서 외마디 비명 같은 탄성이 터져 나왔다.

"헉!"

주원은 나머지 젖가슴도 뿌리라도 뽑을 듯 깊게 집어삼켰다. 젖가슴 전체가 뜨거운 타액으로 흥건하게 젖어 들었다. 두 사람은 말이 필요가 없을 만큼 간절하게 서로를 원하고 있었다. 은호가 세상 그 무엇보다 황홀한 고문에 자신의 몸을 모두 내맡긴 채 그를 받아들이고 있는 사이 그가 다시 고개를 숙였다. 그리고 그녀의 허벅지 안쪽을 향해 거침없이 달려들었다.

"싫어요. 하지 말아요."

"아프지 않아."

"그래도 싫어요. 제발……."

그녀가 머리를 흔들었지만 이미 그의 혀는 그녀의 무성한 수풀을 헤치고 있었다. 그의 뜨거운 혀가 클리토스에 닿은 순간 은호는 정말 너무 부끄럽고 당황스러워 어찌할 바를 몰랐다. 하지만 그는 그녀의 입술이나 젖꼭지에 키스를 할 때보다 더욱 뜨겁고 정성스럽게 그곳을 애무를 하기 시작했다. 그녀의 온몸이 팽팽하게 당겨진 고무줄처럼 긴장으로 뻣뻣하게 굳었다. 하지만 그는 그녀의 더 깊고 예민한 곳을 향해 거침없이 혀를 밀어 넣고 있었다. 정말 이상한 것은 그토록 이상하고 불편하던 감각이 점점 야릇한 쾌락을 넘어 정신이 혼미해질 정도의 환희로 다가오기 시작했다는 것이다.

"괜찮아?"

"으으음……."

은밀한 그곳 전체를 뒤덮어 버린 뜨거운 열기에 그녀는 이제 대답조차 제대로 할 수 없는 상태였다. 어쩌면 헐떡거림조차 지금의 그녀에게는 사치인지도 모른다. 입 안이 바싹 말라 간신히 숨을 들이쉬고 있는 그녀는 지금 자신이 느낄 수 있는 감각의 정점을 경험하고 있었다. 그런데 그 순간 그의 혀가 정확히 그녀의 웅덩이 안으로 사납게 파고들기 시작했다. 그의 머리카락을 움켜잡고 있던 은호는 초인적인 힘을 발휘해 상체를 벌떡 일으켰다. 지금 당장 그가 필요했다. 그의 혀가 더 이상 닿을 수 없는 그 깊은 곳에 그가 절실하게 필요했다.

"하아, 핫!"

"아직, 안 돼."

여전히 그곳에서 고개를 들지 않은 채 그가 말했다.

"아……. 전, 더는 못 참겠어요."

그녀가 말하고 있는 의미를 눈치챘는지 그가 고개를 들었다.

"지금……."

힘겹게 애원하는 은호를 바라보는 주원의 눈빛이 어느 때보다 뜨거웠다.

"나도 더 이상은 참지 못할 것 같아."

재빨리 그녀의 허벅지 사이에 자리를 잡은 그가 엉덩이 밑으로 양손을 밀어 넣어 그녀의 중심부를 자신 쪽으로 끌어당겼다.

"헉."

진작부터 단단하게 팽창해 있던 그의 남성이 자신의 안으로 돌진해 들어오는 순간 그의 팔을 움켜쥔 은호의 손에 잔뜩 힘이 들어갔다. 하지만 처음 사랑을 나눴을 때와 같은 고통은 없었다. 세상 무엇보다 눈부신 만족만 있을 뿐이었다.

"괜찮아?"

"네."

주원은 고작 두 번째인 은호를 위해 천천히, 그리고 고르게 움직이려고 노력했다. 하지만 그가 움직일 때마다 그녀의 입에서 거친 탄성이 터져 나오자 그의 움직임도 점점 속도를 내기 시작했다. 그리고 그의 움직임이 점점 격렬해질수록 은호는 더 깊은 무아지경 속을 빠져들고 있었다. 그 모습을 바라보며 주원은 미소를 지었다.

그는 잠시도 그녀의 흥분이 잦아들지 못하도록 더 빠르고 더 깊게 허리를 움직여 그녀의 여린 속살을 달구기 시작했다. 그런데 어느 순간부터인가 그의 움직임에 맞춰 그녀의 허리도 조금씩 움직이기 시작하고 있었다. 그의 움직임에 의한 수동적인 흔들림이 아니라 그녀 스스로 그의 움직임에 호흡을 맞춰오는 것이었다. 가뜩이나 자신을 조이고 있는 그녀로 인해 참기가 힘들었던 주원은 더 이상 흥분을 주체하지 못하고 더욱 빠르게 허리를 움직여 그녀의 가장 깊은 곳을 향해 자신의 뿌리를 묻었다.

그가 잠시의 틈도 주지 않고 거칠게 몰아붙인 탓에 여린 속살이 얼얼한지 은호가 몸을 뒤척이는 것 같았지만 그에게도 더 이상의 인내란 불가능한 상황이었다. 그는 다시 한 번 뒤로 몸을 움직였다. 그리고 허리에 온 힘을 실어 더는 파고들 수 없을 만큼 깊게, 자궁 가까이까지 파고든 다음 은호의 어깨를 움켜잡고 부르르 몸을 떨었다. 그녀 안에 자신을 남김없이 쏟아내는 순간 그는 실제 존재하지 않을 것 같았던 천국에 그녀와 단둘이 누워 있는 것 같은 기분이었다. 그는 은호를 품에 꼭 끌어안았다.

"하아……."

그녀도 땀에 젖어 축축한 그의 몸을 꼭 끌어안았다.

"난 한 번으로는 만족할 수 없을 것 같은데."

누가 흘린 땀인지 모를 땀으로 축축하게 젖어 있는 은호에게 다시 입을 맞추며 주원이 속삭였다.

"저도 그래요."

"훗."

잠시 후 두 사람은 처음보다 더 뜨거운 절정을 다시 경험했다. 하지만 두 사람 모두 만족하지 못했다. 아무리 사랑을 나누어도 여전히 부족하기만 한 것 같았다.

"하아……."

그녀의 목덜미를 그의 거친 숨결이 덮혔다.

"사랑해요."

"사랑해."

"너무 행복해요."

"나도 그래."

두 사람은 쉽게 잠들지 못하는 서로의 심장소리를 들으며 스르르 꿈길로 들어섰다.

아침 햇살이 그들의 침대 위로 그림자를 만들었다. 주원은 은호의 향기를 맡으며 눈을 떴다.

"흠."

시트에 덮인 그녀의 작은 손이 잠결에 그의 가슴 위에서 꼼지락거렸다. 주원은 은호의 부드러운 머릿결과 하얀 목덜미에 차례로 입을 맞춘 뒤 그녀를 꼭 끌어안았다. 그런데 예상치 못했던 문제가 발행했다. 그의 몸에 닿은 은호의 매끄러운 살결에 그의 남성이 다시 깨어나기 시작한 것이다. 주원은 입술을 꾹 다물고 천천히 심호흡을 했다. 은호가 스스로 일어날 때까지 기다려 줄 생각이었다. 밤새 괴롭히고 이른 아침부터 다시 괴롭힐 순 없으니까.

"으음."

그가 너무 꼭 끌어안아 답답했는지 은호가 다시 몸을 꼼지락거렸다. 그 순간 단단하게 일어선 그녀의 젖꼭지가 그의 가슴을 스치고 그녀의 무성한 수풀이 그의 몸에 느껴지자 그의 모든 자제력은 박살이 나 버렸다. 주원은 그녀의 등을 감싸고 있던 손을 앞으로 움직여 봉긋한 가슴을 감싸 쥐었다. 그리고 그녀의 젖무덤에 자잘한 입맞춤을 하기 시작했다.

"하아, 오빠……."

"일어났어?"

"전 지금 손가락 하나도 까딱할 수 없을 것 같아요."

아직 잠에서 완전히 깨어나지 못해 낮게 잠긴 그녀의 목소리에 그가 고개를 들고 그녀의 눈을 바라보았다.

"넌 꼼짝도 하지 말고 그냥 누워 있어. 내가 모두 알아서 할게."

주원의 손은 이미 그녀의 허벅지 사이의 은밀한 곳을 향해 움직이고 있었다. 그리고 그는 그녀의 손을 끌어다 자신의 성난 남성 위에 얹었다. 그 순간 은호도 잠에서 완전히 깨어나 버렸다.

"오빠."

"놀랐어?"

"……."

"만져줘."

그의 목소리는 욕망으로 낮게 잠겨 있었다. 은호는 조심스럽게 그것을 손바닥 안에 움켜쥐었다. 이미 딱딱하게 일어서 있는 그것은 몽둥이처럼 단단했지만 의외로 따뜻하고 부드러웠다. 그녀는 조심스럽게 그것을 쓰다듬었다. 신기하게도 그 순간 그것이 요동치듯 흔들렸다. 주원이 그녀의 손 위에서 함께 그것을 움켜잡았다.

"하……."

"윽!"

주원은 은호의 입에서 더 이상 참지 못하겠다는 소리가 나올 때까지 기다릴 생각이었다. 하지만 지금 더 이상 참을 수 없는 사람은 자신이었다. 그는 그녀의 허벅지를 벌리고 그 사이에 자리를 잡았다. 그리고 그녀 안으로 단번에 깊숙이 자신을 찔러 넣었다.

"아!"

그는 이번에도 그녀 안에 자신의 모든 것을 남김없이 쏟아냈다.

"사랑해."

"사랑해요."

에필로그

―7년 후.

주원과 은호의 집 정원, 금송이 서 있는 곳 근처에서 작은 이야기 소리가 들려왔다.
"아빠, 이 나무는 어떻게 이렇게 키가 커요?"
"이 나무는 너보다 나이가 훨씬 더 많으니까 그렇지."
주원이 이제 다섯 살이 된 자신의 아들 도윤이를 바라보며 부드럽게 말했다.
"나무도 나이가 있어요?"
"그럼."
"그런데 이 나무는 누가 심은 거예요?"
"이 나무는 할머니랑 아빠가 함께 심은 거야."
"아……."

아이는 어린 제가 뭘 안다는 듯 고개를 끄덕였다.

"아빠 어느 동화책에서 봤는데, 동네를 지켜주는 나무한테는 제사라는 걸 지내준대요."

"그래?"

"그럼 우리 집은 이 할머니 나무가 지켜 주는 거예요?"

"할머니 나무?"

"할머니가 심으셨으니까 할머니 나무잖아요."

아이가 반짝이는 눈으로 제 키보다 훨씬 큰 금송을 바라보며 말했다.

"그래, 할머니 나무구나……."

그때 부드러운 바람이 불어와 아이와 주원의 머리를 차례로 쓰다듬으며 지나갔다.

"우리 이 할머니 나무 옆에 손자 나무도 심어 줄까?"

"손자 나무요?"

"그래, 그러면 할머니 나무가 심심하지 않을 거야."

"와! 멋져요, 아빠."

"두 사람 뭐 하고 있는 거예요?"

앞치마를 두른 은호가 좀처럼 들어오지 않는 남편과 아들 도윤이를 찾아 밖으로 나왔다.

"엄마! 우리 할머니 나무 옆에 아기 나무 심기로 했어요."

"할머니 나무?"

은호가 주원을 꼭 닮은 도윤이의 사랑스런 얼굴을 바라보며 물었다.

"응, 도윤이랑 금송 옆에 작은 금송을 한 그루 더 심으려고."

"좋은 생각이네요. 그렇지 않아도 제 온실에 지난 봄 파종한 금송

묘목이 하나 남았는데."

은호는 금송묘목을 가지러 온실로 향했다.

"아빠, 그런데 할아버지는 언제 또 우리 집에 오시는 거예요?"

주석은 여전히 일에 파묻혀 지내며 1년에 딱 한번 도윤이의 생일에만 그들의 집에 찾아오고 있었다. 자주 만나지는 못하지만 부모와 자식 간에 누구를 미워하고 용서하는 일은 크게 의미가 없는 일이라는 것을 알기에 이제는 주원도 주석을 미워하거나 원망하지 않았다. 게다가 어린 도윤이는 벌써부터 할아버지와 아빠를 자랑스럽게 생각하며 자신도 이다음에 할아버지와 아빠처럼 훌륭한 건축사가 되어 어려운 사람들을 돕는 멋진 일을 하겠다는 꿈을 가지고 있었다.

"다음 달 도윤이 생일에는 오실 거야."

"와, 할아버지가 어떤 선물을 가지고 오실지 궁금해요."

"어떤 선물을 가지고 싶은데?"

"음, 버킹검궁전 모형이요."

"그래, 아빠가 할아버지한테 그렇게 얘기할게."

"두 사람, 무슨 얘기를 그렇게 재미있게 해요?"

은호가 따듯한 오후의 햇살을 받으며 도란도란 이야기를 나누고 있는 자신이 세상에서 가장 사랑하는 두 남자에게 물었다.

"비밀."

"칫."

주원이 은호가 가져온 묘목과 모종삽을 건네받았다.

"에계, 이게 나무예요?"

도윤이 도무지 믿기지 않는다는 듯 고개를 갸웃거렸다. 실제 1년생 금송의 묘목은 작은 풀과도 잘 구분이 되지 않을 정도로 작고 여렸다.

"도윤아, 이 나무도 자라면 이 할머니 나무처럼 커질 거야."

"와!"

아빠의 말이라면 뭐든 의심하지 않고 믿는 도윤이의 얼굴에 신기함이 가득했다.

"그런데 아빠, 나무는 엄마가 아빠보다 더 잘 심는 것 같아요."

심각한 표정으로 주원이 나무를 심는 모습을 지켜보던 도윤이가 아빠가 심은 묘목이 살짝 기울어진 듯 보이자 바로 지적했다.

"아니야. 아빠도 잘 심을 수 있어. 잠깐만 기다려 봐."

"아닌 것 같은데요. 어, 어! 더 쓰러지는 거 같아요."

"삽 이리 줘 봐요, 제가 할게요."

은호는 주원의 손에서 모종삽을 빼앗았다. 주원이 건축사로서 뛰어난 재능의 소유자라는 사실은 이미 모두가 알고 있었다. 하지만 나무를 심거나 돌보는 일에서는 여전히 은호가 한 수 위였다.

대학 졸업 후 세림 조경에 정식으로 입사를 한 그녀는 이제 자신의 실력으로 팀을 이끄는 팀장의 직책에까지 올라 있었다. 집에서는 아내이자 엄마, 그리고 딸로서, 또 회사에서는 팀을 이끄는 리더로서 누구보다 중요하고 인정받는 존재가 되어 가고 있었다.

"맞아요, 엄마가 해야 빨리 끝날 것 같아요."

도윤이도 거들고 나섰다. 은호는 자신의 편을 들어주는 어린 아들을 사랑스러운 눈길로 바라보았다. 그녀에게 도윤이는 무엇을 내주어도 아깝지 않은 아이였다. 그리고 은호는 도윤이를 키우며 부모님들에게 자신들이 어떤 존재인지에 대해서도 더 많은 것을 깨달아 가고 있었다. 세상에 가족처럼 소중하고 완벽한 관계는 없다는 것도 알아가고 있었다. 가족, 그 얼마나 부드럽고 따뜻한 단어인가.

"아니야. 내가 할게. 여긴 땅이 너무 딱딱한 거 같아."

"이러다 해 지겠어요. 아빠 들어오시기 전에 도윤이도 씻기고 저녁 준비도 끝내 놔야 하는데."

"내가 다 해 놓을 테니까 당신은 들어가서 저녁 준비해. 도윤이 씻기는 것도 내가 다 할게."

"엄마, 외할아버지는 오늘도 요양원에 봉사활동 가신 거예요?"

"응, 곧 들어오실 거야."

"그럼 저 외할아버지 마중 나갈래요."

"그럴래? 그럼 아빠랑 같이 갔다 와."

은호가 바닥에 주저앉아 있어 흙이 잔뜩 묻은 아이의 엉덩이를 털어주었다.

"아빠, 빨리 가요."

"도윤아, 잠깐만. 이 나무 다 심고."

"제가 심는다니까요."

"글쎄, 내가 심는다니까."

엄마와 아빠가 옥신각신하는 모습을 지켜보던 도윤이가 다시 엉덩이를 땅에 붙이고 앉았다.

"우리 그냥 다 같이 심어요. 그게 빠르겠어요."

"훗."

"그럴까?"

세 사람은 머리를 맞대고 앉아 함께 금송을 심은 뒤 외할아버지를 마중하러 집 밖으로 나갔다.

언제나처럼 묵묵히 그들의 모습을 지켜보던 할머니 금송이 자신의 옆에 작게 웅크리고 있는 어린 금송을 부드러운 눈길로 바라보다 속삭였다.

'너를 만나서 참 기쁘구나. 우린 이제 가족이란다. 가족은 기쁠 때나, 슬플 때나, 이 세상을 떠난 뒤에도, 남겨진 가족의 가슴속에 언제까지나 함께 하는 그런 소중한 존재야……'

- The end

작가후기

봄은 참 신기한 계절입니다.

따뜻하고 싱그럽고 이유 없이 가슴이 설레기도 하죠.

이 글의 주인공인 은호에게 주원이, 그리고 주원에게 은호가 그런 존재이길 바라는 마음에서 계절적 배경을 봄으로 글을 시작했습니다.

그리고 정말 두 사람이 따듯한 봄 햇살처럼 서로를 통해 사람의 온기를 느껴가고 새싹처럼 거짓 없고 꾸밈없이 서로에게 행복을 주는 존재가 되어가는 과정을 잔잔하게 그려보고 싶었습니다.

만약 여러분들이 이 글을 읽는 동안 따사로운 봄 햇살 아래 서 있는 두 사람의 모습을 한 번이라도 상상해 주셨다면 저는 참 행복할 것 같습니다.

이 글을 처음 쓰기 시작할 때가 실제 봄이었는데, 우연하게도 출간 시점 또한 또다시 봄이네요.

봄……. 이 봄은 정말 제게 신기하고 설레는 계절이 맞는 것 같습니다.

    남편의 조건을 쓰는 동안, 그리고 출간을 앞두고 있는 이 봄 제가 행복하고 설레는 것처럼 이 글을 읽어 주시는 분들에게 찾아오는 봄도 항상 행복하고 설레는 계절이길 바랍니다.

    마지막으로 많이 부족한 글인데 선뜻 계약을 해주신 다향로맨스의 손수화 팀장님을 비롯해 출간시점까지 애써주신 모든 분들과 끝까지 읽어주신 모든 독자님들께 진심으로 감사의 뜻을 전합니다.

    여러분 항상 행복하시고 건강하세요.

    앞으로 여러분에게 찾아올 모든 봄에 사랑과 따듯함만이 가득하길 바랍니다.

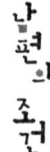

초판 1쇄 찍음 2013년 2월 20일
초판 1쇄 펴냄 2013년 2월 26일

지은이 | 최효희
펴낸이 | 정 필
펴낸곳 | 도서출판 뿔미디어

편집장 | 이재권
기획·편집 | 손수화
편집디자인 | 이진선
관리·영업 | 김기환, 임순옥

출판등록 | 2002년 9월 11일 (제1081-1-132호)
주소 | 부천시 원미구 상3동 533-3 아트프라자 503호 (우)420-861
전화 | 032)651-6513 / 팩스 | 032)651-6094
E-mail | dahyangs@naver.com
카페 | http://cafe.daum.net/dahyangs
값 9,000원
ISBN 978-89-6775-185-2 03810

※파본은 구입하신 서점에서 교환하여 드립니다.
※이 책은 (도)뿔미디어를 통해 독점 계약되었습니다.
저작권법에 의해 보호를 받는 저작물이므로 무단 전재와 무단 복제를 엄금합니다.

향

사랑, 그 설렘에 취하고 향기에 물들다.

향

사랑, 그 설렘에 취하고 향기에 물들다.